U0046964

LOCUS

LOCUS

LOCUS

LOCUS

to

fiction

to 52

收集夢的剪貼簿

Dom dzienny,dom nocny

作者：奧爾嘉・朵卡荻（Olga Tokarczuk）

譯者：易麗君　袁漢鎔

責任編輯：丘光

出版者:大塊文化出版股份有限公司

台北市10550南京東路四段25號11樓

www.locuspublishing.com

讀者服務專線:0800-006689

TEL:(02)87123898 FAX:(02)87123897

郵撥帳號:18955675 戶名:大塊文化出版股份有限公司

法律顧問:董安丹律師、顧慕堯律師

版權所有・翻印必究

DOM DZIENNY, DOM NOCNY by Olga Tokarczuk

Copyright © Olga Tokarczuk 1998, 2002

This edition arranged with Rogers, Coleridge and White Ltd (RCW) through

Big Apple Agency, Inc., Labuan, Malaysia

Traditional Chinese edition copyright © 2007Locus Publishing Company

All rights reserved

總經銷:大和書報圖書股份有限公司

地址:新北市新莊區五工五路2號

TEL:(02)89902588 FAX:(02)22901658

初版一刷:2007年12月

二版二刷:2019年10月

定價:新台幣380元

Printed in Taiwan

Dom dzienny, dom nocny
收集夢的剪貼簿

Olga Tokarczuk 著
易麗君、袁漢鎔 譯

目次

譯序
文學創作中的七巧板

易麗君

二○○三年大塊文化出版公司出版了波蘭當代著名女作家奧爾嘉・朵卡萩的《太古和其他的時間》的繁體漢字中文譯本，二○○六年九月又由湖南文藝出版社用簡體漢字重新出版了這個譯本，它們均贏得了評論和讀者的普遍讚譽，可謂好評如潮。一部當代經典的成功給這位不平凡的女作家頭上圍上了一道燦爛的光環，也建立了中文讀者和作家之間的聯繫，激發了人們閱讀這位作家的作品的巨大興趣。爲滿足讀者想讀到朵卡萩更多作品中譯本的願望，我們再度應大塊文化之邀翻譯她的另一部名作《收集夢的剪貼簿》。在翻譯這部作家本人認爲是她自己最得意的作品的過程中，我們再次經歷了一次奇妙的精神漫遊，不時爲作家的豐富的想像力和吸引人的藝術魅力所傾倒。

奧爾嘉・朵卡萩在自己的寫作中，運用精練巧妙的波蘭文字，在神話、現實和歷史的印跡中悠悠摸索。她善於將迄今看起來似乎是相互矛盾的東西聯在一起：將質樸和睿智聯繫在一起，將童話的天真和寓言的犀利聯繫在一起，將民間傳說、史詩、神話和現實生活聯繫在一起，其表現手法可以說是同時把現實與魔幻以至怪誕揉合爲一，文字在似眞似幻中反映出一個具體而微妙的神祕世界。她的筆下湧動著不同尋常的事物，但她又將神奇性寓於日常生活之中。

她建立了這樣一種信念：文學作品可以是既易懂而同時又是深刻的，它可以既簡樸而又飽含哲理，既意味深長而又不沉鬱。在她的小說中，日常生活獲得了少有的稠度，充滿了內在的複雜性、激烈的矛盾和衝突，以及耐人尋味的轉折和動蕩不安的戲劇性。

她善於藉助表面上似乎是微不足道的隱喻，以輕鬆的文筆書寫重大事件，寓重大性於平淡之中，或者說，她善於揭示隱藏在平淡之中的不同凡響的事物，在這一點上，她的小說與波蘭女詩人、諾貝爾獎得主辛波絲卡的詩歌有異曲同工之妙。在她的小說裡，可以感受到辛波絲卡作品中那種特有的採用出人意料的比擬的超凡能力、超級的敏感和觀察世界的獨特方式。她倆都洞悉寫作之樂，她倆的作品都是讀起來輕鬆，可是眞正理解它們卻並非易事。

《收集夢的剪貼簿》無疑是二十世紀九〇年代波蘭文學中的一部奇書。它是由數十個短小的特寫、故事、隨筆結集而成的一部多層次、多情節的小說，無怪乎有的波蘭評論家將其稱爲用各色布片縫綴起來的百納衣。與作家其他的小說相比，這部小說似乎最缺少內在的統一性。它是一部文學品種邊緣的小說，在這裡各種修詞風格相互混雜、滲透，是各種文體的雜交：自傳體、隨筆、敍事體、史詩風格甚至議論文體，應有盡有。書中沒有一個貫串始終的單線條的故事情節發展，而是形形色色的人和事有如電影分鏡似地紛至沓來。因此乍一看，似乎找不到富有內聚力的結構。各種不同的事件在各個時間層面上進行，從遠古時代到中世紀、十八世紀直至現代。在這些時間層面上一個個時而輕鬆、時而沉重憂傷、時而殘酷、時而激起人們的憤怒和憎恨的故事情節幾乎是隨意出現，隨意自由馳騁。作家運用表面上彼此毫不相干的插曲，猶如運用拋散的七巧板隨意組成的一幅幅令人驚詫而又費解的畫面。活躍在以無定形的因果關係相互連在一起的各種插曲中的人物，構成一條用五色寶石串連起來的項鍊。就這樣，使這七巧板式的拼圖最終形成一個富有凝聚力的整體。當然，在實現這一切的過程中，也得靠小說中一個貫穿始終的唯一人物——做假髮的女人瑪爾塔。

瑪爾塔無疑是整部書中的一個關鍵性人物，她從頭至尾始終和敍事者在一起，如影隨形，可以說，她是第一人稱敍事者的另一個「我」。書中的許多故事，許多離奇、怪異的傳說及軼聞，許多對事物的中肯評說，許多涉及人的生和死的暗示都是出自她之口。瑪爾塔是連接書中各種人和事的橋樑，是鼓勵敍事者回憶自己的童年和成長過程的感召者，是一個沒有意識到自己的角色的感召者。她以自己的主觀見解無意地激發敍事者剖析自我的超意識，使作家的自傳成分不僅在書中自然分布，而且成了吸引人的說枝節話的長詩。瑪爾塔這個不起眼的農村老婦，從未上過學，大字不識一個，卻不乏天生的智慧，敍事者自始至終對她流露出深深的敬意，對她的愛甚至超過了對自己丈夫的感情。這種愛既深刻，又令敍事者感到不安和驚詫。瑪爾塔的力量在於她找到了世界的節奏。她不是一個追逐時間者，而是生活在時間裡。她跟存在的和諧相處中包含了某種令人不解、魅力無窮和超人的東西。她是個對什麼都關心、對什麼都知曉並擁有某種神祕力量的女巫！她的知識不是來自學校和閱讀，而是來自大自然，她本身就是大自然季節週期的化身。每年春天，作家——第一人稱敍事者來到位於谷地中心的房子，瑪爾塔也從酣睡中醒來，總是第一個出現在敍事者面前。到了秋末萬聖節這一天，敍事者要離開谷地，也就在這時，瑪爾塔把自家的小屋打掃得乾乾淨淨，進入地下室，開始了爲期幾個月的冬眠。如同希臘神話中得墨忒耳的女兒珀耳塞福涅每年春天從地府回到上界，而秋天進入地府一樣，每當她回到上界，大地便春暖花開，萬物生長，而一旦她進入地府，大地上便是萬物凋零，一片蕭瑟。瑪爾塔回到地上，意味著生命的延續，她進入地下，便意味著死亡來臨。然而有死就有生，有生就有死，生死輪迴正是大自然的規律。大自然准許她深入自己的祕密，她意識到在大自然中任何東西都不是死的、無聲音和無知覺的。對於她一切都活著，都在跟她交談，都有感覺，因此與其說她賦予任何東西以生命，莫如說她適應自己到處遇到的生命並與之共濟共存。代表朵卡萩本人的無名的敍事者想向瑪爾塔學習的正是這種能力與智慧。故而她向我們顯示出的是一個追求知識的人，不斷地提出問題，分析自我，把自己描繪的和創造的世界的每個片斷，都變成反思的線索並帶著讀者一道去進行這種探索的遠征。

《收集夢的剪貼簿》亦是九〇年代波蘭文學中最耐人尋味的一部小說。小說中將四個層面的人和事精確地編織在一起，既斷裂又連貫，始終保持著流暢的風格。作家在處理現實層面——習俗描寫層面時，總帶點嘲諷的口吻；第二個層面——分裂成片斷、散布在全書中的有關夢的哲學思考的層面，作家在這兒總給讀者留下一個廣闊的回味空間；第三個層面——隱藏的歷史訊息的層面，它總是帶著一個尋根的願望和一個戲弄歷史的惡魔；第四個層面——傳記層面，包括第一人稱的敍事者的自傳成分和充滿了神話韻味的中世紀聖女庫梅爾尼斯的傳記。將傳記變成神話是朶卡萩創作的一大特色，好像沒有神話便既不能存在藝術，也不能存在藝術家。圍繞這四個層面出現了大量插入的故事，它們構成了一個稠密的情節網。

不難發現，這部小說中眞正的主人翁是夢。夢掩藏著（也承載著）人的生存意義。夢成了小說中反思的中心，每隔幾頁我們就能找到有關夢的描述：白日的夢，夜晚的夢，網路上的夢。對書寫在網路頁面上的夢的節錄，屬於書中最重要的片斷之列。夢使人深深植根於生活，使人在時間上的漫遊中找到自己的家。夢給人提供對各種現象的詮釋，釋放進行自我剖析的激情，引導讀者走向榮格提出的「情意綜」（編按：或譯情結）概念。

書中出現夢的情節並非偶然，而是反映了作家的哲學思想：人生如夢，夢如人生。夢是人們生活經歷和思緒的反映。人們在心靈深處珍藏著一段段往事，忘不了揮之不去的多彩的往事會留下多彩的回憶，灰色的往事只能留下灰色的印記。那流逝的歲月則如一串用日月星辰連結起來的珍珠，永遠珍貴，難忘。常言道日有所思，夜有所夢，各種各樣的回憶會一一變成形形色色的夢。依照朵卡萩的看法（編按：波蘭原文書名直譯是《白天的房子，黑夜的房子》），人的生活正是由白天和黑夜組成的，人生活在白天的房子和黑夜的房子裡，白天的房子是清明——醒，黑夜的房子是昏惑——夢。人們能記住了黑夜的夢是由於那是人在夜裡的生存狀態。夢是連接有意識的白天生活和無意識的黑夜生活的橋梁。人有怎樣的生活，便有怎樣的夢。無意識的力量通過夢境的象徵作用顯現於意識之中。在家和銀行之間疲於奔命、生活枯燥乏味、渴望愛情的克雷霞會夢見一個叫阿摩斯的人愛上了她，不幸的是她對夢信以爲眞，從而付出了沉重的代價。曾經流放西伯利亞、在飢寒交迫之中吃過人肉的埃戈・蘇姆，會夢見自己成了狼人，以至夜晚不敢上床睡覺。夢加強了「自敍體」的敍事形式，使小說的敍事高度主觀化。以自傳體爲基礎的小說敍事中融入了大量的虛構的夢的情節，人在「敍述的我」與「被敍述的我」之間、在「夢」與「醒」之間騰挪，大大強化了小說的藝術效果，使女性獨特的生命體驗呈現爲高度親歷性的體驗，女性隱祕幽深的內心世界通過夢敞現於讀者面前。這也是小說爲讀者所喜愛並得以暢銷的原因所在。

作家利用網路研究全世界人們的夢。隨著一個個夢的出現，世界逐漸籠罩在神祕的氛圍裡。夢成了世界永恆的組成部分，成了存在的一種潛藏意識的隱語。於是事物失去了清晰的輪廓，光明與黑暗交錯，醒與夢交錯，生與死交錯，從而也突顯了小說的魔幻性。

作家在書中說：「我們大家以一種出奇相似和混亂的方式夢見同樣的事物。」這說明人的思維具有某種同步性。作家在書中反覆描繪同樣的畫面：「下方有人在行走，趕著乳牛，狗在奔跑，有個男人驟然爆發出一陣大笑……高一點的地方有個挑著水桶的人向他們招手，房屋的煙囪炊煙裊裊，升上天空，鳥兒向西方飛去。」處在不同時間和空間的人物（中世紀的修士、皮耶特諾的農民、戰後的移民、敍事者和來到下西里西亞尋根的德國旅遊者等）眼前出現的是同樣的重複的景色，重疊的畫面，猶如音樂的副歌。這種特殊的副歌把我們引向了作家組織這部小說的一個首要原則：相信榮格所說的「同步性」現象的存在。所謂的「同步性」，即「非偶然的偶然性」——沒有純粹的偶然，沒有神祕的機緣巧合。所謂的「巧合」只是某種難以下定義的更高力量的作用所使然，正是這種更高力量守護著我們風雨兼程的人生。小說向我們敞開了一道門，讓我們認識生活，體驗我們多維形象的生活狀態。每個人都是自己的、不可重複的存在。

構成夢的主體至少有三個層次的內容。第一層是「夢的世界」，即做夢的規律、夢的邏輯、睡著了的軀體的表現、不同人的夢彼此之間的聯繫等。第二層是「作爲夢的世界」，這一層主要產生於做夢者無法證明的、無法排遣的疑慮，它認爲人們可以醒著做夢，人們可以自以爲已經從夢中醒來，而實際上卻仍在夢中。第三層是「夢中看到的世界」，即半是通過夢揭示的現實，半是做夢的人幻想的現實。這種現實對人的認識欲求是敞開的，甚至比最大膽的幻想還要豐富得多，它還允許做夢的人在時間和空間裡自由來往。作家在小說的開頭，就描繪了這樣一個在夢中看到的世界。有了這樣一個開頭，接下來的篇章就都可視爲夢的幻象——世界的幻象，只有夢才能揭示這個幻象，只有做夢的人才能夠自己聯想，才能夠坦露潛意識中的祕密。所有的夢彼此結合在一起，相互補充又相互糾纏。在這夢的迷宮裡，幻想與現實、虛與實、眞與假、善與惡、美與醜相互交錯交融，無法分開。於是我們便會覺得，在這部書中夢就是眞實。由於夢展示的是眞實，這就使事物的眞相的揭示成爲可能；夢是所有認識上的困惑的臨時解決辦法，是走出騙人的惡魔所設置的陷阱的一條出路。由此可見敍事者的信條便可能是我夢故我在。

尋根是奧爾嘉・朶卡萩文學創作中重要的內容，隱藏在書中的歷史訊息是尋根願望的體現。下西里西亞是奧爾嘉的精神家園。她遠離滾滾紅塵，定居在新魯達附近的農村，與大自然為伴，做自己喜愛的工作，過著半人半仙的日子。而尋找這個地區的根，倒成了她心中永遠無法消除的結。

據歷史記載，公元九六〇年梅什科一世統一了波蘭，公元九六六年他按拉丁儀式接受了基督教。他的兒子波萊斯瓦夫一世於公元一〇〇〇年在當時波蘭的首都格涅茲諾建立了大主教區，另在波蘭南部的克拉科夫、西南部的下西里西亞地區的弗羅茨瓦夫和西北部波羅的海濱的科沃布熱克設立了三個教主區。下西里西亞是波蘭故有的西部領土，這是不爭的事實。自十四世紀末到十八世紀末，波蘭共和國曾是歐洲的泱泱大國，擁有包括烏克蘭、白俄羅斯和立陶宛在內的廣袤國土，是歐洲唯一疆域橫跨波羅的海和黑海的國家。一七九五年波蘭被俄國、普魯士和奧地利三國瓜分而滅亡。一九一八年波蘭重新獲得了獨立，建立了波蘭第二共和國，西烏克蘭、西白俄羅斯和包括維爾諾在內的部分立陶宛土地仍歸入波蘭版圖。由里加條約所確定的波蘭東部邊界一直保持到一九三九年九月十七日。

書中每個故事都與下西里西亞的小城新魯達及其周圍一帶的地區有著千絲萬縷的聯繫。書中的人物有的自遙遠的過去就定居在這裡，小城的締造者——刀具匠，便是在這裡開拓洪荒，在遮天蔽日的原始森林中初建社會文明的始祖；到了中世紀，下西里西亞便出現了完善的騎士制度和奴役制莊園經濟，騎士的女兒庫梅爾尼斯及其傳記作者帕斯哈利斯便是封建文明和社會習俗的見證者。十八世紀就移居到這個地區的德國人，給這裡帶來了西歐的文明，在這裡繁衍生息，也算得上是這個地區的老居民。然而戰爭卻完全改變了他們的命運。

在《收集夢的剪貼簿》中暗藏著一部下西里西亞的史詩，展示這個地區過往歷史的那些情節，充滿了神話色彩。人是來去匆匆的過客，不變的是大自然的景觀，因為「人是風景的轉瞬即逝的夢」。

一九四五年成了下西里西亞歷史上前所未有的重大轉折，不僅換了行政機關、地名、軍隊、警察、貨幣、納稅規章和法律，也換了語言和說那語言的人。下西里西亞不再以自己在歷史的長河中創造的複雜形象存在，留下的只是一種形式、一個名稱。在它翻天覆地的變化中，蘊涵著世界的希望，痛苦和荒誕，而且充滿了無奈和苦澀。第二次世界大戰結束後，波蘭作為戰勝國從戰敗的德國手中收復西部和北部故有的疆土，應該說是天經地義的事，然而它卻是以喪失東部領土為代價，致使波蘭成為戰勝國中唯一縮小了疆域的國家，這不能不說是令人匪夷所思。領土的變化引起歐洲歷史上又一次民族大遷徙。從波蘭西部遣返德國的德國人達二百二十萬，有四百萬波蘭人遷居收復的失地，其中大部分是喪失的東部領土的居民。

在小說中我們看到遷徙是在半哄騙半強迫中進行的，大批波蘭人把自己遼闊的田地撂在了東部，長途跋涉，顛沛流離兩個月之久，受盡了艱辛和苦難，來到一個對他們來說是陌生的地方——「此處無人主管：沒有任何國家，政府剛剛是他們自己夢想的事，但它卻在一天夜裡突然出現在小城鎮的月台上，在那裡命令他們下車。政府——是個足登軍官長統皮靴的男子，所有的人都管他叫『長官』。」這位長官嘴上刁著香菸，給新移民胡亂指派住房。遷徙來的波蘭人最初感到的是茫然和悲懼，黑暗中聽到一塊玻璃落地的響聲，「大家都打了個哆嗦，而婦女們則抓緊了自己的胸口。」繼而又表現出盲目的歡樂，每天像過節一般。小說中記錄了下西里西亞地區重新形成的過程。作家將這個過程視爲創建新的社會和文明的過程。在這個過程中，人們忍受過物質生活的困頓，商店的貨架上空空如也，除了醋和芥末什麼也買不到，偶然遇到出售食用油，便紛紛排隊搶購；孩子們聚集在教堂面前，等待著德國遊客發糖果。儘管如此，人們還是逐漸適應了新的環境，醫治了戰爭留下的創傷，生活逐漸走上了正常的軌道，對未來也不失希望。作家力圖向我們展示：世界並非只是一片漆黑。世界有兩副面孔，它對於我們既是白天的房子，也是黑夜的房子。

似水流年改變著一切，除了相思。人在變，事物在變，社會制度在變，不變的是揮之不去的鄉愁。思鄉情結是波蘭人和德國人共有的感情。波蘭人對留在東部的一切的記憶，壓倒了對在西部遇到的一切新鮮事物的好奇，他們思念那片遼闊的土地，常常喝得醉醺醺。下西里西亞對於許多德國旅遊者也是生於斯長於斯的故土。在半個世紀之後，他們紛紛回到這個地方，爲了看一眼自己親手建造的房屋，爲了尋找兒時的夢。尋夢者中有位老者，彼得・迪泰爾，他不顧年邁體衰，堅持登上山脊，「他把世上所有的山跟這些山作過比較，在他看來，任何山都沒有這麼美。」儘管他已感到呼吸困難，卻仍堅持繼續往高處走，結果死在了波蘭與捷克的分界樁旁，「他的一隻腳在捷克，另一隻腳在波蘭。」人爲劃分的國界隔不斷人類共有的鄉戀，這是作家想要告訴讀者的一個眞理。

朵卡萩歷來認爲應當睿智地對待文學，睿智應是文學創作的一種基本追求。如果說《太古和其他的時間》是文學跨越時空走向睿智的一種預示，那麼《收集夢的剪貼簿》便是這樣預示的一次不尋常的光輝實踐。這部小說於一九九九年獲波蘭權威的文學大獎「尼刻獎」的讀者投票獎。二〇〇四年又被提名競爭 IMPAC 都柏林國際文學獎，成爲最後勝出的十部決選小說之一，它迄今已被翻譯成英語、法語、西班牙語、德語和克羅埃西亞語等多種文字。

這裡奉獻給讀者的《收集夢的剪貼簿》譯本，是從波蘭文原著譯出的第一個中文譯本。

二〇〇七年七月十五日於北外歐語系

你的房子是你更大的身體。
它在陽光下長大，在夜的寂靜中入睡。
它有時做夢。
難道你的房子不入睡，就是說不離開城市，
以便能出現在綠蔭叢中或是在
小丘頂上？

——K·紀伯倫

夢

第一夜我做了個靜止的夢。我夢見，我是純粹地看，純粹的視覺，既沒有軀體也沒有名字。我高高固定在谷地上方，戳在某個不明確的點上，從那裡我看到了一切或者幾乎是一切。我在看中活動，可我仍留在原地。這多半是我所看的世界在遷就我，聽令於我，當我看它的時候，它一會兒離我近點，一會兒離我遠點，這樣我就能一下子看到一切，或者只看到它們那些最微小的細節。

於是我看到谷地，谷地裡有幢房子，就在谷地的正中央。但這既不是我的房子也不是我的谷地，因為二者中任何一件都不屬於我，因為我也不屬於我自己，甚至沒有我這麼個人。我看到環形的地平線，它從四面八方將谷地封閉了起來。我看到洶湧、混濁的湍流，從山丘之間流過。我看到樹木用強壯的腿腳插進了泥土裡，宛如靜止不動的獨腳獸。我看到的這種靜止狀態是表面的。只要我願意，我就能穿透過表象。那時我就能看到樹皮下面活動的水和樹液的涓涓細流，它們來來往往，上上下下地循環流動著。在房頂下面我看到睡覺的人們的軀體，他們的靜止不動同樣是一種表象——心臟在他們體內輕微搏動，血液咕嘟奔流，甚至他們的夢也不是現實的，因爲我能看出它的究竟是什麼：是一小片一小片搏動著的圖像。在這些沉睡的軀體中沒有一個離我近一點，也沒有一個離我遠一點。我隨意望著他們，在他們紛亂繁雜的夢的思維活動中我看到了自己——就在這時我發現了這個古怪的事實。發現我是純粹地看，沒有反應，沒有任何看法，沒有觀感。我很快又發現了另一個事實——我同樣善於通過時間看，如同我能在空間上改變視點一樣，我也能在時間上改變視點，這就如同我是電腦螢幕上的游標，只不過它是自行移動，或者說，它乾脆就不知道移動它的那隻手的存在。

我在做夢，我覺得時間走得沒有盡頭。沒有「以前」，也沒有「以後」，我也不期待任何新鮮事物，因爲我既不能得到它，也不能失去它。夜永遠不會結束。什麼事情也沒有發生。甚至時間也不會改變我看到的東西。我看著，我既不會認識任何新的事物，也不會忘記我見到過的一切。

瑪爾塔

第一天一整天我們走遍了自己的土地。膠鞋陷進了泥土裡。土地是紅色的，弄髒的雙手染成了紅色，洗手的水流出來的是一灘紅色的稀泥漿。R不知是第幾次察看了果園裡的樹木。那都是些老樹，灌木般稠密，繁茂地朝四面八方生長。這樣的樹木肯定不能結出什麼果實。果園一直延伸到森林，延伸到黑黝黝的雲杉牆邊停住。雲杉挺立猶如軍人的隊列。

午後又開始雨雪紛飛。水匯集在泥土地裡，形成一道道細流，一條條小溪，從山上徑直流向房子，滲透進牆裡，消失在牆下的某個地方。我們被不間斷的淙淙聲弄得惴惴不安，舉著蠟燭朝地下室走去。一條湍急的小溪流順著石頭台階流淌，沖刷著石頭地面，流向低處，朝著池塘的方向流走了。我們遽然憬悟，房子是建在河中的！不知是哪個冒失的傢伙輕率地把它建在流動的地下水裡，現在已經是束手無策了，一點辦法也沒有。唯一能做到的只是去習慣這永恆的、沉悶的淙淙流水聲，去習慣那不平靜的夢境。

第二條河在窗外——這是一條聚滿了渾濁的紅色水流的小溪，它從下邊沒精打采地侵蝕著靜止不動的樹根，然後消失在森林裡。

從長方形房間的窗口看得到瑪爾塔的房子。三年來我一直在思考，瑪爾塔是個什麼人？她談到自己時每次說的都不一樣。每次她告訴我們的出生年月都不相同。對於我和R而言，瑪爾塔只是夏天存在，冬天消失，像這裡有關的事物一樣。她身材矮小，滿頭灰白髮，牙齒缺了不少。她的皮膚——皺巴巴的，乾燥而溫熱。我知道這一點，因爲我們見面時相互親吻過，甚至笨拙地相互摟抱過，我聞到過她的氣味，一種勉強晾乾的潮溼氣。這氣味總是遺留下來，無法消除。「雨淋溼了的衣服要洗乾淨。」我母親常這樣說，可她總是毫無必要地什麼都洗。她打開櫥櫃，拉出乾淨的、上過漿的被套和床單往洗衣機裡扔，彷彿沒有用過的東西和用過的東西一樣髒似的。潮溼的氣味本身總是令人不快的。然而瑪爾塔的衣服上，她的皮膚上散發出的氣味卻令人感到熟悉和親切。如果瑪爾塔在這裡，所有的東西都會在它們自己的位置上，一切都是整整齊齊，有條不紊的。

第二天一到傍晚瑪爾塔立刻就來了。我們首先是喝茶，然後喝去年釀的野玫瑰酒——顏色暗而稠濃，是那麼甜，以致喝下第一口頭就發暈。我從硬紙盒裡拿出一本本書。瑪爾塔雙手捧著酒杯，興味索然地望著我的動作。我想瑪爾塔看不懂書。我覺得她不識字。這是很可能的，因爲她已老得足以錯過普及教育的時間了。文字不曾吸引過她的目光，不過關於這件事我從來沒有問過她。

兩條興奮的母狗進進出出來回跑。牠們的毛上帶來了冬天和風的氣味，牠們在燒得很旺的爐灶旁取暖，然後又想往果園裡跑。瑪爾塔用瘦骨嶙峋的長手指撫摸著牠們的背脊，反反覆覆對牠們說，牠們是漂亮的狗。就這樣整個晚上她只對母狗說話。我皺著眉頭望了望她，同時把我的書籍擺放到木頭書架上。牆上的一盞小燈照亮了她頭頂羽飾般稀疏的頭髮，她把頭髮紮成一根小辮子垂在腦後。

我記得許多事情，可我不記得我第一次是怎樣見到瑪爾塔的。我記得跟許多人所有的初次相逢的情景，這些人對我而言後來都成了重要人物，我記得當時是否出太陽，我記得各人衣著的細節（R的可笑的德意志民主共和國皮鞋），我記得氣味、味道和某種像是空氣成分一類的東西——記得這些東西是粗糙的、僵硬的抑或是像奶油一樣光滑和不溫不熱的。最初的印象往往就是這樣產生的。這類事物記錄在大腦的某個單獨的、也許是原始的部分，永遠不會忘卻。但我不記得跟瑪爾塔的第一次見面時的情景。

此事定是發生在早春時節——在這兒，這是一切開頭的時間。那應當是發生在這谷地崎嶇不平的空地上，因爲瑪爾塔從未獨自出門走得太遠。那時定是飄散著一種水和融雪的氣味，她身上一定穿著那件釦眼兒被扯大了的灰色毛衣。

我對瑪爾塔知之不多。我了解的只不過是她本人向我坦露的那一點訊息而已。所有的事我都不得不去猜測，我意識到關於她這個人我只能靠想像和虛構。我創造了一個瑪爾塔，連同她的過去和現在。因爲每當我提出請求，讓她對我談談有關她自己的什麼事，比如說她年輕時的長相，今天看起來是如此一目了然的尊容當年又是副怎樣的模樣，她總是改變話題，把頭轉向窗外，或者乾脆沉默不語，聚精會神地切白菜，或者去編那些別人的頭髮。我並不覺得她是不想說。瑪爾塔之所以不說只是關於自己她無話可說。似乎她沒有任何歷史。她只喜歡談論別人，那些人由於機緣巧合我也許見過幾次，或者根本就沒見過，因爲我不可能見到他們——他們活著時的時間太久遠了。她還喜歡談起那些很可能根本就不曾存在過的人——從而我找到證據，認爲瑪爾塔喜歡瞎編。她也喜歡談論那些她曾把那些人像植物一樣栽培起來的地方。她能說上幾個鐘頭，直到我聽膩了，找個客氣的託詞打斷她的話頭，穿過草地回家。有時她會無緣無故讓自己的談話嘎然而止，一連幾個禮拜不再返回到這個話題，然後又莫名其妙地重新開始：「妳可記得，我對妳說過……」「我記得。」「這事後來……」於是她繼續嘮叨某個乾巴巴的情節，而我就在記憶中尋找：她說的是誰，先前是在什麼地方中斷的。奇怪的是，往往使我記起的與其說是故事本身，不如說是講故事的瑪爾塔，她那矮小的形象，她那穿著抻大了釦眼的毛衣的弧形後背，她那瘦骨嶙峋的手指。我們乘小汽車去瓦姆別日采訂購木板的途中，她是衝著小汽車的擋風玻璃說的，我們在博博爾的田地裡採甘菊的時候她也說個不停。我從來就不善於再現同一個故事本身，但總能再現場面、環境和使某個故事在我心中生根的世界，彷彿這些故事都是不現實的、捏造的、夢幻的、被鑲進她和我的頭腦裡又經話語沖刷過了的。她結束這些故事跟開講一樣突然。有時由於一只餐叉掉到了地板上，鋁叉發出的鏗鏘聲擊碎了她最後的一個句子，把接續下來的話語留在了她的嘴裡，使她不得不將其吞下。有時她正說得興起，「如此這般」就走了進來，他像往常那樣。總是不敲門，走到門檻近前就使勁跺著那雙大皮靴，帶來一道水、朝露、泥濘的細流——外邊有什麼就帶進來什麼——他是如此喧鬧，有他在場壓根就什麼也說不成。

瑪爾塔講的許多故事我都不記得了。留給我的是那些故事的某個模糊不清的刺激性情節，或亮點——這就像一道主要菜餚已經吃光，留在盤子邊的芥末；留給我的是某些可怕的或者好玩的場景，某些像從連環畫冊中撕下的畫頁，譬如孩子們赤手空拳在小溪中抓鱒魚。我不知道自己爲何要積攢這些零星細節，而將整個故事忘於腦後——既然故事有頭有尾，就必然具有某種意義。我記住的都是些無太大價值的果核、子實，而後，我的記憶——理所當然——又不得不將它們吐出來。

我並非僅僅是聽。我也常對她說。有那麼一次，開頭我就對她說：「我害怕死亡，不是一般意義上的怕死，而是害怕會有這樣的時候，那時我再也不能把事情推到以後去做。這恐懼從來不在白天出現，它總是在天黑的時候降臨，停留幾個可怖的瞬間，如同癲癇病發作。」我很快又爲這種突如其來的表白感到羞愧，那時我便竭力改變話題。

瑪爾塔沒有心理醫生的心靈。她沒有立即扔下手中洗乾淨的器皿坐到我身邊，拍著我的後背追本窮源地對我提出問題。她不像別人那樣，試圖把所有重要的事情都放在時間的框架裡來考慮，她沒有突然發問：「這是何時開始的？」需知甚至耶穌也不能避免這種無意義的誘惑，當他救治被鬼魂附體的人時，照樣是問：「這是何時開始的？」似乎在瑪爾塔的心目中，最重要的是現在、眼前發生的事，追問開頭和結尾不會得到任何有價值的訊息。

有時我想，瑪爾塔沒有時間聽我說話，或者沒有感覺，像一棵被砍下的死樹，因爲在我說話的時候，器皿的叮噹聲沒有像我期望的那樣停息，而她的動作也沒有失去機械的流暢。我甚至覺得瑪爾塔有些殘酷，這種感覺我有過不止一次，也不止兩次，例如，當她把自己的那些公雞養肥、然後殺掉的時候，我就會產生這樣的感覺。秋季她會在兩天之內把所有的公雞一下子全收拾光。

我過去不理解瑪爾塔，現在當我想起她的時候，照樣不理解。可我又何必理解瑪爾塔呢？又有什麼能向我明確揭示她行爲的動機，揭示她所有故事的來源呢？假如瑪爾塔有什麼履歷的話，她的履歷又能告訴我什麼呢？也許有人根本就沒有履歷，沒有過去，也沒有將來，他們是作爲永恆的現在出現在人們面前的？

如此這般

接下來的幾個晚上，我們的鄰居——「如此這般」，總是在電視快訊之後立即就來了。R把酒加熱，往酒裡撒些桂皮還投入一些乾石竹花蕾。如此這般每天晚上講的都是冬天，因爲冬天必須講完，夏天才會到來。整個時間他講的都是同一個故事——講的是馬雷克·馬雷克是如何吊死的。

這個故事我們已從別人那裡聽說過了，而昨天和前天我們又從如此這般口中聽了一遍。可是他記不得自己曾經講過這個故事，於是又一切從頭開始。他以問我們爲何沒有來參加葬禮爲引子開始了自己的故事。我們沒能來，因爲葬禮是在一月舉行的。我們沒能結伴一起來，是由於下雪，小汽車點不著火，蓄電池吱吱響，耶德利納外面的道路堆滿了積雪，公共汽車堵在一起絕望地站著一動不動。

馬雷克·馬雷克住在洋鐵皮蓋頂的小房子裡。去年秋天他的母馬闖進了我家的菜園，吃光了掉落的蘋果。牠從有點腐爛的樹葉下邊扒出果實。牠漠然地望著我們，R甚至說，牠是嘲諷地望著的。

如此這般是在下午天快落黑時從魯達回來的。他看到馬雷克・馬雷克房子的門虛掩著，像早晨一樣半開半閉。他把自行車靠在牆邊，從窗口朝屋內張望。他立刻就看到了馬雷克。他既不是吊著，也不是平躺著，而是扭著身子歪靠在門邊，並且毫無疑問已經死了。如此這般手搭涼棚遮著眼睛，以便看得更清楚點。馬雷克・馬雷克那張黝黑的面孔發青，舌頭伸了出來。他的眼睛注視著高處的某個地方。「唉，這個笨蛋！」如此這般自言自語道，「連上吊都不會！」

他推著自行車，走了。

夜裡他感到有些不自在。他思索，馬雷克・馬雷克的靈魂是去了天堂，還是去了地獄，還是去了別的什麼地方——如果他有別的什麼地方可去的話。

他突然從睡夢中驚醒，那時天已朦朦亮，他看到馬雷克・馬雷克站立在爐子近旁，望著他。如此這般煩躁起來，「我懇請你，離開這裡。這是我的房子。你有你自己的房子。」幻影一動不動，徑直望著他，但幻影的目光似乎穿透了他射到另一面，他驚詫不已。

「馬雷克，我請求你，離開這兒吧！」如此這般重複了一遍，但馬雷克，或者說，現在不管他是誰，沒有做出反應。如此這般克服了對一切都不想動一動身子的懶勁，從床上跳了起來，順手抓起了膠鞋。如此武裝起來之後，他朝著爐子的方向走去。幻影在他眼前消失了。他眨了眨眼瞼，回到了溫暖的睡熟了的被窩裡。

清晨，當他去拉樹的時候，又從窗口朝馬雷克的房子裡瞥了一眼。一切都沒有變，屍體仍然以同樣的姿勢歪靠著，但那張面孔今天看起來更黑了。如此這般一整天都是用他自己去年砍的荆條把樹木從山上拖下來。他把小樺樹運到房子前面，小樺樹他自己能砍。他還把砍倒的雲杉和山毛櫸的粗大樹幹運了回來。他把這些樹幹堆放在棚子裡，準備砍成小一點的木頭。然後他拚命往爐子裡鼓搗、加柴，直到爐灶的鐵蓋板發紅。他快速為自己和幾隻狗熬好了馬鈴薯湯，打開了黑白電視機，一邊吃飯一邊觀看閃爍不定的畫面。他一句話也聽不進去。上床睡覺時他在胸前畫了個十字，這也許是他打自舉行堅信禮領聖膏，或是打自他舉行婚禮以來幾十年破天荒第一次。這個早上被他遺忘了的動作使他產生了一個想法：是否應該就這件事去見神父。翌日，他膽怯地繞著神父的住宅轉過來又轉過去。他遇到了神父，對方正繞過融雪留下的漬水快步朝教堂走去。如此這般不是個傻瓜，他沒有直截了當說出一切。「如果神父您碰見了鬼魂，神父您會怎麼辦？」那一位驚詫地衝他瞥了一眼，他的目光立刻落到了教堂的屋頂——那兒一直在修繕未完工。「我會命令他離開。」「可要是那鬼魂很固執，不肯離開，神父您又將怎麼辦呢？」「幹什麼事都應堅決果敢。」神父意味深長地回答，靈巧地避開了如此這般的問題。

一切又像頭天夜裡一模一樣。如此這般突然驚醒，彷彿有誰在喊他似的。他在床上坐了起來，看到了站立在爐子近旁的馬雷克・馬雷克。「從這裡滾出去！」他吼叫了一聲。幻影一動不動，如此這般甚至覺得在它那張浮腫的黑色臉上能看到一絲嘲諷的笑意。「見你的鬼去吧，幹嘛不讓我睡覺？你給我滾！」如此這般說。他拿起了那雙膠鞋，武裝起來朝爐子的方向走去。「請你給我從這裡出去！」他叫喊道，鬼魂消失了。

第三天夜裡幻影沒有來，第四天馬雷克・馬雷克的姊姊發現了屍體，大喊大叫起來。警察立刻就到了，用黑塑膠布裹起了馬雷克帶走了。警察一再詢問如此這般，問他到過哪裡，做過些什麼？他說，他不曾注意到發生任何怪異的事。他還說，誰要像馬雷克・馬雷克那樣酗酒，或遲或早都會有如此的結果。他們贊同他的看法，走了。

如此這般推著自行車，慢慢朝魯達走去。在「利多」餐館他要了一大杯啤酒，一小口一小口地慢慢喝著。在他感覺到的所有滋味中，最明顯最清晰的是解脫。

新魯達廣播電台

新魯達地方廣播電台每天播送十二個鐘頭。主要是音樂。整點時播全國消息，半點時則播發地方消息。除此之外每天舉辦競賽。贏家幾乎總是同一人姓瓦德拉的人。此人必定具有極其豐富的知識，知道竟猜中不可能猜到的東西。我曾不止一次發誓，最終我定要打聽出瓦德拉先生是何許人，住在哪裡，爲何他什麼都知道。我要翻山越嶺到新魯達去，向他打聽點什麼重要的事情，只是究竟是問他什麼我自己也不知道。我曾想像，他每天是如何不經意地拿起電話聽筒，說一聲：「不錯，我知道答案，指的是狼犬，狗類中最名副其實的代表」，或者說：「用來塗蓋琉璃瓦的釉在燒前稱之爲底料」，或者說：「一般以爲畢達哥拉斯的老師是費雷基德斯、赫莫達馬斯和阿咯馬內斯」。而且天天如此。獎品是本地一家批發商提供的書籍。瓦德拉先生一定有個龐大的藏書室。

有一次我聽到廣播電台播音員在提出競賽問題之前，結結巴巴地說：「瓦德拉先生，請您今天不要給我們打電話。」

十二點和午後一點鐘之間是長篇小說連播時間，有個親切的女聲朗讀長篇小說片段。不能不聽她的朗讀，我們大家都聽了電台播送的每一部長篇小說，因爲恰好是做午飯的時間，當時我們通常都在削馬鈴薯或者包餃子。這樣一來整個四月我都在聽《安娜・卡列尼娜》。

「『他愛上了別的女人，毫無疑問。』她得出結論，同時走進了自己的房間。『我渴望愛情，但這種愛情並不存在。總之，一切都該結束了。這事必須結束。如何結束？』她問自己，癱軟地坐到鏡子前的沙發椅上。」

有時瑪爾塔上午就到我們家來了，本能地幫我做些事。比方說，她把胡蘿蔔切成丁兒。

瑪爾塔平靜地聽著廣播，神態端莊，但她從未就安娜・卡列尼娜的話題發表過任何評論，對電台播過的其他任何一部長篇小說也不曾發表過看法。我甚至疑心她根本就聽不懂這些由對話組成、並用同一個聲音播出的故事，她聽到的只是個別的句子，只是語言的旋律。

人到了瑪塔爾的年紀常得血管硬化和老年痴呆症。有一次我在菜園裡薅草，R在房子的另一邊喊我。我沒來得及回答。

「她在那邊嗎？」R問瑪爾塔，她站立的位置恰好能看到我們兩人。她衝我瞥了一眼，對他喊叫說：

「她不在這兒。」

然後她像個沒事兒人似的轉身進了屋。

「爲什麼如此這般能看見鬼魂，而我卻不能呢？」有一次我問瑪爾塔。瑪爾塔說，因爲他內裡是空虛的。當時我把這理解爲無思想和單純。我覺得內裡充實的人比空虛的人更有價值。

後來我清洗廚房的地板，突然領悟到瑪爾塔想對我說的是什麼。因爲如此這般是那些把上帝想像爲無所不在的人中的一員，彷彿上帝就站在那裡，而他們就站在這裡。如此這般在自己之外看到了一切，甚至在自己之外看到了自己，他看自己猶如看一張相片。他只在鏡子裡跟自己打交道。當他在忙著做事的時候，比方說，當他在裝配自己那講究的雪橇的時候，他對於自己而言壓根就不存在，因爲他心裡想的是雪橇，而不是他自己。自己對於自己不是值得去想的有趣的事情。直到當他穿衣打扮，準備動身去實行自己每日到新魯達的朝拜——諸如去買一包香菸和帶有十字標誌的藥片。當他在鏡子裡看到準備就緒的自己，那時他就把自己想成了「他」。從來不曾把自己想成「我」。他只用別人的眼光看自己，因此外表，不起摺的合成纖維新夾克、奶油色的襯衫才變得如此重要，淺色的襯衫衣領可成爲晒黑的面孔的鮮明對照。因此如此這般甚至對於自己來說也是外在的。如此這般內裡沒有任何東西可以從內向外看的，於是便沒有反射。那時他就能看到鬼魂。

馬雷克・馬雷克

「這孩子身上有點什麼很美的東西」——大家都這麼說。馬雷克・馬雷克有一頭幾乎全是白的頭髮和一張天使般的臉蛋。他的兩個姊姊都愛他。她們把他放在德國式的小車裡推著，沿著山間小道漫步，把他當洋娃娃那樣玩耍。母親不肯讓他停奶；每逢他吸奶的時候，她總是陷入朦朧的幻想之中，覺得為了他她整個人都可以變成奶水，通過自己的乳頭從自己身上流出去，哺育兒子比她作為馬雷克太太的全部未來都要強得多。然而馬雷克・馬雷克長大了，不再尋找她的乳房。但老馬雷克仍在尋找它們，並且又弄出了幾個孩子。

小馬雷克・馬雷克雖然長得漂亮，卻是個不愛吃奶的孩子，常在深更半夜哭鬧。這也許是他的父親不喜歡他的原因。每逢父親喝醉了回家，總是從馬雷克・馬雷克打起。只要母親出面保護他，父親就拳腳相加揍母親，打得她鼻青臉腫，直到全家所有的人統統跑到山上，把整棟房子都留給父親，而他卻能讓一座空屋塞滿鼾聲。兩個姊姊可憐弟弟，於是很快就教會他按照約定的信號躲藏起來，這樣馬雷克・馬雷克打自五歲以後大多數夜晚就都待在地下室裡。他在那裡偷偷哭泣，無聲無響也無淚。

他也是在地下室才弄明白，他感覺到的痛不是來自外部，而是來自內心，無論是跟喝醉了酒的父親還是跟母親的乳房都沒有關係。痛是自行到來的，跟早上出太陽、夜晚有星星出自同樣的原因。他感到痛，但他尚不知道痛是什麼，可有時他覺得，自己模糊記得某種溫暖的發熱的光，這發熱的光淹沒和融化了整個世界。他不知道，光從哪裡來。從童年開始他記住的是黑暗，沒完沒了的黃昏。天空總是暗淡無光，世界沒入模糊的黑暗之中，憂鬱和傍晚的涼意沒有開頭也沒有結尾。他還記得農村通電的那一天。那些由鄰近的村莊越過山頭綿延而來的高壓電纜鐵塔，在他看來簡直是一座龐大教堂的圓柱。

馬雷克．馬雷克是社區裡第一個，也是唯一的一個在新魯達地區圖書館登記註冊的人。後來他總是帶著書躲避父親，於是他有很多讀書的時間。

新魯達圖書館設在過去的啤酒廠內，這裡的一切始終有股忽布和啤酒的氣味。牆壁、地板和天花板都吸滿了這種酸味。甚至書頁也有股酸臭味，彷彿在上面潑過啤酒似的。馬雷克．馬雷克喜歡上這種氣味。他十五歲時，平生第一次喝得酩酊大醉。他感覺良好，完全忘記了黑暗，看不到光明和黑暗間的差別。軀體也變得遲鈍，而且不聽他的使喚——這一點也令他中意。彷彿他能走出自己的軀體，跟軀體一同活著，無須思考，也無須感覺。

兩個姊姊先後出嫁，都從家中消失了。一個弟弟被一枚啞炮炸死了。另一個弟弟進了克沃茲科的特殊學校。於是老馬雷克照舊抬手便打的便只有馬雷克・馬雷克。說他沒有把雞關進雞塒，說他割草時割得太高，說他弄斷了脫粒機的輪軸，總之，挨打總不乏理由。但在馬雷克・馬雷克二十來歲的時候，第一次對父親還手，從這時開始，父子打架便成了經常性的事。也是在這個時期，每當馬雷克・馬雷克有點空閒時間，又沒錢買酒喝的時候，便讀起了斯塔胡拉①的作品。說實在的，是圖書館的女管理員專門爲他購買的全集。藍色的封面，仿細斜紋布的封面。

他依舊是個美男子。淺色的頭髮垂到雙肩，一副光潤的兒童面孔。一雙淺藍色的眼睛，顯得有些憔悴，彷彿褪了色，在黑暗的頂間望著屋外的光線，好像由於閱讀那些藍色封面的鴻篇巨制而疲乏了。但婦女們都害怕他。在參加迪斯可舞會的時候，他領著一個女子走出舉行舞會的消防車庫，猛不防把她拉進了黑丁香叢中，動手掀她的襯衫。好啊，她叫嚷了起來，另一些人聞聲就衝了出來，搧了他一頓耳光。其實那女子喜歡他，只是他大概不知道該如何跟女人打交道。還有一次他喝得醉醺醺，用刀子捅了自己女友

①E・斯塔胡拉（Edward Stachura, 1937–1979）：波蘭詩人，小說家。

的一個熟人，好像他擁有對她的絕對權力，一如他有權用刀子保衛自己的權力一樣。事後他在家裡大哭了一場。

他好酒貪杯並且喜歡這種狀態，任憑雙腳領著他走過山路，而整個內裡，就是說，內裡的全部的痛都與他無關，就像是咯嚓一聲關了開關，黑暗驟然降臨。他喜歡坐在「利多」餐館，待在人聲嘈雜和煙霧繚繞之中，然後，不知怎麼的，突然跑進開花的亞麻地裡，在那裡一直躺到清晨。躺到死。有時他在「壽星」酒店喝酒，而後突然沿著盤旋公路朝著村莊的方向走去，滿臉是血，牙齒也被打掉了。一個人行事總是不完美，不清醒，不冷靜。早上起床，他覺得頭痛，至少清楚是什麼痛。他感到渴，必須弄點什麼解渴。

馬雷克・馬雷克最終襲擊了自己的父親。拿他在石凳上摔打了好一陣子，打斷了他的肋骨。老頭暈了過去。警察來了，把兒子送進了醒酒間，然後又把他關押了起來，那裡無酒可喝。

馬雷克・馬雷克在波浪式的頭痛陣發之間，在酒後不適反應的半睡半醒的時候，回想起開頭自己是如何走向墮落的，想起他曾經是一個高高在上的人，而今卻是處處低人一等。向下滑的運動實在令人恐怖，甚至超過恐怖。這恐怖簡直無法形容。馬雷克・馬雷克倒霉的肉體無意識地承受了這恐懼，它瑟瑟發抖，心在怦怦地跳，彷彿就要蹦出胸腔。馬雷克・馬雷克的肉體不知還要承受些什麼——這樣的恐懼唯有不死的靈魂才能忍受。肉體因恐懼而窒息，痙攣，在小牢房的四堵牆內撲騰，掙扎，口吐白沫。「見你的鬼去吧，馬雷克。」衛兵吼叫道。他們把他按倒在地，捆了起來，給他打了一針。

他進了勒戒所。他跟其他身著褪了色的住院服的人一起，在醫院的寬闊走廊和螺旋式樓上徘徊，游蕩。他依次排隊取藥。他像領聖餐似地吞下抗毒靈。他凝視著窗戶，那時他第一次想到，他的目的是盡快死去，從這個精神上受盡折磨的國度，從這紅灰色的土地，從這個燒得太熱的醫院，從這身洗褪了色的住院服，從中毒的肉體中解脫出來。從此他的每個想法都歸結到這一點——找到一切可能的死亡方式。

夜裡，他在浴室的蓮蓬頭下割開了血管。前臂的白色皮膚裂開了，露出馬雷克・馬雷克的內部。那是紅色的，多肉的，酷似新鮮的牛肉。他在暈倒之前覺得很奇怪，不知爲什麼他會想到他在那裡見到了光。

自然，他們把他關進了隔離室，事情鬧得沸沸揚揚，他住院的時間也延長了。他在那裡待了整整一個冬天。回家後，這才發現，雙親進了城，住到他的一個姊姊家中，現在他是獨自一個人了。父母給他留下一匹馬，他靠這匹馬從森林裡拖木材，砍成木料賣給別人。他有了錢，於是又可以喝了。

他總覺得自己身上有隻鳥。然而他的這隻鳥是怪怪的，非物質的，叫不出名稱的，也並不比他本人更像鳥。這隻怪鳥吸引他去關注那些他不理解的事物，那些他害怕的事物，那些找不到答案的問題，引誘他去見那些令他感到尷尬的人，招引他跪倒塵埃並突然在絕望中開始禱告，甚至什麼也不祈求，而只是一個勁地說，說希望有人會聽到他說話。他憎恨自己身上的這隻鳥，因爲牠只能加深他的痛苦。要不是有這隻鳥，他或許能坐在房子前邊，悠閒地喝著酒，望著他屋前越來越高的山。而後他就會清醒並以毒攻毒地治療酒後不適症，而後他就會再又不加思索，沒有愧疚，肆無忌憚地喝得爛醉如泥。這隻鳥必定有兩隻翅膀，它們有時在他的身體裡胡亂地撲搧著，被什麼拴著不自在地拍打著。他知道，鳥的兩隻腳給捆了起來，甚至有可能是給拴在什麼沉重的東西上，因爲他永遠不能飛走。雖說他根本不信奉上帝，心裡卻思忖道：「我的上帝，爲什麼我內裡有這種東西讓我如此受盡折磨！」任何酒都不能控制住這隻動物。牠總是令人痛苦地，有意識地留在那裡，牠記得馬雷克的所作所爲，記得他失去了什麼，毀掉了什麼，錯過了什麼，偏離了什麼，遺漏了什麼。「賤貨！」他醉醺醺地對如此這般嘟噥道。「爲什麼牠如此折磨我，爲什麼牠要待在我身上？」但如此這般卻是個聾子，什麼也聽不明白，只是說：「你偷了我的新襪子。它是晒在繩子上的。」

馬雷克．馬雷克身上的這隻鳥有兩隻翅膀、被拴住的雙腳和一對驚惶的眼睛。馬雷克．馬雷克揣測，鳥是被禁錮在他身上的。有個什麼人把鳥禁錮在他身上，雖說他並不完全理解，這怎麼可能。有時當他陷入沉思的時候，便會在自己身上遇到這可怕的目光，聽到動物的絕望哀鳴。那時他便會跳起來，盲目地向前奔跑，跑到山上，跑進樺樹林，跑到森林的路上。他邊奔跑，邊觀察樹椏，想看看哪枝樹椏有可能承受住他身體的重量。鳥在他體內叫喊：「放我出去，把我從你體內放出來，我不屬於你，我來自別的地方。」

起先馬雷克・馬雷克以爲這鳥是隻鴿子，他的父親養過鴿子。他憎恨鴿子，憎恨鴿子空落落的圓眼睛，憎恨牠們固執地用碎步搖搖擺擺地行走，憎恨牠們不斷改變方向的膽怯的飛行。當家裡已完全斷炊的時候，父親吩咐他爬到鴿子籠，挑選那些發呆的安靜的鳥兒。他一隻隻用雙手捧著，遞給父親，而父親則以靈巧熟練的動作扭斷牠們的小腦袋。他憎恨鴿子的這種死法。牠們死得像無生命的東西，像物品。他同樣憎恨自己的父親。但他曾在弗羅斯特家的池塘邊見過另一種鳥：牠從他腳下跳將出來，有力地騰空而起，盤旋著飛向灌木叢、樹林和整個谷地上方。那是一隻碩大的黑鳥。只有喙是紅色的，還有一雙長腿。鳥兒發出刺耳的尖叫，由於牠的翅膀拍打空氣，也在瞬間激起一陣氣浪。

因此他體內的那隻鳥當是黑鸛，只不過牠有一雙被拴住的小腳和兩隻被撕裂的翅膀。牠尖叫著，撲騰著。他深夜醒來，聽到體內這尖厲的叫聲，可怕的叫聲，地獄的叫聲。他坐在床上，膽戰心驚。很顯然，到早上他再也睡不著了。枕頭因潮氣和嘔吐物而發臭。他往往會起床，尋找些什麼可喝的東西。有時在昨天喝過的瓶底還剩下些什麼，有時什麼也沒有。到商店去買，時間太早。要讓自己有活力，時間也同樣太早，於是只好從一堵牆到另一堵牆來回踱步，慢慢死去。

當他清醒的時候，他感到那隻鳥占據了他的全身，就在皮膚下面。有時他甚至覺得，他就是那隻鳥，那時他便和鳥一起痛苦。觸及過去或未知的未來的每一種思考，都使他心痛。由於這種痛馬雷克·馬雷克不能把任何一種思考進行下去，他必須驅散這些思考，使其變得模糊不清，不再蘊含任何意義。他一想到自己過去是個怎樣的人——心就痛；他一想到自己現在是個怎樣的人——心就痛得更加厲害。他一想到自己將來會是一個怎樣的人——心就痛得無法忍受。他一想到房子，立刻便看到腐朽的梁木，日內就會垮塌。他也想到田地，他記得，田地沒有播種。他想到父親，他知道自己狠狠揍過父親。當他想起姊姊的時候，便記起自己偷了姊姊的錢。當他想到那匹心愛的母馬，便回憶起自己從醒酒室出來找到牠時，牠已經死了，連同剛出生的馬崽也死了。

可是當他喝酒的時候，感覺便好得多。並不是因爲那隻鳥跟他一起喝。不，鳥從來不會喝酒，從來不睡覺。馬雷克·馬雷克爛醉的肉體和爛醉的思緒不會注意到鳥的掙扎。因此他必須喝。

他也曾試過自己釀酒：他氣惱地揪下茶莓子，它們長滿了果園。他用顫抖的手將茶莓子扔進釀酒罐。他咬咬牙花錢買了糖，然後把釀酒罐搬到頂樓加溫。他喜孜孜地想到將有自己釀的酒，只要感到嗓子眼發乾，就可跑到頂樓，插根管子直接從酒罐裡喝。可是他自己不知道什麼時候喝光了所有的酒，雖然茶莓子還沒來得及充分發酵。後來他甚至把酒母也咀嚼掉了。他早已賣掉了電視機、收音機和錄音機。所以他什麼也聽不到——耳中常有的只是鳥拍打翅膀的劈啪聲。他賣掉了帶鏡子的衣櫃、地毯、耙、自行車、西裝、電冰箱和聖像畫——那是頭戴荊冠的基督和聖母的肖像畫，聖母的心畫在了外邊。稍後他又賣掉了澆花的噴壺、獨輪手推車、打捆機、翻乾草機、膠輪大車、盤子、鍋、乾草。他甚至找到了一個收購糞肥的商人。再往後馬雷克・馬雷克便只能在德國人留下的房屋廢墟中漫遊，他在草地上找到了幾個石槽。他把這些石槽賣給了一個德國人，此人把它們運到了德國。他多半會賣掉這棟搖搖欲墜的房子，但他不能賣。因爲房子依舊屬於他父親。

對他而言，最美好的日子莫過於他靠什麼奇蹟得以將些許酒精保存到翌日清晨，這樣他睡醒之後，甚至不用起床，就能將其一飲而盡。這可使他進入一種怡然自得的狀態，不過他得竭力不要睡著，以便不致過快失去這種狀態。他起床時仍然醉眼矇矓便坐到房子前面的長凳上。推著自行車朝魯達的方向走的如此這般或遲或早總能從他身旁經過。「你這個傻瓜蛋，老流浪漢！」馬雷克・馬雷克對他說，抬起手哆哆嗦嗦地向他打個招呼。那人對他報以缺牙的微笑。那雙襪子已經找到，是風將其吹進了青草叢中。

十一月如此這般給他帶來了一隻狗崽。「拿去吧，」他說，「別爲失去狄安娜太過傷心。當然，那是匹很漂亮的牝馬。」馬雷克．馬雷克起初把小狗養在屋子裡，但很快他就咒罵牠娘，因爲小狗在地板上撒尿。他把舊浴盆挪到屋外，底朝天支承在兩塊石頭上，又將鉤子釘進地裡，用鍊子將小狗拴在鉤子上。這樣他就有個別出心裁的狗窩。起先小狗哀嚎，吠叫，但最終牠習慣了。每逢馬雷克．馬雷克給牠送狗食時，牠就向主人搖搖尾巴。跟這條狗在一起，他似乎好過得多，體內的那隻鳥也略微平靜些。然而好景不常，十二月下了場大雪，夜裡嚴寒刺骨，小狗凍死了。早上他發現小狗被雪覆蓋，看起來就像一團丟棄的破布。馬雷克．馬雷克用腳觸了觸牠——已經完全僵硬了。

姊姊邀請他去過聖誕節，在聖誕夜他就跟姊姊吵了起來，因爲在晚餐上姊姊不肯給他燒酒。「賤骨頭，不給燒酒算得上什麼聖誕夜晚餐！」他對姊夫說。他穿上外衣，甩手就走。人們已動身去做聖誕節彌撒，爲了在教堂占個好位置便紛紛提早出門。馬雷克．馬雷克在教堂周圍轉來轉去，在黑暗中搜尋熟悉的面孔。他遇到了如此這般。連他也在大雪紛飛之中踏著難走的路來到了鄉村教堂。「好冷的冬天啊！」如此這般說，拍著馬雷克的後背，笑得很燦爛。「別糾纏我，你這個老笨蛋！」馬雷克對他說。「是，是。」如此這般點了點頭，走進了教堂。人們都迴避馬雷克．馬雷克，冷淡地向他躬身還禮。人們在教堂的過道裡把鞋底擦乾淨，再往前走。馬雷克點燃了香菸，聽見了有窟窿的翅膀的劈啪聲。終於鈴聲大作，人們靜了下來，傳來了神父的聲音，這聲音經過麥克風有點失眞。馬雷克進入教堂的過道，用手指尖沾了沾聖水冰涼的水面，但他沒有在胸前畫十字。過了片刻，他聞到皮帽和節日穿的皮大衣散發出的臭氣，這使他感到不舒服——只有上帝知道，這套行頭是從哪兒找出來的。他腦海裡閃現出一個念頭。他回頭往外擠，穿過過道，來到了教堂外面。大雪紛飛，彷彿是想淸除所有的痕跡。馬雷克・馬雷克徑直朝商店走去。途中他順便光顧了姊姊的儲藏室，從那兒拿走十字鎬。他用這十字鎬砸開了門。衣服所有的口袋都塞滿了酒瓶子，還將酒瓶子夾在腋下，塞進褲子裡。他想縱聲大笑。「他們能找到個屁！」他自言自語道。他整夜做的就是把酒倒進爐子旁邊的貯水罐，把空瓶子扔到水井裡去。

這是他平生最美好的節日。只要他稍微淸醒一點，他就跪在貯水罐旁邊，擰開龍頭，張開嘴巴，燒酒就一如從天而降直接灌進他的口中。

聖誕節過後不久就開始解凍；雪變成了不可愛的雨，周圍世界猶如用水浸泡過的灰色蘑菇。燒酒也喝光了。馬雷克・馬雷克壓根就不起床。他覺得冷，渾身疼痛。整個時間他都在想，什麼地方能找到一點酒精。他腦子裡萌生了一個想法，瑪爾塔太太可能會有酒。她的房子冬天總是空著的，因爲她冬天總要出門到什麼地方去。在想像中他看到瑪爾塔的廚房，看到裝有家釀酒的酒瓶立在桌子下邊，雖說他知道瑪爾塔太太從未釀過酒。說不定她釀過，說不定她今年正好用茶莓子或李子釀過，並把它藏在桌子底下。就讓她見鬼去吧！他心想，就從床上爬了起來，搖搖晃晃步履蹣跚地走著，因爲他有好幾天沒吃飯了，頭痛得像要炸裂一般。

門是關著的。他用腳踢。潮溼的門扇合頁令人不快地嘎吱響。馬雷克·馬雷克給弄得很不自在。廚房看起來就像瑪爾塔太太昨天剛離開它似的。桌子蓋著一塊拖到地板的方格漆布，上面放著一把切麵包的大刀子。馬雷克·馬雷克朝桌子底下瞧了瞧，驚訝地看到那裡什麼也沒有。於是動手在小櫃子裡翻找，在爐灶裡、在裝劈柴的籮筐裡一頓胡亂扒拉，在五斗櫥裡他看到一摞摞平整擺放的床單、被套。一切都散發著一種冬天的潮氣——雪、潮木頭、金屬的潮氣。他到處觀瞧，翻遍了所有的東西，摸過床墊和羽絨被子，甚至把手伸進了舊膠鞋。他產生了幻象——似乎見過瑪爾塔秋天出門前把一些裝有家釀酒的酒瓶塞在了什麼地方，只是他沒有看到塞在了哪裡罷了。「愚蠢的老東西！」他說著，同時禁不住哭了起來。他坐在桌旁，雙手支著腦袋，他的淚水落到漆布上，浸透了老鼠糞。他望了望桌上的刀子。

他出門的時候，用木樁撐著門，因爲他喜歡瑪爾塔太太，不想讓雪飄進她的廚房。就在這同一天警察來找他。「我們知道是你幹的。」他們說。又補充了一句，說他們還會再來。

馬雷克·馬雷克又躺下了。他感到冷，不過他清楚，他自己的手已拿不住斧頭。他體內的鳥在撲騰，由於這種撲騰，馬雷克的身體瑟瑟發抖。

黃昏突然降臨，就像外面有人熄滅了燈火。空中凝結的凍雨波浪般連綿不斷地敲打著窗玻璃。馬雷克・馬雷克仰面朝天躺在床上，心想：「哪怕我有台電視機也好。」他無法入睡，夜裡起來好幾次，從水桶裡舀水喝；水冰涼，很可怕。他的身體把水變成了淚，從傍晚流到清晨。淚水流入了他的耳朵，使他的脖子發癢。早上他打了個盹，醒來時，他的第一個念頭就是貯水罐裡已經沒有燒酒。

他起了床並往雙耳罐裡撒了泡尿。他開始在抽屜裡尋找繩子，但沒有找到，於是便扯下褪了色的府綢窗帘，抽出掛著它的鋼絲繩。他看到窗外如此這般怎樣推著自己的那輛自行車到魯達去。馬雷克・馬雷克突然感到很愜意，外面的雨總算停了，冬日灰色的光線從所有的窗口射進室內。那隻鳥也平靜了下來，或許已經死了。馬雷克・馬雷克將鋼絲繩打了個活套，固定在門邊的鉤子上，母親曾在鉤子上掛炒菜的平底鍋。他想抽上一口，又一次開始尋找香菸。他聽見每張紙片的沙沙聲，地板的嘎吱聲，撒落的什麼藥片打在木板上細微的響聲。香菸他卻沒有找到。他徑直走到鉤子下邊，將活套安放在自己的脖子上，整個人往地板上溜。他感覺到脖梗子劇烈的、異乎尋常的疼痛。一會兒鋼絲繩便繃緊了，可隨後卻變得鬆弛，從鉤子上脫了出來。馬雷克・馬雷克掉到了地上。他不明白究竟出了什麼差錯，疼痛放射到全身，那隻鳥重又開始叫了起來。「我活得像豬，死得也像豬！」馬雷克大聲說，在空空如也的房子裡聽起來就像吆喝別人來交談。他的雙手哆嗦，再次把鋼絲繩繫到鉤子上——將它打了個結，又纏了一圈，扭了扭。現在活套比先前高出了許多，但沒有高到需要站到椅子上，也沒有低到他能坐下去的地步。他將活套從腦袋套到脖子上，腳後跟支著前後搖晃了片刻，而後突然朝地面一沉。這一次疼痛是如此猛烈，足以讓他眼前發黑。他張大嘴巴吸氣，而雙腳卻在絕望地尋找支點，雖說他根本不想這樣做。他掙扎著，爲發生的事感到驚詫，直到猛然間，在短短的一瞬裡，一種莫大的恐懼感籠罩了他，竟使他尿了一褲子。他望著自己穿著破襪子的兩隻腳亂踢亂踹，在一灘尿裡滑動。「要不明天再幹。」他還懷有希望地思忖，但他已不能給身體找到支點了。他再朝前邊撲了一下，嘗試用雙手支著身子，但就在這個瞬間他聽見頭腦裡嗡地一聲——這是一聲轟鳴，一聲槍響，一聲爆炸。他想抓住牆壁，但他的一隻手只在牆上留下骯髒、潮溼的印跡。他不再動彈，因爲他還希望，所有的壞事都會從他旁邊過去，不會注意到他。他兩眼緊盯著窗口，腦子裡產生了某種模糊不清、正在消逝的想法：要是如此這般轉身回來……後來窗口明亮的直角形就消失了。

夢

去年我給「下西里西亞交易所」發了份通告，說我收集夢。但很快我便大失所望，因爲人們都試圖將夢賣給我。他們寫信來說：「讓我們先談好價錢。」「我建議二十茲羅提一個夢。這是個公道、誠實的價格。」我拒絕了他們的報價。否則我會因別人的夢而破產。我還擔心，他們會爲了錢而杜撰、捏造出許多夢來。從本質來說，夢跟錢是沒有任何共同之處的。

不過我在網路上找到了一個網頁，人們在那裡自動寫滿了自己的夢，不要錢。每天早上那裡都會出現新的頁面，用的是不同的語言。他們爲了別的人，爲了操各種語言的外國人而記錄下自己的夢。他們之所以這樣做的原因，其實我也不明白。也許是由於講述自己夢的願望像飢餓一樣需求迫切，也許對於某些人來說甚至比飢餓時的需求還要更爲迫切——那些人還在早餐之前，一覺醒來就立刻打開電腦，寫道：「我夢見……」後來我也壯起膽子，在那兒寫點小夢，那全是微不足道的小夢。這是我爲了有權閱讀別人的那些夢而爲自己準備的入場券。一大早就打開電腦世界的大門逐漸成了我的習慣——

冬天早上，當外面還是漆黑一片，廚房裡剛煮上咖啡；夏天清晨，當窗口灑滿陽光，過道通向陽台的門大敞著，而兩條母狗也剛從自己領地的巡視中歸來，這時我總是在電腦前用功。

如果有規律地這樣做下去，如果每天早上認眞閱讀幾十個，甚至幾百個別人的夢，就容易發現，它們彼此之間總有某種相似之處。我早就想過，別人是否也看出了這一點。那是些亡命的夜晚，戰爭的夜晚，嬰兒的夜晚，曖昧愛情的夜晚；是一些在旅館、火車站、大學生宿舍、自家住宅的迷宮裡徘徊尋路的夜晚；或者是敞開門、打開許多盒子、箱子、櫃子的夜晚；或者是旅行的夜晚，那時做夢者往往要跟火車站、飛機場、火車、高速公路、路旁的蝴蝶打交道，他們或丟失箱子，或等票，擔心著急，生怕來不及換乘。每天早上可以把這些夢像珠子一樣用細繩子串起來，從中就可弄出一個有意思的結構，做出一條獨一無二，但本身是完整、美妙、無瑕的項鍊。由這些經常重複的情節，可以大膽地給夜晚加上各種標題：「救助弱者和殘疾者的夜晚」、「天上降落的事物的夜晚」、「怪獸的夜晚」、「收到信件的夜晚」、「丟失貴重物品的夜晚」。或許這還嫌少，或許還應當以夜裡的夢來命名白天。或者命名整個月份、整個年份、整個時代，在這些月份、年份、時代中人們以相同的、始終如一的節奏做著相似的夢，太陽出來時便不再感覺到這種節奏。

倘若有人能夠研究那種只有我才能看到的事物，倘若他能數清那些夢中出現的形象、畫面、情感，從中節略出主題，將這些統計資料與各種相關檢驗聯繫在一起，就像神奇的膠黏劑能把那些看起來似乎不可能聯繫在一起的事物聯繫起來一樣，或許他就能從中找到某種類似於這個世界上交易所或大型機場的運作模式的意義——這種模式可表現為精細的聯絡圖或固定的時刻表；找到某種不可預知的預感和精確的計算法的意義。

我常請瑪爾塔給我講講她自己的夢。她總是聳聳肩膀。我認為她不把夢當回事。我心想哪怕她夜裡做夢，她也不會讓夢留在自己的記憶中。她會抹掉那些夢，如同從自己印有大草莓圖案的漆布上抹掉潑在上面的牛奶一樣。她擰乾了抹布，給自己低矮的廚房通風。她的目光停留在天竺葵上，將它們的葉子放在手指上揉搓，而那又酸又澀的氣味總能壓住房裡在她那兒發生的任何事。若能了解瑪爾塔的哪怕是一個夢，付出多少我都在所不惜。

但是瑪爾塔卻常常講別人的夢。我從來沒有問過她，她是從哪裡知道的。或許她杜撰了那些夢，如同她編造自己的那些故事一樣。她利用別人的夢，一如她利用別人的頭髮編假髮。當我們一起去什麼地方，去克沃茲科或是新魯達，她坐在停在銀行前面的小汽車裡等我。她總是通過窗口看人。然後，在小汽車裡，她總是一邊翻閱與所購物品一起發來的廣告，一邊有意無意地講點什麼，比方說，講別人的夢。

我永遠不能肯定，在瑪爾塔所講的和我所聽到的事物之間是否存在著界線。因爲我不能將她和我區分開，將我倆知道的和不知道的事物區分開，將新魯達廣播電台早上說的和刊載有電視節目的報紙週末版上寫的東西區分開，不能將一天裡的鐘點，甚至不能將谷地裡太陽照耀到的和照耀不到的村莊區分開。

小汽車日

我們在森林裡發現了一輛小汽車。它是那樣不引人注目，以致我們撞上了它積滿針葉的長長的車罩子。在前邊的座位上長了一棵小樺樹，方向盤纏滿了爬牆虎。R說，這是一輛戰前德國造的「小奇蹟」車。他對小汽車內行。車體的金屬零件完全鏽壞了，而車輪的一半陷在森林的枯枝落葉層中。我試圖打開方向盤那一邊的車門，門把手留在了我的手中。車內皮革蒙面上長滿了黃色的蘑菇，並如急馳下瀉的瀑布那樣垂落到滿是坑窪窪的底部上。我們沒有對任何人說起過這項發現。

傍晚，從森林裡由邊境的方向駛出了另一輛小汽車——掛著瑞士車牌的講究的紅色豐田車。胭脂紅的漆面上瞬間反射出西下的太陽光。它關閉了引擎駛進谷地。夜裡緊張的邊防軍帶著手電筒跟蹤它的轍跡。

早上，網路中出現了關於小汽車的夢。

阿摩斯

新魯達合作銀行的克雷霞做了個夢。那是在一九六九年早春時節。

她夢見自己的左耳中聽到一個聲音。起先是個女子的聲音，不停地說著，說著，可是克雷霞不明白說的是什麼。她在夢中乾著急。「如果有人總是在我耳中討厭地嘮叨著，我將如何工作？」她在夢中思忖，但願這聲音能夠停息，如同關掉收音機，或是將電話聽筒擱到機座上。然而它卻不能被消除。聲音的源頭深深潛藏在耳朵裡，藏在布滿鼓膜和耳輪的彎彎曲曲的小迴廊之中，藏在微顯潮溼的薄膜的迷宮深處，藏在耳內黑暗的洞穴裡。無論是用手指挖，還是用手掌捂住耳朵都壓不住這聲音。克雷霞覺得，整個世界必定都會聽到這嘈雜聲。或許正是由於這個聲音，整個世界都在顫動。耳中總在不停地重複某些句子，語法完全正確的句子，聽起來很美的句子。然而這些句子卻沒有意義，只是模仿人的說話方式而已。克雷霞害怕它們。但不久之後克雷霞的耳朵裡也響起了另一個聲音，男人的聲音，它親切、純淨。跟這個聲音交談是件令人愉快的事情。「我叫阿摩斯。」他說。他詢問她的工作，詢問她父母的健康，但她有個印象，其實這些詢問都是毫無必要的，他知道有關她的一切。「你在哪兒？」她遲疑地問他。「在馬里安德。」他回答說，而她知道，在波蘭中央地帶有這麼一個區域。「爲什麼我在我的耳朵裡聽見你說話？」她還想知道點什麼。「妳是個不同凡響的人，我愛上了妳。我愛妳。」同樣的情況還發生過三、四次。同樣的夢。

早上她在忙於銀行來往業務中喝著咖啡。外面下著軟溼的雪，很快就融化了。潮氣甚至滲進了有暖氣的銀行辦公室，侵入了衣架上的大衣、人造革手提包、哥薩克皮靴和前來辦事的客戶。對於銀行信用貸款部頭頭克雷霞·波普沃赫來說，這是個不同尋常的日子，在這一天她理解到，自己是有生以來第一次領略到被人專斷地、不容分說地、無條件地愛著的滋味。這是個驚人的發現，宛如臉上挨了一拳，打得她暈頭轉向。銀行大廳的景象變得蒼白了，她的耳朵裡短時間沉入靜寂。在這突如其來的淹沒了她的愛情中，克雷霞感到自己就像一把迄今從未用過的茶壺，第一次灌滿了純淨得透明的水。沖好的咖啡涼了。

她的做法是：提早下班，徑直去了郵局。她拿起了波蘭中央地區各大城市的電話號碼簿：羅茲的、謝拉茲的、科寧的、凱爾采的、拉多姆的，自然還有琴斯托霍瓦的，最後她拿到了她關心的馬里安德的。她掀開了字母A開頭的那一頁，用染紅了的指甲在姓氏欄從上到下移動。在羅茲、謝拉茲、科寧等城市都沒有阿摩斯或阿摩茲。在爲數不多的農村電話網用戶中也找不到他的姓氏。她現在的感覺，最貼切的說法就是憤怒。她知道，他一定是待在什麼地方。她頭腦裡一片空白地坐了片刻。然後再一次開始尋找。她拿起了拉多姆、塔爾努夫、盧布林、伏羅茨瓦維克的電話本。她找到了莉迪婭．阿摩舍維奇和阿摩辛斯基夫婦。然後她那絕望的思維開始找竅門，玩文字搭配：阿摩斯，索馬，馬索，薩摩，奧馬斯，直到那雙指甲染紅的手拆開了這個其中的密碼——阿．摩斯，顯克維奇②街五十四號，琴斯托霍瓦。

克雷霞住在農村，一輛骯髒的藍色公共汽車天天從鄉下送她進城。汽車在盤山公路和彎道上爬行，有如一隻發灰的甲蟲。冬季，天黑得早，它那對燃燒的眼睛掃視著石頭覆蓋的山坡。它曾受到過祝福。它讓人們認識山外的世界。所有的旅行都由它開始。

克雷霞天天坐它上班。從汽車在車站把她帶走的那一刻算起，到她站在銀行厚重的大門前爲止總共用了二十分鐘。在這二十分鐘裡世界變得難以辨認。森林成了房屋，山中草地成了廣場，牧場成了街道，清澈的小溪成了每天變幻不同顏色的小河——因爲它不幸從布拉霍貝特紡織廠附近流過。克雷霞在公共汽車裡就脫掉了膠鞋（她稱之爲雨

②波蘭著名作家，諾貝爾文學獎得主。他的不朽名作《火與劍》、《洪流》等均有中譯本。

鞋），穿上了皮鞋。鞋後跟在銀行大樓寬闊的德式台階上敲得橐橐響。

她在銀行是最雅致最講究的人物。時髦的髮型——精心梳理的淡黃色燙髮，染了色的髮根。日光燈照在她的頭髮上射出洋娃娃般的鑽石的反光。用加長型睫毛膏的效果在她那光滑的臉頰上投下了柔和的陰影。珍珠色的口紅微妙地勾勒出她嘴巴的輪廓。年歲越長，越是濃妝豔抹。有時她對自己說：「夠了，別再塗胭脂抹粉了。」但爾後她又發現，歲月的流逝剝奪了她面部的清晰性，模糊了線條。她甚至覺得，她的眉毛稀疏了，湛藍的虹膜發白，失去了光彩，嘴唇的線條越來越不清晰，而整個面部變得不確定，彷彿就要枯萎。這是克雷霞最害怕的。她擔心自己會來不及開花就凋謝了。

三十歲的克雷霞跟父母一起住在新魯達附近的農村。他們充滿希望的房子坐落在拐向曲折的盤山公路的破爛的地方公路旁邊，似乎可以預想到地理位置會給它帶來參與歷史進程的光榮——軍隊浩浩蕩蕩從這兒頻繁過往，尋寶者在這兒從事各種冒險活動，邊防軍在這兒追逐從捷克走私酒的人。然而公路和房子都不走運。沒有發生任何事。只是房屋上方的森林變得稀疏了，猶如克雷霞的眉毛；她的父親有系統地不斷砍伐幼小的樺樹做轅桿和棍棒，砍伐松樹做聖誕樹，長高的青草使羊腸小道變得模糊，像她嘴巴的線條那樣；他們房子粉刷成藍色的牆壁發白，就像克雷霞的眼睛。

克雷霞在自己家裡的地位相當重要：家裡靠她賺錢、購物、把買好的東西用母親縫製的手提包拎回家。她在頂樓有自己的房間，有沙發床和裝衣服的櫃子，但是只有在銀行她才成了一個人物。在這裡她有辦公室，用薄得像硬紙板的膠合板與顧客熙來攘往的大廳分隔開。坐在自己辦公桌後面，聽得見銀行嘈雜的聲音——開門關門的咯噹聲，農民沉重的皮靴在木地板上走動的咯噔聲，總愛蜚短流長講別人閒話的婦女們壓低了嗓門的喊喊喳喳聲，兩個最後的舊算盤——管理部門還沒來得及把它們換成新式的帶把手的噠噠響的計算機——發出的敲擊聲。

十點鐘左右就開始喝咖啡的日常習慣：鋁質小匙子叮噹作響，玻璃杯底輕微地磕碰著托盤，這些都成了辦公室的鈴聲。她把磨好的昂貴的咖啡放在裝過果醬的玻璃罐中從家裡帶來，公平地分配到每個玻璃杯中，沸水在它的水面上形成了厚厚的褐色浮膜，直保持到瀑布一般地撒下糖的時候。咖啡的芳香彌漫著新魯達合作銀行，直到天花板，而那些恰好在這時排隊等候的農民則咬著嘴唇，抱怨自己不遲不早偏偏碰上了喝咖啡的神聖時刻。

就在這時克雷霞記起了自己的夢。

像她這樣無緣無故被人所愛是件多麼痛苦的事。這樣的愛情給人帶來了何等的不安！由於難以置信，思緒是多麼雜亂無章，加速跳動的心臟在怎樣膨脹！世界又是在怎樣游移和失去具體的可知性！克雷霞突然變得孤立無助起來。

復活節過後，銀行接到通知，在琴斯托霍瓦爲銀行工作人員舉行業務培訓會議。她認定這是最現實的提示，就去了琴斯托霍瓦。她把自己的衣物收拾到人造革旅行包裡，心中想著上帝。她尋思，儘管人們對上帝眾說紛紜，但上帝總是在最適宜的關頭顯聖。

她乘的是一列昏昏欲睡的列車，裡頭塞滿了疲憊不堪、無精打采的乘客。車廂單間沒有空位子，她只好緊貼著骯髒的窗玻璃站立在過道上，就這麼站著打瞌睡。後來夜裡有人下車，她終於能坐下來。她擠在那些被乾燥的空氣烘熱的身體之間，睡著了。她睡得很沉，黑糊糊地，油膩膩地，完全沒有圖像，連思想的殘存碎片也沒有。直到她一覺醒來，這才明白自己是在旅途之中；此前只是在空間裡移動，普通的、漫不經心的地點變化。只是夢關閉了舊的，敞開了新的；一個人死一般地睡去，另一個人醒來。這黑暗的空間不分晝夜，是眞正的旅行。幸好從新魯達開出的駛向遠方世界的所有列車都是在夜裡行駛。她想，在這次旅行之後，再也沒有什麼跟先前一模一樣的東西了。

凌晨她到達琴斯托霍瓦。時間還太早，她任何地方也去不成，於是在車站酒吧要了杯茶水，捧著玻璃杯暖手。在鄰近的小桌子旁邊坐著一些裹在方格頭巾裡的老年婦女、被菸草熏得過頭的男人、爲生活所累的丈夫、面孔像破舊錢包的父親、因做夢而臉色緋紅的兒童——從他們半張半合的嘴角流淌出淡淡的一團口水。

等待天亮用了喝兩杯檸檬茶和一杯咖啡的時間。她找到了顯克維奇街，向上走，走在街道的正中央，因爲小汽車尚未甦醒。她望著一扇扇窗戶，看見褶皺密集的窗帘，還有偎倚在窗玻璃上的橡皮樹。在某些窗戶裡還亮著燈，但燈光發白，不引人注目。人們在這種光線裡正匆匆忙忙地穿衣、吃飯，婦女在煤氣灶上烘乾長襪或是爲上學的孩子準備三明治，鋪好的床將體溫保留到下一個夜晚，燒糊的牛奶冒著糊味，鞋帶回到皮鞋穩當的洞孔中，收音機在播送新聞，但誰也不聽。後來她遇上第一個買麵包的隊伍。所有的人都在默默無言地排著隊。

顯克維奇街五十四號是一棟灰色的大房子，底層開了個魚店，帶有一個深深的庭院。克雷霞站立在房子前面，懶洋洋地打量著那些窗戶。我的上帝，原來是這等普普通通。

她在那裡站了約莫半個鐘頭，直到最終不再感到寒冷。

培訓枯燥到極點。在專門買來作記錄的本子上，克雷霞心不在焉地用原子筆胡亂塗寫。主席台桌子上鋪的綠色呢子給她某種慰藉。她本能地將它撫平。合作銀行的工作人員在她看來都非常相像。女人被氧化成淺黃色的頭髮都剪成西蒙娜③的髮式，嘴唇都塗了仙客來色的口紅。男人淸一色都穿著藏青色的西服，都帶個豬皮的皮色。像彼此約好

③西蒙娜．西蒙：法國女演員。

了似的。休息抽菸的時候盡說些俏皮話。

晚餐是麵包和黃色的奶酪，用陶瓷杯喝茶。

晚餐後大家都轉移到康樂室，桌子上出現了燒酒和酸漬的小黃瓜。有人從皮包裡掏出一套鍍錫的小酒杯。男人的手在穿著尼龍長襪的女人膝蓋上游蕩、徘徊。

克雷霞微帶醉意去睡覺。她的兩個室友凌晨才出現在房中，她們相互悄聲提醒著要注意保持安靜。這樣過了三天。

第四天她站立在油漆成棕色的門前，門上掛著瓷質的小牌子：阿·摩斯。她敲了敲門。

給她開門的是個高個子、瘦削的男人，身著長睡衣，嘴上刁著香菸。他有一雙深色的充血的眼睛，彷彿好長時間沒有睡覺似的。當她發問的時候，他眨了眨眼睛。

「阿·摩斯？」

「不錯，」他回答，「阿·摩斯。」

她燦然一笑，因爲她覺得認出了這個聲音。

「我就是克雷霞。」

感到意外的男人後退了一步，讓她進入門廊。住宅小而擁擠，灑滿了日光燈銀色的光。看起來就像火車站那樣凌亂、邋遢。到處是裝有書籍的硬紙箱，成堆的報紙，收拾了一半的衣箱。通過盥洗間敞開的門冒出蒸汽。

「是我，」她重複了一遍，「我來了。」

男人突然圍著她打轉轉，大笑起來。

「可小姐是誰？我認識小姐嗎？」他突然又拍了拍額頭。「當然，不用說，是小姐，小姐是……」他把手指在空中彈擦得劈啪響。

克雷霞明白，他沒有認出她來。可這也不值得大驚小怪。要知道他是在另一種情況下，通過做夢，從內裡認識她的，而不是像所有的人那樣在正常的情況下彼此相識。

「我會把一切都向您解釋清楚。我可以再往裡頭走進一點嗎？」

他遲疑了一下。香菸灰落到了地板上。男人伸手向她指了指房間。

她脫下鞋，進去了。

「小姐您看，我正在收拾行李。」男人如此解釋房內的雜亂無章。他把沙發床上揉得皺巴巴的被子送到了另一個房間，返回後便在她的對面坐下。洗褪了色的長睡衣露出他胸口的肋骨：真是瘦骨嶙峋。

「阿・摩斯先生，您是不是有時夢見了什麼？」她沒有把握地問道，立刻就知道自己犯了錯誤。男人縱聲大笑起來，巴掌拍在條紋睡衣蓋住的大腿上，嘲諷地望著她。至少她覺得情況就是如此。

「有意思，小姐來找一個不相識的傢伙，就爲了問他，是不是夢見了什麼。這眞的像夢一樣，像夢……」

「我認識先生。」

「是嗎？怎麼小姐認識我，而我卻不認識小姐呢？咳，或許我們是在雅希的演唱會上相識的？在雅希・拉特卡那兒。」

她否定地搖了搖頭。

「不是？那又是從哪裡認識的？」

「您叫阿・摩斯。」

「我的名字是安德熱伊④。安德熱伊・摩斯。」

「克雷斯蒂娜・波普沃赫。」她說。

他倆都站了起來，彼此握了握手，又重新坐下，神色都有些尷尬。

「那麼……」過了片刻他開了口。

「我叫克雷斯蒂娜・波普沃赫……」

④在波蘭語中安德熱伊（Andrzej）與阿摩斯（Amos）都是以字母A（音「阿」）開頭。

「這我已經知道。」

「我今年三十歲，在銀行工作，擔任主管的職務。我住在新魯達，您知道那是在哪裡嗎？」

「在卡托維茨附近的什麼地方。」

「完全不是。是在伏羅茨瓦夫省。」

「啊哈，」他漫不經心地說，「您不想喝點啤酒嗎？」

「不。謝謝。」

「既然如此，我只好自己喝了。」

他站起身，走進廚房。克雷霞見到壁櫃上有台打字機，捲筒上還捲著一張紙。她突然想到，他此刻該做些什麼，該怎麼說，一定都寫在那兒呢，她甚至站起了身子，但安德熱伊・摩斯已返回來，他手裡拿著一瓶啤酒。

「說句實話，我原以爲小姐是住在琴斯托霍瓦。有那麼一瞬間我甚至覺得，我認識小姐。」

「是嗎？」克雷霞高興地問。

「我甚至想過……」他眼睛射出一道閃光，就著瓶子喝了一大口酒。

「什麼？」

「您知道，是這樣，人有時記不住所有的事情。並不是總能記得住。或許我們之間眞有過些什麼？在演唱會上，在……」

「不，」克雷霞急忙說，她感到自己臉發燒。「我從來沒有見過您。」

「怎麼，您不是說認識我嗎？」

「是的，但只是認識您的聲音。」

「我的聲音？上帝，您要什麼花招？我大概在做夢。到我這兒來了一位姑娘，一口咬定，說是認識我，卻又是平生第一次見到我。只認識我的聲音……」

驀然他呆若木雞，一動不動，酒瓶子仍貼在嘴邊，目光死死盯住了克雷霞：

「我明白了，小姐是安全局的。妳認識我的聲音，因爲妳竊聽過我的電話，對嗎？」

「不對。我在銀行工作。」

「好，好，不過我已拿到了護照，就要走。我就要出國，妳明白嗎？我就要到自由世界去。就像妳看到的，我在收拾行李。這已經到了盡頭，你們不能再把我怎麼樣。」

「請您別……」

「妳想幹什麼？」

「我夢見了您。我是通過電話簿找到您的。」

男人點著了香菸，站了起來。開始在塞滿破舊家具的房間裡從窗口走到房門來回踱步。克雷霞從小手提包裡拿出身分證，打開放到桌子上。

「請您看看，我不是什麼安全局的。」

他俯身到桌子上方，朝證件瞥了一眼。

「這什麼也不能說明，」他說，「要知道證件上不會寫著誰是安全局人員。」

「我該怎麼做，您才能相信我呢？」

他挺立在她的上方，抽著香菸。

「知道嗎，小姐？已經不早了。我這就要出門。我跟別人有約。再者我在收拾行李。我必須去辦理各種重要的事情。」

克雷霞從桌上拿起自己的證件，放進小手提包。她感到喉嚨憋悶得發痛。

「我這就走。」

他沒有挽留。他把她送到門口。

「就是說您夢見了我？」

「是的。」她邊說邊穿鞋。

「您是通過電話簿找到我的？」

她點了點頭。

「再見。我很抱歉。」她說。

「再見。」

她衝下樓梯，來到街上。她一路朝下走到車站，一路都在啜泣。睫毛膏融化了，刺激得眼睛生痛，世界變得模糊了，出現了許多閃亮的彩色斑點。售票處對她說，最後一列駛往伏羅茨瓦夫的火車已經開走，下一列要到明天早上才開。於是她去了車站酒吧，要了一杯茶。她什麼也不想，只是望著單調地浮泛著的檸檬片。霧濛濛、潮氣重的夜色從月台流入了車站內部。「這不是說明夢並不可信的證據。」克雷霞最後作如是想。夢總是有意義的，從來不會錯，是現實世界沒有成長到夢的正常狀態。電話簿說謊騙人，火車選擇了不適當的方向，街道看起來彼此過於相像，城市名稱中字母出錯，人們常常忘記自己的名字。只有夢是眞的。她覺得，在左邊的耳朶裡她又聽到那溫存的、充滿愛戀之情的聲音：

「我給詢問台打過電話，小姐您要乘的開往新魯達的最後一班火車已經開走了。」安德熱伊・摩斯說，坐到了她的小桌子旁，用手指在潮溼的漆布上畫了個十字。「小姐睫毛上的睫毛膏糊了。」

她從小手提包裡掏出手帕，用唾沫弄溼了一角，擦了擦眼瞼。

「就是說您夢見了我？這是難以理解的獎賞。如此夢見一個不相識的人，一個住在國家的另一端的人……哎，說說看，在這個夢中發生了什麼事？」

「什麼事也沒有發生。只是您曾對我說話。」

「我說過些什麼?」

「說我是個不同凡響的女人，說您愛我。」

他把手指彈擦得劈啪響，慢悠悠地望著天花板。

「這是結識異性多麼奇特的方式。我佩服得五體投地。」

她沒有吭聲。用小匙子小口地喝著茶。

「我眞想此刻已經待在家裡。」過了一小會兒她說。

「我們走吧，到我那兒去。我有兩個房間。」

「不。我在這兒等車。」

「隨您的便吧。」

他走向販賣部，給自己端來一大杯啤酒。

「我想，您不是阿・摩斯。就是說，不是我夢見的那個人。我定是在什麼地方弄錯了。可能是另一座城市，不是琴斯托霍瓦。」

「有可能。」

「我將不得不再去尋找。」

男人猛地把啤酒杯往桌子上一擱，以致啤酒都潑出了一些來。

「可惜，我將無法知道結果。」

「不過您有相似的嗓音。」

「我們走吧，到我那兒去。您在床上睡個好覺，而不是在酒吧的小桌旁打盹。」

他看到，她有些躊躇。她睫毛上沒有了那些噩夢般的睫毛膏看上去要年輕得多。疲憊軟化了自命不凡的外省閨秀。

「我們走吧。」他重複了一遍，而她則無言地站了起來。

他拎著她的行李，重新朝山麓走去，踏上了已是空蕩蕩的顯克維奇街。

「在那個夢中還有些什麼？」他在房間裡一邊給她鋪沙發床，一邊問。

「我已不想說這件事了。這並不重要。」

「我們喝點啤酒？或者喝點燒酒好睡覺？我能再抽枝菸嗎？」

她點了點頭。他消失在廚房裡，而她猶豫了片刻之後走向了打字機。在她讀完一首詩的標題之前，她的心就開始怦怦跳。詩的標題是：《馬里安德之夜》。她立在打字機前方恍如癱瘓了一般。而她背後，在廚房裡她夢中的阿摩斯把玻璃杯弄得叮噹響。一個活生生的、溫存的、瘦削的、有雙發紅的眼睛的男人，就是這個人，他了解一切，理解一切，他進入人的夢中，在那裡播種愛情和不安。這就是那個推動世界的人，彷彿世界是塊大幕布，用它遮擋了某種別的眞理，難以捉摸的眞理，因爲那是沒有任何事物、任何事件、任何牢靠的東西支撐的眞理。

她用顫抖的手指觸動了打字鍵。

「我寫詩，」他在她背後說，「我甚至還出版過詩集。」

她無法轉過身來。

「喏，請吧，請小姐坐下。現在這已沒有什麼意義。我就要去自由世界。要是您給我地址，我會給您寫信。」

她聽見他的聲音就在自己身後，在左邊。

「您喜歡嗎？您閱讀詩歌嗎？這只是草稿，我還沒有把它寫完。您喜歡嗎？」

她垂下了腦袋。熱血在她耳中轟隆作響。他輕微地觸了一下她的肩膀。

「出了什麼事？」他問。

她轉身朝著他，看到他盯著自己的一雙好奇的眼睛。她感覺到了他的氣味——香菸、塵土和紙張的氣味。她偎依到這種氣味上，他們如此一動不動地站了幾分鐘。他的雙手抬了起來，遲疑了一下，而後就開始沿著她的後背撫摸她。

「可畢竟還是你，我終於找到了你。」她悄聲說。

他的手指觸摸到她的臉頰，他親吻了她。

「就算是吧。」

他把手指插進她氧化成淺黃色的頭髮，又伸嘴去咂吮她的嘴唇。後來他把她拉到沙發床上，動手脫她的衣服。她不喜歡他這種過於狂野的舉動，她感覺不到歡愉，簡直就像在作出犧牲。而她又不得不允許他隨心所欲。於是她被脫掉了裙裝、襯衫、吊襪帶和胸罩。他那瘦削的胸腔在她眼前移動——乾巴巴，像石頭一樣生硬、呆板。

「妳在夢中是怎樣聽我訴說的呢？」他氣喘吁吁地悄聲問。

「你是在我耳朵裡說的。」

「在哪隻耳朵裡？」

「在左耳裡。」

「在這裡嗎？」他問，接著就把舌頭伸進了她的耳朵。

一切都爲時太晚。她已不能解脫，無可逃遁，只好閉緊眼瞼，任其擺布。他用身體的全部重量壓服了她，占有了她，穿透了她，使她痲木。而她也不知是從哪裡知道，這是必經之途，知道首先得把屬於阿摩斯的東西給他，爲的是以後能將他本人帶在身邊，將他像植物，像棵大樹一樣栽到房子前面。因而她屈從於這個陌生的身體，甚至還用雙手笨拙地摟抱它，加入了有節奏的古怪的舞蹈。

「眞見鬼！」過後男人說，點燃了香菸。

克雷霞穿好了衣服，坐到他身邊。他把燒酒斟滿兩個酒杯。

「感覺如何？」他朝她投去短暫的一瞥，喝光了杯裡的酒。

「不錯。」她回答。

「我們睡覺去。」

「現在？」

「明天你要趕火車。」

「知道。」

「得上好鬧鐘。」

阿．摩斯慢慢向盥洗室走去。克雷霞一動不動地坐著審視阿摩斯的神殿。牆壁油漆成橙黃色，但經日光燈的冷色光照射變成了令人不快的青紫色。在床墊子從牆邊挪開的地方，看得出更鮮亮的橙子的顏色。她覺得，那地方發亮，刺眼。窗口掛著被香菸的煙熏黑的窗帘，右邊是個搬空了的壁櫃，上面擺著一台打字機，滾筒上戳著《馬里安德之夜》。

「你爲何愛上了我？」他從盥洗室返回時她問。「我跟別的女人有什麼不同？」

「妳是個發了瘋的女人，我敢向上帝保證。」

他又穿上了那件袒胸的條紋長睡衣。

「說我是個發了瘋的女人，是什麼意思？」

「妳是個瘋子。行事出人意料，缺乏理性。」

他給自己斟滿一杯燒酒，一口喝乾。說：

「妳穿行半個波蘭來找一個不相識的傢伙，對他講自己的夢，還跟他上床。這已足夠說明妳是發了瘋。」

「你爲什麼騙我？你爲什麼不承認你是阿摩斯並且知道有關我的一切？」

「我不是什麼阿摩斯。我叫安德熱伊·摩斯。」

「那麼馬里安德是怎麼回事？」

「哪個馬里安德？」

「《馬里安德之夜》，馬里安德是什麼？」

他噗哧一聲笑了，挨著她坐到椅子上。

「是市場上的一家酒館。所有的本地下三爛都到那裡喝酒。我爲此寫了一首詩。我知道，是首蹩腳貨。我寫過一些更好的段子。」

她難以置信地望著他。

歸程中充塞了開關門的咯噹聲——夜班火車的門、車間的門、車站廁所的門、公共汽車的門的咯噹聲。最後是家裡的大門發出的沉悶的撞擊聲。克雷霞扔下旅行包，旋即躺到了床上，睡了一整天。傍晚惴惴不安的母親來叫她吃晚飯。這時克雷霞已忘記她到什麼地方去過。夢，如同橡皮，擦掉了整個旅行。幾天後的一個夜晚，克雷霞在自己的左耳裡聽到了一個熟悉的聲音：「是我，阿摩斯，妳到哪兒去了呢？」

「怎麼了，你不知道我能去哪裡？」

「我不知道。」他回答說。「難道妳不是跟我一起漫遊？」聲音沉寂了。克雷霞覺得，這沉默是某種羞慚的表現。「妳別再走得那麼遠。」倏地她耳朵裡的聲音又響起來。「對你而言這意味著什麼？」她怒氣沖沖地問他。他大概是給這個腔調嚇壞了，只好保持緘默，而克雷霞則不得不從夢中醒來。

打自這次去琴斯托霍瓦的遠行之後，什麼都跟先前不一樣了。新魯達的街道乾了，灑滿了陽光。姑娘們將一束束報春花擺到辦公桌上。指甲上塗的指甲油脫落了，氧化的頭髮底部出現了黑色的髮根並將淺色的髮梢推向了肩膀。中午銀行大廳的大窗子打開了，街上的嘈雜聲——兒童的喧鬧聲、小汽車的噪聲、婦女突然加快了腳步的尖跟皮鞋的咯噔聲、鴿子劈啪響的振翅聲——從窗口湧了進來。下班成了一件令人愉快的事。狹窄的小街道吸引人們從它那兒經過，在那兒可細瞧人們的面孔，記住某些特殊的小院風光。咖啡館開門揖客，煙霧繚繞的空間充滿了好奇的目光和懶洋洋的談話。玻璃杯裡沖泡的咖啡飄出永恆的香氣，鋁質的小匙子發出叮噹的響聲。

五月克雷霞去找一位占卜家，向他詢問自己的未來。占卜家給她撰好了占星圖，而後閉目凝神地坐了許久。

「妳想知道什麼？」他問她。

「我將來會怎樣？」她說，而他必定是在眼瞼下看到了某種遼闊的空間，因爲他的眼球忽左忽右地轉動，彷彿看到了事物內在的發展前景。

克雷霞點著了香菸，等待著。占卜家看到了淺灰色的谷地，而在谷地裡看到了殘留的城市和村莊。畫面是靜止的，沒有生命的，化成灰燼了的，而且每時每刻都在褪色，變得蒼白。谷地裡的天空是橙黃色的，低矮而輕靈，猶如帳篷頂。沒有一樣東西在動，沒有一絲風，沒有一丁點生命。樹木使人想起石柱，彷彿盯住過羅德之妻⑤的目光也同樣盯住過它們。他似乎覺得，聽見了樹木在怎樣輕微地爆裂。那裡既沒有克雷霞，也沒有他自己，也沒有別的任何人。他不知道該說些什麼。他只感到由於心慌而引起的腹部痙攣。他害怕自己現在不得不撒謊、胡謅。

⑤典出《聖經》。上帝要剿滅索多瑪城，因爲羅德曾禮遇兩位天使，天使把他們夫婦和兩個女兒領出索多瑪城，讓他們逃往小城瑣珥並且囑咐他們不要回頭。上帝將硫磺和天火降向索多瑪城時羅德之妻回頭看，立即化爲鹽柱。

「永遠不會一次就徹底死去。妳的靈魂將會多次來到這裡，直到找到了它尋找的東西。」他說。隨後他深深吸了一口氣，補充說，「妳會出嫁，生孩子。孩子會生病，而妳會關心照料他。妳的丈夫將會比妳年紀大，會使妳成爲寡婦。妳的孩子會離開妳，走得很遠，或許會漂洋過海。妳死時將會很老。死亡將會使妳愉快。」

僅此而已。克雷霞離去時心境平靜，因爲這一切她都知道。沒有必要花這份錢。拿這些錢她能買件淡綠色的珍珠紗線的女襯衫，這樣的襯衫多以包裹的方式從國外寄來。夜裡她又聽見阿摩斯的聲音。他說：「我愛妳，妳是個不同凡響的人。」

在半睡半醒中她似乎覺得，能辨識出這個聲音，覺得她能肯定這聲音屬於誰，於是就幸福地睡著了。然而半睡半醒中做的夢，像所有的夢一樣，終必是夢。早上醒來時一切都化爲烏有，煙消雲散了，留給她的只是模糊的印象，彷彿她知道點什麼，只是她不很明白究竟是什麼。這就是一切。

豌豆

「想要認識世界，壓根就用不著出門。」瑪爾塔冷冷地說了這麼一句，當時我倆正在她屋前的台階上剝豌豆。

我問她，怎樣去理解這句話。或許她指的是可以讀書，看新聞，聽新魯達廣播電台廣播，在網路上漫遊，瀏覽報紙，到商店去聽各種流言蜚語。但瑪爾塔想的是旅遊的徒勞無益。

在旅遊中需要安排好自己，使自己能適應這種活動，使自己能適應世界。所有的注意力都要集中到自己身上，想著自己，自己照顧好自己。旅遊中最終總要碰到自己，似乎自己就是旅遊的目的。在自己家裡可就要自在得多，只不過是簡簡單單待著而已，無須為任何事去奮鬥，也無須去謀取任何東西。無須操心鐵路交通的連接和列車的時刻表。無須慶幸、讚嘆，也無須心煩、絕望。完全可把自己放在一邊，而那時獲得的感想會最多。

她說了這一類的話後，就沉默不語。她的這番高論使我驚訝不已，因為瑪爾塔不曾經歷過比去瓦姆別日采、新魯達和瓦烏布日赫更遠的旅行。

有些豌豆生了蟲子，我們把這些豌豆扔進了青草叢中。有時我覺得，瑪爾塔說的與我聽到的常常完全不一樣。

後來我跟瑪爾塔聊天，有一搭沒一搭地隨便閒扯。聊博博爾的狗，聊蝸牛侵襲了菜畦，聊野櫻桃汁。瑪爾塔在每個句子之間都留下了許多空間。有些話語停擱在我的嗓子眼裡，在我的口中打轉，就像那滾燙的馬鈴薯塊。R有時聽見我們的對話，總要笑我們。他說，我們彼此交談就像說夢話似的。瑪爾塔每逢回想起幾十年前出售訂做的假髮時，還會忽地活躍起來。那時她的手指醒來了，忙活著拿些編得很特別的髮辮或是頭髮分縫的精美結構給我看。

每次這樣的交談都會自行把話說盡，我們並排坐在她家屋子的台階上，或是坐在我家陽台的金屬椅子上，那些椅子由於去年的雨水侵蝕已經開始生鏽。在我倆之間播下的沉默，自己播下的沉默，向四面八方擴展著，貪婪地跟我們爭奪空間，讓我們連呼吸的空氣都沒有。我倆沉默得越久，開口說話的可能性就變得越小，一切可能的話題就顯得越遙遠，越不重要。這種沉默常常是柔順的，溫和的，有如多孔的人造纖維，給人以乾爽，愉快的觸覺，像那絲綢。可我有時生怕瑪爾塔不能跟我一樣感受到這一點，孟浪地突然拋出一句「啱，不錯……」或者「是這樣的……」或者甚至是一聲單純的、茫然的嘆息，來打破我們的這種靜默。這種擔心開始破壞我從沉默中獲得的全部樂趣，因爲我不知不覺成了它的衛士，從而也就成了它的囚徒，在我內心深處繃緊了弦，惴惴不安地等待著那些時刻，等待著某種神奇的、不可思議的光滑的東西，某種不受約束的出乎自然的東西變成了不可忍受的東西。這可心的靜謐終歸會結束。到那時我們彼此還能說些什麼呢，瑪爾塔？

好在瑪爾塔表現得總是比我聰明。她悄然無聲地站立起來，不引人注意地離開了我，回到了自己的那些用作點心餡的食用大黃，回到裝在硬紙盒裡的那些假髮，而我們共同培育的作物，我們共同的寧靜就跟隨她蔓延、擴展，籠罩著比先前更多的空間，更有力地延展著。那時我獨自留在寂靜裡，二度空間的、沒有屬性的我，處於時間拉長了的半存在狀態，無思無慮，仰望高空雲舒雲捲，唯有令人目眩。

腔棘魚⑥

黑森林下邊，朝北的方向總是陰。積雪在那裡躺到四月，酷似一條吸附在土地上的碩大的白色寄生蟲。山上有這樣的地方，那裡根本見不到太陽，或者一年中只有某段時間太陽能照到那裡。瑪爾塔對我講起過洞穴、岩石壁龕和裂罅。她說，在一個洞穴裡住著一種遠古的瞎眼的生靈，一條小小的完全是白色的蜥蜴，牠在那裡生活，而且不死。「牠會死的，」我回答道，「每個有生命之物都會死。或者可以這麼說，物種本身不會變，但單一個體一定會死亡。」不過我明白，瑪爾塔想說的是什麼。這就像我在兒時曾經想過的一樣。我曾想腔棘魚會永遠活著，這種所謂滅絕品種的代表逃過了死亡，或者甚至是物種本身將其作爲唯一不死的代表挑選出來，讓牠世世代代永遠證明該物種的存在。

⑥腔棘魚（Latimeria chalumnae）：體色鋼青，體長可達數米，主要以吃魚維生，棲身於深海岩石海底，被認爲是一種已經滅絕了的魚。但自一九三八年起，它又在非洲東南海岸偶有出現。

關於皮耶特諾的旅遊指南

皮耶特諾作爲某種反常現象出現在旅遊指南中，因爲它並非吸引人的旅遊熱點。比方說，在眾所周知的粉紅色的蘇台德旅遊指南中，有這樣的描述，說它是波蘭唯一的地理位置奇特的村莊，說每年從十月到翌年三月在這個居留點上見不到太陽，因爲乾山山脈從東邊和南邊環繞著它，伏沃齊斯克丘陵的一個最高的高地從西邊將它圍住。在一九四九年出版的西里西亞山脈旅遊指南中，關於皮耶特諾是這樣寫的：「皮耶特諾，位於新魯達西北的居留點，在瑪爾佐夫斯克山澗的上方。第一次提到它是在一七四三年（作爲 Einsiedler ⑦）。一七七八年的人口爲五十七人；一八四〇年爲一百一十二人；一九三三年爲九十二人；戰後，一九四七年爲三十九人。在一八四〇年，那裡有二十一幢房屋，其主人爲封戈埃特岑伯爵。山澗的較低部分建有一座水磨坊。一九四五年以後居留點部

⑦德語，意爲：移民點。

分地方無人居住。村莊處於風景如畫的深谷，以其特殊的地理位置而著稱，是個冬天陽光直接照射不到的地方。」

弗拉蒙利納⑧

弗拉蒙利納是一種冬天生長的蘑菇。從十月到翌年四月長在枯死的樹木上。香氣四溢，味道甘美。很難不注意到它——它像蜂蜜一般黃燦燦。然而誰也不在冬天採蘑菇。人們早就約定，在秋天時採蘑菇。因此，弗拉蒙利納就像一個生不逢時的人。由於出生得太遲了，一切在它看來都是沒有生氣的，僵化了的。它生活在這樣的時期，對於它的物種來說，世界在這個時期已然結束。它在自己周圍看到的只是陰暗的冬天景象，有時大雪紛飛，它那黃澄澄的菌蓋常被白色的雪片覆蓋了。它看到的是別的蘑菇的殘骸——蓋了一層白雪的微絨牛肝菌，它由於腿已腐爛而搖搖晃晃；鱗皮牛肝菌也已東倒西歪；多孔菌由於潮溼而倒伏。

阿格涅什卡幾乎總是在我拿弗拉蒙利納做蘑菇餡餅的時候到我家來喝咖啡。這使我

⑧弗拉蒙利納是一種冬瓜屬蘑菇。

不得不把她跟這些冬天的蘑菇聯繫到一起，產生一種相互的聯想。她常常坐在瑪爾塔喜歡坐的同一張椅子上。阿格涅什卡住在皮耶特諾附近，從山上可居高臨下地見到皮耶特諾全部的華美和貧困。她見過醉醺醺的男人和到處遊蕩的孩子，見過邁著顫巍巍的雙腿從山上拖拉樹木的婦女——她們多半也都是喝醉了的。她聽過狗的狺狺聲、乳牛的哞哞聲、雅謝克・博博爾的收音機的嗡嗡聲——那架收音機經常只能收聽到一個地方台。她看過滿是鴨糞的小溪，看過全村昏暗的影子、掉了毛的貓、壞了的機器和不能用的舊水泵。正是由於見得多，阿格涅什卡這才有那麼多可說的人和事。她整天坐在屋前的小靠背椅上，用鉤針鉤餐巾，從高處俯視皮耶特諾。她看到的是一幅三度空間的、色彩斑斕的全景畫，比衛星電視的圖像還要有趣得多。再者阿格涅什卡的丈夫從來不在家。只有上帝才知道他平時在哪裡牧羊，而冬天他則在森林裡幹活。此外他跟所有的人一樣酗酒。他們夫妻沒有生兒育女的福氣，因之阿格涅什卡只要能找到一個賞識她的、願意聽她說話的人，她必定說得很多。倘若她有孩子，她儲備的那些話語可早就迅速用盡，花光。

可是今天阿格涅什卡已不再醉心於有關皮耶特諾的話題。她的目光總跟著做煎餅的平底鍋的挪動而轉移，並且小匙子一小口一小口地喝著咖啡。

「當我還在布拉霍貝特紡織廠工作的時候，那光景……」她說著，但立即就煞住不說了，沉默了好長一段時間。

我知道，幾年前他們就把她解雇了。

布拉霍貝特每年組織職工參觀遊覽。有一次阿格涅什卡跟著參觀團去了奧斯威辛。簡直是美極了。一路上，男人們坐在旅遊車裡喝著燒酒，女人們唱著歌，把她們所有會唱的歌曲全都唱盡了。阿格涅什卡永遠忘不了奧斯威辛。那裡有家商店，不大，是家用空心磚建成的食品店。他們經過一整夜的旅行之後，清晨從大轎車上下來，就在這時商店正好開門。原來是適逢商店進貨，進了一批食用油，而那時所有商店的貨架都是空空如也，什麼也買不到，最多也只有芥末和醋。而這裡出售的食用油，想買多少就可買多少，不是限量每人只能買一瓶或兩瓶，而是想買多少都可以。於是大家都排好隊，誰想買多少就拿多少。阿格涅什卡大概拿了十來瓶。他們賣給了她。他們什麼也沒說，沒有要求票證，也沒有數購油的瓶數。這些油後來她用了兩年左右的時間，因爲光做菜用得了多少油！只有煎馬鈴薯餅、炒蘑菇、煎魚時需要用到油，做其他的飯菜油都用不太上。從奧斯威辛買的食用油甚至夠她用三年。

更多的話她沒有說。

而用弗拉蒙利納做餡餅的方法是這樣的：

十張煎餅
半公斤蘑菇
一個洋蔥頭
兩片又乾又硬的黑麵包
鹽、胡椒粉、肉豆蔻乾
兩匙搗碎的麵包乾
半匙人造奶油
炒蘑菇用的奶油
一匙奶油
半玻璃杯牛奶
一枚雞蛋

洋蔥須用奶油炒到發亮。然後放進切碎的蘑菇，加鹽和胡椒粉，加入刀尖上的那麼一丁點肉豆蔻乾。炒十分鐘。在這期間將麵包放在牛奶裡浸泡、擠乾、碾碎，同雞蛋和奶油一起加到蘑菇裡。用煎餅把餡包起來，滾上一層搗碎的麵包乾，放在人造奶油裡煎片刻，至變成金黃色起鍋。

蘑菇性

假如我不是人，我便會是蘑菇。我會是淡漠、無情的蘑菇，會有冷而光滑的皮膚，既堅韌又細嫩。我會陰鬱、怪異地長在翻倒的樹木上，總是默默無聲。我會用伸展開的蘑菇趾尖去吸吮樹中殘留的一點陽光。我會生長在死亡了的東西上。我會透過這死亡滲入純淨的土地——我的蘑菇趾尖會停留在那裡。我會比樹木和灌木都小，但我會長在高過漿果灌木叢的地方。我會是不持久的、短暫的，但是，作爲人，我不照樣是不持久的、短暫的嗎？我會對太陽不感興趣，我的目光會不再去追尋太陽，我會永遠不再等待太陽出來。我所思念的只會是潮溼，我會挺身迎接霧和雨，我會使溼潤的空氣在自己身上凝聚成水滴。我會分辨不出夜晚和白天，因爲我又何必去分辨它們呢？

我會具有跟所有的蘑菇同樣的能耐——躲開人的視線的本領。通過向人灌輸怯懦、迴避的思想製造混亂，從而能在人的面前逃之夭夭。蘑菇是催眠家，它們受之於天的是催眠的能力，而不是爪子、飛毛腿、牙齒和理性。採蘑菇的人昏昏欲睡地來到我們的上方，目不轉睛地盯著自己前方色彩斑斕的、由太陽光和樹葉構成的閃爍不定的畫面。我會把他們的雙腳死死拖住不放，我會讓他們的腿跟森林裡的枯枝落葉和乾死的苔蘚纏繞在一起。我會從下方看到他們外衣的背面，看到外衣的裡子。我會工於心計地一連幾個鐘頭一動不動，既不生長，也不變老，直到產生一種苦澀的信念，以爲我不僅控制了人，而且控制了時間。我會在白天和夜晚最關鍵的時刻——黎明和黃昏時長大，那時其他的一切生靈都正忙於從夢中醒來或沉入夢境。

我會對所有的昆蟲非常慷慨，我會把自己的身體奉獻給蝸牛和昆蟲的幼蟲。我心中會永遠沒有恐懼，我會不害怕死亡。我會想，死亡算得什麼，人們能對你做的唯一的事，無非是把你從地裡拔出來，切成碎片，用油煎炒，吃掉。

Ego dormio et cor meum vigilat ⑨

「瑪爾塔，瑪爾塔，你對所有的事都關心。」如此這般碰見瑪爾塔在路上用小棍子清理排水溝時對她這樣說。

然後，如此這般就推著自己的自行車到新魯達買香菸去了。我從窗口看到了他們。瑪爾塔清理完了自己的小水溝，小心翼翼地往下走。青草已長得很高，該是割草的時候了。我似乎覺得，即便在這裡我也感覺到瑪爾塔的氣味——灰色毛衣的氣味，她的灰白頭髮的氣味，她那薄而脆弱的皮膚的氣味。這是長久放在同一個地方的物品的氣味。故而在老房子裡如此容易感覺出來。這是某種曾經是流動的、柔軟的、而今已經凝固了的東西的氣味，不是死亡，而是凝固，死亡對它已沒有威脅。像溶化在水中、被遺忘了的明膠，像貼在食盤邊上的一條果子凍殘跡。這是滲入了被子裡的夢的氣味。這是喪失知

⑨拉丁語，意爲：我身睡臥，我心卻醒。

覺的氣味——當別人最後用打針、搖晃、拍你的臉頰把你弄醒時，皮膚就會散發出的氣味，自己的呼吸也會散發出的氣味。當你把臉靠近窗玻璃向外看的時候，呼出的氣息就會從窗玻璃上折返回來。

老年人都有氣味。瑪爾塔是老年人，雖然不是非常老。假如時間停留在過去，假如我像當年在老人部門工作時那樣年輕，瑪爾塔對我而言就是非常老了。她當會手拿塑膠袋子在燒得很熱、空氣乾燥的走廊裡徘徊。由於無所事事，她的指甲會覆蓋上一層角質。

下午我們到瓦姆別日采去找木匠，那個人是村子裡有人向我們推薦的。跟他談完事情之後，我們去了長方形大教堂。瑪爾塔很早以前到那兒去過一兩次，雖說她住得那麼近。她看起來很激動。她用最長的時間觀看掛滿那些側廊的還願畫——人的感恩轉化而來的畫及以各種可能的不幸和幸運的結局爲題材繪成的連環畫：它們展示了數以十計的相關疾病、輪迴和皈依的故事、昔日流行的習俗禮儀以及德國人簡潔的說明文字——作爲在這個充滿陰影的迴廊上存在著種種奇蹟的證據。

在大教堂的台階上我們默默無言地吃了鬆軟的冰淇淋。吃下了冰淇淋我們感到透心涼，加之由於對在教堂裡體驗到的各種事理的印象過於強烈，我們的身子都有些發僵。爲了暖和一下，也爲了活動活動發僵的身體，我們又沿著一條羊腸小道去參觀表現耶穌受難歷程的十字架之路。到了那裡瑪爾塔猝然興高采烈地把十四幅耶穌受難像中的一幅指給我看。

十字架上掛著個女人，一個姑娘。她穿的連衣裙是如此貼身，以致她的胸部在一層油彩的渲染下看起來像是赤裸的。髮辮環繞著用粗糙的石頭雕刻出來的憂傷的面孔精巧地蜷曲著，看起來彷彿雕刻這副面孔的石頭比髮辮風化得更快了些。連衣裙下露出一隻鞋，另一隻腳赤著。我根據這個特徵辨認出，在到阿格涅什卡家去的路上，小禮拜堂裡掛著同樣的一幅人物畫像。不過那幅畫像有鬍鬚，因此我常想過，這是身穿特別長的長袍的耶穌。畫像下邊有題詞：「Sanc. Wilgefortis. Ego dormio et cor meum vigilat」⑩，可瑪爾塔卻說，這是聖特羅斯卡。

後來開始下雨，驀然飄來一陣新鮮草木的芳香。小鎮幾乎空無一人。在出售紀念品的商店裡瑪爾塔給自己買了一個特價的小木盒，盒子上刻有「瓦姆別日采紀念」的字樣。而我在那些含有聖徒傳的小冊子中，花了一個茲羅提⑪買到了一本我在這一天應當找到

⑩拉丁語，意爲：聖維爾吉福爾蒂斯。我身睡臥，我心卻醒。

⑪波蘭貨幣名稱和基本單位。

的東西：《聖庫梅爾尼斯（又稱維爾吉福爾蒂斯）傳》，書沒有頁碼，沒有作者，沒有出版年代和出版地，只是在封底上，在右上角有人劃掉印刷的書價「三十格羅什⑫」並寫上了「一萬茲羅提」。

⑫波蘭貨幣名稱，一百格羅什等於一茲羅提。

舍瑙的庫梅爾尼斯傳

——由帕斯哈利斯修士在克洛斯泰爾藉助聖靈和本篤會修道院院長之力寫成

之一　在我打算撰寫庫梅爾尼斯的生平的時候，我向與她同在的聖靈請求，求他像樂於賜予她非凡的美德和贊同她苦難的死亡一樣，賜我表達的技巧和敏捷的思維，讓我能準確而有順序地描述她生活中的各種事件，讓我能用她的話語表達。因爲我是個沒受過教育的普通人，此外我還是個內心迷失的人，文字領域不是我的天賦所在。故而我請求寬恕我的無知，或許還有幼稚的膽大妄爲，我承擔的工作——描述一位如此不同凡響和偉大的人物的生和死，理應由一位同樣是不同凡響的大文豪去完成。我工作的目的是誠實的——我渴望證明眞實性，記錄下發生在我出生之前許多年但確實發生過的事。我之所以這樣做，是爲了堵住那些對她一無所知卻說她沒有存在過的人的嘴巴。

庫梅爾尼斯生平的開端

之二　庫梅爾尼斯出生對自己的父親而言是不完美的，但這種不完美的含意只在於她的父親期盼的是個兒子。可有時在人的世界裡不完美的事物而在上帝的世界裡卻是完美的。她是雙親的第六個女兒，她的母親在生產時死去，因此可以說，她們在人生的旅程中彼此錯過了——一個到來，另一個離去。庫梅爾尼斯在受洗時得到的名字是維爾吉福爾蒂斯或維爾嘉。

這件事發生在位於山麓的舍瑙村。山脈擋住了北邊來的風，因此那裡氣候溫和，而在南邊的山坡上有時還生長葡萄，這標誌著那片土地昔日更接近上帝，也更暖和些。西邊是別的雄偉的高山，擁有平整的峰頂，彷彿是用來作為巨人們用餐的餐桌，從東邊環繞舍瑙村的是長滿了樹木的陰森森的高地。從南邊延伸開去的是捷克平原遼闊的景貌——它籲請人們去周遊世界。因此維爾嘉的父親從來不曾在家裡坐熱過板凳。他整年都在狩獵，而每到春天他總要整裝上路進行更遠的征戰。他體格壯健，脾氣暴躁，動輒勃然大怒。他給自己的女兒們請奶娘和保母——實際上這就是他能為她們所做的一切。維爾嘉出生幾個月之後，他就動身去了布拉格，參加歐洲各國形形色色的騎士集會。從那裡所有的人就踏上了遠征聖地的征途。

庫梅爾尼斯的童年

之三　維爾嘉是在女人中——在自己的姊姊、奶娘和僕婦之中度過了自己人生的幼年時期的。家裡很熱鬧，兄弟姊妹眾多。有一次父親想把她招呼到身邊，卻忘記了她的名字——他有那麼多的孩子，腦子裡又裝著那麼多的事情，在自己的一生中進行過那麼多的戰爭，又有那麼多的農奴，以致女兒的名字從他的記憶中漏掉了。有一年的冬天，她的父親回來了，從遠征中帶回了下一任妻子。小姑娘愛上自己的這位後媽勝過愛自己的生命。小姑娘讚嘆她的花容月貌，讚嘆她那銀鈴般清越的嗓音和她那雙靡顏膩理的手——這雙手從樂器上能彈奏出神奇的音響，聽來如聞天籟。每當她望著這位後母的時候，她就想，自己將來也會是這般模樣——裊裊婷婷，儀態萬方，嬌柔如絨羽。

維爾嘉的體態遵循她所想望的藍圖發展——小姑娘長大了，變成了一個千嬌百媚的少女，見到她的人無不暗中驚嘆造物的神奇。因此許多貴族和騎士都迫不及待地等候姑娘的父親和主人歸來，以便預先爲自己定下姻緣並趕在別人前面向她求婚。

之四　當所有的女人兩年來一直在等待父親、丈夫和主人的歸來的時候，有一次，家裡出現了一個旅途勞頓的年輕騎士，宣稱自己在一個烈日炎炎的國度，在其他許多犧牲者的屍體中似乎見到了他的遺體。那年輕人在她們家裡住了整整一個夏天，用甜蜜的歌曲、在花園裡散步、講述有關蔚藍的大海和耶路撒冷金色大門的故事來寬慰維爾嘉的後母。但後來他永遠地消失了。後母哭哭啼啼，她的樂器躺在地板上，帶著斷了的琴弦。

不久之後，在一個漆黑的夜晚父親回來了。大家舉著火把把他迎進了家門。他鬍子拉碴，蓬頭垢面，老遠就散發出一股血腥味。他的馬匹累得到家立刻就倒下了，但男爵卻看都不看牠一眼。他的目光在幾個女兒的臉上移動，最後停息在維爾嘉的嫵媚的面孔上。而她卻覺得，自己見到的是個陌生人。

幾天之後維爾嘉深愛的後母出血而亡，而父親，不顧居喪期未滿，在一天之內就將五個女兒分別嫁給了自己手下最優秀的騎士。維爾嘉，作為唯一不到結婚年齡的女兒被送進了修道院。

初到本篤會修道院

之五　在布羅烏穆夫後面，在克洛斯泰爾居留點有個修道院，那是男爵的祖父捐資建立起來的。男爵把自己最小的女兒送到了那裡。他們乘車翻山越嶺去修道院的途中，男爵不得不背朝女兒的臉，他感到女兒的嬌嬈令他心疼。他在靈魂深處絕望地思忖，這個最美麗、最稱心、從而也最鍾愛的掌上明珠，如今卻變得如此遙遠、如此不可企及。

修女們歡天喜地地接納了小姑娘，不久便發現，她的精神美與肉體美完全相一致，甚至前者還高於後者。她們教會了這個孩子許多東西，當然修道院的規章也對見習修女提出了很高的要求。庫梅爾尼斯很快便學會了讀、寫、字正腔圓地唱聖詩和其他一些讚美我們天主的禮儀、方式。只要站在她身邊，就會感受到從她身上湧出的一股暖流，會使人的心靈得到淨化，變得崇高、可愛，甚至黑暗的斗室也顯得明亮起來。在她的言語中蘊含著她這種年齡從未見過的智慧，她的見解往往是少有的成熟。她瘦弱的身體散發出聖膏的芳香，有人在她的被子裡發現了玫瑰花，雖然是冬令季節。有人把她放在鏡子前面，鏡面上便出現了聖子面龐的形象並在那兒一直保留到第二天。

開始見習修行準備獻身天主的時期

之六　正是在這個時候發生了一件最可怕的事情——父親又一次從遠征歸來。他看到女兒顯得像個成年人，面對亭亭玉立的姑娘更加令他心疼。他暗自訂下了把她嫁給自己的戰友沃爾夫蘭・封潘內維奇的計劃。於是他派了個使者帶著書信去了修道院，讓她作好離開修道院的準備。由於她尚未舉行剃度禮，女修道院院長不敢拒絕男爵的要求。

有誰在什麼時候見過晚秋時節的群山，那時樹上還掛著覆蓋了一層閃亮寒霜的最後枯萎的樹葉，那時比天空略顯溫熱的大地正帶著初雪的花邊飾帶慢慢變成荒野，在乾枯的草地下邊也開始露出它那石頭的骨骼，那時從地平線模糊的邊緣開始滲出黑暗，那時一切聲響都突然變得尖厲，像刀似地懸在寒冷的空中——這個人就會感受到世界的死亡。但我想說的是世界一直都在走向死亡。日復一日地凋零，雖然由於某種原因，直到晚秋才揭開這種死亡的全部祕密。唯一在抗拒這種衰敗的有生命的地方——是人的身體，但不是整個身體，只是身體的一個小小的部分，在心臟下方搏動的部分，在正當中，在當中的當中，在人的眼睛看不到的地方，在那兒搏動著一切生命的源泉。

庫梅爾尼斯乘車回家，一路祈禱著，請求上帝將道路的走向倒轉，將時間捲成一個線圈，讓它不要流向任何地方。不久她便認識到外部世界的任何地方對於她都無可逃遁，她明白，在我們的天主居住的地方進行內部的漫遊成了唯一的救助。於是她跨進了自我的門檻，她在那裡看到了更爲寬廣的世界，上帝是這個世界的終結和開頭。

之七　這個旅行之後維爾嘉病倒了，一連幾個月發燒，臥床不起，大家都以爲她不久人世了，而她的未婚夫，雖說憂心忡忡，最後也開始物色別的意中人。可她卻又感到有些好轉，從此沃爾夫蘭陰鬱的目光便一直注視著她的康復。他那披掛著皮革和金屬甲冑的高大、瘦削、青筋突起的身軀，守護著她嬌小的身體。他那搭靠在砍掉過多少無辜者頭顱的劍上的手，似乎時刻準備著投入下一場戰鬥。

維爾嘉對父親說：「在我生病期間我見過從來不曾夢見過的事物。我到過一些我原以爲根本就不存在的地方。父親，請給我一點時間，直到我在身心上完全復原。請把我送到修道院去，一年後我會回來，那時就能把我嫁給沃爾夫蘭。」

但她父親是個鐵石心腸的人，把女兒交給那些修女的話他聽都不願聽，因爲到了那裡，女兒就會變成某種特殊的東西、某種沒人耕耘的東西，就像一片撂荒的田地。把她嫁給沃爾夫蘭·封潘內維奇，在某種程度上也是把他交給自己，就是說交給男性，上帝讓他自己成爲男性中的一分子，就是爲了占有和明智地支配天主的創造物。

於是他對女兒說：「妳以血肉之軀屬於塵世，除我之外你沒有別的主人。」女兒回答他說：「我有另一位天父在天上，他會給我物色另一位可以托付終身的人。」

男爵一聽此言就火冒三丈，說道：「我是你生的主人，他是死的主人。」

庫梅爾尼斯逃進山中的荒野在那裡受到魔鬼的誘惑

之八　庫梅爾尼斯明白，父親的固執比一切的勸說都更有力量。她終於逃進了山中的一片不毛之地，在荒野裡漫遊。她遇到了一座石頭山，山中有個洞穴，洞穴旁邊有道清泉。她悟到，這是上帝給她安排的藏身之所，讓她能經得住父親的憤怒並回到修道院去。她愛上了這個藏身之所，在裡面一住就是三年。她在孤獨和祈禱中打發時光。她靠蘑菇和草根度日，收集樹葉鋪床，枕的是粗糙的石頭。倘若有人覺得這是不可能發生的事，我可以請耶穌和眾位使徒作證，因爲我了解不少這樣的情況，人獨自受到群山接納，爲群山所供養。

就在這時，被她的聖潔所激怒的魔鬼出現在她那裡。魔鬼站立在洞穴的入口處，嘲諷地打量著她。而她不露聲色，對魔鬼視而不見，仍在不停地祈禱，以致儘管洞穴裡又冷又黑卻開出了水仙花，並用白色的花環圍繞著她。這樣一來魔鬼就不敢往裡走，只是站在原地，一個勁地挖苦她。魔鬼一會兒是個半人半馬的形象，一會兒看上去又像是半人半蛇，有時顯出的是一隻有一雙人眼的黑色大鳥。魔鬼看到各種變化都不曾引起維爾嘉的注意，就開始誘惑她——一會兒送來美味佳餚，把它放在洞穴的入口處，一會兒送來五顏六色的華麗女裝，一會兒又送來充滿世間智慧的書籍。

庫梅爾尼斯使卡爾斯堡的康拉德的孩子們恢復了健康

之九　好些令人感到驚奇的事例開頭都很少得到傳揚，因爲畢竟缺乏見證者，然而另有一些事件卻使人聽到有關聖女的消息。

有一次卡爾斯堡的康拉德伯爵夫婦帶著三個子女跨越幾座山頭，途中他們吃下了不安全的蘑菇，孩子們都得了重病。一家人暫住在臨近的村莊，母親已在爲自己的孩子們慟哭哀傷。康拉德聽說山中有位隱修的修女，便不顧自身尊嚴，飛身上馬踏遍林間小道，到處尋找。終於在上帝的幫助下找到了她，對她說：「我懇求你，救救我的孩子，請給他們第二次生命。」庫梅爾尼斯婉言謝絕他的請求，解釋說，她不願離開洞穴，她不配以天主的名義救治他的孩子們。康拉德跪倒在她面前，淚溼了她的雙腳，哀求不止。庫梅爾尼斯跟他一起去了村莊，在不省人事的孩子們身體上方畫了個十字，頓時使他們恢復了健康。

就這樣世界獲悉了聖女的行蹤，這成了她的榮譽，而後又成了她殉難的起因。

庫梅爾尼斯醫治染病的靈魂和由於心靈空虛而帶來的痛苦

之十　人們聽到有關她行奇蹟的傳聞之後，便開始成群結隊進入森林，找到洞穴請求幫助。有個魔鬼附體的人給變成了狼，夜夜嗥嘯不止，見人就猛撲上去，又抓又咬。家人把他領到聖女那兒，她俯身在他上方，衝著他的耳朵說了幾句話。而在場的人則都聽到她怎樣對纏在不幸者身上的魔鬼講話。他們交談了片刻，冷不防地魔鬼從病人的口中跳了出來。大家都看到魔鬼怎樣幻化成狼的形象竄進了森林。那人康復了，在健康和幸福中活到高壽。

還有這麼一個人，酗酒成癖，常常喝得昏迷不醒。聖女在他頭頂上方畫了個十字，默默祈禱了一陣子，然後將手伸到他的腋下，從那兒拉出一隻醜陋的大鳥，牠笨拙地拍打著翅膀，飛走了。

有時人們也把生病的動物帶到洞穴，而她從不拒絕救治牠們，她只是把雙手放在動物身上，爲牠們的健康祈禱，彷彿牠們也是人。

曾經有個人來請求扶持，這個人被逐出了故鄉的城市，因爲他在那兒觸犯了法律。

可是這人離開了故土便無法生活，並且在靈魂深處備受椎心思念的煎熬，以致於什麼事情也做不了。庫梅爾尼斯將雙手放在他的額頭上，從這一刻起這個人就逐漸康復，因爲她喚醒了他對在國外找到的東西的愛。他開始耕種土地，娶妻生子，還蓋了新屋。

人們也要求過她到那些瀕臨死亡的人們中去，引導他們的靈魂從死亡的迷宮中走出來。

庫梅爾尼斯艱難走到修道院發願修行

之十一　她還行了許多超乎奇蹟的奇蹟，但不久之後，尚未忘記怨憤的父親知道了她的行蹤。庫梅爾尼斯受到聖靈的警告並由聖靈指引，歷盡艱辛來到了自己的修道院，在那裡發願修行。她在祈禱、閱讀和嚴格的持齋把素之中孤獨地度過自己的光陰。每逢禮拜五她都坐在椅子上進入入定狀態。她修行的斗室的門總是敞開著。別的修女都說，從她的斗室經常發出金色的異彩，並傳出一種奇特的聲音，彷彿庫梅爾尼斯在跟什麼人交談。她去做彌撒的時候，修女們經常暗中觸摸她的長袍。

庫梅爾尼斯的父親強行接女兒回家

之十二　遺憾的是，一切怨憤、憎恨和絕望的生命都很長。庫梅爾尼斯的父親在精神處於混亂狀態的情況下不肯放棄自己的意圖。他得知女兒在修道院之後，便怒氣沖沖地前去接她回家，而他臉上和雙手上還看得見剛剛癒合的最近一次戰爭的傷口。他對女兒說：「我在進行保衛信仰的戰爭，而你在領婚姻聖餐禮之前已有許多時間去恢復體力，這段時間已經過去了。現在我們回家。」

她回答說：「我已不叫維爾嘉，既不是你的女兒，也不是沃爾夫蘭的未婚妻。我的名字叫庫梅爾尼斯，而且我已成了我們天主的新婦。」這番話使父親怒不可遏，他抓起自己坐的凳子狠狠地砸向那把他和女兒分隔開的柵欄。柵欄倒下了，而他一把抓住姑娘的手，拉著她就往外走。畢竟她年輕，有力氣，而他已衰老，且被頻繁的征戰弄得精疲力竭，故而她掙脫了出來，逃跑了。

雖說他深感受了致命的羞辱，但無論是在修道院院長還是在自己的僕從面前，他都表現得不動聲色，處之泰然。他在離修道院不遠的一家旅店過夜，將自己關在空氣又悶又汙濁的房間裡，讓自己慢慢恢復平靜的心態。

之十三 翌日他帶著沃爾夫蘭送給未婚妻的禮物和貴重的華裝豔服回到了修道院。她走進探視室的時候，他笑容滿面地迎了上去，說道：「告訴我，女兒，是否存在著兩類人，普通人和完美的人？你是否就屬於完美的人，而我則屬於那些普通人？你跟別的那些聽從父親的意旨和上帝的意旨出嫁，爲上帝的榮耀生兒育女的姑娘有何不同？爲什麼修道院的生活成了你的理想？要知道，人是能莊重地和聖潔地過著婚姻生活的，並不排除達到完美的可能性。兩條路都會讓上帝喜聞樂見。既然如此，爲什麼你要這樣固執地走一條製造出那麼多麻煩、令人痛心、破壞家庭的路？你是我最小的女兒，是我晚年的支柱。需知人從自己的天性上就是隨和、肯容讓、渴望跟別人相處的生物，而不是什麼孤寂、遁世、任性的……有什麼比跟另一個心愛的人建立共同生活，像我們的天主吩咐的那樣，愛他，跟他一起繁衍後代，獲得土地，更符合我們的天性呢？難道聖子不是對我們說過：『如果你們將來彼此相親相愛，那時你們大家都會認識到，你們都是我的弟子』嗎？」庫梅爾尼斯回答道：「我已經有了永遠鍾愛的良人，我已跟他結合。」父親聽後吼叫道：「什麼？未經我的同意，你已經有了人？」

「父親，請息怒，你的女婿是耶穌基督。」庫梅爾尼斯回答。

庫梅爾尼斯遭到自己父親不光彩的劫持和禁閉

之十四　男爵沒有得到所要求的結果悻悻而歸。毒化他心靈的不是思念，不是一廂情願的單戀式的愛，而是不能容忍有人敢於違抗他的意旨的惱怒和憤恨，所以他才慫恿沃爾夫蘭一起去犯下可怕的瀆聖罪——武裝襲擊庫梅爾尼斯所在的修道院，劫持了她，將她捆在馬背上帶回家。儘管她一再請求他們，央告他們，一再提醒他們，說她已不屬於塵世，而是屬於耶穌基督，他們卻全當耳邊風，肆無忌憚地把她關在一個沒有窗戶的房間裡，讓她在一段時間裡失去自由，爲的是瓦解她的意志，令她信服婚姻生活。父親每天都到這裡來，問她是否改變了主意。她堅持的時間越長，越是不肯讓步，他心中對上帝的怨氣和仇恨就越大。從歷次戰爭中他一無所獲，他的城堡和產業都陷入一片混亂，家庭已不復存在。於是他斷了女兒的食物和飲水，認爲飢渴能摧毀她的意志。但她每天以十字形狀躺在石頭地板上，不間斷地祈禱著。飢餓也把她無可奈何。沃爾夫蘭甚至已不想繼續禁錮她，並且開始請求男爵不要再固執下去了。

沃爾夫蘭有時透過門上的鑰匙孔窺視自己未來的妻子，總是看到她以同樣的姿勢躺在地上——兩手平伸，臉朝天花板。她的一雙眼睛注視著天花板上的一個點，一動不動。她顯得那麼淒美。

庫梅爾尼斯在被禁錮中祈禱

之十五　她不屈不撓地堅持著，祈禱著：「我蔑視俗界的王國和一切裝飾品，但不是由於對罪惡的畏懼，也不是出自虔奉宗教的動機，只是爲了對我們的主耶穌基督的愛，我對主耶穌基督是一見鍾情，永生永世地愛上他。主啊，我曾尋找過你的容顏，終於在我的心中找到了，塵世對於我便成了不必要的多餘的東西。主啊，你給了我女人的性別和女人的肉體，它成了紛爭和所有的欲望之源。主啊，請讓我從這種恩賜之物中擺脫出來，因爲我不知把它怎麼辦。請你收回我的美貌，請你給我永結同心的標記，說明你愛上了卑微的、不配你愛的我，而且從我一出生你就給自己定下來了。」

庫梅爾尼斯的奇蹟

之十六　我必須把聖女庫梅爾尼斯一生的故事接著寫下去，在此，我正寫到她臨近殉難的這一天，雖說我寫它是件困難的事，而你們對它將更難以置信。

男爵和沃爾夫蘭騎士在等待任何一點變化的時候，他們心中的憂懼也在增長，怕自己的希望會落空，怕自己的所作所爲是一種魯莽、冒失地試圖改變那些他們根本不能施加影響的事情。爲了驅散這種憂懼，爲了哪怕是片刻忘卻那被禁錮的姑娘，他們組織狩獵，舉辦宴會。於是乎清早號角齊鳴，晚上樂聲悠揚。

在一次宴會上，男爵對沃爾夫蘭說：「假若你到她那裡去，強行占有她，到那時，沒有領略過愛情滋味的她，或許就會明白她失去的是什麼，就會自己撲到你的懷中。你以爲，她跟這些樂於剝下裙子滿足每一次欲求的花娘有很大的差別嗎？」

沃爾夫蘭言聽計從地站立起來，搖晃了一下，不過立刻就打起了精神，徑直朝門走去。男爵用力推開偎在身旁的花娘，吩咐斟上一杯啤酒，等待著。然而沒過多久，沃爾夫蘭重新出現在宴會大廳。他驚魂未定，滿臉驚惶的神色，嘴巴一張一合，說不出半句話來，只是用手一味往自己身後指。男爵從長凳子跳將起來，逕直朝沃爾夫蘭出現的方向走去。好奇的賓客、僕從和樂手跟在他的後面簇擁著。

之十七　庫梅爾尼斯站立在沒有窗戶的房間裡，但已不是大家認識的那個少女。她臉上長滿了絲絨般的鬍鬚，披散的頭髮垂落到雙肩上。從被撕破的袒胸低領連衫裙的大領口挺出兩個赤裸的少女的乳房。她那雙黯淡卻不失溫柔的眼睛的目光依次掃過那些好奇者的面龐，最後停留在男爵身上，幾個花娘開始在胸前畫十字，又一個接著一個屈膝跪下。庫梅爾尼斯——抑或是別的什麼人——抬起雙手，似乎想把他們所有的人都摟到懷中。她用輕悄的嗓音說道：「我的主讓我從自身解脫了出來，他把他自己的面孔給了我。」

就在當天深夜男爵命令把怪物封砌在房間裡。沃爾夫蘭翻身上馬，沒跟任何人告別就悄然離開了。

魔鬼再度到來和他的三次誘惑

之十八 第一夜魔鬼變化成嬰兒的形象來到庫梅爾尼斯面前。當她有那麼一小會兒停止祈禱的時候，發現在牆跟有一個搖籃，裡面躺著一個無助地嚶嚶哭著的極小的孩子。

庫梅爾尼斯見到孩子感到驚訝，她中斷了祈禱，把孩子抱在手上，摟在懷中。魔鬼用他的粗嗓門縱聲大笑，得意洋洋地說：「我終於控制妳啦！」而她回答道：「不，這是我控制了你。」而且緊緊地將他貼在胸口。魔鬼想掙脫出來，但辦不到，於是又決定改變形象。可是從聖女胸膛迸發出的力量是如此強大，竟把魔鬼憋得吐不過氣來，直到完全失去魔力。魔鬼明白，他與之較量的這個人跟他一樣強大，可能由於跟天主相結合此人甚至在力量上比他還更勝一籌。他不肯放棄自己的圖謀，只能改變行動的方式。

「你本來可以去愛和被人所愛。」他說。

「我本來可以。」她回答。

「你本來可以懷上孩子，覺察到他在你體內的動靜，而後讓他來到世界上。」他說。

「交給世界。」她說。

「你本來可以給他洗澡，餵養他，給他換尿布，撫愛他，看著他一天天長大，長得像你，在靈魂上跟你一樣。你本來可以把他，還有別的孩子奉獻給自己的上帝，而他會是多麼欣喜。」

「我本來可以。」

「你瞧瞧我。」那時魔鬼說道。

她更加用力地將他緊貼在自己的胸口，慈愛地撫摸他光滑的皮膚。然後庫梅爾尼斯掏出乳房，讓魔鬼去吸吮。魔鬼拚命掙扎，消失得無影無蹤，跟出現時一樣匪夷所思。

之十九　第二天祈禱休息的時候，他變成主教的形象出現在她面前，對她發表了一次講演，就像主教們通常發表的演說一樣。他對她說：

「妳想向他們表明什麼？妳是想說上帝一字不差地實現了妳的請求，把妳變成了怪物？妳對他理應有點認識。他創造的奇蹟可不是這些。

「已發生的事情他們不會理解。他們會帶著羞愧把妳忘懷。他們會詛咒妳，譏笑妳。這奇蹟使他們充滿了恐懼。他們不會相信，這奇蹟是來自他。奇蹟應該是美好的、崇高的。環繞奇蹟的應是芬芳的香氣，照耀它的應是天國的光輝，作爲奇蹟的背景應奏響天使的音樂。而妳成了什麼人？一個長鬍鬚的女人。而今妳更適於當個市場上的丑角演員。

「妳固執地待在這裡，煢煢孑立，形影相吊，用別人的面孔取代自己如花似玉的容顏是愚蠢至極的。妳不是他。他跟妳開了個玩笑，如今對妳已毫無興趣。他已把妳忘於腦後，創造世界去了。妳以爲，妳在他的思想上占有足夠的地位？他留下妳面對愚昧的人群，這些人既會要求將妳神聖化，也會要求將妳放在柴堆上燒死。

「任何人都不會記得妳。妳待在這裡是徒勞的，妳痛苦也是徒勞的。妳想教會上帝愛？妳想以妳這個卑微的人物讓他暈頭轉向？」

庫梅爾尼斯聽了這番話在主教面前畫了個十字，說道：

「你的全部力量來自懷疑。但願你什麼時候領略過信賴的恩惠。」

聽了此話魔鬼消失了。

之二十　第三天庫梅爾尼斯的囚室出現了一個聖十字架，十字架上是救世主的身體，但沒有面孔。見此情景，庫梅爾尼斯心中充溢著一種憂悒和可怕的負罪感，以爲他是由於她的緣故才使自已喪失了面孔。然而庫梅爾尼斯的靈魂是警覺的，深知凡是罪過出現的地方，他都不在那裡。她認出，這是魔鬼第三次來誘惑她。於是畫了三遍十字。魔鬼明白自己已給辨認出來了，打了個寒噤。

「妳想要我怎麼辦？」驚恐萬狀的魔鬼問道，因爲長久以來就沒有一個人像這個女人這樣似人非人。

她回答他說：「你要向我懺悔。向我承認自己的罪惡。」

魔鬼絕望地吼叫起來：「怎麼？我得向活人懺悔？」但他知道，對於他而言已沒有別的出路，因此他開始訴說，起先是惱怒地，而後就變得越來越謙卑。他向她懺悔了三天三夜，最後請求通過她求得整個人類對他所犯的一切罪愆給予寬恕。

庫梅爾尼斯對他說：「難道你不也是上帝的孩子，跟我一樣，跟所有的人一樣？」

聽了魔鬼的回答，她了解了上帝的玄義，並把只剩下一口氣的魔鬼從自己的緊抱中放走。

庫梅爾尼斯遭受折磨和殉難

之二十一　男爵由於內心的紛亂開始喝得更多，而當他清醒的時候，在封砌死的房間門口發現了鮮花和點燃的蠟燭。同時也發現一群虔心祈禱的婦女。她們害怕他的憤怒，見了他就立刻四散逃跑。這使他更加火冒三丈。

他扯起嗓門吼叫道：「妳是誰，敢公然違抗我的意旨？」

她回答說：「我心中是上帝。」

有生以來感受過的瘋狂控制了男爵。無論是作爲新生兒拚命往世界上擠的時候，還是把異教徒的大軍斬盡殺絕的時候，他都不曾體驗過這樣的瘋狂。這是一種暴怒，它只能從上帝或魔鬼身上找到自己的根源。他一腳踹倒新砌的牆，面對那個敢於從他的強權意志下溜走的生靈。因憤怒而喪失理性的男爵，撲向了她，一邊破口大罵，一邊用匕首捅她。但他覺得這樣做還不解氣，於是舉起她的身體，擺成十字，用長釘釘在天花板的方木上，一邊釘一邊還在叫嚷：「既然妳心中有上帝，就讓妳也像上帝一樣死去！」

甚至在她死後也不讓她安寧，在將她埋入墳墓之前，他命人剪掉了她臉上的鬍鬚，但鬍鬚卻又神奇地長出來了。

他在自己罪惡的殘生中，多次將聖女肖像上的這把鬍鬚抹去。可接著又有人把鬍鬚畫上了，這就像世界分成了兩半：一些人創造，另一些人破壞。對聖女的緬懷持續不斷，她在人們心中激起了許多希望，聖女的事跡傳遍了國土大地，傳到了外國。各地人民給她起了許多名字，因爲每個地方都會產生不同的名號。

結尾

之二十二　我在這裡所講的一切，都來自聖靈的感應，來自有關庫梅爾尼斯的文獻，也來自克洛斯泰爾本篤會修道院的各種藏書，還有我所聽過的有關她的各種傳說。

恭請你，無論你是什麼人，在讀到這些文字的時候，請想想有罪的帕斯哈利斯——一名修士，假若天主給了他選擇的權利，他會百倍樂意選擇庫梅爾尼斯的肉身，連同它全部的苦難和經歷，而不是所有王國的各種尊榮。

請你們向未來的各代人講述這個故事，讓他們都知道，任何惡都不能奴役人的靈魂，知道跟基督同心同德的人都可能會死，但任何力量永遠也征服不了他們，戰勝不了他們。

做假髮的女人

去年瑪爾塔給我看了她的一只小木箱。那是做假髮女人的專用箱子，她把它放在房間的窗戶下邊。箱子中央塞了一些舊報紙，報紙裡捲的是做假髮必不可少的一些專門用具。箱子裡也有做好了的假髮，套在木頭腦袋上並用玻璃紙包了起來，不讓哪怕是一點點塵土落到它上面。箱子裡還留有一縷縷頭髮，那些頭髮尚未加工，尚未梳理，那是準備用來做假髮的原材料。

她展開捲著的報紙，拿出一縷頭髮，說道：「你摸摸看，它們是多麼柔軟，鮮活。頭髮甚至剪了下來也還活著。誠然，它們不再長長，卻一直活著，一直在呼吸。它們跟人一樣，人的身子可能會不再長高，但這並不意味著人已死亡。」

而我卻不敢把這些頭髮拿到手裡。我想，我這是感到厭惡。

「這些頭髮你是從哪裡弄來的？」我問。她說，她曾有個相識的理髮師，此人如今已經去世了。他活著的時候，經常把一些已厭煩人魚公主髮型的姑娘的最漂亮的長髮辮留下來。他為瑪爾塔把剪下的髮辮從地板上撿起來，用紙包好，存放在理髮台子的抽屜裡，以便日後作爲禮品送給她。有時他甚至爲瑪爾塔收集買假髮的訂單，買主常是些由於疾病或衰老而掉了頭髮的婦女，也有些男士。他們經常遇到的麻煩是禿頭，儘管痛苦不算很大。瑪爾塔說，頭髮，尤其是它長長的時候，會收集人的思想，會以一種不確定的分子形式將思想積蓄起來。因此誰想忘掉什麼，想從頭開始，這個人就必須把頭髮剪掉，並把它埋進地裡。

「假髮總是由某些人的頭髮做的，那些戴假髮的人又會怎麼想呢？」我問。

「戴假髮需要勇氣，」瑪爾塔說，「頭髮來自某個人，就得接受那個人的思想。戴假髮的人必須作好接受某個人的思想的準備，而他本人必須強大，有抗拒力。不能一天到晚戴著假髮，這是必須注意的。」

瑪爾塔曾經做過許多假髮，平均一年做五、六個。幾乎總是根據具體的訂單做的。她爲訂購者選配適合他們的髮質和顏色的頭髮，因爲那時尚未發明染髮技術。她將一綹綹頭髮按同一方向擺好，然後浸入肥皀水中，進行脫脂並清洗乾淨。洗淨的頭髮乾燥後，她將一綹頭髮捲在手指上，放到梳髮設備上梳理。梳理時單根頭髮就會掉下去，留在她手上的就是一縷縷潔淨的、閃光發亮的、如同新割的青草一樣整齊的頭髮。然後她用夾髮板——即兩片帶梳子的薄板——將幾縷頭髮夾住。瑪爾塔從夾髮板撥弄出一小綹頭髮，就像有時垂到眼睛上，讓人不得不不耐煩地撩上去的那麼幾根。她將這樣一小縷頭髮用線編織在一起。她給我看了，這些頭髮打著特殊的結穿掛在線上，狀如流蘇。長頭髮必須折成兩段甚至三段，打結串在一起。瑪爾塔將這些沒有額頭的額髮在房間裡鋪開，使頭髮不致弄皺、壓斷。從這一刻起才開始做假髮。晚上，她將那些串著打了結的頭髮的線織成一個有間隔的網。瑪爾塔用鉤針做這件事，完全就像鉤毛線帽子一樣。她那指甲蒼白的瘦削的手指準確地將帶有頭髮的線穿過網眼。她先鉤一個小圓圈，這個小圓圈將來正好位於人的頭頂部，然後不斷增加網眼，越鉤越大，從她的手指下逐漸出現一個半球形、可包住腦袋瓜的形狀。根據具體訂單做假髮，必須清楚訂購者腦袋的大小和形狀。因此瑪爾塔弄了個練習本，裡面記錄了她量出的尺寸。她把練習本給我看。「R.F.-52, 54, 14」，帶有一幅用色鉛筆畫的拙劣的素描，表現的是顆高額頭的腦袋。有好幾個地方因潑上了牛奶或灑上了淚水而弄溼過，變得模糊不清。還有：「C.B.-56, 53, 18」和一幅假髮草圖，中間分縫，波浪形輕微捲曲的頭髮，這些頭髮將會垂到戴假髮者的雙肩。或者是補髮，即不完全的假髮，只蓋住腦袋的前部，向後梳跟戴假髮者剩餘的真頭髮結合在一起。或者是黏髮，即禿頭上黏一塊有頭髮的薄餅，黏在頭皮上，這是那些梳「借髮」式髮型的男子所想望的。這類人物見了刮風就膽戰心驚，一陣風起，宛如在嘲笑他們的苦心鑽營，竟能將那閃亮的禿頭上巧妙安排的髮絲弄得亂七八糟。

瑪爾塔還有幾個木頭腦袋，由於不斷往上面套髮網，給磨得油光爍亮。其中一個小的，彷彿是爲兒童製作的，另一個大得使我難以置信，她是仿照某個人的腦袋特製的。做這樣大的假髮，一個品種的頭髮往往遠不夠用，必須加上選配的頭髮，將來自許多個腦袋上的頭髮混合在一起。這就要求必須考慮頭髮的髮質、粗細和顏色來進行精確的選配，這樣做出的假髮看起來才自然。

瑪爾塔說，有個時期婦女都喜歡梳分頭，這可使頭髮中顯示出一種與鼻子線條平行的筆直、健康、有活力的神韻。要在假髮上做出分縫，將單根頭髮穿過它極細微的小孔，在下面將這些頭髮結成個精細的網。這種鎖針的編織法是最費時費事的，因而瑪爾塔將所有的分縫都視爲講究精緻的頂峰。有一次有個熟人來拜訪我們，此人梳著分縫的光滑髮式，我見到瑪爾塔帶著不安的神情望著她的腦袋。瑪爾塔也不喜歡染過色的頭髮，尤其是染成淺黃色的頭髮。她說，染過色的頭髮不再是思想的儲藏庫。顏料會破壞頭髮，或者使頭髮失眞。染過的頭髮已不能行使自己的功能——儲存的功能。這樣的頭髮，是空虛的、矯柔造作的。最好是把它剪掉，立地棄之如敝屣。它們沒有生命，沒有記憶，也沒有用處。

瑪爾塔沒來得及給我講所有的一切。後來她把時間用來排走從山上流下來的水，她把水引到屋外的小溪，讓它流失，以免沖刷房屋的地基。她得趕在夜裡發大水之前加固池塘的堤岸，否則水就會將它徹底沖毀。做完這些工作她得晾晒打溼了的皮鞋和褲子。

只有一次瑪爾塔允許我試她的假髮——一頂深色的、鬈曲的假髮。我照了照鏡子，看上去似乎變得年輕一些，也更引人注目一些，但顯得陌生。

「妳看起來不像妳。」她說。

我一時突發奇想，要請瑪爾塔給我做頂與眾不同的假髮。讓瑪爾塔仔細瞧瞧我的面龐，將它刻印在自己作爲假髮製作師的記憶中。讓她量好我的腦袋的尺寸，將其永遠保留在她自己的練習本裡，添加到其中描繪其他腦袋的特徵、尺寸的行列，而後專門爲我選擇頭髮、顏色和製作方法。讓我也有自己的假髮，讓它將我隱藏起來，給我來個改頭換面，在我發現自己有另一副面孔之前，賦予我一張新的面孔。但我最終沒有對她講出這個請求。瑪爾塔將我試過的假髮裝進一個小袋子，袋子裡裝滿了核桃樹葉，那是用來給假髮防腐的。

邊界

捷克與我們的土地接壤，處在視線的範圍之內。夏天，兩地雞犬之聲相聞。八月的夜晚則會傳來捷克穀物聯合收割機的轟響。每到禮拜六在索諾瓦便奏起了迪斯可舞曲。邊界是個非常古老的東西，多少個世紀以來就將某些國家分隔開。改變邊界不是件容易的事。樹木都習慣於在邊界上生長，動物也是如此。但樹木尊重邊界——不會離開自己生長的地方。動物可就不一樣，牠們總是傻頭傻腦全然不把邊界當回事。成群的狍子每到冬天都大搖大擺地轉移到南方去。狐狸一天兩次穿越邊界來來去去——太陽一出牠立刻就出現在這邊的斜坡上，過了下午五點鐘，當大家都在觀看電視新聞的時候，牠就掉頭回去。根據狐狸的定時遷徙可以調整鐘錶。我們也一樣，常常越過邊界採蘑菇，或者由於懶惰，不想蹬著自行車走過艱難的山路到特烏馬丘夫去——在那兒通過邊界是合法的。我們常常是扛起自行車，一眨眼就到了邊界的另一邊。

翻挖過的森林路面幾米之後就恢復到原樣。我們已習慣了邊防軍人的日夜守護，通過他們夜間巡邏隊的燈光、他們的賓士汽車的轟鳴和他們摩托車夜間的吼叫，我們知道了這一點。幾十個身穿制服的男人看守著一條帶狀的荊棘叢生的土地，那裡生長的懸鉤子不用害怕有人去採摘，果實又大又甜，芳香撲鼻。我們更樂於相信，他們守護的是這些懸鉤子。

彗星

我無緣無故突然產生了一個古怪而強烈的想法：

我們之所以是人是由於忘卻和漫不經心。實際上，在唯一眞實的現實中，我們是被捲入了其大無比的宇宙戰役中的一種生物，這個大戰役可能已持續了許多個世紀而且不知何時會結束，是否會結束。我們只是看到這個大戰役的某些反光——那是在月亮的血紅色的東昇中，在火災和風暴的肆虐裡，在十月凝凍的落葉和蝴蝶失魂落魄的飛翔之間，在夜晚無限延長和正午突然停住的時間的不規則搏動裡頭看到的。因此我是一個天使或魔鬼——被派來將一個生命同某種使命攪和在一起的天使或魔鬼，而這使命，要不就是不管怎樣都會自行完成，要不就是被我忘到九霄雲外。這忘卻是大戰役的組成部分，是對方的兵器，有人用它來打擊我，使我受傷，流血，讓我在片刻時間脫離這戰爭遊戲。所以我不知道我有多麼強大或多麼虛弱，我不了解自己，我什麼都不記得，因此我甚至沒有勇氣在自身尋找這種虛弱或這種強大。這是非同一般的感情——深深埋藏在內心的某個角落，成爲跟別人通常想像的完全不同的另一個人。而這並不會帶來不安，只會帶來輕鬆。無時無刻不深入到生活的各個方面的某種疲憊就會自行消散。

過了片刻這種強烈的感情就完全熄滅了，融化在具體的畫面中：通向走廊的敞開的門，睡著了的母狗，清晨來砌石頭矮牆的工人。

傍晚R進了城，而我去了瑪爾塔那裡。山隘上方懸著一顆彗星——停息在降落的過程中，一動不動，在空中放射出這個世界陌生的凝固了的光。我和瑪爾塔坐在桌旁。她梳理做假髮的頭髮，將一小綹一小綹多種顏色的頭髮放到漆布上，把整個桌面都擺滿了。我給她讀聖女的生平。我覺得她沒有留心聽。她在抽屜裡搜尋，將報紙弄得窸窣響，把自己收集的頭髮包在報紙裡。春天的蒼蠅和飛蛾已經發現了人類的電燈泡。變大了的有翅膀的影子在廚房的牆壁上雜亂地晃動。最後瑪爾塔只提出一個問題：那個寫出聖女傳的人是個什麼人？他是從哪兒得知這一切的？

夜裡R回來了。他一邊從塑膠袋裡拿出採購的物品，一邊說，城裡人們都站在陽台上用望遠鏡觀察彗星。

誰寫出了聖女傳，他是從哪兒知道這一切的

他生來就是個不完美的人，因爲自他記事以來，他就對自己不滿，彷彿出生時就犯了錯誤，選擇了不該選的肉體、不該選的地點和不該選的時間。

他有五個弟弟和一個哥哥。父親死後哥哥管起了農莊的勞動分配和處置勞動果實的工作。約翰對他既憎恨又讚嘆。憎恨是由於兄長管理田莊的固執和專橫，他規定田莊裡的一切都必須按時作好，每個人都有自己固定的職責，必須按例行方式完成。甚至祈禱也不能例外，約翰喜歡祈禱，因爲這是他唯一能做到自己跟自己獨處的時刻。可也就在那時他的兄長常常推他一下，催促說：「快結束吧，禱告的時間已過。羊都在等著你呢！」出於同樣的原因，他也對兄長感到讚佩。正是由於他的經營管理，兄弟們都有吃有喝，不致餓肚皮。

可是有一年寒冬來得早，他們來不及收最後一茬乾草，樹上的果實全都凍壞了。很顯然，兄弟中有一個該去當修士，這個人就是約翰。

就這樣約翰到了羅森塔爾的修道院，生活在一群年輕和年老的男人中間，而他的日

子則過得與在家裡時沒有太大的差異。到了修道院他在廚房和園子裡幹活，劈柴燒火，刷鍋洗碗，用餿水餵豬。從十月到翌年四月整個時間他都感到寒冷，因此他樂於待在廚房裡，偎依著爐灶，而他那件棕色的修士服烤熱了，也就散發出烤糊了的呢子氣味。春天分配他到園子裡，在米哈烏兄弟的照管下幹活。米哈烏修士教他辨認各種草本植物，使他養成了對所有發芽生長、出葉、開花、結果的東西的敏感性。「小伙子，你有一雙侍弄草本植物的能幹的手。瞧，你的香羅勒長得多好。我們還從未有過這麼好的植株。」如今名叫帕斯哈利斯的約翰的修士服逐漸吸滿了百里香、海索草、茴香花以及薄荷的氣味。

儘管改了名字，換了服裝，變了氣味，帕斯哈利斯仍然感到不自在。他情願成爲別的什麼人，待在別的什麼地方。他尙不清楚他想成爲什麼人，待在什麼地方好，但他經常合掌跪在禮拜堂，不是祈禱，而是觀察禮拜堂裡的那些油畫，特別是其中的一幅油畫更使他百看不厭，畫的是聖母手裡抱著個嬰兒，身旁站立兩個女人——手裡拿著一本書的聖卡塔琳娜和手裡拿了把鉗子的聖阿波羅尼亞。他看得入了神，想像自己就在這幅畫中，處在畫面的正中央。他身後是開闊的空間，在地平線上高高聳立著白雪皚皚的山峰。稍近是座城市，有巨大高塔和紅磚房子。踩踏出的一條條小道從各個方向通往城市的大門。在他旁邊，伸手可及之處坐著懷抱嬰兒的聖母，救世主的一雙光亮、勻稱的小腳擱在覆蓋那連衫裙的大紅披風上。在聖母的上方，空中懸浮著兩個天使，一動不動，張開翅膀，宛如兩隻碩大的蜻蜓。帕斯哈利斯是聖卡塔琳娜還是聖阿波羅尼亞——他久久不能決定。反正是她倆中的一個。他有一頭長髮，垂到後背。連衫裙緊緊裹住他圓潤的胸脯，以柔和神奇的波浪形狀垂落到地面。雙足赤裸的皮膚感覺到衣料溫柔的愛撫。那時有種快感籠罩了他，他閉上了眼睛，忘記了自己是身穿棕色修士服跪在禮拜堂冰涼的地板上。

帕斯哈利斯兄弟有副俊秀的容貌——剪成修士式的短髮只能更加勾勒出它的娟美。那雙湛藍的眼睛在長睫毛之下的一瞥一顧，都給人以勾魂攝魄的強烈印象。他那光滑、鮮嫩的皮膚潔淨無毛。雪白的牙齒無可比擬。那時他就這樣跪在禮拜堂中，雙眼緊盯著聖母畫，看上去美得令人心疼，美得令人難以自持。

策萊斯滕兄弟見到他時就是這種景象。策萊斯滕是位內務總管修士，除了修行，他還負責兄弟們的物質供應。他把帕斯哈利斯喚到自己的修室，開門見山地說：「我喜歡你。你有修道生活的眞正天賦，在我們這個雨驟風狂、異端橫行的時代實在難能可貴。說不定有一天你會當上修道院院長。不過現在還是讓我來照拂你。」

於是帕斯哈利斯就成了他第三任或第四任副手。每天的工作是往修道院的臥室送燈，將大小毛巾分別掛好，管理和監督剃刀的使用。時間流逝，秋去冬來，帕斯哈利斯開始學習閱讀，現在他關心的是修道院閱覽室的燈。策萊斯滕兄弟親自檢查他的閱讀進度，晚禱後把他叫到自己的修室，讓他朗讀指定的段落。策萊斯滕一邊聽他讀，一邊在修室踱步，從一面牆壁走到另一面牆壁，或者臉衝窗口站一會兒。那時帕斯哈利斯就會看到他厚實的肩背和裹在毛線襪裡的後腳跟。「你朗讀得越來越好。」他的上司說著走到他跟前，漫不經心地用大拇指撫摸他剃得很光的後脖頸。這種撫摸並沒使帕斯哈利斯感到不愉快。終於在一次讀書的時候，策萊斯滕走到他身邊，將一隻手伸進了他的修士服。「你的後背像少女的一樣光滑。你長成了個壯實的青年。」帕斯哈利斯赤裸裸躺到了他的床上，隱藏在毛毯下的是如此細軟的被單，以致使皮膚感到有些不知所措。在這光滑的被褥裡，他允許他對自己的身體爲所欲爲，只要策萊斯滕兄弟想幹什麼就幹什麼，想怎麼幹就怎麼幹。這既不使他感到愜意，亦非不愜意。

從此以後，帕斯哈利斯的修士服散發出的已不是草本植物的氣味，而是塵土、書紙和一個陌生男人肉體的古怪而苦澀的氣味。

有一次，當他倆被性愛和自己的肉體弄得精疲力竭，並排躺在床上的時候，帕斯哈利斯向策萊斯滕傾訴說，他想成爲一個別的什麼人。「假如我是個女人，又會是一番怎樣的情景……」他在黑暗中思忖道。他也對策萊斯滕談起了緊緊裹在聖卡塔琳娜身上，又波浪似地垂落到地面的連衫裙。「你要是成爲女人，我們應該注意到這是我們自己這種人的缺陷，雖然這種缺陷是自然秩序的一部分。」策萊斯滕用阿羅帕吉塔的話回答他，接著便閉上了眼睛，似乎是想跟任何正確無誤的表述分隔開來。

另一次帕斯哈利斯向聰明的策萊斯滕兄弟問起罪惡：「告訴我，這是不是不可饒恕的滔天大罪，因爲我們不只是違反了貞潔誓言，而且還破壞了自然法則……」「你懂得什麼是自然？」策萊斯滕惱怒地說，他從床上坐了起來，把一雙赤腳放在冰涼的地板上。他的背部蓋滿了丘疹的紅色斑點。他開始穿修士服。帕斯哈利斯躺在空床上感到寒冷。策萊斯滕的身子像火爐一樣烤人。「所有的大哲學家和教父都說，女人是一切惡之源。由於女人亞當犯了原罪，由於女人我們的主死在十字架上。女人是爲誘惑而生，但那些受她誘惑的都是蠢貨。你要記住。女人的肉體是糞袋子，每個月自然本身就向我們提醒這一點——用不潔的血給女人的肉體作出標記。」策萊斯滕翻開帕斯哈利斯先前高聲朗讀過的書頁。「你過來，讀！」他說。帕斯哈利斯哆哆嗦嗦，赤身裸體地站立在書本的上方。「在古時的修會有人說，地上的坑總是應當蓋起來的；而即使是什麼動物落入坑中，受罰的將是那個敞開坑的人。這些嚴峻的話也可用到女人身上。女人出現在男人眼前，使男人受誘惑，坑——就是女人嬌豔的容貌，潔白的脖頸，熠熠生輝的眼睛。女人應爲男人的罪惡受過，男人犯罪，女人必須在最後審判時付出代價。」「穿上衣服！」策萊斯滕見到情人瑟瑟發抖的身子，說道。「我們的罪過是微不足道的肉體罪過，在懺悔時不值得提及的罪過。這是較之跟女人交媾要小得多的惡。」

然而策萊斯滕兄弟是個不太細心的人，不理解帕斯哈利斯。他關心的並非跟女人交媾。帕斯哈利斯不是想占有女人，而是想成爲女人。他想要的是一對豐滿的乳房並一舉一動都能感覺到乳房的存在，是溫暖、柔軟的圓潤之物完全取代兩腿之間那玩意的缺失。他渴望感覺到垂及後背的長髮，聞到自己柔嫩皮膚香甜的氣味，耳畔能聽到環珮釘鈴之聲，能用纖纖玉指擺弄連衫裙的褶皺，用薄薄的紗巾掩飾袒胸露背的領口。「你眞美。我對你怎麼看也看不夠。」策萊斯滕霍地衝著他的耳朵說道，「可現在讓我們一起禱告吧。」

他倆並排跪在地板上，悄聲禱告起來。

由於在修道院裡過去和未來沒有太大的區別，由於在人們的生活和時間上沒有太大的變化——可能的例外就是一年四季的色彩有所更迭——因此人總是生活在持續的現在。人生活的時刻，在修道院外面或許只不過是短短的一瞬，但在這裡，這個瞬間既找不到開頭，也找不到結尾。倘若不是眼中永遠不會失去最後目標的人體的睿智、穎悟，修道院的生活就可能是萬壽無疆的。

充滿了繁文縟節的昏昏欲睡的日程從四面八方包圍了帕斯哈利斯，在這種繁瑣的規程中每個手勢，每個儀式的瞬間都經過仔細的考慮，不可越雷池一步。他從窗口觀察到，連狗也懂得遵循修道院生活的規律。每天中午牠們都出現在丟棄殘羹剩飯的垃圾箱旁。

牠們貪婪地吃著，然後消失，然後回來，興奮地扒開下一頓垃圾食物。傍晚牠們選定自己的團伙——咬架、哀嚎，或者相反，玩起了什麼狗遊戲。冬天牠們躺進了倉房和牛欄。一到春天就能聽見牠們妒忌的吠叫，那是牠們彼此間在瓜分母狗。夏天在牆旮旯裡就會出現一些可憐的無助的狗崽兒。到了秋天這些小狗已經像匪幫似地捕獵幼小的嚙齒動物了。

帕斯哈利斯像所有修士一樣，黎明即起，用涼水洗臉，穿上修士服，然後就立刻進入祈禱和勞動的慢節奏中，加入形象陰鬱的修士們在一長排互通的房間和迴廊竊竊私語的來回拖著腳漫步的行列。

策萊斯滕兄弟對於他，是父親、情人和朋友。教會了他許多東西，給了他少有的修道院特權——每個月去一次姊妹修道院，給女子修道院送鮮肉。這是送給帕斯哈利斯的一份厚禮：如此開闊，如此莽蒼的空間景色，相比之下修道院裡那些迴廊和迷宮顯得病態和矮小。他們在黎明前就動身——爲了趕在正午時分抵達女子修道院的廚房便門。大車慢慢朝山下行駛，而後，當他們到了山口，連犍牛也對不可思議的遠景看得出神，不時停下了腳步。一條遼遠的地平線將碧綠的格拉茲谷地和連綿不斷的宛如擺開的桌子似的群山與那無盡的天空區分開來。不知何故，帕斯哈利斯頓時感到惴惴不安。沿途他們只經過了一個小村莊和幾幢泥糊的茅舍，這是他瞬間思念家園的唯一時刻。

大車在便門前剛一停下，立刻就響起了報警的鈴聲，但很快就靜了下來。大車駛進了庭院，兩個修士兄弟開始卸車，搬下幾大塊豬肉。帕斯哈利斯急不可待地左顧右盼，尋找任何一個女性形象。但他最常看到的只是一些年老的修女，她們臉上和嘴角唇邊都布滿了皺紋，嘴裡缺了好幾顆牙齒。這使他想起了自己的母親。後來修女們請他們進入廚房，招待他們用餐。廚房整潔而溫馨，空氣中瀰漫著蜂蜜和奶酪的氣味。修女們有養蜂場，也養乳牛。作爲贈肉的回禮，他們得到一罐蜂蜜和一籃子用乾淨布包著的奶酪。帕斯哈利斯揣摩，女人身上定有這樣一股氣味：蜂蜜和奶酪的混合氣味，既令人感到愉快，又令人噁心。

有時帕斯哈利斯得以看到點什麼更多的東西。有一次他坐在大車上朝圍牆裡邊觀瞧，見到幾個修女在圍牆後面侍弄自己的菜園。她們在給蔬菜薅草。忽見她們將拔出的莠草扎成小捆兒相互投擲，還用修女服寬大的袖子掩住嘴巴以抑制細嫩的笑聲。這場景令他爲之震撼：她們竟然像少女一樣玩耍。她們中有人爲了躲避一束植物的打擊，輕盈地撩起裙子，跳過菜畦。摹擬頭髮的黑紗巾迎風飛舞，彷彿她們的腦袋上神奇地長出了翅膀。帕斯哈利斯後來多次模仿過她們這種柔軟的、總是那樣圓潤、優美的動作。

經歷了這一幕之後，他鬱鬱寡歡地回到了修道院，甚至回到策萊斯滕兄弟身邊也了無興味。這裡的一切都是有稜有角的，笨拙而粗糙。策萊斯滕也不例外。儘管策萊斯滕的身體能給他歡愉，因爲他已學會了那一套苟且之事，但策萊斯滕的肉體並沒有帕斯哈利斯幻想的那種東西。他挨著他躺在床上的時候，羞澀地幻想著策萊斯滕是個女人。他伸手順著情人的後背撫摸，最後他的手指觸摸到的是毛烘烘、粗糙的屁股，絕望中只好趕忙把手縮回來。後來他又開始想像，設若自己是個女子，那時策萊斯滕當能保持本性了。他想，但願自己有副女兒身，連帶兩腿之間的那個神祕的狹小、陰暗、骯髒的地方，不由打了個充滿快感的寒顫，直到成了一個眞正的著了迷的人。「那玩意究竟是個什麼樣子呢？」他思索著，「是不是像耳朵眼，像鼻孔，只是稍大點，圓圓的，顯眼的。或者，也許是道裂縫，是個永遠流血的傷口，就像皮膚上劃破了個口，永遠不痊癒。」只要能了解這罪惡的祕密，帕斯哈利斯就是豁出性命也在所不惜。但不是從外部認識事物的那種了解，而是成爲他了解的那種東西，在自己身上體驗到那玩意的存在。

在接下來的那個冬天，策萊斯滕患了感冒，不意病情最後嚴重到無藥可治的地步。一些修士兄弟聚集到他的修室，開始爲垂危的病人連作三次祈禱。策萊斯滕明白，這意味著什麼，他那雙燒得通紅的眼睛在兄弟們的臉上轉來轉去，似乎是想從他們臉上得到保證：他那就要到來的事會列入修道院生活的日程。後來響起了敲擊梆子的咚咚聲，所有的修士都來聽瀕危者的臨終懺悔。當修道院院長唱起《Credo in unum Deum》[13]時，帕斯哈利斯放聲大哭。策萊斯滕兄弟在斷斷續續的懺悔中沒有將他倆幾個月來的苟且行爲稱爲罪惡。帕斯哈利斯的臉上一直熱淚長流。修道院院長爲臨終者作了恕罪祈禱，有人將他的身體抬到石頭地板上。傍晚他就溘然長逝。

修道院院長必定是看出了年輕修士的絕望情緒，因爲他建議免除帕斯哈利斯次日送鮮肉的任務。但他卻不肯放棄這個任務。他的皮膚在燃燒，他的大腦在燃燒，他的心也在燃燒，彷彿他活生生就被投入地獄的烈焰。

送鮮肉的大車在黑暗中啓動。大車的木車輪發出均勻的轔轔之聲，而在犍牛嘴巴上方則升起了一團白霧，那是牠們呼出的氣息凝結而成的。太陽升上了低矮的冬日的天空，山口在他們前方敞開了，只是籠罩在霧濛濛的白色大氣中。既看不到格拉茲谷地，也看不到桌子山。帕斯哈利斯在抵達目的地之前就發燒、嘔吐，像打擺子一般渾身顫抖。大車走得很慢，犍牛在雪中艱難跋涉。把病人帶回去已毫無意義。兄弟們只好把他留在女修道院，交給面有難色的修女。並向她們保證，一旦他康復，他們就來接他回去。這時外面正暴風雪肆虐。

帕斯哈利斯記不淸自己置身何地。他覺得似乎有人抬著他往下走，走向黑暗、潮溼

⑬拉丁語，意爲：我信仰唯一的上帝。

的地窖，猛然間他明白了，別人是打算把他放在策萊斯滕的屍體旁邊，將他倆埋在同一個墓穴裡。他試著掙脫出來，可他有個印象，自己是給捆住了手腳，或者是給蜷在自己的修士服裡頭。修士服突然變得沉重而又僵硬，儼如厚實的棺材蓋。稍後，他見到自己上方有兩個可怕的巫婆。她們抓住了他的腦袋，往他的嘴裡灌什麼滾燙的、討厭的液體。其中一個女巫向他暗示，說他喝的是策萊斯滕的尿。帕斯哈利斯驚嚇得渾身麻木。「我中毒啦，現在我中毒啦！」他叫嚷道，可他的聲音從光禿的牆壁反射回來，聽起來顯得十分陌生。

後來他霍地驚醒，發現自己躺在一個小小的房間裡，窗戶又窄小，又高。他想小解，膀胱脹得很，於是他從木板床上坐了起來，放下了雙腳。有一會兒他只覺得頭暈目眩，感覺到自己的雙腳觸到了柔軟、暖和的老羊皮。他小心翼翼地站立起來，朝床下看了看，尋找夜壺。房間裡除了一張床，一個拜墊和一塊小地毯什麼也沒有。他用舊毛毯裹著身子向外張望，看到寬闊的走廊，窗戶開在一邊，直接朝向陡峭的岩石，這時他才弄清楚自己是在什麼地方。就在門邊立著個裂口的泥製容器，他拉進房中，解決了問題。他回到床上的時候，感到真是三生有幸。這裡的空氣要暖和得多，散發出的氣味也完全不同。他的雙腳忘不了那老羊皮的觸摸。

傍晚時分女子修道院院長來到他這裡。她的年紀與他的母親相當。她的嘴巴圍上了一圈纖細的皺紋，而乾枯、皺巴巴的皮膚則有一種灰燼的顏色。她拉起他的一隻手，給他數脈搏。「我是如此虛弱，根本就站不起來。」帕斯哈利斯有氣無力地悄聲說，竭力使她相信他所說的話。女修道院院長注視著他的眼睛，問道：「小伙子，你多大了？」「十七歲。」他說，一邊拉著她的手不放。「請嬷嬷允許我留在這裡恢復健康。」他請求說，親吻了她那隻乾枯的、暖和的手。她淡淡一笑，撫摸著他那剃光了的頭。

第二天，他在發燒的譫妄中記住的那兩個老婦把他喚到廚房。大木盆裝滿熱氣騰騰的滾燙的水。「洗個澡吧，別給我們把虱子帶來了。」年長的一個說道，她兩腮的皮肉耷拉了下來，活像兩個空錢袋。她說話柔聲軟語，彷彿是兒童的腔調，也許是因爲她沒有牙齒，也許是因爲她來自南方。她們扭過頭去給他洗澡，擦洗他弱小的身軀，就像母親所做的那樣，動作果斷而又溫柔，直到皮膚給擦得通紅。他得到一件修女們常穿的那種亞麻長襯衫，一雙半高腰皮鞋。兩個修女把他領到曾經因病臥床兩個禮拜的房間。

自此女修道院院長每天都到他這裡來。站立在他的上方，凝神專注地打量他。他無法忍受這探究的目光。他幾乎可以肯定，女修道院院長已經洞察他所有的謊言和佯裝。他把臉轉向牆壁，等待著。她通常總要給他量脈搏，然後兩人一起跪下，念《讚美馬利亞》禱文，也爲生病的人們祈禱。每逢她走出房間，他總要閉上眼睛，在空氣中搜索她的氣味。但女修道院院長沒有散發出任何氣味。他還認爲，她當年是個美人兒，個子高高的，身材勻稱，看起來健壯、有力。她的門牙中間有道縫。一天傍晚她來了，剛走到房門邊就說，讓他準備上路回去吧。她轉身準備離開，手已放到了門把手上。帕斯哈利斯冷不防跪倒在她腳前，抓住了她的修女服，嘴巴緊貼她穿著毛線短襪的腳背。「嬤嬤，求你別把我交到那裡去。」他用尖細的嗓音叫喊說。她一下子愣住了，呆立不動，直到這時他才感覺到她的氣味——塵土、煙和麵粉的氣味。他緊緊貼在這種氣味上準備承擔一切後果。過了一段漫長的時間，她向他俯下身子，把他從長跪中拉了起來。

他對她訴說了一切，甚至講到了策萊斯滕。他對她講到了自己的身子，說他不想要原來的這副模樣。最後他放聲大哭，淚水順著他的臉頰流淌，滲溼了亞麻布襯衫。「人的理性難以理解上帝的全部作爲。」她發出一聲嘆息，衝他瞥了一眼，眼神裡閃露出某種奇異的光。小伙子無法控制抽搐的涕淚滂沱。女修道院院長走了出去。

「我只知道一點，你不能留在這裡。」女修道院院長對他說，淸晨她在參加牧師會之後沒有事先通知就來到了他的房間。「你不是女人，你有自己的性本徵……雖說可把它掩蓋起來。作爲男人你在這裡是危險的和不受歡迎的。」從酣夢中給生生拽醒的帕斯哈利斯好不容易才跟上她說的內容。「不過我曾向聖母祈禱，她給我派來了庫梅爾尼斯。」帕斯哈利斯把這個名字悄聲重複了一遍，什麼也不明白。她命他起床，在長襯衫上托上件外套跟著她出了房門。他們穿過一系列走廊，由小至大，再拐彎，繞過了迴廊和台階，他們終於站到了小禮拜堂的門前。這小禮拜堂是加接到一棟閒置的建築物的石頭牆上的。女修道院院長在胸前畫了個十字，帕斯哈利斯機械地重複了這個手勢。他們走進用一盞小油燈照亮的不大的空間，油燈就放在地板上。女修道院院長在它微小的火焰上點燃了蠟燭。他的眼睛也逐漸習慣了看東西。

一幅巨型油畫就是整個祭壇。畫的是個十字架，十字架上釘著個人。帕斯哈利斯見到這幅油畫猝然感到忐忑不安，同時又覺得似曾相識，連衫裙輕柔垂向地面的褶皺是那樣熟悉，如見故人。他的視線凝聚在兩個光滑、鮮嫩的女性乳房上。由於兩手伸開，乳房就顯得更加突出，在他看來簡直就是整幅畫的中心點。然而畫上還有某種更加奇特、更難以令人接受的東西，帕斯哈利斯開始發抖——十字架上女人的軀體上端赫然是一副耶穌的面孔，長有淡紅褐色的連鬢鬍鬚的年輕男子的面孔。

帕斯哈利斯對自己見到的事物並不理解，卻本能地雙膝跪地。他的牙齒直打顫——並非由於清晨的寒冷，而是因爲預感到他是跪在一個跟自己相似、很親近、雖說絕對是非塵世的人面前。耶穌的眼睛溫和而略帶憂傷地望著他，這種憂傷可能只是愛的另一面。在這種愛裡既看不出受難，也見不到痛苦。

他扭頭去看女修道院院長。她莞爾一笑。

「這就是庫梅爾尼斯。我們也稱她爲特羅斯卡，其實她有許多名字。」「這是個女人。」

帕斯哈利斯悄聲說。「她還不是聖徒，但我們相信，總有一天她會被尊爲聖徒。暫時她只受到克萊門斯教宗的祝福。離現今不遠，大約兩個多世紀前，她出生在布羅烏穆夫。她是個有德行的和美麗的女人。所有的人都爭先恐後地向她求婚，但她只想要與我們的主結爲佳偶。她父親試圖用監禁逼她出嫁，而就在那時卻出現眞正的奇蹟。主耶穌想使她避免失去童貞，獎勵她的堅忍不拔的意志，把自己的面孔給了她。」女修道院院長在胸前緩緩畫了個十字。「氣得發狂的父親把她釘上了十字架，她就像自己心中的良人一樣受難而亡。我們選擇了庫梅爾尼斯作我們修會的守護神，可是當今的教宗卻禁止對她的崇拜，所以我們只好將她安頓在這裡。我們相信，教宗會改變自己的決定。現在走吧，你在這裡會凍壞的。」

女修道院院長在回程的路上問他，是否善於保守祕密。他極力點頭稱是。「而你會寫，會讀嗎？」

母雞，公雞

每年春天，瑪爾塔都會去新魯達給自己買兩隻母雞和一隻公雞。她飼養這些雞，關心牠們無思無慮地生活。牠們每天許多個鐘頭都在圈起來的場地裡散步，視線布及天地之間，地上可能找到一點糧食，天上可能出現老鷹。在雞的世界，下方，腳下是生，上方，頭頂是——死。傍晚，瑪爾塔把所有的雞全都趕進雞塒，早上全都放出來。她給牠們送來拌有麥麩的煮爛了的馬鈴薯——裝在一個烤點心用的舊白鐵模子裡。她侍弄這些雞沒怎麼費勁，卻每天獲得兩枚雞蛋。她有時給我帶來一個裝白糖的小口袋，口袋裡裝的卻是雞蛋，蛋殼上滿是雞糞。蛋黃的顏色非常鮮豔，看到這種與太陽眞正相似的東西，讓人不得不瞇縫起眼睛。秋天瑪爾塔在一天之內親手把自己的雞家族統統殺光。

她這樣做我不能理解；頭一年我曾好幾天不跟她搭腔，將她給我的母狗刁來的雞骨頭扔了出去。瑪爾塔整個夏天都不買肉，僅靠蔬菜過日子，這個人準是有惡魔附體。她的那些雞都養熟了，不怕人，從人的手上啄食點心末子，望著人的眼睛。瑪爾塔一連三天用牠們燉雞湯，煮雞肉，骨頭啃到最後一根雞腱。我眞難以相信，這麼一個瘦弱的老婦人竟然能在三天之內吃掉三隻家禽。

這時她來到我的窗下，說道：

「我買雞啦。」

「知道了。」我嘟噥了一聲。

「妳在幹什麼？」她和解地問。

「我忙著哩。」

她沉默了片刻。我也正好寫完了一疊紙。

「這得花你許多時間。」我聽到，她在朝陽台的方向走，馬上就要登上台階。我聽見她認眞擦腳的聲音，她進屋前總要把皮鞋底擦得乾乾淨淨。過了一會兒。我便看到她坐在走廊裡的圓桌旁邊，頭戴一頂荒誕的運動帽，臉上笑吟吟。

「不耽誤妳時間嗎？」她說，讓我看她籃子裡的兩隻小母雞和一隻小公雞。

我疑心瑪爾塔有睡眠的麻煩。說不定正是由於這個緣故，一提到她的夢她總是保持沉默。她說過，她的全部睡眠就是傍晚打兩個鐘頭的瞌睡；說她的身體似乎根本就感覺不到疲倦，只是對天黑會有一種習慣性的反應。瑪爾塔一小覺醒來，就算全天都睡足了。這時她就在廚房裡點上一盞小油燈，或是一枝小蠟燭，凝視著那點光亮。有時，遇到明亮的月夜，瑪爾塔就不點燈摸黑坐著，從廚房的窗口觀察月亮。她覺得月亮從來就不是一個樣。她曾這樣對我說，月亮的模樣總是不同，它總是從另一個地方出來，以不同的路線照臨雲杉樹冠。在這種月色清明的夜晚，瑪爾塔喜歡出門，朝下走，經過小禮拜堂，然後向山口走去，走到奧爾布利希特家的風磨下邊，這座風磨如今只剩下石頭和一口井。從這裡能看到泛著銀光的群山和遠方的谷地，看到谷地裡閃耀著房屋的燈光，而在新魯達和遠處的克沃茲科上空則會浮現出一片黃色的光彩。當天空烏雲密布的時候，這種光彩可看得最清楚。城市燈火通明，宛若在呼求援助。

然而瑪爾塔看到的最令人震驚之事是成千上萬人的夢，這些人全都睡著了，陷入了一種實驗性的死亡，他們一個挨著一個地躺在城市、鄉村，順著公路，挨著邊界通道，躺在山中的旅遊招待所、醫院、孤兒院，躺在克沃茲科、新魯達，還有看不到甚至感覺不到其存在的一些地方。這些人被浸泡在自己的氣味裡，給扔在陌生的床上——扔在工人宿舍的雙層床上，扔在擁擠的、用隔板分隔出臥室和起居室的單間住房的長沙發床上。在每個房子裡都有著一些溫熱的、不靈便的軀體，伸開或緊靠著身子的手，輕微顫動的眼皮，眼皮底下不安地來回游移的眼珠子，呼吸的旋律、鼾聲的音樂，陡然拋出的古怪的囈語，無意識的腳的舞蹈，在夢的漫遊中尋找被子的輾轉的軀體。他們的皮膚冒著熱氣，他們的思想迷離混亂，無法將它們區分開，無法讓人從根本上相信它們的存在。他們的目光在看著某些畫面——這正是夢：他們有畫面，但他們沒有自己。在時間的每一瞬間都有數以百萬計的人在睡覺。當人類的一半醒著的時候，另一半正糾結在酣夢之中。當一些人醒來的時候，另一些人必須躺下睡覺，這樣世界才得以保持平衡。一夜無眠，人的思想就會開始引燃，在世界的所有報刊上字母就會相互混淆，說出來的話語就會變得毫無意義，人們就會試圖用手把這些話語推塞回嘴裡去。瑪爾塔知道，大地上的任何瞬間都不可能僅僅是明亮、緊張和有聲有色的，在行星的另一面必定有個黑暗、流動、無聲和混亂的瞬間跟它平衡。

夢

當夢一再重複過去發生的事件，當夢反覆咀嚼過去，把過去變成畫面，像過篩子一樣篩掉其中的含意，我便開始覺得，過去跟未來一樣永遠深不可測，永遠是個未知數。我經歷過一些事情，完全不意味著我已了解它們的含意。因此我懼怕過去，如同懼怕未來一樣。一旦發現某種我所認識的、迄今我以爲是穩定和可靠的東西，原來完全有可能是由於另一種原因，以一種我從未料想到的方式發生的，原來是它把我引到了另一個不是由我發現的方向，原來我是個瞎子，原來我是睡著了的，我將把自己的現在怎麼辦？

我帶著自己的夢加入網路中的那些人的網站——除了夢，沒有任何東西能把我們如此緊密地聯繫在一起。我們大家以一種出奇相似和混亂的方式夢見同樣的事物。這些夢是我們的財富，同時也是所有別的人的財富。因此也就不存在誰是這些夢的作者的問題，因此我們才如此樂意用所有的語言把夢寫進網路，只用一個字母、單個名字⑭或代號來署名。這是世界上，誰也沒有所有權的唯一的東西。在整個地球上，無論在什麼地方，當人們睡著了，在他們的頭腦裡就會迸出一些雜亂無章的小世界，它們像浮肉一樣，長得超常大和快。或許存在這樣的專家，他們知道其中每一個單個的夢的意義，但誰也不知道所有的夢加在一起意味著什麼。

⑭在波蘭和其他一些國家同名的人很多。只有姓名連用才能較具體表明是某一個人。

網路中的夢

我在一座塞滿了古舊、狹窄公寓樓房的陰鬱的古城裡。我在研究某種稀有的現象：在房屋的外牆上有許多個圓洞，但誰也不知道那是怎樣產生的。我所做的正是研究牆上、網上、柵欄上、玻璃上的這些洞。我發現，它們是按照一種顯而易見的次序排列的，猶如物體上的小溝道，像是什麼東西在飛行過程中遇到障礙物所穿透出來的。但我並不試圖確定那是什麼東西。吸引我的只是飛行的軌道。起先我覺得，大概是某種東西從天空飛來，在接近地面時又返回天上去。但事實顯示的已無可爭辯——這是某種從地上飛出、並消失在天空的東西，途中也沒有遇到特別阻擋它們的物體，因爲那些物體都有洞。

忘卻

我去瑪爾塔那兒，爲她從通向溪流的小徑上割蕁麻。她兩手抱在胸前踏著碎步跟在我身後說：上帝忘記了創造許多動物。

「例如鷸科鳥，」我說，「牠會像烏龜一樣堅硬，但有兩隻長腳，會有堅硬、能咬碎一切的牙齒。會在溪流裡行走，會吃掉一切髒物、泥淖、枯枝和敗葉，甚至吃掉水流從村莊帶來的垃圾。」

於是我們想起了上帝出於某種考慮，忘記創造出的那些動物。他忽略了那麼多的飛禽，那麼多生活在地面的走獸。最後瑪爾塔說，最缺的是那種夜裡坐在十字路口的動作遲鈍的大動物。她沒有說那種動物叫什麼名字。

德國人

初夏時節牧場上開始出現德國人。他們的灰白腦袋在草海中浮動。他們的金絲眼鏡在陽光下愉快地閃光。如此這般說，憑鞋就能認出德國人，他們的鞋總是白色的而且乾淨。我們不愛惜皮鞋，我們不尊重腳上的鞋。我們的皮靴粗糙而笨重，經常是用深色的皮革製成的。要不就是長統膠鞋，斯塔塞克·巴赫萊達還常在膠底上磕煙灰。我們的皮鞋用的常是一些仿皮材料，是一些歐洲街道上常見的黑、白對比強烈的時髦牌子運動鞋的仿製品。我們的皮靴永遠濺滿了黏糊的紅色泥土，永遠是歪歪斜斜的，永遠是凍了冰又烤乾了的。

德國人從汽車上湧了出來，他們的遊覽車爲了不引人注目，膽怯地停在小路上。他們分爲小組活動，或結成對子走路，最常見的是一個男人和一個女人一道走，樣子像在尋找作愛的地方。他們給空空蕩蕩的空間拍照，這使許多人感到驚訝。爲什麼他們不給嶄新的車站拍照，不給教堂的新屋頂拍照，只給長滿青草的空空蕩蕩的空間拍照？曾有許多次我們用茶水和糕點招待他們。他們沒有在椅子上無拘無束地坐下，也沒有要求更多的東西。他們往往是喝完茶就走了。使我們感到尷尬的是，有時他們想往我們手中塞幾個馬克。我們擔心自己看上去像是野蠻人——由於我們沒完沒了的修繕，由於那些灑滿一地的灰漿，由於台階的不牢靠的梯級。

無論他們走到哪裡，最終都要出現在商店前面，許多小孩子在那裡等著他們，伸手向他們要果糖。這使某些人感到憤怒，總是弄得有點不愉快。德國人在商店附近分發糖果的幾分鐘內，在我們頭頂上方常常顫動著某種非常愛國的氣氛，彷彿連空氣也變成紅白兩色的⑮，彷彿空中升起了一面千瘡百孔的國旗。那時我們甚至對糖果也不領情，我們感到自己是波蘭人。

有些德國人來過多次。有些人邀請村莊裡的人（一兩個，經常是那些關照過他們德國人墳墓的人）去聯邦德國，給他們解決了工作問題。

還有那麼一對老年夫婦，他們曾經出現在我們的土地上。他倆曾用手指向我們指出並不存在的房屋。後來每逢節日我們都彼此寄賀卡。他們寬慰我們說，弗羅斯特家族對我們的房屋已不感興趣。

⑮波蘭的國旗就是紅白兩色的。

「爲什麼有人會對我們的房屋感興趣？」我惱怒地問瑪爾塔。

而她回答：

「因爲房子是他蓋的。」

一天傍晚，當我們把喝過茶的空瓷杯和裝過糕點的小盤子從陽台拿進屋裡的時候，瑪爾塔說，人最重要的任務是拯救那種正在瓦解的東西，而不是創造新的東西。

彼得・迪泰爾

彼得・迪泰爾和他的妻子愛麗卡通過邊界的時候，彼得的手上蹲著一隻花大姊。他留心地瞥了一眼，見牠有七個斑點。他高興了起來。

「這是歡迎的意思。」他說。

他們走的是一條奇怪的公路幹線。公路兩邊站著穿緊身短裙的姑娘，他們向汽車招手。

傍晚他們抵達了伏羅茨瓦夫，彼得感到出乎意料之外的是，他竟認識這座城市。只是一切看上去都顯得更黑更矮小，彷彿他們進入了隨便一張照片裡面。在旅館睡前他不得不吞下隨身攜帶的藥片，因爲他的心臟跳動並不平穩，前後兩次跳動之間的間隙時間會無限延長。

「我們到這裡來得太晚了。」愛麗卡嚴肅地說。並坐到了床上。「我們太老了，經不起激動。你瞧，我的腳腫得多厲害。」

翌日，他們走馬看花地參觀了伏羅茨瓦夫，跟他們平生所見過的所有別的城市一模一樣。他們見過各種各樣的城市：處於瓦解狀態的城市、繁榮的城市、向河流傾斜的城市、深深扎根於土地的城市和一些建築在沙灘上像黴菌的結構一樣脆弱的城市。有遭到破壞變得杳無人煙的城市，有在墳地上重建起來的城市——後來在這樣的城市裡生活的人們就像行屍走肉一般。有分隔成兩半、在起著決定作用的唯一的石頭橋上保持平衡的城市。

參觀城市之後便開始遊覽山區。喀爾巴阡山滿是出售紀念品的攤販亭，提到什克拉爾斯卡·波倫巴時，彼得固執地將其稱爲斯赫雷貝豪，似乎是怕與新的波蘭名稱弄混了。其實他們對途中的景色漫不經心，只想著一件事——何時能朝內烏羅德和格拉茲谷地的方向走得更遠一點——他們是否來得及去看所有想看的地方。總而言之，是否有足夠的時間去看曾經有過的一切，他們的眼睛是否能變成照相機，直截了當地把他們看到的東西拍攝下來。

彼得想再次看看自己的村莊，而愛麗卡卻想看到見到了自己的村莊時的彼得。她考慮的是，只有到那時她才能從頭至尾理解整個的彼得，理解他所有的憂傷，理解他那些簡短的回答，理解他爲何會突然改變決定，這種改變常常使她惱火，甚至終於能夠理解他爲何常常固執地擺紙牌算命，會爲一些蠢事而浪費時間，會在公路幹線上冒險超車，理解他身上所有揮之不去、令她感到陌生的東西——在他們共同生活的四十年中，這些東西始終沒有發生過變化。

他們在一家鄉村家庭小旅店歇腳。在這家旅店所有注意事項、鼓勵、要求、警告、通知，都用德語寫得明明白白。還在早餐之前，彼得就已穿戴整齊。他走到了房屋的門口。時值五月，苦苣菜開花比平原地區要晚得多。他看到自己的群山，只不過是地平線上一條條雲遮霧繞的漂浮的直線。他聞了聞空氣。是氣味，而不是景色造成了狂潮巨浪般的畫面移動，像那過度感光、不清晰、扯斷了膠帶的電影，既沒有聲音，沒有高潮，也沒有故事情節。

早餐給他們吃的是水煮蛋，早餐後他們就出發了。道路引著他們先是向下，然後平緩向上。蜿蜒的山路東拐西彎，他們完全失去了方向感。他們經過了散布在山坡的村莊、一些大大小小的房子、一些神祕的溪流——不管它們的外表如何千變萬化，總歸是同一條小河。每個村莊都有自己的谷地，像巧克力糖塊躺在盒裡的絲絨襯墊上的凹坑。

這天最糟糕的感覺是——彼得認不得自己的村莊。它已縮成了一個小村子的規模，缺了房屋，缺了院落，缺了羊腸小道和橋梁。昔日的村莊只剩下一副骨架。他們把小汽車停在上了鎖的關閉的教堂前面，教堂後邊椴樹林中曾經立著彼得的房子。

他聞了聞這個地方，重新放映起這古怪的過往的電影。終於他意識到，這樣的電影他到處都能放映：在酒吧，在加油站旁，在地鐵裡，在西班牙度假的時候或是在購物中心採購物品的時候，說不定那時這鍾愛的電影還會比現在看到的更加淸晰些，因爲那時沒有眼睛看到的似是而非的東西干擾它。

他們沿著一條狹窄的弄平整了的道路漫遊，居高臨下地看到村莊，村莊的骨架，看到剩下的幾棟房屋，幾個小菜園，幾棵高大的椴樹。但這一切都活著——下方有人在行走，趕著乳牛，狗在奔跑，有個男人驟然爆發出一陣大笑。他按響了汽車喇叭。高一點的地方有個挑著水桶的人向他們招手，房屋的煙囪炊煙裊裊，升上天空，鳥兒向西方飛去。

他們坐在路旁的草地上，吃著馬鈴薯片。愛麗卡匆匆朝他臉上瞟了一眼，她怕看到他溼潤的眼睛或者抖動的鬍鬚。那時她就會把裝馬鈴薯片的小袋子放在一邊，把他摟到懷中。但他的臉還是原來的樣子，沒有絲毫變化，彷彿是在看電視。

「你自己走遠一點吧。」她說，又補充了一句：「瞧，我的腳腫得多厲害。」這話聽起來就像副歌。

他沒有回答。

「我們來得太晚了。我老了，沒有力氣向上走。我回到汽車那兒去，在那兒等你。」她在他手上溫柔地親了一下，回頭走了。還聽到他最後說的一句話：「給我兩個鐘頭，或者三個鐘頭。」

她心裡一陣難過。

彼得・迪泰爾慢慢騰騰、晃晃悠悠地獨自走著，眼看看石頭和已是含苞待放的野玫瑰花叢。每走幾十米就停下腳步，喘著粗氣。那時他總要瞧瞧樹葉、草基和長在纖細的樹幹底部的蘑菇，正是那些蘑菇慢慢吃掉了倒下的樹木。

起先道路在荒地之間伸展，後來進入雲杉林。但森林很快就結束了，彼得現在身後就是迄今一直裝在自己心中的群山全景。他只回頭望過一次，因爲他害怕因自己一看會把這景致破壞殆盡。這就像珍貴的郵票，若是看得太勤，便會喪失它原有的色彩和圖案。直到他登上山脊方才站定，轉著圈子環顧四野，飽覽品味這景觀，盡情享受。他把世上所有的山跟這些山作過比較，在他看來任何山都沒有這麼美。那些山要不就是太大，太雄偉，要不就是過於平淡無奇。或者太野，太幽暗，長滿了森林，像黑森林山那樣；或者太缺乏野性，太馴化，太明亮，像庇里牛斯山。他掏出了照相機，對準了所看到的景物。喀嚓——照上了散布在各處的村莊建築物。喀嚓——照上了蓋滿黑色陰影的幽暗雲杉林。喀嚓——照上了一條細線似的溪流。喀嚓——照上了捷克一方黃色的油菜田。喀嚓——照上了天空。喀嚓——照上了雲彩。這時他感到喘不過氣來，馬上就會窒息。

他繼續走得更高，到達了旅遊的指定路線，一些背著背包的年輕人向他招手問好。汗水蒙蔽了他的眼睛，他擦汗的時候，他們走遠了。他感到實在遺憾，他們就這麼走了。

要不他就能對他們講講，自己在他們這個年齡的時候，如何來到這裡，如何在低一點的地方，在潮溼的苔蘚上第一次跟女人作愛；或者從山上指給他們看看，奧爾布列希特家的風磨立在什麼地方，風車活動的曲軸是村莊的標誌。他甚至想在他們身後喊他們，但他肺裡缺乏空氣。他的心跳到了嗓子眼，憋得他吐不過氣來。現在就回頭豈不是浪費了難得的機會！於是，他以巨大的毅力又向前走了幾十米，來到了頂峰，邊界線就從此經過。老遠就能看到刷白了的分界柱。他完全喪失了呼吸能力，顯然早已忘卻了的稀薄空氣對他不利。他忘了，高山的空氣對已習慣呼吸潮溼海風的肺可能是更加危險的。

當他想起自己的歸程的時候，不禁一陣頭暈。「假如我死在這裡，又會怎樣？」他思忖，掙扎著慢慢走到分界柱。不知何故，他突然覺得很可笑。這麼多年生活在港口城市，蓋房，戀愛，生兒育女，經歷戰爭，卻要穿過半個歐洲來到這裡，走這麼大一段山路。他暗自好笑。從衣袋裡掏出一塊巧克力。他站住了，仔細撕開包糖的金箔，但在他把巧克力塞進嘴裡的時候，他就知道，自己嚥不下這塊糖。他的軀體正在忙別的事。心臟減緩了節奏，動脈鬆弛了，大腦產生出安然死亡的麻醉劑。彼得坐在分界柱下邊，嘴裡含著巧克力糖，地平線遙遠的一圈慢慢拉走了他的目光。他的一隻腳在捷克，另一隻腳在波蘭。他這麼坐了大約一個鐘頭，一秒鐘一秒鐘漸漸逝去。最後時刻他還想到了愛麗卡，想到她在下邊坐在小汽車裡等他回去，她肯定在著急。說不定她已報警。然而此時此刻，在他心中她成了一個窪地的、海濱的和不現實的女人。彷彿他一生只是一場夢。他根本不知道自己是何時死的，因爲死亡不是一下子就到來的，而是一點一點逐漸發生的——他身上的一切逐漸崩潰、瓦解。

天黑的時候，捷克的邊防軍發現了他。其中一個軍人還在他手上尋找脈搏；另一個年紀較輕的，害怕地望著一道從他嘴裡滲出並流到脖子上的棕色的巧克力細流。第一個軍人拿出了無線電通話機，以詢問的目光看了看第二個軍人，兩人同時瞧了瞧手錶。兩人猶豫了片刻。他們大概是想起了可能會遲到的晚餐，也許是想到了他們還必須寫的報告。後來他倆統一了思想，完全一致地將彼得放在捷克一邊的這隻腳挪到波蘭那邊。而這樣做他們還覺得不夠，因而他們又輕輕把整個屍體往北移，拉到波蘭那邊。隨後他們帶著負咎感默默無言地離去了。

半個鐘頭後，波蘭邊防軍的手電筒燈光發現了彼得。其中一名軍人叫了一聲「耶穌！」就一步跳開了；第二名軍人本能地抓起了武器，環顧四周。到處一派靜寂，谷地裡的城市看上去就像扔掉的巧克力包裝紙，上面反射出閃爍的繁星。波蘭人瞧了瞧彼得的面孔，彼此悄聲交談了幾句。然後在莊嚴的靜默中拉起了他的手和腳，把他抬到了捷克那邊。

彼得・迪泰爾在靈魂永遠離開肉體之前，就這樣記住了自己的死亡——一會兒這邊，一會兒那邊，就在這兩邊之間做著機械運動，就像站在橋上，在邊緣處保持著平衡。在他昏昏欲睡的大腦中出現的最後畫面，正是對阿爾本多爾夫木箱木偶戲的回憶——一些小小的木偶在用油彩畫出的景物裡移動，完成給它們規定的機械動作。走著的是木頭人，趕著的是木頭乳牛，奔跑著的是木頭狗，有個什麼人木呆呆地笑著；高一點的地方是另一個形象：挑著水桶，招著手；畫出來的炊煙升上了畫出來的天空，一群畫出來的鳥兒向西方飛去。兩對木頭軍人沒完沒了將彼得·迪泰爾的木頭軀體從一邊搬到另一邊……

大黃

瑪爾塔在房子後邊栽培大黃。那小塊土地是個陡坡，作物的行距不勻整——避開了較大的石頭，然後向經常變動的田埂拉齊。冬天大黃消失在雪下和地下，蜷縮起自己肉質的莖，向另一方生長，倒著生長，向自己的芽體，向自己沉睡的根部生長。到了三月末土地隆起了肚皮，大黃重新出生。它又是小小的，白、綠色的，脆弱得如同沒有皮膚的軀體，像個嬰兒。它夜裡生長，我們在青草叢中聽見這種生長的沙沙聲，非常細小——像一點點碎屑飄落——這種生長的聲波驚醒了別的作物。白天苗畦就平靜了，瑪爾塔望著它們，臉上泛起紅暈，這就像沉睡的部隊醒來了，就像排好了戰鬥隊列的士兵從地裡冒了出來。起先是頭頂，然後是強壯的肩膀，永遠立正的挺直的身軀，最後從身軀上撐起有皺褶的綠色帳篷。

五月瑪爾塔用把鋒利的刀割下自己的士兵，似乎是對他們說一聲「休息！」他們大概從下邊看到了她，一個高大、強壯的婆娘手持一把快刀。刀在味濃、多汁的莖上橫向割得咯吱響，酸味的汁水留在鋼刀的刀口上。

瑪爾塔將一束束整齊的大黃拿到新魯達的綠色市場去賣，給人做第一道春天的蔬果湯，或是拿去做冬天朝思暮想的發酵大黃烤餅。

我幫她扎大黃束。我們把不完美的、受過傷的或太短的莖放在一邊，留到以後在我的俄國小爐子裡烤點心。

宇宙進化論

畢達哥拉斯的一位老師阿咯馬內斯，是我最喜愛的哲學家。

根據阿咯馬內斯的說法，世界是兩種原始因相互作用的結果。阿咯馬內斯將原始因理解爲強大的宇宙本原，它們是永生的和普遍存在的。對這種相互作用最好是稱之爲永遠的吞噬。一個吃掉另一個，無止無休，世界的存在就有賴於此。第一個宇宙本原是克托諾斯，這是某種不斷地生育、萌芽、繁殖、增長的東西。它存在的目的和手段——就是從自身不斷地創造。這種創造不僅在於自身增加許多倍，而且也在於發射出那些跟它不同，甚至矛盾的生命。因此在克托諾斯中是永不停息的增長，盲目的、無思考的、蒙昧的增長——生命的砲灰的增長。第二個宇宙本原是——混沌——它吞噬克托諾斯，彷佛是消耗它，吃掉它。整個時間以盡善盡美的方式吞噬。混沌是非物質的，是一種法則，它溶化克托諾斯存在的空間，就像是將它消化掉了。沒有克托諾斯混沌就不可能存在，反之亦然。混沌將克托諾斯變爲虛無，今天我們就可以說，把它消滅了。

兩種宇宙本原的聯繫異常緊密，從中產生克羅諾斯——也是一種法則，最好將其比作旋風眼，在呑噬和毀滅或破壞的正中心創造一種表面平靜的存在，綠洲式的存在，幾乎是海市蜃樓式的存在，其特點是穩定、規律、秩序，甚至充滿了和諧，正是這種和諧給世界的存在提供了開頭。克羅諾斯阻撓呑噬，賦予它某種形式。一方面使勁創造、生產，將其分別組成一些由時間調整的小島。時間是它（克羅諾斯）的本質，也是它的基本法則；另一方面削弱破壞的衝擊力。在這個地方產生世界和它的基本能量。

克羅諾斯是宇宙本原之一；火、氣、水是克羅諾斯的產物，一代一代的神就是起源於這些基本元素。所有的神的基本特點是愛（philia⑯）。所有的神因充滿愛而光華燦爛，他們也正是竭力用愛戰勝基本元素的恨(neikos⑰)，以便讓世界最終獲得一種堅不可摧、輕如空氣的精神本性。正是爲了這個目的，神創造了人、動物、植物，並賦予他（它）們愛的種子。

這是我在扎大黃東的時候對瑪爾塔講的。我們幹完活後，瑪爾塔對我講了這樣一番話：當人們說「一切」、「總是」、「任何時候也不」、「每一個」時，可能這只是對他們自己

⑯拉丁語，意爲：愛。
⑰拉丁語，意爲：恨。

而言的，因爲在外部世界不存在這種普遍化的東西。

她向我提出忠告，讓我留神，因爲如果有人開口閉口「總是」，這意味著此人失去了與世界的聯繫，他說的只是自己。

我聳了聳肩膀。

誰寫出了聖女傳，他是從哪兒知道這一切的

帕斯哈利斯留在了聖女瑪爾塔姊妹修道院，爲了寫出她們祕密的四個名字的守護神的故事。他在庶務用房得到了一間單獨的修室，遠離修道院的其餘部分。修室寬敞、舒適、暖和，窗戶高大，夜裡關上木頭的護窗板。修室裡有張寬大而沉重的斜面書台供他寫字，書台上帶有特殊的凹槽，那是擺放墨水瓶的地方。帕斯哈利斯的窗口朝南，因此只要冬天的陰雲飄走，一大束陽光就會射進他的房間。由於空氣中細小的浮塵的飄蕩和蒼蠅急不可待的飛行，使那束光帶顯得異常活躍。每當他在書台旁邊感到寒冷的時候，他便站到陽光裡晒熱凍僵了的身子。那時他便看到平緩的山脈，覺得它波浪起伏，彷彿正跳著不易爲人發現的舞蹈。很快他便認識了這條不同一般的地平線上的每個彎曲部分，每個谷地，每座山丘。

修女們每天兩次把食物放在他的房門前。平常是麵包和煮熟的蔬菜，禮拜天和節日還有葡萄酒。女修道院院長每隔兩三天來看望他一次。「他們問起過你，」開頭她說，那時他還不知如何著手開始自己的工作。「他們問過。而我回答說，你自己走了。那時他們說，

你準是在路上發生了什麼不幸，說不定是狼把你刁走了呢。而我則說，這裡多年沒見過狼，你多半是逃跑了，溜進了山裡……」帕斯哈利斯對這樣的回答驚詫不已，「嬤嬤幹嘛要這樣講？」「我寧願見到你背棄誓言，逃之夭夭，而不願見到你死了，血肉模糊地躺在地上。」他抱怨說：「我不知道該如何開始。」女修道院院長指著放在斜面書台上的一本不大的書，對他說：「你必須把這本書認眞讀一遍，那時你就會認識那位寫這本書的女子。你必須仔細地讀，反覆地讀，直到了解她的每個細節，看到她是一副何等的模樣，看到她的一舉一動，了解她用怎樣的聲調講話。到那時你將更容易理解，寫出了這一切的那個人的感受和現在讀到這一切的那個人——也就是你自己的感受。」

於是，帕斯哈利斯就開始讀了起來。起先他覺得這本書似乎很枯燥，而且他也沒有讀懂多少，因爲他的拉丁文不太好。可是後來他開心地發現，這位聖女的拉丁文也有許多不盡如人意的地方——如同修女們送來的甜餅中夾著葡萄乾一樣，她的拉丁文中塞進了一些捷克字、德國字和波蘭字。但後來他逐漸在庫梅爾尼斯的著述中找到了那種他自己心中也有的渴望——變成另一個不同於現在情況的人，這一發現給了他莫大的鼓舞。

這是本奇書，因爲得兩頁同時讀。他從一頁看到的標題是《Hilaria》⑱，一旦翻過一頁倒過來看，看到的標題便成了《Tristia》⑲，也就是歡樂和憂傷。在書的兩個部分之間還有幾頁是用另一種顏色的墨水寫出來的。這個部分稱爲祈禱教程。

還有個原因使帕斯哈利斯不能集中精力全神貫注於自己的工作——牆外女人的生活吸引了他。有時聽到她們說話的聲音和木屐敲擊地面的聲響。每到送飯的時刻，他就站在門後，窺伺著餐具輕輕敲擊地板的響動，這告訴他門外有個什麼女人。但他從來不敢在那時把門打開。只有在夜裡，修道院生活的隱約回聲已然止息，他才走出自己的修室。他只有這麼點自由。他只能走一條允許他走的路線，從修室到掛有釘在十字架上的庫梅爾尼斯肖像的小禮拜堂。終於聖女赤裸、發亮的乳房開始在他心中激起一種難以抑制的渴念。他幻想著，要是能把自己的臉藏進那兩個乳房中間該有多好。有時他也幻想過某種更富刺激性的事，某種與策萊斯滕有關的事，他知道那種事是有罪和受到禁止的。他不止一次在自己身上檢查過那種幻想，夜靜更深的時候他把自己埋進粗糙的毛毯裡，研究自己把持不住的軀體。

在《Hilaria》中，吸引他注意力的第一段的內容如下：

⑱拉丁語，意爲：歡樂。

⑲拉丁語，意爲：憂傷。

「我幻想能躺在地上，伸開雙手和雙腳，就這樣等待著，直到你的天空充滿燦爛的陽光，不斷擴展，降落到我的身上，緊緊貼著我的腹部和胸脯。」

這是他第一次見到她的模樣。她躺在修道院後邊平緩的山坡上，躺在青草叢中，周圍是盛開的色彩鮮豔的苦苣菜花，花的顏色令帕斯哈利斯看著刺眼。他從畫面上抹去了苦苣菜花。現在圍繞她的是碧綠的青草和純淨、巨大的天空。她的軀體像個十字架，擺在山坡上，像個符號，這符號在說「瞧，這裡，這裡！」下方，人們在路上行走，趕著犍牛，狗在奔跑，有個男子突然爆發出一陣大笑，羊脖子上的鈴鐺叮噹叮噹地響著，刺激得人的皮膚發癢；高一點的地方走著個人，扛著一隻捕獲的野兔在招手，煙囪裡的炊煙裊裊，繚繞升上天空，鳥兒漠然地向西飛去。帕斯哈利斯見到這一切。

一個無力自衛的人，伸開手腳仰臥地面。要是黏附到這個人的身上，以全部力量緊貼著這個軀體，將它包圍住，將這個軀體緊緊摟到懷裡……那又是一種怎樣的滋味？帕斯哈利斯對此並不知道。夜裡他將毛毯捲成長長的棒錘形狀，放在地上，想像自己下面躺著的是個女人的軀體，這軀體渾身熱乎乎的，同時又柔軟又堅硬，搏動著一個鮮活的生命……他小心翼翼地躺到了上面，呼吸一下就變得很淺，而且時斷時續，彷彿突然缺少了空氣。他就這麼躺著，沒有感到輕鬆。他腦子裡想到的唯一的事就是就是把這個軀體固定在地上。後來，他睡到了床上，調整了呼吸，他想到了庫梅爾尼斯的父親，想他多半會有同樣的感覺。

「荒唐透頂！」第二天女修道院院長惱怒地說，而帕斯哈利斯則是滿面羞慚，心裡責怪自己竟敢向她傾訴這種事。「我在這裡給你提供藏身之所，給你提供吃喝，不是爲了讓你胡思亂想。你感到飢餓就吃，你感到孤獨就祈禱。祈禱教程你已熟記在心了嗎？」

是的，他已讀過這個祈禱教程，但他覺得不可理解。「無思無慮」是什麼意思？他想。怎麼可能什麼也不想？他站立在窗邊的太陽光中，探究自己的思想。他覺得思想是無所不在的，眼睛看看窗外的景色，思想就會有活動，並且會一再重複：啊，烏雲，樹木，群山；啊，瞧它們怎樣向高山牧場投下陰影。而當他爲了跟那些景物分開，閉上了眼睛，他的思想雖然發生變化，但總是存在，總是不離不棄：我餓了，是不是已經到了開飯的時間？上邊的聲響是什麼？是不是有人在奔跑？每天傍晚給乳牛擠奶的那個高個子修女是個什麼人？或者，他會看到這樣的畫面：女修道院院長神情專注的面孔，她上唇上長的絨毛，她那從涼鞋裡露出來的粗大腳趾；庫梅爾尼斯畫像前的帷幔，釘在十字架上的身體，聖水中漂著的一隻死蒼蠅。怎麼可能不想？

有時帕斯哈利斯感到自己是給禁閉在修室。他的雙腳需要運動。他鬱悶地望著窗外的群山。他思念世界。他感到傷心的是，他既沒見過城市，沒見過宮廷的繪畫，也沒見過據說是高聳入雲的教堂。教宗在南方遙遠的地方，現在他正跟宗教會議協商如何在路德教派信徒面前拯救世界。他想像這個世界——它是美好的，如同畫上的一般，他在先前那個修道院對著這樣一幅油畫有時一看就是幾個鐘頭。平緩的山地景觀，谷地的沙堡，河流，沿河漂浮著的小船，小片耕過的田地，田地裡是穿著整齊的農民，一座磨坊，一個乞丐，幾條狗。可是在這裡，眼前坐著的不是懷抱嬰兒的聖母，只是教宗，一個高大、肅穆的男人，有點像策萊斯滕或格拉茲的主教。教宗的頭腦裡產生思想和言詞，天使們將其寫在飄蕩的緞帶上，現正拿著緞帶立在他的頭頂上方。

修士的手正午時總是發軟，思想停滯在飛行過程中，像一條條緞帶那樣掛在帕斯哈利斯的修室。它們雜亂無序，混成一團，文字失去了自己的形態並紛紛碎落，化爲齏粉撒滿一地。正午的魔鬼給修士造成一種印象：事物產生意義的歷程減緩了速度，而太陽則停住不動。帕斯哈利斯將目光盯在某個點上，甚至不知是個什麼點。打算做的工作變成了懸在頭頂上方的石頭，成了整個世界的重負。放棄的誘惑，突發的鑽心的空虛，總是像蟋蟀鳴叫那樣的單調、無聊。帕斯哈利斯讀著「Anxietas cordis quae infestat anachoretas et vagos in solitudinemonachos」⑳，他知道，自己在犯罪，不是因行動而犯罪，而是

⑳拉丁語，意爲：心靈的不安折磨著處在孤寂中的隱居者和修道士。

因放棄一切行動而犯罪。看來唯一的拯救就是逃跑。

帕斯哈利斯本想，一旦留在修道院，修女們會將他視爲與自己地位相同的人，給他穿上修士服，允許他跟自己同桌進餐，允許他參與自己的生活。可她們都把他關在修室裡，對待他的態度就像他根本就不存在。她們要他描述一個他不認識的女人的生活，整理她留下的文字，而這些文字他又不甚了了。他思忖：「要我寫庫梅爾尼斯的故事，可誰來寫我的故事？」因此第二天女修道院院長來的時候，他說，他要放棄。說他想去羅馬，請求教宗承認他是個女人。到那時他就會作爲享有與大家同等權利的修女回來。女修道院院長眨了眨眼睛，什麼也沒說。他用嘴巴觸了觸她的手。「好吧，」她終於開了口，「告訴你吧，我爲什麼允許你留下來。我第一次見到你的時候，我想起了一頭鹿，一頭受傷的小鹿。而隨著時間的推移，小鹿會長成強壯的大鹿。你向我請求留在這裡的那一天，我曾向庫梅爾尼斯祈禱，因爲我不知該怎麼做。我一向很少做夢，但那天我做了個夢。我夢見了漂亮的象牙浮雕，展現的是兩隻動物——鹿和獅。鹿吃掉了獅子，吞下了牠的腦袋。」女修道院院長住了嘴，滿懷期待地望著帕斯哈利斯。「喏，後來呢？」他問。「什麼也沒有，這已是一切。」「這意味著什麼呢？」她聳了聳肩，「我不知道這意味著什麼。但我知道，這樣的夢不是每天都會有。你應該留下來，寫出聖女的故事，帶著它去謁見格拉茲的主教，然後再去陛見羅馬的教宗，好讓他們正式將她尊爲聖徒。」

這天傍晚，帕斯哈利斯詳細地想像自己在羅馬的一幕：教宗因他的工作和長途跋涉而大受感動。教宗使他想起策萊斯滕。他把手放在帕斯哈利斯頭上，此舉令眾位主教和國王羨慕不已。而後他轉身朝著所有這些統治者、富翁和聚集在庭院裡的人們，說道：「從這一刻起帕斯哈利斯是個女人！」在回程的路上，每走一俄里㉑帕斯哈利斯的身體都在發生變化，乳房逐漸變大，皮膚變得越來越光滑，終於在某一個夜晚，他那天生的陽物一去不返地消失了，有如連根拔掉。在那裡留下了一個洞，神祕地通向他軀體的深處。

㉑一俄里等於一・〇六公里。

書信

我收到的信件幾乎僅僅來自婦女，我寫信的所有對象也幾乎全是——婦女。在不看電視的時候，從這個地方看到的整個世界，似乎完全是女性的。女人在商店裡出售食品，組織開會，帶孩子購物，塞滿往返新魯達的公共汽車，剪頭髮，灑香水，約定黃昏時見面，親吻兩個面頰，在商店裡試穿衣服，在郵局裡出售電話卡，投送女人寫的、女人讀的書信。我還有瑪爾塔和兩條母狗。還有一隻母山羊。R是個例外，他的在場更加突出了這種無所不在的女性氣。按照同樣的原則，有人往發酵的甜點心裡加點鹽，而往酸味的果汁裡加點糖。

我考慮過一些詞，它們之所以是不公平的，定是由於它們出自不平等的和胡亂劃分的世界。「英勇」一詞的陽性對應詞是什麼？難道是「女英勇」？如何稱呼女子身上的這種美德而不強調她的性別？「老丈」或「哲人」這些詞都沒有陰性的對應詞。說到老年婦女只能說是老太婆或老婦，似乎婦女到了老年就沒有任何尊嚴，沒有任何豪氣，似乎老年婦女不可能是聰明的。充其量只能把她說成是「巫婆」，需要指出的是，這個詞源於

「知道」，就是說「巫婆」知道別人不知道的事物。但這將是一個惡毒的老婦形象，是一個有兩個耷拉著的乳房和一個不會生育的肚子，因懷恨世界而瘋狂的人物，儘管是強而有力的。老年男子有可能是個聰明、尊貴的老人，簡而言之就是智者，而要對女子說點什麼類似的話，則必須繞來繞去，拐彎抹角，形容一番——年老的、聰明的女人，這聽起來是那麼卓越、崇高，以致足以令人產生懷疑。不過最令我感到不安的是「收作兒子」一詞，因爲沒有直接與之對應的「收作女兒」這個詞。上帝就把人都收作了兒子。

大麻做的糕點

把德國人的屍體從邊界一方扔到另一方的同一個邊防衛兵，冬天的時候來到黑森林巡邏。他的任務是檢查森林中那條通向捷克的老路對於所有可能出現的酒精和小汽車走私者是否仍是無法通行。早春時節需要帶著電鋸到那裡去，鋸倒幾棵樹木讓它們倒在行車道上。這是保護國家邊界的慣常做法。砍倒雲杉當然要得到林業管理人員的同意。

邊防衛兵認識附近所有的人。他一眼就能分辨出生人，那時便要檢查那人的證件，給基地打電話。不管那是什麼人，是採蘑菇的還是迷路的旅遊者，邊防衛兵總要從高處通過望遠鏡觀察他的行蹤，直到那人遠離邊界，朝自己的一方走去。

他以這種方式見過許多人，其中有單個的人，這種人邁著搖搖晃晃的兩腿，但步子堅定；成雙成對的人，這種人很快就會沒入某處的灌木叢中；魚貫而行的一群人，這種人在背包的重壓下往往低垂著腦袋；帶著動物的人，這種人往往帶著狗、馬匹、乳牛，用籃子裝的瞎眼的貓——那是要送到某處淹死的；有帶著東西和機器的人，有騎自行車的人，有駕小汽車的人，有開拖拉機的人（實際上附近只有一個人有拖拉機）；有的人帶著魚網，有的人帶著電鋸，有的人帶著裝在塑膠袋裡的蘑菇，有的人帶著在賊窩裡買的半公升燒酒……從某種意義上講，邊防衛兵眼前有個劇院，劇院裡演著的，可惜是些枯燥乏味的節目。他必須自己作出許多補充，好把故事拼湊完。他還必須知道某些事：如此這般推著自行車走過坎坷不平的路要到哪裡去；下方一棟房子前面停著一輛白色的歐寶牌汽車是什麼意思；而深藍色的公共汽車、在別的房子裡開著或關著的百葉窗又是什麼意思，綿羊為什麼在山隘裡放牧而不是在森林邊，鐵床為什麼會擺在果園……這一切他都必須弄清楚。否則對他見到的東西便不會明白。那他也便是視而不見。

他有過這樣的情況，很顯然，他經常看得出神，他看自己面前的世界就像看圖片一般。下方，人在柏油路上行走，在趕著乳牛，狗也在奔跑，有個男子突然爆發出一陣大笑；羊脖子上的鈴鐺叮噹叮噹的響著，使人覺得皮膚發癢；高一點的地方走著個人，扛著一隻偷獵的野兔，在向什麼人招手。煙囪裡的炊煙裊裊上升，鳥兒向西飛去。這畫面持續存在，沒完沒了，似乎是永恆的。是場面巧遇了人，而不是人巧遇了場面。

除夕下午，這個有著紅潤、朝氣勃勃、宛如甜麵包似的臉蛋的年輕邊防衛兵，騎著自己的大摩托車慢慢駛過雪地。車輪深深地陷入雪裡，他必須加倍小心，以免滑進路旁的深溝。後來他看到許多來來回回轉著圈子、又向前方奔跑的足跡。較大的雪堆印有個人體的形狀，定是有誰在雪堆上待過並順著它滑落，翻滾。定是有人躺在雪地上，揮動著手和腳，以這種方式在雪上留下一隻大鳥形狀的印記。

他在隘口遇上了他們。他們戴著五顏六色的可笑的帽子，總地看上去，有些令人生疑。尤其是當他想要他們出示證件的時候，他們竟然嘻嘻哈哈毫不當回事。他們相互投以意味深長的目光，接著又爆發出一陣大笑。他心想，這些人定是喝醉了，轉而又覺得自己像個白痴。須知今天是除夕。然而他們越是高興，他就越是嚴肅；他們愈是由於情緒高漲而熱氣騰騰，愈是高興得幾乎要飄浮到雪的上方，他便愈是感到給釘在了地上，他的雙腳在雪地裡也就陷得愈深。他們的好情緒激怒了他。

他們是些年輕人。跟他們一起有個姑娘，她給他的印象是又美又難以接近。她嘴裡咬著一縷淺黃色的頭髮梢，神祕地望著他，彷彿是剛從美夢甚至是色情的夢中驚醒。

他們是些不認眞的人，在邊界地區身邊不帶證件，他甚至無法給他們登記。

「背包留在茅舍裡。」他們說。

不管願意不願意，他必須跟他們一起回去。他們輪流在雪地上推著摩托車走。小伙子們對摩托車是內行，但這一點也沒使他感到驚訝。他始終覺得自己在他們身邊是個可笑的無足輕重的角色，於是他彷彿是無意識地敞開短大衣，向他們展示手槍閃閃發光的皮套。

茅舍裡散發出無人居住的氣息，也就是一種潮溼和晚秋殘餘物的氣息：枯葉和乾草，還有耗子的酸臭味。屋子裡很冷。他坐在桌旁，登記他們身分證上的資料。他們所有的人都來自伏羅茨瓦夫，居住的街道名稱聽起來充滿大城市味和世界味：維也納大街，韋斯皮安斯基㉒海濱，格倫瓦爾德㉓大街，太空人大街。不錯，他知道，他們是來這裡歡度除夕的，爲了喝個痛快，胡鬧一番。很顯然，他們不是走私販子，無論如何他們不會有損於邊界。可是現在不宜後退，不好對他們說：一切正常，我走了，我晚上也有活動，深色西服已燙得平平整整的，準備就緒，就掛在櫥櫃的門上。烈酒也已放在冰箱裡凍著，香檳酒正威風凜凜地立在壁櫥的酒櫃裡。

在他們那種攪亂他寫字的思路、令人難以忍受的嘻笑聲中，姑娘在他面前放下一杯茶，他懷著感激之情喝下了。熱茶使他內裡暖和起來，也放鬆了許多。他點燃了一根香菸。他吃了一塊黑糊糊的古怪糕點，它帶點草藥的味道，帶點異國風味，有點像蜜糖烤餅。他們的笑聲是針對他的嚴肅來的。他應放過他們或者給他們以懲罰，然後朝森林的

㉒波蘭著名戲劇家、詩人、畫家。

㉓著名歷史地名。一四一〇年波蘭—立陶宛聯軍在此徹底打垮十字軍騎士團的進犯。波蘭著名作家顯克維奇在小說《十字軍騎士》中對此有詳盡生動的描寫。

方向走，回到哨所，交差，回家。可他卻坐著不動，吃著那種糕點。他們在彼此交換著意味深長的眼色中，以某種令人懷疑的熱心不斷把糕點送到他面前。所有的人都在望著他怎樣把糕點塞進嘴裡、咀嚼和嚥下。他有個印象，他們的思想聯合在一起，彼此交談，只是他聽不見，在他們中間只有他是個陌生人。他們是自己人，他是外人。可要知道，這是他的防區。

最後，不知何故——與自己的意願相違，他走到屋前，給基地打了個電話。說他正在返回。天已經黑了。他們向他搖晃著帽子，哄然大笑。

他走的是一條自己熟悉的路，但他似乎覺得有點長。他應該已經到了小橋邊，可實際上剛剛經過最後一幢房子。他想著那些年輕人，實際上他不能不想他們，他似乎覺得那是些狼人。我的上帝，這個想法嚇了他一跳。狼人！他停住了摩托車，熄滅了車燈，驟然處在一片黑暗之中，黑暗使他愣愣地站立不動。他看到遠方的村莊，亮著燈的窗戶宛如空間的一些四方形窟窿。或許他應該回頭，再一次回到那些人中間，告訴他們……可是，告訴他們些什麼呢？他把摩托車猛地一拉，調轉了車頭，啓動了發動機。車開動了，可片刻之後就鑽進了雪堆。整個前輪消失在雪堆中。他的雙手開始令人難耐地發麻，他不得不盡量活動手套裡的手指。

意想不到的情況發生了。他頭腦裡出現了萬千思緒，它們被掐頭去尾，弄得支離破碎，殘缺不全。話語從這些思緒中撒落，如同從破口袋裡撒落出罌粟花籽。他開始收集它們，但持續的時間是如此之長，大概過了一個鐘頭。而他則信心不足地繼續使勁拉拽那陷在雪堆裡的摩托車。他看了看錶，但錶盤是黑的，什麼也看不見。於是他開始尋找打火機。他定是將打火機留在了那間茅屋裡了！那裡一直在用乾草烤糕點。糕點的氣味回來了，邊防衛兵感到不好受。他拿一小把雪擦臉，但這一點幫助也沒有。他望著自己的摩托車，彷彿覺得它睡著了。得將它這樣留到早上。他脫下短大衣，蓋在機器疲憊的軀體上。它感激地嘟噥了一聲。

邊防衛兵回頭又朝著隘口和小村莊漆黑的房子方向走。嘴裡有糕點的味道，他又一次感到不好受。不好受，不好受，不好——受。他缺少了某種東西，某種跟溫暖和食物有關的東西。瞬息間時間的流逝停止了。邊防衛兵十分清楚地意識到，他犯了錯誤，他不該脫掉短大衣走路，而且是步行；他應該加快腳步，因爲夜間在荒野這樣行走是危險的。這裡夜間一直有狼。

就在這時他聽見了狼就在上方森林的某處，他聽見了一種充滿絕望的尖厲刺耳的聲音，一種無望的、充滿痛苦和孤獨的哀鳴。

他在伏羅茨瓦夫動物園裡見過狼。看上去像個標本，雖然會動。牠有一身蓬亂的、發臭味的毛，很像那條每天禮節性地追逐他的摩托車、企圖抓住他的褲腳的看家狗。但這不是一切。因爲看家狗有自己的時間，而狼是無時間限制的。狼不生也不死，狼甚至存在於那種沒有狼的地方。這個發現使邊防衛兵大吃一驚，以致他站住了，開始豎起耳朵諦聽。悲傷尖厲的嚎聲停息了，但現在他聽見似乎有某種踏雪的細碎的腳步窸窣聲。

他像渴念女人一樣渴念丟失的打火機。如果它在身邊，他就能用來給自己照亮，他就會知道現在是幾點鐘，就能解決許多問題。他就能在它的光照下一步步往上走，就能到他想去的地方。可像這樣甚至不知是向右還是向左，是向上還是向下。不管怎樣，反正都得往前走，他在雪地上流暢地滑行，儼如穿上了滑雪板。他喜歡這樣。走得好。走得——好，到又暖和又有亮光的地方，到有夢一般的姿色、嘴裡咬著一縷淺黃色頭髮的姑娘那裡去。這時，在他的身後雪地上已無聲地出現了五瓣蹄印。

他看到了牠。既不在自己前邊，也不在自己後邊，只是在黑暗中的某處。牠身軀碩大，花白的毛映照著雪的亮光。

「狼啊，以國家邊界的名義饒了我吧！」他在這黑暗中說道。

狼在他身後站定了，思索了起來。

網路中的夢

我到了一個奇怪的杳無人煙的地方。我知道自己是迷路了。我在這陰鬱的荒漠裡徘徊，整個時間都是昏暗的。我時不時找到了自己的蹤跡：我的皮鞋印、我丟失的打火機、帽子、照相機，這給了我慰藉，讓我知道我是沿著自己的足跡走的。冷不防地我站到了小溪旁，溪水裡映照出灰濛濛的天空。我也看到了自己的面孔——我感到出乎意料之外，因爲那原是另一副面孔。我一生都以爲自己是另一副模樣。我開始洗臉，並且驚駭地看到，水洗掉了我臉上的肉，卻一點也不痛。我的臉溶化了，彷彿是蠟做的似的。我的臉溶化在水中。最後我恐怖地感覺到手指下方是光禿禿的骨頭。在這個瞬間，我猛然悟出了一個令人心驚膽寒的眞相——我已經死了，再也不能回頭。

星曆表

瑪爾塔有個特別令我不快的習慣：她喜歡站在我背後，越過肩膀窺視我在幹什麼事。我聽見了她的呼吸：又輕，又快，又淺，典型的老年人的呼吸。我聞到了她的氣味，總是一種夢的氣味，被單的氣味，睡意朦朧的皮膚的氣味。兒童有時也有這種氣味。這就是那種成年人樂於用香水和除臭劑壓下去的氣味——到那時人就有一種像物體散發出的氣味，而不像人的氣味。

瑪爾塔常出現在我的上方，就這麼站立著。這時無論我在做什麼事都開始出差錯：如果我在讀書，書中的文字就會從我的眼前溜走，詞句就會變得含意不清；如果我在寫作，我就會突然感到文思枯竭，找不到可寫的東西。那時我便會婉轉地離開她遠一點，以免刺傷她，但我卻生她的氣。

她不妨礙我做的唯一的一件事就是讀星曆表，即完美地標明行星位置的詳細的表格。之所以不妨礙，可能是由於那裡既沒有文字，也沒有句子，甚至沒有需用眼睛看的插圖。只有一列列完全是中性的數字，固定的數字，不適用於缺乏理解力的人的、一次算出就永遠不變的、白紙黑字印出來的數目字。數的排列從一到六十，因爲人們給了時間這麼多的可能性，以便時間能以某種方式表現出來。因而它只有數的組合，十二個簡單的、表示天空的字形符號，還有十個表示天體的標識——這就是一切。而認眞地深入閱讀這些數字，目光移過行和列，有了相當的實踐經驗之後，就能掌握其全部內容，看到其細緻的瞬間平衡，這種平衡唯獨紙做的活動裝飾物才有。我妹妹就會做這種活動裝飾物——細心斟酌的空間結構，它掛在絲線上，靠房間裡難以覺察的氣流推動。然而紙做的活動裝飾物是很脆弱的，破壞它要比創造它容易得多。星曆表中表現的世界卻是神奇地穩定，確切地說它是永恆的。多半是由於這個緣故，沒什麼能妨礙我看它。

但是，在我的星曆表中沒有彗星。

火

「這是彗星年，」阿格涅什卡把牛奶倒進我的小錫罐時這樣說，「那是教宗活著的倒數第二年。兩種自然力相遇，而後到來的就是奇怪的冬天。人開始像蒼蠅一樣地凍死。」

阿格涅什卡有時會預言未來。她每天眺望皮耶特諾，唯一能預感到的事情就是世界末日。我們一次又一次地聽到有關未來事態的另一種說法。她的想像能力是無限的。此外，她還善於東拉西扯，最終總能編出個什麼故事。跟如此這般一樣，隨著講故事的時間、地點和環境不同，講的故事內容也不斷變化：這要看是在傍晚還是在早上講的，是在井邊還是在「利多」餐館裡講的，是喝著葡萄酒還是喝著燒酒時講的。

聽了她的預言之後我走大路回家。我走走停停，直接從小錫罐裡喝著牛奶——那味道就像白色的天空。我想起了蘑菇，不知是否已經長出來了。天氣已夠暖和，該有第一批傘菌了，也夠潮溼，該有旅行家蘑菇，對於馬勃菌也已有足夠的陽光。後來我含著滿嘴的牛奶看到，房子上方的牧場著火了。火勢像條細鍊往山下燒，順風朝森林的方向蔓延。一條細線在緩慢移動，在陽光裡愉快地閃爍著。它很安靜，身後留下一片黑色的地帶，留下一片酷似雲影的東西，但比雲影要黑一百倍。

「停住！」我說，一切都應停止，像在電腦的戰略遊戲中那樣，像在電視的氣象圖裡那樣，在那裡世界是由波浪形的線條和數字組成的。

什麼也沒有發生。突然聽到有人在我身後叫喊。阿格涅什卡站立在隘口，她那短小、又矮又胖的身材穿著鬆鬆垮垮的運動服看上去極其醜陋。

「風向一變，就會燒著你們的房子。」她叫喊著。我似乎覺得，在她的喊聲裡彷彿包含著幾分得意。

我朝下方奔跑。牛奶從晃蕩的小錫罐裡潑了出來，灑到我的皮鞋上。熏得黝黑的消防隊員到來之前，我們已經忙了幾個鐘頭。他們說是山丘那邊的牧場燒著了。他們齊腰脫光了衣服，不慌不忙的。他們若無其事地穿過火牆，抓住那條熊熊燃燒的火線的兩端。大概他們知道該怎麼辦——以這種方式控制這條在地上延伸的火線。他們使火線的兩端拐彎，直到火線變成環形，讓火在中心燃燒。風停了片刻，出現了一個大大的火圈。火在圈內肆虐，像颶風，像龍捲風。我透過嚇得瑟瑟發抖的空氣看見，它們怎樣總是落到尖尖的草梢上，看見太陽去年的傑作如何枯死、燒焦。旋轉的火舌喧囂著，直到火自己吃掉了自己，最終熄滅。

燒毀了牧場、一片森林和漿果灌木叢。我最痛苦的是所有的漿果，這樣一來，火便毀滅了一片多汁的未來。瑪爾塔曾經向我們演示了如何撲滅燃燒的青草——用雲杉樹枝打火。輕輕地拍打，就像火是個小孩，只能輕輕地打他的屁股。如果拍打的動作過於強烈，就是給火提供了空氣，火就會燒得更旺。瑪爾塔說，牧場每隔幾年就會燒一次，無須爲此難過傷心。R對牧場火災卻另有看法。

「我找到了這個詞，」他說，「『哲人』的陰性對應詞是『賣弄小聰明』。」

誰寫出了聖女傳，他是從哪兒知道這一切的

他動手寫聖女傳。寫得很慢，很艱難。他一個字一個字地編織姑娘的故事。及後，我們的主把自己的面孔賜給了她，從而使她最終殉難而亡。傳記的頭一個句子是這樣的：「庫梅爾尼斯出生似乎是不完美的，但這種不完美的含意卻在於是人們強加給她的某種不完美。」第二個句子：「但有時在人的世界裡不完美的事物，在上帝的世界裡卻是完美的。」兩個句子花了他整整四天的時間。實際上他弄不明白自己寫的是什麼，有什麼意義。或者他明白了，但不是靠文字，也不是靠思想理解。他躺在地板上，閉著眼睛，一再重複這些句子，直到它們完全失去意義。直到這時，他才悟出自己是寫下了世上最重要的東西：他該從什麼地方了解，現在該做些什麼；知道只有當他跟菜肴的味道、空氣的氣味以及各種聲響分隔開來，那時他才能繼續寫下去。那時他將變得乾巴巴、麻木僵化、沒有感覺、沒有味覺、沒有嗅覺；修室裡的一縷陽光不再令他高興，而太陽的溫暖在他看來也是無所謂的東西，不值得注意；同樣，他曾經喜歡的一切都變得無足輕重。他的肉體在麻木僵化，在逐漸遠離他，同時還將期盼他的回歸。

他寫呀寫，迫不及待地寫著：何時終於能夠結束寫作，何時能恢復自我，重新把自己安頓在自己體內，可以伸開手腳懶懶洋洋地躺在裡面，如同躺在舒適的被窩裡。

他描述了聖女的童年——大家庭中的一個孤獨的女孩，一個迷失在眾多同胞姊妹群中的女孩的童年。「有一天父親想把她喚到自己身邊，卻忘記了她的名字，因爲他有那麼多的孩子，頭腦裡裝著那麼多的事，他一生進行過那麼多的戰爭，他還有那麼多的農奴，以致女兒的名字都給忘到了九霄雲外。」帕斯哈利斯現在深信，庫梅爾尼斯的童年定是不同一般的——她瘦弱的兒童身體散發出一種香膏的氣味，雖然是冬天，人們卻在她的被窩裡找到了新鮮的玫瑰花。曾經有一次爲了準備參加某個慶祝活動，把她放到鏡子前面，鏡子上竟出現了聖子面龐的肖像，並在那裡停留了一段時間。帕斯哈利斯認爲，定是這件事促使庫梅爾尼斯的父親（他體魄健壯，性情暴躁，易怒）把女兒交給修女們教養。女修道院看上去就像他從自己的修室窗口看到的樣子，一座建築在高處的大房子，從女修道院的窗口看得見山。照顧小姑娘的那位地位較高的姊妹長得就像大修道院院長。當然不是那麼具體，上唇沒有絨毛，但她甚至是對自己的原型也可以辨認出來。

「這一切你是從哪裡知道的？」當她讀完頭一頁之後問他。但從她的聲音裡，聽得出這是一種讚賞的語氣。

從哪裡知道的？他不知道是從哪裡知道的。這種認識是從閉著的眼瞼下得來的，是從祈禱、從夢、從環視四周、從到處看看得來的。也許是聖女本人以這種方式對他講過話，也許是她的著作的字裡行間在某個地方出現過她生活的畫面。

他彷彿覺得，不僅是要寫出一切是怎樣發生的，叫出各種事件和行爲表現的名稱具有重要的意義，而且給不曾有過、從未發生過、只是有可能發生、只是想像出來的一切留下一定的地方和空間也將是同樣重要的，甚至是更加重要的。聖女的生平——同樣是不存在的東西。於是他甚至想過，可以在紙上留下空白的地方，比方說，在行與行之間，甚或在字與字之間留下較大的間距，但最後他覺得這樣做太簡單化了。倒不如在描寫庫梅爾尼斯生活中發生的事件之外留下空白空間——留下多種可能性的廣闊地域，留下一些擴展到整個舞台內部的活動的結果。

有一點也妨礙了他的寫作，那就是聖女生活在往昔，生活在過去，當時那裡既沒有他的雙親，也沒有他的祖輩，他能從哪裡知道聖女的世界是何等模樣？須知樹木在不停地生長，人們在不停地砍伐森林，不斷在出現新的道路，而舊的道路又長滿了荒草。他的村莊跟他童年記住的村莊肯定不一樣。而他沒有見過的羅馬又是一副怎樣的景象？能跟他想像的完全一樣嗎？如何去講述那些沒有見過、從未體驗過的事物？

因此，不管他願意還是不願意，他總是在自己熟悉的場景中觀察她，在這座女修道院，在這個庭院裡，在這些給他生蛋吃的母雞當中，在那株他夏天享受陰涼的栗子樹下，在跟女修道院院長的修女服一模一樣的修女服裡看到她。可以說，她伸開雙手釘在十字架上的肉體攪亂了她存在的時間。只要他把庫梅爾尼斯作爲活著的姑娘來描寫，她就一直活著，哪怕他在思想上讓她死過許多次。整個時間她都待在空氣層下面，待在空氣層之間的什麼地方，因爲那裡任何東西既沒有逝去，也沒有結束，雖說看不見任何東西。他認定自己寫作的目的是使所有可能的時間、所有的地點和景物並存於一幅畫中，這幅畫將是靜止的，是永遠既不會過時，也不會變化的。

現在每天中午以前帕斯哈利斯都在寫聖女的故事，而在下午他使開始用心抄寫《憂傷》和《歡樂》。越來越經常出現這樣的情況，他在寫完她的一句話的時候，突然眼前一亮，他明白了這句話的內在含意。這使他激動不已，同時也驚詫不已。原來那些同樣的字能以許多不同的方式去閱讀和理解；或者能理解所寫句子的含意，但體驗不到這種含意；能知道寫的是什麼，但不明白寫的東西。這一發現使他握筆的手停住了，一動不動，而他的思想卻黏在發現的東西上面揭不下來。

庫梅爾尼斯寫道：

「我見到自己像個鑲嵌的百寶箱。我打開箱蓋，裡面還有一個百寶箱，完全是用珊瑚做成的，珊瑚箱子裡還有一個箱子，完全是用珍珠串起來的。我便這樣急不可待地自己打開自己，一層一層地打開，不知還會見到什麼，直到在最小的一個百寶箱裡，在一個最小的盒子裡，在所有百寶箱的底部，我看到了你的畫面，鮮活的、色彩斑斕的畫面。爲了不致讓你從我自己內裡丟失，我立刻關上所有的箱蓋。從此我跟自己和睦相處，甚至愛上了自己，因爲我內心有你。

「任何人只要心中有你，都不可能是卑劣的，因此我也不是卑劣之人。

「我總是懷著你，卻茫然不知，就像別的生靈懷著你也一無所知一樣。」

帕斯哈利斯在自己的聖女故事中寫到庫梅爾尼斯爲逃避未婚夫而躲進了女修道院的那一時刻，曾是如此激動，以致拋開了情節發展，從結尾的事件寫起：被禁錮和被釘上十字架。他不吃不睡，奮筆直書。夜晚的天很熱，因此不會挨凍。只是他的手指發僵，後脖子痛。

現在他看到的庫梅爾尼斯是如此淸晰、詳細，彷彿跟她是老相識。彷彿她就是那個照料乳牛的修女，或者是那個給他送飯的修女。她個子長得很高，但身體苗條，手和腳都長得大，像女修道院院長。她有一頭古銅色的濃密秀髮，編成兩條辮子，繞在頭頂上用髮卡別住。她的兩個潔白的乳房圓潤得那麼完美。她說話迅疾而感情激烈。

後來他夢見了她，就是他創造的那個模樣。他在某些走廊裡遇見了她，走廊是這個和那個修道院細節的混合物。她手裡端著個什麼器皿，他走近她的時候，她遞給他一只杯子。他喝下杯子裡的東西，立刻明白自己犯了錯誤，他喝下的是火。她銜著他神祕地微笑，冷不防地親吻了他的嘴巴。他在這夢中心想，他必定是快要死了，火已在起作用，沒有任何力量能夠救他。他感到孤單，孑然一身，形影相吊。

次日清晨女修道院院長來的時候，他對她講了這個夢，而她則動情地將他摟在自己粗糙的修女服裡。「你的頭髮長長了，兒子。」她說，將一綹黑髮纏到手指上，「已經蓋住了你的耳朵。你看起來開始像個姑娘。」

集體禱告之後，她把他領進了園子裡。帕斯哈利斯感到由於芳香和溫暖的空氣而頭暈目眩。月季和白色的百合已經開花。在蘋果樹和梨樹中間，精心管理、革除得很乾淨的草藥畦和菜畦標示出一些簡潔的圖案。女修道院院長滿面笑容地望著他，見他穿著自己的灰襯衫，赤著腳，心醉神迷地在花間走來走去。驀然間她摘下一片薄荷葉，擱在指間揉碎了。「假如我不是……」她在這話語的邊上停頓了一下，「我就能把你收作兒子。」她說。「應該說收作女兒。」他更正她說。

六月末帕斯哈利斯寫出了舍瑙的庫梅爾尼斯傳的最後一個句子。進行打印、複製並抄寫完《憂傷》和《歡樂》又持續花了一個月的時間。

女修道院院長給格拉茲的主教寫了封長信，帕斯哈利斯不久就要動身去完成自己的使命。他的修士服已洗乾淨並且修改過。它定是縮了水（或者是他自己長高了），因爲它的長度才到他的踝節部的上邊。他得到一雙新木屐和皮褡褳。

「路上你會碰到許多離奇的驚險怪事、奇遇，說不定還有誘惑。國家到處籠罩在一種不平靜的氛圍之中……」帕斯哈利斯聽到完全像自己母親的女修道院院長的叮嚀頻頻點頭稱是，但她說的話好不令人奇怪：「你只能順應那些你認爲值得順應的奇遇。」這些話大大出乎他的意料之外，他瞥了她一眼。她把他緊緊摟在懷中，久久地撫摸著他的頭髮。他委婉地從擁抱中掙脫了出來，親吻了她的手。她的嘴唇輕輕觸及他的額頭，在這輕輕一觸之中他感覺出她上唇絨毛的接觸。「是上帝把我送到你身邊的。」她說。「願上帝與你同在，兒子。」

翌日黎明時分帕斯哈利斯就上路了。剛出女修道院的大門，他便進入了夏天的晨霧裡，太陽光透過霧層照射出來，彷彿只像是月光——霧就這麼吸收了它的全部力量。他朝群山的方向走，整個時間都在向上邁步，越走越高，直到把腦袋從霧海下伸了出來，看到鮮綠色的山坡和湛藍的天空。他的褡褳裡放有兩本書——庫梅爾尼斯的著作和用木板裝訂的聖女傳。他驀地感到輕鬆和幸福。

他前方屹立著奇怪的扁平的群山，恍若巨人用其大無比的快刀削掉了它們的頭頂。這景象不啻從地裡冒出他們宮殿的廢墟——威力被粉碎成塵粉的明證。帕斯哈利斯知道有一條繞遠的道路，它以一條舒緩的弧線繞過群山，經過諾伊羅德去格拉茲。但他經過短暫的猶豫之後，仍徑直走上那些扁平的、連綿不斷的山峰。

青草過敏

青草揚花的時候，我們倆都得了花粉過敏鼻炎：我們的鼻子都腫了，而眼睛則淚水長流。R和我都曾衝著幾公頃的牧場和長滿雜草的荒地大聲喊叫。房子裡沒有一個角落能躲過看不見的細小的花粉顆粒，或許只有那黑暗的最低層的地下室——水總是從那兒流過的地方可以躲避。我們倆不得不在那裡坐到下午，我們倆必須在那兒躲藏。在城裡可就不同，總是可以關上門窗坐在家中。在城裡，人們的眼睛只是從遠處認識青草，而那些青草又都是經過修剪的。城市綠化機構不允許它們開花。城裡人的腳結識土地是從足球運動場那兒，是從那些下班後遛狗的小公園裡。他們對青草揚花可以無動於衷，可以根本就不去想它。這裡打自去年青草就上了陽台，生長在磚與磚之間的窄條土縫裡，爬進了我的小園子，吞沒了鳶尾花。

R拿著大鐮刀出了門，不顧一切貼著地面就割起了青草，青草倒下時，散穗輕輕觸到了他的雙腳，皮膚上留下了明顯的發紅的印記，後來就變成了成片兒的細小的斑疹。這就是說，像我們這種人，不能不受懲罰地砍伐青草。青草跟我們展開了戰爭。我說過：

「我們在這裡是外人。」而R卻斷言，說這樣很好，這是我們用血肉之軀給牧場所作的獻祭。有了這種獻祭，我們就能爲青草而生存。假如青草不能給我們半點傷害，它們就根本不會理解我們，甚至不會發現我們。那時我們才是外人，宛如死者的靈魂在活人中間走來走去，但由於靈魂不能以任何方式傷害他們，於是活人在提到它們時就說它們根本就不存在。

弗蘭茨・弗羅斯特

弗蘭茨·弗羅斯特由於特殊的原因喜歡上教堂。他和妻子在教堂各有固定的位子——他在右邊，跟其他的男人在一起，而她在左邊。教堂分開了他們的家庭，他們從本堂相對的兩邊相互看到，彼此眉來眼去，投以關切的目光。他的妻子常常檢查他穿著節日的西服上衣樣子是否好看，而他則帶著自豪的神情欣賞妻子精緻的髮型、滿頭的鬈髮和髮針，讚嘆她在臥室的梳妝台前，在紫羅蘭香水、薰衣草和上過漿的衣被氣味中，默默無言地精心做出的髮型。而後，在作彌撒時，人們都在抑揚頓挫地應答神父的吟唱，弗蘭茨的眼睛從妻子的頭上瞟向了教堂裡其他那些最吸引他的物件。例如長凳是以什麼方法做出來的，怎麼會想出那些把座位和靠背不顯眼地連接起來的精緻的楔子。令他神往的還有那些刻著姓名的小金屬牌。它們的螺絲釘帽是半圓形的，手指觸到那涼絲絲的凸起都是一件愉快的事。甚至他在觀看教堂牆壁上掛的油畫時，吸引他的根本不是畫的內容，而是畫畫的布或做畫框的木板條。不錯，油畫的畫框那才是真正的藝術。

教堂裡有一幅油畫，雖說他已熟記於心，但每次看到它，目光總盯在它上面離不開。

這幅畫展示的是聖母馬利亞，她身邊圍著一些聖徒。其中的一個聖徒端著托盤，托盤裡盛放著他自己被砍下的腦袋。然而最重要的是，這幅畫是環形的，神奇地裝配起來的畫框不可思議地在牆上圍出個完美的環形來。弗蘭茨激動地想像，這得用什麼樣的木頭，才能完成如此美妙的傑作。彌撒結束後，他經常走到這幅畫跟前，研究框上木頭的紋路。而不是像開頭預料的那樣，不是像理性和經驗提示他的那樣用許多小塊木頭拼接而成。是用一整塊木頭做出來的，只是在下方用普通的白鐵片將兩端連接了起來。應該承認，這種連接的方式看來相當隨意。他深信，做這樣的畫框，用的是專門準備的木頭，是把嫩樹枝弄彎，讓它按照環形生長，有可能是用鐵絲捆著，讓它彎到地面，再蓄意引導它在一個看不見的圓圈形空間發展。彎曲的樹枝破壞了雲杉和赤楊的垂直節奏。人的或動物的目光都常停留在彎曲的樹枝上。植物不知存在著幾何圖形的事，充其量只是偶而模仿幾何圖形。但在這種無意識的模仿裡往往是密集度下降，出現疤節和變粗，變厚，缺乏對稱性。人們就說這是「不完美」，植物怎麼會知道什麼是「完美」，什麼是「不完美」？怎麼會知道世上還有「完美」的東西？

空間裡存在著各種各樣眼睛看不見的形狀，一切可能的式樣，一切現成的方案，它們近在咫尺，就在身邊，貼近臉頰，貼近眼球，然而它們有形無體，你的手在空中揮動，穿過它們猶如穿過煙霧。正是這種存在使弗蘭茨激動不已。也許弗蘭茨就是這樣想的：

過去有過和將來會有的一切都存在著——簡而言之就是有，但卻抓不住。說不定什麼地方已經存在著那種他對付不了的水泵——它絕妙地解決了把水從下往上抽的設想；說不定已經有了人們剛剛想去發明，甚至尚無法想像其形狀的機器；說不定也已經有了某些可用手進行複製並把東西刻印、禁錮在金屬、木頭或石頭裡的現成設備。空間充滿了各種看不見的齒輪、傳動裝置、滑輪、系統，各種明明白白的基本秩序、規律性，只是眼下還抓不住它，掌握不了它。

約莫在三〇年代初，弗蘭茨・弗羅斯特便感到有些事不那麼正常。他出門爬上兩個村莊之間的那座山，去聞風的氣味，去觀察小草，把泥土放在指間揉搓。他注意到的東西，沒有一樣是他先前感覺到的那種樣子。青草似乎變得更尖利了，動作稍不留神就會被它割傷手。泥土的顏色變得更深了，比以前任何時候都更紅。他還有這樣一種印象，那就是牧場中央的小道變長了，現在回家花費的時間要比過去長得多——因此他曾耽誤了午飯。馬鈴薯的味道也不正常，甚至那些剛從地裡刨出來的新鮮嫩馬鈴薯也有一種潮溼和青苔的邪味，像在地窖裡放了許久似的。人們的面孔也變得模糊了，禮拜天他走進教堂的時候，似乎覺得，自己看到的是一些行走的、不清晰的照片。他向妻子傾訴，而她卻說，或許是眼睛出了毛病，得了夜盲症或別的什麼。可對這一點他都甚至連想都沒有想過。他把事情仔細思考了一番，得出的結論認爲這不是眼睛的問題。要知道紡織物摸起來的感覺也不一樣，菜肴的味道也起了變化，木頭的氣味也變了。刀似乎是按另一種方式切麵包，昆蟲是按另一種方式嗡嗡叫。這既不是弗蘭茨・弗羅斯特的眼睛，也不是他的任何感覺器官的問題。發生變化的在於外部，但人們沒有看到這一事實。人們親身參與了這種變化，而他們卻茫然不知。婦女的裝束改變了，她們的肩膀現在看起來似乎變得更壯實、更有力——由於塞了特殊的襯墊而變得更堅挺。她們的裙子變短了，因此小腿看上去似乎更加稜角分明。甚至用模子烤出的麵包的邊緣也顯得更尖更鋒利，似乎想把人的舌頭割傷。

他爲此而惴惴不安，因爲他正在搬運石頭（石頭看上去也是與先前不一樣，似乎越來越多具矩形的外形），他要在比老房子高一點的地方蓋新房子。

他從廣播中聽到，某個天文學家發現了一顆新的行星。從此這件事再也不給他安寧。他從早到晚想著這顆行星，想它在遠方的某處，在空無一物的空間徘徊，小小的，冷冷的，多半也是有稜有角的。既然先前沒有出現過，而現在卻出現了，這意味著，甚至那種永遠不變的東西也發生了變化。如此變化的世界還有什麼用處？在這樣的世界上怎能平靜地活著？

儘管如此他還是動手蓋房。首先地下水勘探家給他找到了水源，他們開始挖掘一口新水井。爲了讓冰雪融化後流到小溪的水不致聚集在井裡，爲了不使像老井那樣的地表水和地下潔淨的水相混雜，他們不得不把新水井挖得很深。他們挖得很艱難，他們從地裡挖出大塊紅色的岩石，這些岩石後來在太陽光的照射下逐漸乾透，顯得酷似死了的動物。這是一種陰鬱的景象。他對這些石頭許諾，要拿它們去壘房子的地基，以這種方式讓它們回到它們來的地方。

他們想要孩子，但弗蘭茨・弗羅斯特的妻子總是懷不上，肚子總是癟癟的。他勸妻子不用著急，說房子建成了，孩子自會來。但他獨處的時候，便會產生一種鬱悶的思想。那顆行星的存在折磨著他，雖說他已不記得那顆行星的名稱。他整天都在幹活。他鏟平了做屋頂用的椽木，用手一摸，總是覺得它仍粗糙不平，傷皮膚。磚，或許是燒得不好，易碎，粉屑散落在新地板上。山上流下的水經過房屋，安裝了陶瓷排水管也不起作用。不管怎樣，他相信靠艱苦的勞動和聰明才智他有辦法克服一切困難。椽木雖鏟得不夠平滑，卻也算差強人意。牆壁也抹上了厚厚的灰泥，他們的鄰居，做假髮的女人又給他出主意，不如放棄安裝排水管，讓水經過房子流走，讓它每個春天流過地下室，讓它順著石頭台階往下流。她說，對水堵不如疏，給它疏通出口，在地基上鑿洞，讓水流進池塘。他這樣做了。可他整個時間念茲在茲的總是那顆行星。這算個什麼世道，間或冒出一個新的天體。是否不知道的事物就意味著不存在？人一旦得知某種事物，這個事物是否就會改變人的命運？這顆行星是否會改變世界？

他用水泥瓦蓋好了屋頂，他的噩夢也就隨之而來。他的夢十分可怕。谷地是另一種樣子，顯得更加昏暗，谷地裡的樹木變得更大，但是樹木之間沒有房屋，只有齊腰的青草。小溪乾涸了，群山削掉了自己的尖峰，變得矮而敦實，彷彿是老得禿了頂。沒有路，也沒有人。夢中他來到曾經對他而言是很親近的地方，他在那裡尋找自己的妻子，甚至孩子。是的，他曾有過一些孩子。可是在那兒他誰也沒找到，他自己是個陌生的外人；他望著自己的手掌，可它們是他不認識的某個什麼人的手掌。他在這個夢中痛苦不堪，因爲他感到自己永遠是個迷失者，像個小孩子一樣找不到路，不僅找不到路，而且根本就沒有路。他驚醒了，醒來時渾身發抖，從遠處再一次回顧整個的夢，一個畫面一個畫面地審視，在其中尋找最可怕的時刻，準備跟它較量一番。他調動了自己的全部理性以武裝自己，嚴陣以待。他準備對夢指出它純屬無稽之談。但是他找不到這樣一個可以較量的機會。一切之所以都是可怕的，正是因爲它是一場鬧劇，沒有意義。

這種情況延續到他的妻子終於懷了孕的時候。她一個晚上要起幾次夜。她的拖鞋擦著嶄新、芳香的杉木地板發出的沙沙聲不時驚醒了他，而後他又沉入夢鄉，所有的時間他做著同樣的夢。他兒子出生的那天，他做的夢尤其可怕：

桌子上放著紅色的毒蠅菌。他的妻子用一個大大的平底鍋炒這種有毒的蘑菇，並一個勁往孩子無防衛能力的嘴裡塞。而他在一旁看著這一幕，頭腦裡卻沒有任何反應，沒有任何有關死亡的警告。孩子死了，變得很小，像個玩偶。而他則把孩子送到菜園，把一個赤裸的粉紅色的軀體埋入了坑中。直到這時他才感覺到一種撕心裂肺的難以忍受的悲痛，以致醒來後不得不檢查一下，看兒子是否還在呼吸，看夢是否沒有突破它自己朦朧的邊界，沒有變成了眞實。

很長一段時間他就這樣忍受著煎熬，他害怕黃昏，害怕每一個夜晚。由於這些夢，他只能靠自己的半條命活著，另一半已經死了。

「神父是否聽說過這顆新的行星？」他問教區神父。這位神父每個禮拜天都從柯尼格斯瓦爾德來這裡做彌撒。

神父沒聽說過，不知道有這麼一回事。

「您是從哪裡知道這種事的，弗羅斯特？」他好奇地問。

「從廣播裡。」

「您聽的是哪家廣播電台？」

弗蘭茨·弗羅斯特像村子裡所有的人一樣，聽的是維也納廣播電台。

「您不要聽這家廣播電台的廣播，他們在那裡胡編亂造。您去聽柏林的廣播電台吧。」

「不過維也納廣播電台的天氣預報眞的很準確。」

「也許是吧。」神父回答。

當他正要離去的時候，弗蘭茨鼓起了勇氣說道：

「我總是做不屬於自己的夢。它們讓我簡直活不下去。」

柯尼格斯瓦爾德來的神父望著他頭頂的某個地方，回答說：

「難道夢還能是自己的嗎？」

弗蘭茨．弗羅斯特從神父那兒得不到任何幫助。他彷彿覺得，儘管他和神父進的是同一個教堂，儘管他們的視線落在教堂裡同樣的油畫上，儘管他們看到的是裝潢聖母和她周圍聖徒的肖像畫的同樣的環形畫框，但他們的想法卻完全不同。

因此他不得不自己想辦法解決問題。他從一棵倒下的大白蠟樹鋸下一段樹樁，剝去樹皮，給自己做了一頂帽子。他在木頭上鑿出一個可安置腦袋的深坑，周圍留下一圈作爲帽檐，又將帽子裡外拋光，帽頂內墊了一塊舊呢子。他把這頂帽子做得如此完美，遠看很難分辨出它不是從商店裡買的毡帽。再說幹這種活他向來是能手。只有從近處看才顯露出年輪和陽光在木頭上微弱的折射。妻子多半會注意到這頂稀奇的新帽子，但她可能是無話可說，沒吱聲。要是她問了他，他或許會回答她說（他已準備好一套聰明的說辭）：這是爲了防備新發現的行星，這顆他叫不出名字的行星會發送來可怕的噩夢，這些噩夢會消耗智力，耗盡清明的思考，直到智力完全喪失，而那時人就沒有什麼可以抓住的東西，人就會發瘋。

由於有了木頭帽子，他的處境似乎有所改善。在菜園裡他那天夜裡做夢埋自己的死孩子的地方，他栽了棵蘋果樹，青皮蘋果。但他沒嘗到一口蘋果的味道，因爲戰爭爆發了，他被征入德國軍隊。據說他也是由於這頂帽子而喪命，因爲他不肯將其換成頭盔。

他的妻子，他的孩子

弗蘭茨・弗羅斯特的特徵是以木頭盔形帽對抗行星的影響；他的妻子，一個沒有名字的婦女，其特徵是滿頭的鬈髮。她在屋前台階上打掃剩餘的石灰漿。嶄新的房子立在她背後，在陽光下沉默著。它太年輕，還無話可說。在屋後，她的丈夫帶著幾歲的小兒子在池塘岸邊散步。遠在西方的某個地方正要打仗。

此時有個人從太陽那一邊朝這婦女走來。她抬起頭，看到此人是她的小兒子。與此同時她聽到房子後邊傳來的孩子的聲音，她一愣，由於驚詫而呆立不動。

「你的兒子，我的兄弟在什麼地方？我想見他。」孩子說。

她讓孩子進屋，叫他坐到桌子旁邊，就像平常要求自己的孩子一樣。他聽話地坐下了。

「我知道你是誰。」她說著，一面用圍裙的帶子把他的一隻腳捆在桌子的腿上。然後跑到池塘岸邊，用斷斷續續的聲音把這一切告訴了丈夫。他倆面對面站立著，彼此望著對方的眼睛，望著，但從對方的眼睛裡看不到自己，也看不到自己的思想，也看不到恐懼，什麼也看不到。他們只能彼此用目光探究對方，以這種方式等待對方頭一個開口說話。當他倆就這麼站著的時候，他們的小兒子開了口，他什麼都聽見了。雖然——他們這麼想——他能聽懂的還不多。「他在哪裡，是不是在廚房等我，他真的長得跟我一模一樣嗎？我能去見他嗎？」

接著，他就從山下往家裡跑去，而他們倆則跟在他的後面。他們找到了捆在桌腿上的小男孩，他們久久地望著兩張面孔，兩個人物，其中的一個是他們的骨血，是他們認識的，熟悉的；而另一個長得跟他一模一樣，卻是陌生的。看樣子似乎是認識的，但實際上不認識，不是自家的孩子，不親近，而是隔得很遠，可怕！這時，站在他倆身邊的那一個走到捆在桌腿上的那一個的跟前，抱住了他，親吻著他兩邊的臉頰，就像他們教導他親吻姑姑和舅舅那樣。而那一個也給了他同樣的親吻。他們倆看起來就像孿生兄弟，他們急著要出去玩耍，想到屋外生長著覆盆子和大粒的茶藨子的地方奔跑，他們喜歡在小溪中踩著冰冷的石頭蹚水，還時刻準備著去玩捉迷藏——牛蒡葉子總能確保有個最好的藏身之所。

無可選擇——得把客人那隻捆著的腳解開。兩個小男孩一起跑到屋前，而後趁父母稍一疏忽，他倆便消失在蘋果樹和李子樹下方高高的青草叢中了。他們纖細的聲音飄到他們的鄰居，做假髮的女人的果園上方。

「你可知道，這是什麼嗎？」弗蘭茨問妻子。

他沒有問是「誰」，而是問是「什麼」。當一個人的心臟跳得怦怦響、兩手發抖、腦子裡出現古怪的空虛、不知該怎麼辦、不知是留下還是逃跑，還是佯裝什麼事也沒有發生，在這種情況下，從來不問是「誰」，而總是問是「什麼」。因爲「什麼」比「誰」更能包含一切的可能性。在問起上帝時同樣不問他是誰，也只問他是什麼。

弗蘭茨的妻子突然嚎啕大哭起來，用她總是放在圍裙口袋裡的方格花紋手帕擦眼淚。

下午他們的孩子回家了，頭髮裡有草籽，玩得精疲力竭，晚飯時趴在桌上就睡著了。他們沒有問起那另一個現在在哪裡睡覺，是誰家的孩子。

後來弗蘭茨就投入了戰爭，這場戰爭是新發現的行星招來的。

他離家前一天，工人們結束了上瓦的工作。他的房子有了屋頂。

初夏時節牧場上出現了傘菌。地窖裡已經沒有馬鈴薯，白菜都爛了，蘋果全乾了，核桃也已吃光，而大田作物則剛剛開始發芽，菜園裡的蔬菜也是一樣。只剩下做糖煮水果湯和做糕點用的大黃。

弗蘭茨．弗羅斯特的妻子牽著兒子的手，到了森林邊上的牧場。在那兒他們從青草裡摳出光滑得出奇的傘菌菌蓋，然後用一丁點暈油把它炒熟，她們母子就拿它跟麥糝一起搭著吃。傘菌是一種觸摸起來非常令人愉快的蘑菇，它喜歡人的手指的愛撫。被揉破的白色表皮散發出茴香的氣味。粉紅色或咖啡色的菌褶令人想起花瓣。在把傘菌切碎扔進平底鍋裡之前，總想觸摸，愛撫它一番。除此之外，傘菌是蘑菇中為數不多的具有熱性的一種。它與人體有一股親和力。

娘兒倆把白色球狀的蘑菇扔進柳條籃子，而孩子已聰明到這種程度，已懂得如何把傘菌跟同樣是白色的馬勃菌區分開。因為馬勃菌是粗糙的，像牛的舌頭。弗羅斯特夫婦的孩子知道的就這麼多。但他不知道的一件事，就是在牧場濃蔭的邊緣有時也生長跟傘菌一模一樣的蘑菇——春天的毒蠅菌，它是缺乏葉綠素的鬼筆菌的兄弟，是一個用一隻粗腿生長在森林邊上矮樹叢中的孤獨者，牧場上的死亡殺手。它從遠處觀察傘菌群，可以聞到它散發出的一種又香又甜的味道。這種蘑菇是披著羊皮的狼。

它那切碎了的美麗菌體也出現在小鍋中。它的一些特徵在酸奶油裡消失了。弗蘭茨・弗羅斯特的妻子擺好了桌面，端出麥糝，配菜是蘑菇。孩子不想吃，因此做媽媽的不得不哄著餵他。她說：吃吧，祝在打仗的爸爸健康，吃一口；祝做假髮的鄰居老太太健康，吃一口；祝你喜歡的小狗健康，吃一口；祝村子裡的人健康，吃一口；祝柯尼斯瓦爾德的神父健康，吃一口；為在倉庫裡剛出生的小貓兒的健康，吃一口；為整個世界不要再發瘋，吃一口。孩子的嘴巴一再不樂意地張開。

夜裡孩子開始嘔吐。清晨，嚇壞了的弗羅斯特太太抱著他趕到村子裡去了，住在府邸的人們用小汽車把他送到了諾伊羅德的醫院，在那裡給他洗了胃。但這一切都已遲了，都已毫無幫助。第五天孩子就死了。

電報在戰爭前線尋找弗蘭茨・弗羅斯特，但未能找到他。

酸奶油燜毒蠅菌的方法

半公斤蘑菇
三十克奶油
一個小洋蔥頭
半杯酸奶油
兩匙麵粉
鹽、胡椒、荷蘭芹

切碎的毒蠅菌，用奶油炒過的洋蔥頭、鹽、荷蘭芹和胡椒放在一起燜十來分鐘。加入酸奶油和麵粉，攪拌均勻。可作馬鈴薯或麥糝的配菜。

瑪爾塔，她的死亡模式

暗淡的白雲從森林上方飄向谷地，立刻便下起了雨。瑪爾塔在破損的漆布上擀麵。麵糰在她的擀麵杖下變成了薄餅，她又用玻璃杯口將它切成一個個的小圓片。我望著她的手，望著她全神貫注的面孔。她那低矮的小廚房裡變得很暗，雨嘩嘩地抽打著大黃的葉子。瑪爾塔的舊收音機悄聲嘟噥著，聲音低得簡直聽不明白它說的是什麼。我心裡想：死亡會從哪條管道進入她的體內呢？

通過眼球？瑪爾塔朝某種陰暗、不定形、溼淋淋、黏糊糊的東西望上一眼，就再也無法把目光從那東西上移開。這陰沉沉軟塌塌的畫面會進入她的大腦，遮斷她大腦的思維。而這就將是她的死亡。

從耳朵進入？她開始聽見一種陌生的、死氣沉沉的聲響，一種低沉的、總是以沒有希望改變的相同頻率顫動著的聲響在她的頭腦裡嗡嗡叫，這是一種與音樂大相逕庭的聲音。由於這種聲響她將無法入睡，由於這種聲響她將無法活下去。

或者是從鼻子進入？死亡以一種像所有氣味一樣的方式進入她體內。那時她會感到自己的身體沒有氣味，皮膚變得像紙做的，像植物那樣只從外部吸收光，但不分泌任何東西。忐忑不安的她將會不放心地聞自己的手、腋窩、腳掌，可它們又都將是乾枯和乏味的，因爲氣味作爲最易揮發的東西，首先消失了。

或者通過嘴巴。死亡把話語推回喉嚨和大腦。將死之人不想說話，他們太忙了，他們有什麼可說的呢？有什麼可傳給後代的呢？無非是些平庸的廢話，是些老生常談和陳詞濫調而已。該是個怎樣的人，才能在最後時刻竭力說出奇語人間的名言？生命終結時的任何睿智都不如在另一邊開頭時的沉默更有價值。

死亡也可以另一種方式通過嘴巴進入人體內部——瑪爾塔的老果園裡結了許多深紅色的蘋果，她或許會吃下其中一個生了蟲的蘋果，一個裡面帶有白色的死亡之卵的蘋果。這樣一來死亡就會進入她體內，而由於蘋果的物質和人體的物質之間沒有太大的差別，死亡就會從內部吞噬她，侵蝕她。到那時她將會成爲一個易碎的空外殼，在某次又去猛然一拉籬笆門上的壞鎖的時候，整個就會破裂，碎成粉末。

我就這麼皺著眉頭偷偷打量她，而她此時正用一只小匙子往每個小圓片上放蜜餞玫瑰，又像包餃子那樣用手指把麵片捏起來。捏出許多邊緣不平整的小小半月形麵點。我帶來了我的俄國小烤爐，爲的是無須在她那破損的爐灶下點火。忽然太陽透過窗玻璃射了進來，雖說雨還在下。我們把擺好了點心的錫盤放進了烤爐，走到了屋前。

R站立在我家的陽台上，用手指著天空。在小丘的上方懸掛著一道彩虹。叉開雙腿的彩虹橫跨在我們的小汽車上方，彷彿它剛生育出這輛小汽車似的。

氣味

所有的壞事都發生在冬天。冬天R出了車禍。在白色的山道拐彎處小汽車打滑，撞上了一輛載重汽車。他腦袋撞到了方向盤上，鼻子撞破了。小汽車鍍鎳的長蓋罩救了他一條命。對這樣的車禍一般都說，這算不了什麼，什麼事也沒有發生。

但事情畢竟是發生了。從這時開始R總感覺到有一股奇怪的氣味，雖說他的鼻子恢復得很正常，已經看不出縫合的地方。R說，這氣味是時起時伏驟然出現的，濃淡強弱有所不同。在一個地方他感覺最爲強烈，那就是從那兒下到池塘的地方。那兒生長著蕁麻，而在蕁麻中間又生長著白蠟樹，於是R嗅遍了蕁麻葉子和樹皮的氣味，但他在那裡什麼也沒找到。他甚至想到，或許是水散發出這種氣味——既不令人喜歡，也不使人討厭，有一點發甜，又有一點酸澀。但這不是水散發出的氣味。有一次他在白蘭地酒杯裡找到了這種氣味。後來在咖啡裡，在冬天櫃子裡放了很久的毛衣裡找到了它。終於他發現，這種氣味不是物的固有特性，物體不是它的來源，實際上它沒有來源，只是偶爾一次暫時附在物體上，所以給這種氣味命名才如此困難。有一次R說，「它跟別的什麼氣味都不相像」，而後來他又覺得，正好相反，它存在於所有別的氣味之中，受傷的鼻子，受傷的嗅覺細胞對它特別敏感，一旦發現了它，就會永遠記住。不能給那種鼻子感覺到的東西命名，叫不出那種一出現立刻就引起注意的東西的名稱，這正是使他深感不快的。在其他各種經驗的系列中找不到這種經驗的位置，不理解這種經驗，無法解釋這種經驗，使他苦惱。某些昆蟲也有這種氣味，它們的餘味還留在漿果上。還可以這麼說，這是切番茄的刀口的氣味，汽油與發霉的奶酪的混合氣味，我那過時的小手提包裡老香水的氣味，鐵屑的氣味，鉛筆芯的氣味，新CD盤的氣味，玻璃表面的氣味，撒落的可可粉的氣味。

因此我常見到R在做事情的時候會突然中途停下，嗅一嗅。他的面部表情顯得很專注，很聚精會神。他嗅遍了自己的兩隻手。交談時他會突然莫名其妙地揪下一顆鈕釦聞一聞，嗅一嗅，或是在指間揉搓苦艾葉。那時他便覺得似乎發現了這種氣味。但它總不是這種氣味。

我們倆猜測，這是死亡的氣味。是他的小汽車撞上基爾牌載重汽車的那個瞬間感覺到的死亡的氣味。在那個短暫的、不可思議的瞬間，一切都可能發生並且無法挽回。在那個具有莫大能量的一剎那間孕育著一切的可能性，就如一克的物質轉眼就會變成一顆原子彈。那時就有這種氣味，這就是死亡的氣味。

R擔心，他會永遠感覺到死亡。他再也不會天真地走上瓦烏布日赫和耶德利納之間冰雪覆蓋的盤山路，再也不會忘乎所以地在城市火車站交叉路口飛跑，甚至不會疏忽大意地伸手去接我用蘑菇做的菜肴。他知道這些，而我也知道他知道。

庫梅爾尼斯《歡樂》中的幻景

Ego dormio cum ego vigilat.㉔

我仰臥著，睡前作了最後的禱告。那時我猝然感覺到，我在向上升騰，彷彿自身失去了重量，而爲我向下望的時候，我看到了我自己，我的軀體一直仰臥在床上，軀體的嘴唇在活動著，彷彿這副軀體沒有注意到它裡面已經沒有我。我立刻便發現，我能在空間活動。推動我的力量是思想，甚至最微不足道的願望就能使我飄動起來，於是我升得越來越高，我從上方看到了修道院，看到了它那用木瓦蓋的屋頂，看到了禮拜堂塔樓的石頭尖頂。過了片刻我從更高的地方看到了整個大地，它是略微凸起的和黑糊糊的，陷入了一片黑暗之中，只是從世界盡頭的某個地方射出的長長的太陽光照亮了它，也給黑暗投上了更加烏黑的影子。那種分層次的黑暗使我感到討厭，彆扭，使我整個人憂心忡

㉔拉丁語，意爲：我身睡臥，我心卻醒。典出《聖經・雅歌》5・2。

忡，因爲我知道，光是存在的，只是被遮住了。而當我想到亮光的時候，我立刻便看到了光，起先柔弱，像水仙，朦朧，像霧，可它一旦給見到，便不可逆轉地越來越強烈，我害怕起來，我的眼睛會看瞎的。於是我明白了，這必定是天空和上帝使然，但又使我驚詫——因爲我的頭腦是清醒的——我始終是獨自一人，哪裡也沒有個嚮導，須知在上帝的近旁總是待著成群的天使和形形色色的輝煌聖者。我感到某種似風非風的東西，不溫，不熱，吹拂著整個兒的我，彷彿我到了一個大氣旋附近：那股力量將我推離光亮，它擋在我和那看不見的光亮之間——但那卻是一條可感知的界線。儘管我想越過這條界線，此前沒有任何東西如此吸引著我走向光亮，可是我太虛弱了，沒有足夠的力氣向光亮走去。直到我的頭腦裡出現了一個聲音，它可能既是我的聲音，又是別的什麼人的聲音，那個聲音對我說：「這是時間。」那時我便領悟了有關世界的全部眞理，懂得了是時間阻礙了光亮照到我們。時間將我們與上帝分開，只要我們在時間裡，我們就受到禁錮，讓黑暗隨意擺布。直到死才讓我們從時間的鐐銬裡解脫出來，但那時關於生我們已無話可說。憂鬱籠罩了我，雖然我的眼睛看到了光的全部輝煌壯麗。我不渴望任何別的東西，唯求永遠死去，大概我已經死了，因爲時間之風已驟然消失，我也沉浸在光亮之中。沉人光中的這種狀態唯一可說的就是，什麼也不說，因爲所有的話語都跟我一起消失了。甚至我已不能作任何思考，因爲思想也已不復存在。我既不能在這裡，也不能在另外的任何地方，因爲不存在這裡和那裡，不存在任何運動。在這種狀態下，不存在任何質量，既沒有優質，也沒有劣質。我不知道這種狀態已持續了多久，因爲既沒有瞬間，也沒有千年。

假如我沒有突然嚮往世界，我也許會永遠停留在這種狀態中，既不活，也不死。這時在我的眼前展現出的一派五彩斑斕的景象，就如一幅五彩畫。我無法從那兒移開目光。

從這裡看到的世界是睡著了的人們的世界。這個世界比我認識的世界人煙要稠密得多。因爲那裡還有所有我們認爲是死了的人。我領悟出，這是審判日，天使們開始捲起世界的邊緣，那邊緣就像一幅巨大地毯的邊兒。從上方和下方傳來大戰的隆隆之聲，聽到兵器鏗鏘，馬蹄噠噠。但我沒看到是誰在跟誰作戰，因爲我的眼睛正凝視著鋪展在我面前的大地。有些人已經醒了，擦了擦眼睛，望著天空。他們的注意力還非常不集中，狀態不佳，他們不知在望著什麼。我見到群山，它們似乎是因恐懼而顫慄，而它們的輪廓則在不斷變得稀薄的空氣裡逐漸模糊。太陽高懸天頂，用明亮、熾熱的光照耀四野。草原上青草開始燃燒，溪流中的流水波濤洶湧。動物走到森林邊緣，無視自己的天敵下到鬧哄哄的谷地。人也是一樣，沿著乾巴巴的道路紛紛來到某個約定的地點。他們走得沉穩堅定，精神飽滿，誰也不拖拖拉拉。那時天空已不是平靜和蔚藍色的，而是洶湧澎湃，烏雲翻滾。天空下植物在變成木化石。

那時我以自己的全部心神領悟到，我看到了時間的最後時刻。我是命中注定要看到世界的末日了。

我明白，我們的最後審判將是驚醒，因爲我們只是夢見了我們整個的生活，設想我們是活著的。我們確曾眞正活過一次，也已經死了，現在我們是死人。我們當成眞實存在的那些生活、夢，對於上帝而言沒有任何價値，因爲任何事情都不曾眞正發生過。我們不會爲自己的夢負責，我們只對那種我們記不得的事情負責，因爲死亡讓我們睡著了。只有那種忘卻了的存在才是眞實的存在，我們在那裡曾是有罪或是有德行的人。因此我們不知道醒來後該怎麼辦——是投入地獄之火，還是投入永恆的光明生活。

我不得不再說一遍：我們的世界住的是熟睡的人，他們死了，卻夢見自己活著。因此世界上的人越來越多，不斷有熟睡的死人移居這個世界，他們的數量越來越多，而眞正的人，即那種第一次活著的人卻顯得寥寥無幾。在整個混亂的世界上，我們中誰也不知道，也不可能知道自己究竟只是夢見自己活著，還是眞正活著。

聖體節

瑪爾塔說，對看到的東西別太在意。她說這話時我們正在窗口觀看聖體節巡行，巡行隊伍正在遠處播種了亞麻的田地裡移動。神父走在前頭，然後是兩面旗幟和一小群人。低一點的地方有一條狗在綠得耀眼的牧場上奔跑，似乎在遠遠陪伴人們在田野中作這次沒有料想到的集體散步。

我不知道她爲何要對我講這句話——她已是要走了，手握著敞開的門的把手站著。傍晚我想起了這句話。一段動態影片中的一個不動的鏡頭。影片裡的一切都在變，一切都不再是先前的那種樣子。眼睛也是這樣構造的：看到的是更大的活的整體中的一個死的環節，而且眼睛會把所看到的東西釘住，扼殺。所以當我看的時候，我相信，自己見到的是某種穩定的東西。但這是世界虛假的畫面。世界是運動著的，而且是搖擺不定的。對於世界而言，不存在任何可以記住和可以理解的零點。眼睛照出的照片，只可能是畫面、圖式。風景是最大的錯覺，因爲風景的穩定性並不存在。風景可以記住，彷佛是一幅畫。記憶創造風景畫片，但它無論如何都不理解世界。因此風景才如此易受那些看它的人的情緒影響。人在風景中看到自己內在的不穩定瞬間。人到處看到的只是自己。這就是一切。這是瑪爾塔想告訴我的。

夢

我通過人的嘴巴進入人的內部。

人的內部構造猶如房子，有樓梯間、寬敞的前廳、照明總是太弱的通廊——這使得難以數清通向各個房間的門——一些房間的套間、潮呼呼的儲藏室、鑲了瓷磚的黏糊糊的帶有鑄鐵浴缸的盥洗間、帶有像血管一樣密集的扶手的樓梯、錯綜複雜的過道、半層之間曲折的樓梯平台、客房、穿堂——溫暖的氣流會突然進入的房間、小密室、小雜物間、忘記儲存糧食的小糧倉。我可以在裡面自由自在地活動，畢竟我在那兒是獨自一人。

這些房子從內看像是無人居住。臥室裡的床鋪鋪得整整齊齊——蓋著淡綠色的床罩，擺放著枕頭套繃得緊緊的枕頭，拉上了的窗帘，絨毛完完整整的地毯，放在梳妝台上的梳子。我既不能坐到床上，也不能把梳子拿在手中。我是個無肉身的幽靈。我只能看，我能看到每一個犄角。

但我知道，我是在人的內部。我根據微小的細節辨識出了這一點。過道裡的一面牆壁是肉色的，而且在輕微搏動，有時有一種隱隱約約的均勻的轟隆聲從深部傳到我的耳中，有時一隻腳會在布滿細小筋脈的硬東西上打滑。一旦留心去觀察，就可透過廚房餐具櫃發現某種不定形、輕軟而富有彈性的活的結構。

怪物

我跟如此這般的第一次相逢是這樣的：他站在陽台上大張著嘴巴，伸著一根指頭指著糜爛的口腔。他身材矮小，鬍子拉碴，就像一個醜陋的侏儒，這樣矮小的東西夏天在毒蠅菌的蘑菇頂蓋下大批生長。

「啊，啊。」他喊出聲來。那時我看到他舌頭上有一粒白色的藥片。

我們在空落落的谷地的房子陽台上，面對面站著。他身後是太陽，我身後是陰影。我關心的只是如何阻止他進入門廊，因爲他會在那兒賴到傍晚，老是張著嘴吧「啊，啊」地說著那種我聽不懂的話。於是我退到了門檻，用身子擋住進到裡面的入口。我忐忑不安地思忖，該如何接近電話機子，同時目不轉睛地盯著他。我大概是怕他。那時他用一隻手做了個手勢，就像是把器皿舉到嘴邊。他的「啊，啊」意思是：「給我水！」我讓他等著，就跑進廚房拿玻璃杯。我返回的時候，他仍然大張著嘴立在那裡，他在觀看熟石膏牆上的一幅拙劣的繪畫——一條保護這座房子的藍色獨眼龍。藥片消失在他矮小身體的看不見的地方了。

「怪物!」他指著龍說。

戰後不久，那時村子裡還有池塘，池塘裡出現過怪物。是個巨型的龐然大物，有乳牛那麼大，形狀像鱷魚，腳上帶有角質的爪子，滿嘴都是像刀一樣鋒利的牙齒。牠吃光了池塘裡德國人留下的所有的魚、所有的蘆葦和全部菖蒲，隨後就開始捕獵綿羊、狗、母雞和鵝。夜間牠爬到路上，爬到教堂跟前，沿著柏油馬路笨拙地朝新魯達的方向爬去。清晨人們驚恐地在自家的庭院裡發現了牠的腳印。鴨子像浮萍一樣消失了，鵝只剩下痙攣地反擰著的橙黃色的鵝掌，池塘岸旁散亂地丟棄著吐出來的公綿羊角。鄉公所忙於別的事：分田地，抓捕奸細、建立農業合作社，因此村裡的男人只好自己動手幹。他們往水裡投放鈣化物、毒耗子的藥，而有天夜裡有人投進一枚生了鏽的手榴彈且竟然爆炸了。後來池塘看上去就像個裝滿骯髒毒水的水窪。但這一切竟毫不起作用。第二天夜晚怪物吃掉了一頭小公牛。看起來牠將進行報復。於是男人們磨尖了長鐵棒，用原木釘了個木筏，划到了池塘中央。他們一次又一次猛扎水面，有條不紊地刺入混濁的池水。但是刺出的孔洞急速合攏，水仍像先前一樣穿不透。第三次他們採用了科學技術，不知從哪裡運來一台大功率曲柄的直流發電機，用它來發電。他們從發電機拉出電線，猶如一張網布滿了整個池塘。然後他們轉動曲柄，因為這是個重活，他們只好分班輪流幹，用電流抽打藏在水中的怪物。怪物龐大的身軀在水下痛得亂翻亂滾，水漫出了池塘外，直到最後安靜下來。整個村子喝酒慶祝勝利，從傍晚一直喝到翌日清晨。

可是幾天之後怪物恢復了元氣，出於報復將一個不小心的婦女拉到了水下。她身後只有鍍鋅的水桶留在岸邊。

這是怪物末日的開始。所有的人一致認爲牠可以摧毀植物，咬死動物，但不能危害人的性命安全。怪物犯了法。政府當局的人來了，邊防軍、波德哈萊的部隊和工兵也來了。一聲巨響炸開了池塘朝小溪一面的堤岸，水流走了。怪物躺在池塘底。受了傷，氣息衰微，但還活著。那時士兵們拿出了機關槍，在池塘岸上一字排開。軍官一聲令下，成排的機關槍子彈向怪物射去。挨到第一排子彈之後，牠還試圖反撲，那時人們叫喊著四散奔跑。很快又裝上了新的子彈帶，把那可惡的龐然大物打成了篩子。怪物的下場就是這個樣子。

如此這般推著德國人留下的自行車去了新魯達，但傍晚他又回來了，因爲怪物的下場還不是事件的結尾。

接下來的幾個夜晚，村莊裡的人聽見從森林捷克那邊傳來的陰森的悽愴叫聲，那是什麼怪物在黑暗中哭叫，那聲音是如此淒厲，使人聽後渾身的皮膚都起了雞皮疙瘩。而在一個月之後，有人在乾涸的池塘裡發現了雌性怪物的屍體，牠定是穿過森林、牧場、國界到這裡來尋找自己的至愛，自己也在牠慘死的地方死去。

雨

我過命名日的那天開始下雨，於是我們把椅子搬進了門廊，想等雨過後再將其搬到外頭去。但雨下個沒完沒了，像一條條細繩從天傾注下來，遮擋了人們的視野。雨不是點點滴滴地下著，而是成片的一道道細流直瀉而下。門廊逐漸溼了，我甚至不知是何緣故，也許水是從牆壁滲了進來，也許是兩條母狗的過錯，牠們不斷在地板上留下了自己的腳掌的五瓣印記。屋外乾草在雨下默默地淋溼。鼻涕蟲可高興了，在他們葉下的地下世界下準備過節：潮溼節。

新魯達方向約兩公里的地方立著一幢奇怪的房子，但不是本身房子奇怪，而是房子的位置奇怪。它坐落在樹木蔥蘢的暗綠色山峰之間的狹窄谷地上。它坐落的地點比附近任何房子都要低，實際上從任何地方都望不到它，除非是有人登上山峰俯視。溪流從兩邊沖刷它，舔著它溼淋淋的牆壁。R站在門口，望著雨，講起了故事，說房子裡住著鼻涕蟲先生一家，父親是個大個子，棕色頭髮，母親個子略小，他們有一雙兒女。傍晚他們無言地坐在桌邊，摸黑坐著，沒有點燈，因爲潮溼不便使用電器。只有他們閃閃發亮的皮膚映照著黃昏微弱的反光。夜裡全家躺在牆角的地板上睡覺，四個緊挨在一起的身體輕微搏動著緩慢的呼吸節奏。早上他們進入繁茂的溼淋淋的綠地，在那兒留下自己黏糊糊的足跡。他們搬回一些開始腐爛、蓋上了一層蒼白黴菌的森林草莓霉和麝香草莓並將其放到屋頂下，然後就默默無言地咀嚼這些草莓。泡透了的木桶裡的水滲到地面上，給它覆蓋上一層內光的清漆。

這故事沒有讓任何人開心。我們打開了明亮的電腦世界，整個傍晚我們都沉沒在這個世界裡了。我們的面色在螢幕虛假的陽光的映照下變得慘白，有如一些幽靈。後來斷電了，整個晚上我們都在用紙牌占卜：雨是否會停。不會停。從窗口我看到了瑪爾塔的房子，滂沱大雨正順著她的房子傾注下來。我想，也許該去看看瑪爾塔，不知她獨自一人昏天黑地裡會幹些什麼。她多半會打開自己的假髮箱子，正在編織那些誰也不需要的沒有生命的頭部裝飾品。大概她正在編織一縷縷陌生女人的頭髮，那些女人或已經故去，或如今仍生活在天涯海角的某個地方，或正在旅行，或帶著自己如同乾麵包一樣已發乾走味的青春年華在養老院裡閒居休養。

我穿上了膠鞋，看到水就在春天R加高過的地方漫出了池塘。水從水泥閘門上面流過，流到木板平台下邊。它呈現混濁的紅色，又稠又黏。它發出的已不是熟悉的潺潺聲，而是嘩嘩作響，彷彿在發出吶喊。R穿著黃色膠鞋和黃色上膠雨衣，看上去活像個鬼魂。我看到他怎樣束手無策地沿著土堤奔跑。我看到他的魚在暗紅色翻滾著泡沫的漩渦中不安地準備送命。像城市居民那樣頗具紳士風度、從容不迫的鯉魚，一向總是那樣慢悠悠，此刻卻在波濤洶湧的水面游動，牠們惶惶然驚慌失措地翕動著嘴巴，從嘴裡發不出任何聲音。在牠們中間鱒魚卻異常亢奮，由於突然出現了游向尼斯克沃茲克河，游向奧得河，游向大海的希望。

「我知道，你準備做什麼。」我一進屋就這麼說。

瑪爾塔坐在桌旁，桌上鋪開了自己的收藏物。她展開報紙，拿出裡面包著的一縷縷頭髮，一邊用手指梳理。然後，她開始往夾板上繞線。我脫下膠鞋和雨衣，從它們上面流下一灘水。

「我記不得什麼時候有過這麼大的洪水。」瑪爾塔開口說道。「或者是我的記性出了點問題。」她衝我燦然一笑，「我想送給妳一件命名日賀禮。給妳做一頂假髮。用眞頭髮，編織在絲網上，專門爲妳的腦袋製作的。」

她從桌上拿起一束淺黃色頭髮，貼近我的面頰給我配色。她不甚滿意，又拿起另一束，她說希望我自己挑選頭髮自己試，但我仍不能克服心理障礙，不肯觸摸別人的頭髮。她吩咐我坐下，拿出褪了色的練習本和我送給她的 bic 牌原子筆。她開始給我量腦袋的尺寸，用手指肚溫柔地觸摸我的鬢角和額頭。我有一種愜意的麻酥酥的感覺，跟當年媽媽把我領到女裁縫那裡，讓她給我量尺寸時的感覺一模一樣。我必須一動不動地站著，而她，波涅維耶爾卡㉕太太——媽媽的女裁縫就叫這麼一個古怪的名字——則圍著我打轉，用一根皮尺動作敏捷地量出連衫裙、貼邊、襟口所需要的尺寸，又圍繞我的腰身和肩背量尺寸。她幾乎沒有觸到我的身體，而我的皮膚反應卻是那麼強烈，令我產生一種壓抑的、表面的麻酥酥的快感。我昏昏欲睡地站立著。

瑪爾塔此刻重複著同樣的量尺寸的儀式。我羞於這種快感，閉上了眼睛。「妳的腦袋眞大，妳的腦袋眞小。」我不知瑪爾塔究竟說的是什麼。

㉕這個詞在波蘭語中的含意是：受苦，受折磨。

水災

這天夜裡池塘上方的黑暗中轟隆作響，兩條母狗不安地吠叫，喧囂聲把我們吵醒。我們知道，雖說在下雨，天就要亮了。

池塘已經消失。在池塘所在的地方流著一條小河，只是比平常的溪流要大得多，它氣勢洶洶，波翻浪滾。水泥閘門不見了，木板平台不見了，昨天R絕望地用來加固池岸的鐵板也不見了。既沒有姿態優美、幾乎是熱情洋溢的鯉魚，也沒有急躁、不安分的鱒魚。池塘給我們溜掉了。它受到從各處流來的水的慫恿，直流而下，流過牧場，然後流到森林腳下，流經皮耶特諾，注入另一條河，然後流到尼斯河。這會兒也許流到克沃茲科，也許流得更遠。貴族氣派十足的鯉魚不習慣如此迅捷狂野的旅行，滯留在某個彎曲的地方或者水流將牠們留在淹沒了的灌木叢中。沒有了池塘。R吃著厚皮菜，眼望著窗外。瑪爾塔將滿桶的水潑進雨水中。我向她招了招手，她也向我招了招手，隨後便消失在她自己的小房子裡。

午飯後R又講起鼻涕蟲一家的故事。他講到這家主人的一些活動。夜間他在青草地中移動，溜到路上，休息片刻，便向人間的住所進發。到了那裡便鑽進人家的小菜園，在那兒吃掉溼淋淋的生菜，味道甜美的甜瓜嫩莖，樂滋滋地在上面咬出一些洞——這不是出於惡意，而是他的一種創造。令他高興的是世界上存在洞和雨。但他最喜歡的還是變成了稀泥的篝火灰燼。他在這泥漿裡濺了一身髒水，回家時渾身髒兮兮，給溼乎乎的餘燼灌得醉醺醺。他的妻子給他以無言的譴責——她不安得要死。

傍晚我們聽了氣象公報：發生了水災，但我們不害怕水。在這兒水不可能從別的任何地方來，除非是從天上來，就如一切都是從天上來的一樣。

釘子

我和瑪爾塔一起去新魯達買釘子。小汽車緩慢移動，一輛接著一輛——因爲水沖垮了一段公路。在村子的汽車站我們捎上了克雷霞太太，她穿著男人的膠鞋在雨中淋得透溼。她上車後立刻脫掉了膠鞋，從塑膠袋裡取出了便鞋穿上了。

小河沿岸所有的街道一片泥濘。房屋底層的窗戶沾滿了正在乾燥的汙泥。賣主們紛紛在晾晒貨物。舊衣店女老闆在繩子上掛滿了穿過的衣服，這些衣服在自己的破爛生涯中已經有過許多經歷：搬家、更換衣櫃，壞了的自動洗衣機，過熱的燙斗，物主們長胖了，有些舊衣服甚至經歷了它們物主的死亡，而現在又經歷了夜間泛濫的河水考驗。

有人在防洪的砂袋上擺開運動鞋——數十雙一模一樣的愛迪達牌、耐吉牌運動鞋。它們的鞋帶有如油繩依舊垂到水面。在沾滿泥濘牆壁的灰暗背景下，它們鮮亮的色彩在放光。建築物到二層的高度糊滿了汙泥。

克雷霞太太謝過了順路捎她，一邊撫平身上檸檬色的毛衣，一邊朝著自己要去的方向走了。我們在橋後珠寶店近旁站住，買準備用來漬酸黃瓜用的黃瓜。這時那個瘋子走到我們跟前，所有人都認識他，那是一個預言家，未卜先知者。他是個鬍子拉碴的男人，披著一件用舊毛毯改做的穗飾披巾。他衝著瑪爾塔微笑，看來他們必定是彼此認識。

「怎麼樣？」他問。

「還是老樣子。」瑪爾塔回答。

他不相信地望著她。

「老樣子？」

那時我覺得，他的臉色變得陰沉起來，似乎是想哭。瑪爾塔對他說了聲「保重」或者類似的什麼話，而他卻從秤盤上拿走了一根黃瓜，轉身揚長而去。

未卜先知者

這個人有個響亮而且具有異國情調的名字——獅子。他的模樣看上去也眞像頭獅子。

他蓄了長頭髮和連鬢鬍，不知何故頭髮和鬍鬚在一個嚴冬全都變白。

這位未卜先知的獅子靠撫恤金過活，令人難以相信的是，他年輕時曾在礦井遇到過事故，被埋在幾乎有一百公尺深的井下兩天兩夜，躺在熾熱、黑暗的煤槽裡，猶如躺在母親的腹中。整個時光他保持著痛苦的淸醒狀態，明晰的思維形成了一個環繞腦袋的發磷光的光環照耀著他。他認定自己會死，但沒有死。礦山救護隊把他挖了出來，隨後他在醫院裡待了很長的時間。大難不死，他對生活本身格外關注起來。具體表現爲從早到晚讀書，起初他什麼都讀，手頭有什麼讀什麼。但隨著時間的流逝，吸引他的逐漸是些從未出版過的打字書稿，這些打字稿是通過半合法的遞送書店從克拉科夫送來的。書稿中有貝桑特和布瓦伐特斯卡、奧索維耶茨基等人的著作，一些潦草的招魂會總結和職業說明，以及印度、猶太的各種神祕教義的占卜書籍。一些書籍中的表格使他重溫早已忘卻了的整齊、條理性，一些圖解以其多層次的和諧吸引著他的眼球。有一次他偶然見到比得哥什星相家協會的地址，從他們給他寄來的書裡，他花了一個聖誕節假期學會了擺占星圖。從此以後他潛心研究星曆表中一行行細小的數目字，做任何事都不像做這件事令他如此心曠神怡。他不止一次從晚上埋頭研究到清晨，而在黎明時分他開始看到未來。他看到的未來總是那麼可怕，死氣沉沉和空空蕩蕩。裡面從來既沒有人也沒有動物。他看到它怎樣降坐在房間陰暗的角落，怎樣不斷間向外擴展、蔓延到他那座公寓樓的樓梯間、樓前的草坪、街道、乃至新魯達的市場。傍晚他外出散步的時候，跟它擦肩而過，它在他的大衣袖子上留下了陌生的金屬氣味。

他的妻子死後，他就成了個十足的末卜先知者。她活著時似乎把丈夫低低地壓到地面，將他的每個想法、每個預感往下拉。她如同強大的低氣壓，迫使煙囪裡冒出的每一縷煙低頭，在城市上方造成冬天的陰霾。她用魔力將他的思想導向商店裡的排隊，導向田地裡的甜菜，導向需要搬進地下室的煤。此外她的聲音還在整座城市對他窮追不捨。她把腦袋伸出窗外，通過庭院叫喊「小獅子，小獅子！」直到所有的小孩都抬起頭，跟著她反覆叫喊：「小獅子，小獅子！」她是個女巫。

因此她死後，周圍驟然就安靜下來，而長年受到壓抑的畫面開始在他的腦海裡脹大，擴展，蔓延，猶如潮溼的窗玻璃上的冰花——出人意料地張臂相連，形成許多環狀及離奇的條帶組合，瞎撞亂碰地構建出一些合乎情理卻又是迷人的圖案。這就是占卜。

他的顧客都是婦女。在他的占卜生涯中只有一次有個男人在他那裡出現過。這是一位穿著講究的老先生，由於糟糕的食譜或由於飲酒過度而顯得臃腫。他跟這位先生曾經見過面，但沒有交往，對他也不能提供太多的幫助。因爲老先生關心的是愛情，而這是世界上最爲估價過高的情感，就其實質而言簡直就是荒謬，因爲它源於人的內在的混亂。老先生尋找自己少年時代的情人，這既可悲又可笑。獅子根本不想管這種事，尤其是未成年的女子沒有留下任何哪怕是最微不足道的線索，沒有留下任何痕跡。然而這個男人的絕望是如此令人難以忘懷，他那身穿刻板挺拔的毛料大衣，將細氈禮帽拉到眼睛上的模樣，是如此茫然沮喪，彷彿他在一切方面均已徹底迷失，甚至在自己的服裝方面也是如此。

「我只想知道，她在哪裡？」他說。

那時獅子朝過去瞥了一眼。他立刻在那裡見到了所要尋找的姑娘，因爲她比其他的生靈更活躍，在時間上更清晰，更惹人注目。她讓他嚇了一跳，她根本就不是個少女，也不是個女人。我的上帝，他這一嚇非同小可，他對那個憂鬱的男人說了句，「她在這裡。」因爲他既看到現在的她，也看到將來的她。

「在城裡？」男人高興了起來，獅子頭一次看到他的眼睛——腫脹而朦朧混濁。

「在附近某個地方。」

出門前男人偷偷塞給他一張鈔票。

「此事請保守祕密。」他再次請求說。

獅子後來想，他沒有必要講這樣的話，有關這樣的事永遠也不該說，誰會相信呢？誰會信他能見到不存在的東西？誰會相信人到頭來不是人？誰會相信每次作出的決定都是一場夢！感謝上帝，人有不相信的能力，這眞是仁慈上帝的恩典。

婦女問及愛情的時候，總是非常具體。她們總是希望被人摟在懷中，有人牽著她們的手走過公園，總是想給誰生孩子，禮拜六擦洗窗戶，給誰燉雞湯。他一閉上眼睛，就會看到她們的生活，也覺得了無興味。他難以集中精力去關注那些使她們感興趣的細微末事：她們詢問的男人是栗色還是黑色的頭髮，是一個還是兩個孩子，身體是健康還是有病，是有錢還是抽屜裡空空如也。只要他略微費點心思，他就能看到這一切。他在預卜中數著孩子的數目。往抽屜裡望一望，辨別出穿著白背心、吃著禮拜天雞湯的男人頭髮的顏色。那些女性的生靈也眞令他動情，她們坐在他對面，帶著期盼的目光緊盯著他的臉，那時她們就像膽怯的動物，像麋子，像春天的野兔——嬌弱、溫順、膽小，但同時也是聰明絕頂的，善於忽東忽西地閃避，善於逃跑或躲藏。有時他甚至想，作個女人就離不開某種假面具，一出生便戴上了它，爲了永遠不向任何人暴露自己，直到生命的盡頭，為了在迷彩的偽裝中度過一生。他想，她們沒有問那些該問的事情。

他將占卜賺到的錢（數量不少）換成了美元。他想去印度，可從來沒有去成，因為印度，像所有的東西一樣，已不再存在。

但他最初曾多次察看過別人的未來，在他看來，它跟共同的、總體的未來是融為一體的。他知道，要不了多久，世界的末日就會到來，這只是一個需要加以預測的問題。

他看到了谷地，谷地上方懸著低矮的橘紅色的天空。這個世界所有的線條都不清晰，連陰影也是模糊的，投射在這一切上面的是某種陌生的異化的光。谷地裡沒有任何房屋，沒有任何人的蹤跡，沒有生長一簇蕁麻，沒有一叢野生的茶莓子灌木，也沒有一條小溪——而在原本曾是小溪流過的地方看上去就像一道傷疤。在這個地方既沒有白天，也沒有任何一個夜晚的到來，橘紅色的天空在所有時間裡都閃耀著同樣的光——既不熱，也不冷，完全是靜止和冷漠的。山丘上依然長滿了森林，但當他仔細觀察它的時候，便看到森林是死的。在一個瞬間變成了木化石，凝固了，僵化了。雲杉上掛著毬果，樹枝仍然蓋滿了發白的針葉，因為沒有風可將它們吹得七零八落。他有一種可怕的預感——一旦在這自然景觀裡出現任何一點運動，這森林就會轟然崩塌，化為齏粉。

他看到世界末日必然是這副模樣：它不是洪水，不是雨，不是火，不是奧斯威辛，不是彗星。一旦上帝——不管他是誰——離開這個世界，這個世界就會是這般模樣。無人居住的房屋，覆蓋一切的宇宙塵，悶濁、寂靜。所有的活物都在凝固，都由於光照的問題而發霉，這種光不知脈動爲何物，所以是死的。在這種幽靈般的光照射下，一切都瓦解潰散成塵粉。

這個每天看到世界末日的人，活得平靜而悠閒，他時不時去克拉科夫弄書，透過火車的窗口一路欣賞途徑的景物，其中主要是上西里西亞連同它的工業神殿，然後是奧波萊地區綿延至地平線的田野和整齊播種的油菜，這些油菜每年五月十日開花。他那粗帆布背包裡裝著各種各樣用打字機打出過數百遍（最後的抄本也已幾乎看不清但仍然蘊含著莊重的情調）的啓示錄抄本、幽靈對文明衰弱的見解、聖母顯靈的故事、諾斯特拉達穆斯的深奧的難解的詩歌。

須臾之間平川已然過去，山脈開始映入眼簾。火車駛入雲杉林，沿著怪石嶙峋的峽谷全力推進，在谷地裡兜圈子，直到突然出現在瓦烏布日赫的中心區，人們在市區車站紛紛下車，但獅子仍繼續往前走，要到總站才下車，因爲他要在那兒轉車到克沃茲科去。

瓦烏布日赫總站是個空寂無人、黑糊糊的車站，只有一個售貨亭，下夜班的礦工們在那裡購買香菸和保險套。酒吧裡出售澆了豬油的餃子和潮溼無味的茶水——那是用溫水難以泡開的茶葉浸泡出來的。經過新魯達去克沃茲科的火車經常是空的。獅子爲了便於眺望窗外的景物，在上層找了個座位，因爲火車走的是一條迄今最美的路線。列車沿著高聳的高架鐵路通過遼闊的谷地，通過村莊和溪流上方的山坡。隨著每個彎道都敞開一片令人激動得透不過氣來的新的景色。群山柔美的線條，絲綢一樣的天空，碧綠的草地。下方，人們在路上走動，趕著乳牛，狗在奔跑，有個農民突然發出一陣笑聲，羊脖子上掛的鈴鐺丁零丁零地直響，刺激得人的皮膚發麻發癢。高一點的地方，有個揹背包的人在行走，不時招招手。煙囪裡的炊煙裊裊升上天空，鳥兒無動於衷地朝西方飛去。坐在這樣的列車裡無法閱讀，只好瞪大眼睛朝外看。

獅子開始寫書，他給書起了個書名，就從書名《末日必將來臨》開始。書中講的是世界末日。他在書中對天空進行了深刻的分析。世界將於一九九五年四月二日開始完結，那時天王星將進入寶瓶星座，而在一九九九年八月，世界將永遠結束，那時太陽、火星、土星和天王星將在天上排成一個大十字。而他是在一九八〇年冬天開始寫這本書的，當時任何事情肯定都還不清楚，然而當時掀起了罷工運動，而在伏羅茨瓦夫，罷工的有軌電車就排成了巨大的十字，大得覆蓋了整座城市。獅子承認，在自己敏銳的觀察中，在讀出星曆表中細小的數目字時候，他也許犯了錯誤，世界末日會來得更快。實際上他已等得不耐煩了。他就在這樣的等待中生活。他穿破了舊皮鞋，內衣在接縫的地方磨薄了，褲叉的橡皮筋扯斷了，短襪磨穿了洞，在腳後跟上出現了薄薄的尼龍絲網，透過它看得見變硬變粗糙的皮膚。沒有任何儲備的東西，沒有任何「留到以後」再做的事。裝過蛋黃醬的空玻璃瓶需要裝滿果醬、蜜餞過冬，裝滿糖煮水果以備突然住進醫院之用，但是冬天可能不會到來，可能不會有下一個夏季。麵包需要吃完，吃到最後一點點碎屑，肥皂也要擦成薄片兒，然後再用來洗衣服。

他預見一九九三年夏天將會發洪水。北方的冰將突然融化，大洋裡的水將上漲，荷蘭將會消失在水下。茹瓦韋同樣在劫難逃。說不定情況會更糟——除了高原和山脈以外將沒有任何東西留在水面。新魯達作爲地勢較高的地方，會保全下來。然後近東將爆發戰爭，它在一年之內就會變成世界大戰。軍隊將重新開過溼漉漉的窪地。伏羅茨瓦夫的大教堂將變成清眞寺。然後，在一九九四年初，核爆炸後的幾天內天空將變得昏暗。人們將開始生病。感謝上帝，在新魯達將什麼事也不會發生。

在一九九〇年，那時已取消紙張定量配給的規定，獅子用占卜賺的錢自費出版了這本書。他等待世界末日的最初表現等了三年，可是儘管玻璃瓶空無一物，儘管麵包吃到了乾巴的麵包頭，世界末日的種種跡象卻沒有出現。一九九三年夏天酷熱，他把這種可怖的酷熱當作末日的開頭，但酷熱很快就過去了，孩子們都去上學，人們在烤李子餡餅，從地裡收馬鈴薯。獅子的廚房裡煤氣小鍋爐壞了，由於天已變冷，他需要熱水，就不得不把它修好。他在鼓搗熱水器內部件的時候，有種像嚴寒一樣鑽心的徒勞感。當世界末日近在咫尺之時，所有活動都成為一種病態的表現形式。

對於獅子來說，世界已於一九九三年十一月結束，那時天王星和海王星在摩羯宮十八度大會合。他在某天夜裡明白了這一點，當時他正坐在浴盆裡——這是使整個身體迅速暖和起來的最有效方法。這一天電視裡說，在烏拉圭有個什麼教派正在等待世界末日的到來，接著是教宗的右手打著繃帶，用左手向世界表示祝福，而在氣象預報中又發出了有關暴風雪的警告，最後還出現了一個疲憊的播音員給觀眾道晚安，驀然她用一種挖苦的口吻補充說：「儘管烏拉圭某教派作出了悲觀的預報，但世界仍繼續存在。」那時獅子在想，到這一天結束還剩下四十五分鐘，這是學校一節課的時間。想到這裡，便走進浴室洗澡去了。

當獅子坐進了浴缸。盥洗室裡的燈便熄火了，電視機寂靜無聲，從水龍頭裡流到浴缸的水變得冰涼。他嚇得呆若木雞，甚至沒有嘗試在黑暗中尋求幫助。星曆表中一列列數目字和朦朧、無聲的太陽系圖表在他的頭腦裡飛馳而過。盥洗室裡的水管轟鳴著，猶如最後審判時吹響的號聲，而獅子赤裸的身軀則開始顫抖起來。那時他想起了所有的親人——雖說都是遠親，因為他沒有別的親戚——想到了城市裡所有的動物，狗、貓、豚鼠、原始鼠，想到牠們此時正在幹什麼，牠們是不是也感到害怕，動物能不能繼續跟我們做伴。是不是在每棟房子裡都將出現火一般的劍，甚至想到在摩天大樓的第十二層，那裡將出現地面開裂，儘管那兒沒有停車的處所。在這盥洗室的黑暗中，在他眼前突然出現一幅畫。當他還在孩提時期，這幅畫曾使他渾身顫慄：許多死人從地裡走出來，全部是赤身裸體，睡意朦朧，全部眨巴著眼睛，把手舉到臉上——因爲光亮使他們目眩；墓地裡的石質十字架搖晃著，墓碑紛紛從原地挪開。一個天使立在地平線上方，他那美麗的面貌由於憎惡和憤怒而扭曲著，他腦袋周圍颶風呼嘯。這時在獅子眼前和腦海裡出現的就是這樣的景象。

盥洗室依舊是漆黑一片。

牆壁由於水管轟鳴而輕微顫抖。獅子的上下顎也開始打顫，最後他聽見了自己牙齒相互磕碰的聲音。但這不是由於恐懼。他有過的唯一情感是——失望。起先是小小的失望，就像是當年聖誕樹下媽媽放的不是他渴望已久的搖擺木馬，而是買給他的睡衣。後來失望情緒越來越大，終於變得不可忍受。原來世界末日就是這般模樣，只是黑暗和砌在牆壁裡的水管在吼叫！

預見到世界末日的人，喏，他或許只是弄錯了確切的日期，歸根結底他是個樂觀主義者。他想成爲末日一切表現的見證人，彷彿這一切都是他親自招來的，他甚至想到某種罕見的海王星和天王星會合，想到它們嘎啦嘎啦地彼此擦身而過，想到它們散發出的能量怎樣相互撞擊而發出劈里啪啦的聲響。

現在他所渴望的唯有看著天空，看天是不是已黯然無光，行星是不是已停止作軌道運行，被驅散的銀河系是不是相互碰撞，啓示錄中的宇宙塵在絕對溫標零度時是否已凝固。他咬緊了瑟瑟顫抖的牙關，從變涼了的水裡站了起來。

那時——那是獅子有生以來一個最難於理解的時刻，光禿禿的電燈泡忽然一閃，亮了，水龍頭嘩嘩叫著噴出了滾水，從房間裡傳來了電視機的聲音，似乎電視機連同它的成百萬張面孔正是唯一從死裡復活的生命形式。遭到事態意想不到的轉折的突然襲擊的獅子，一隻腳搭在浴缸邊上愣住了，他瞇縫著眼睛適應突然出現的亮光。一團團雲霧般的水蒸氣凝聚在破鏡子上，洗褪了色的毛巾一動不動地掛在掛鉤上，扁形玻璃瓶上貼的牌子「華爾斯」跟先前一樣缺乏熱情。

獅子出了浴缸，打開了通向走廊的門並豎起耳朵諦聽。有人在樓梯間走動，兩腳蹭著地面發出沙沙的響聲。從樓上鄰居的家裡傳出單調、機械的樂曲。獅子走過房間，打開了通向陽台的門。他那亢奮的身體沒有注意到寒冷。他看到自己面前的城市跟昨天一模一樣，跟一個鐘頭以前毫無區別。谷地裡燈光閃爍，不時傳來隱約的喧鬧聲。然而獅子覺得，沒有一樣東西跟先前一樣。他在這種安全、熟悉的景象中預感到虛假。他嗅了嗅空氣，似乎期望能找到焦糊味。過了幾分鐘他悟出，在這幾分鐘內他的軀體凍僵了，失去了感覺——其實世界已經完結了，雖說還保持著以往的表象。眞正的世界末日就是這個樣子。

由於某種原因人們不善於想像事物發展的結局，不僅是重大事件的結局，甚至連最微不足道的小事的結局也不能去想像。這或許是由於對任何事物的想像本身怎麼也得耗盡現實；或許是由於現實不願在人的頭腦裡被想像，也可能是由於它要自由，像個叛逆的少年，因此現實與人們所能想像的總是不一樣。

從第二天開始，獅子便生活在一個已經不存在的世界，這個世界完全是一種錯覺，是由直覺、本能產生的夢境，是感官的習慣。

生活在這個世界一點也不難，比在那個世界道貌岸然地生活要容易得多。現在他出門上街，就像走進迷霧，走進舞台布景。他衝人們裝模作樣地擠眉弄眼，當人們驚詫地望著他的時候，他就縱聲大笑。他甚至允許自己在美食店順手牽羊地拿走點什麼，但不多，而且都是小玩意，因爲事後他多少會感到有些不自在。他不再關心自己的服裝，只記住不要挨凍就好。他會穿上兩隻不一樣的皮鞋，而當他不留神把秋大衣澆上了植物油，他就把秋大衣換成了毛毯——他在毛毯上剪上個洞，當成穗飾披巾套在身上。由於他將自己的星曆表和推算工作統統扔到了牆角，他有許多空閒的時間。他常常坐在河邊的公園裡，觀察每一塊石頭，每一面牆壁。他處處留心，觀察什麼地方能見到有關瓦解方面的信號。他終於見到了這種信號：河水幾乎每天都在改變顏色。它曾經是棕色的，像咖啡一樣又深又濃；另一次看到的則變成玫瑰色，像香檳酒。石頭開始起皺，河上的小橋正在開裂。他急不可待地等著，什麼時候人的幻象將掉進不現實的水中。他常在蔬菜水果市場的貨攤之間閒逛，順手從筐裡拿走最成熟的水果。有些人衝他吼叫，另一些人則滿不在乎。他在大門洞裡糾纏年輕姑娘——更多只是爲了開玩笑，或者是爲了壓服自己對穿緊身短裙的有魅力的女性的畏懼。其實他並沒有任何興致跟某個不存在的人打交道。

他也常仰望天空。天空激起了他的思念。天空看上去每天也有所不同，有如那條多彩的河，這是由於星星的活動方式有些亂雜無章，不可預料。他會花上幾個鐘頭尋找火星，因爲它不在它應該存在的地方。銀河變得幾乎看不見。在安娜山的上方有時會升起某種明亮的光，但他不知道那可能是什麼。有時他見到人，人的幻象，見到他們也仰望天空，但他們並不憂心忡忡。他們在月下接吻，雖說打自那天以後，已經難以預期月相的出現週期。他已做了想做的事。

獅子睡覺去了，他夢見自己沒有睡下，只是在小城裡來回走動，從貨攤上撈點水果，觀察小河。

有時他也這樣做：把一根手指塞進牆裡，挖它那溫熱、風化的內部。沙石在他的指尖下退讓，碎裂，避開指頭的擠壓。留下的孔洞就再也不能彌合。他曾見過河畔的一幢房子如何一天天凋殘，看樣子似乎是乾枯了，變得鬆脆了，已經毫無防衛能力。它終於被自身的重量壓垮了，靜靜地躺在地上。只留下一面牆，靠它支撐著鄰家的房屋。人——幻象大概沒有覺察到這一點。現在他們走過這塊空地，彷彿那兒從來就不曾有過任何東西，或者在他們眼中這個地方似乎傷口已經彌合可以蓋上房子。

在這些鬱悶的令人感到詫異的瞬間，他考慮到自己——是存在還是不存在。他觸摸自己的手和臉，但他不能克制自己不要去觸摸自己的肚子。他害怕受到誘惑的手指會在那裡鑽洞，而事實上獅子就是以這種方式自己把自己洞穿的，而且這個孔洞就再也不能癒合，他也就只好永遠帶著它。

他也遇見過一些面孔似曾相識的人。但是這種機會已越來越少。一張模糊不清、更像花椰菜而不像人的新面孔頂替了蔬菜店原有的女售貨員。他也沒見到中學校長，那位住在二層的鄰居。他有個印象，如今在那套寬敞的住宅裡住著另外一個什麼人，一個八面玲瓏、圓滑討厭的傢伙，此人帶著一副太陽舔過的面孔，每天早上刮得光溜。他總是電話聽筒不離手，衝著它慢條斯理而含混不清地賣弄自己的書本知識，還贏得了所有的廣播競賽。兩個彼此相像得就像兩滴水的女孩也見不到了，她們原本夏天常在車庫的屋頂上玩耍。如今每逢天氣暖和的時候，總有兩個年輕的瘦女人懶散地躺在那裡，腆出無遮無攔的肚子朝著灰濛濛的陽光。其實太陽已不像當年那樣晒黑皮膚，卻把皮膚晒成了灰色，使它變得灰不溜丟的，如同洗舊了的黃麻麻袋。

那些熟悉的面孔是：一個婦女，他以爲此人早已故去，因爲他大概還是在戰時認識她的；一個年輕人，長著披肩長髮，外省的「嬉皮」——他幾乎每天清晨都在橋上，在風化了的聖·約翰·內波穆克㉖雕像旁邊見到此人從橋上走過並且往河裡吐痰。此人有可能是去上班，因爲他或許在河那邊的某個地方有什麼工作。比方說，獅子聽見過布拉霍貝特山那邊怎樣轟隆轟隆地響，而在某些夜晚還見到過從那裡射出骯髒的黃色的火光。

「哭吧！」他對自己說，因爲他覺得哭似乎是合適的，雖說他並不眞正感到傷心。有時他就辦到了這一點。他曾站在皮亞斯特街與游擊戰街的交叉路口哭開了，可怕的小汽車一輛接一輛從他身邊擦身而過，但未給他任何傷害。

㉖聖·約翰·內波穆克（Sw. Jan Nepomucen, 1348–1393）：捷克牧師，一七二九年被尊爲聖徒。

占卜種種

我在網路上找到許多稀奇古怪的東西，例子之一就是有各種的占卜實作。

氣象占卜：用空氣預測。
時間占卜：用公雞預測。
性別占卜：用女人和男人的內臟預測。
食品占卜：憑人肚子裡發出隱約的聲音預測。
偶像占卜：用雕像、畫像和塑像預測。
金相占卜：用金屬製成的器皿預測。
命運變遷占卜：藉助對數預測。
戰事占卜：用刀劍預測。
婚嫁占卜：用葡萄酒預測。
內情占卜：藉助肚臍眼預測。

吉凶占卜：憑影子預測。
前景占卜：根據各種要素預測未來。
行蹤占卜：用野生動物預測。
禍福占卜：用灰燼預測。
就業占卜：根據切乾酪的方式預測。

二手人

新魯達廣播電台九月開始播出一部新的長篇小說，一部英國或美國的小說《二手人》。作者我已不記得了，他的姓氏發音跟別人的姓氏相仿。寫的是有關一個男人生活的故事，陰鬱、冗長而繁瑣的故事。這個男人有一種難以消除的心病，即總是感覺到自己是個派生的、非第一手的東西，整個就是某種已有的東西的摹製品。確實地說，是某種原創物、某種新東西的臨時湊合的代用品。例如，他認爲自己是從孤兒院領養的，就是說他有過生身父母，但不知是誰，也不知他們是怎樣的人。有人親生的兒子死了，就到孤兒院領養了他。因此他是代替某個人，也就是說，他本身並非人家正經八百的兒子，而是讓他成爲另一個死了的孩子的替身。前三段情節描述他的青年時代。他在這樣的一種信念中長大，即總是認爲自己是某種別的、更好的東西殘剩的糟粕。在第四段情節中他上了大學，並開始對柏拉圖㉗入迷。他完全理解那位哲學家在寫理念和理念的影子時的想法，認爲理念是獨立於個別事物和人類意識之外的實體。永遠不變的理念是個別事物的「範形」，個別事物是完善的理念的不完善的「影子」或摹本。存在著某種眞實的、唯一的、不可重複的、因其單一性而完美的東西。還有某些模糊得多的模仿的東西，如同每種摹本一樣，它是不連貫的、充滿了不完美的光的折射的東西，因此也是虛假的、與「範型」隔了八丈遠的東西。這一段有點枯燥乏味。家裡的收音機放在陽台上，因爲我在給門上油漆，工人們在屋頂上幹活，也在聽那些有關範型和摹本及其導致的絕望的故事。書中的主人翁愛上了哲學。他步柏拉圖的某個追隨者的研究的後塵，寫出了自己的碩士論文。我不記得那個追隨者姓什名誰，古希臘類似的姓氏多的是。最終發現，原來他的那篇論文竟然是一種無心的剽竊——他所寫的內容跟另一個人早前寫過的東西基本上一樣。在接下來的幾段情節中，他娶了一個離婚的女人——他是她的第二任丈夫。他的妻子從未停止過愛那位前夫。書中出現了這樣的場面——我是在閣樓打掃時聽到的——男主角在她的房子（因爲房子是她的）的盥洗室的小櫥內發現了那個人的盥洗用品，擺放得就像博物館的陳列品。最終他開始用那個人的牙刷刷牙，噴灑那個人的刮臉水，穿上那個人的長睡衣，而他的妻子又力勸他以與那個人相同的方式跟她做愛。這一切立

㉗柏拉圖（Platon, BC427–BC347）：古希臘客觀唯心主義哲學家，蘇格拉底的學生，亞里斯多德的老師。

刻使我想起了波蘭斯基的《房客》，甚至不是想起電影本身，只是想起了我第一次看這部電影時如何記住了房客。從牆上的洞裡扒出的一顆牙齒——意味著一種徵兆：他想幹什麼。然後是這位房客多次嘗試自殺、跳窗，又費力地爬上樓去。沒有結果的死亡沒完沒了。再往後，在這本書中說明了主人翁原本是個繼父，第二任父親。他不能有自己原汁原味的孩子，影子人是不能繁衍後代的。他這樣想。他在某家出版社當編輯，修改別人的書。他想望要寫出自己的書，但他總是在別人的那些書中找到自己的思想。那些書已經寫出來了，他想做的事已被別人做過了。在電話簿中幾十個不同的人擁有同樣的姓氏，多半是由於這個原因，警察常常找他的麻煩，只因他的姓名跟某個婚姻騙子的姓名一模一樣，這就使他得不到安寧。除此之外，他跟某個不太受歡迎的政治家長得很相像，所有的人都把他跟那個人搞混。他的照片曾被貼在中學布告欄上，事後又被取了下來，由於弄錯，又用另一個人的照片代替了他。

由於要去瓦烏布日赫運木板，我漏聽了最後兩段的情節。不知這個二手人的故事如何結束。但可以肯定，他最終必定會死去，像每個人一樣。也許會弄錯了屍體，用另一個人的姓名埋葬了他。也許會在下葬時旁邊也在舉行另一個比他更重要的人物的葬禮，銅管樂隊的音樂掩蓋了給他用錄音帶播放的神父例行公事倒背如流的講話。

白色

他們乘一輛白色小汽車來了。R走到他們跟前，幫他們把手提包從行李箱拉了出來。他們在汽車旁邊站了片刻——R總是讚嘆客人的小汽車，詢問車的出廠年份和燒多少油。兩條母狗圍繞他們快活地跳舞，而後楊卡下車，她像往常一樣舒舒服服地坐在司機的位子上。

他們的小汽車是白色的，全白的。我走到台階上，向他們招手。她眼望著腳下陡峭的小路朝著我的方向走來。小汽車的白色成了她苗條身材的烘托。她從白色的螢幕裡浮現出來，宛如電影裡走出來的形象，並一步步消失在觀眾席的幽暗之中。我就是那觀眾。

我望著她並露出滿臉笑容，我意識到所有的白色都是違反自然的。大自然中沒有白色。甚至雪也不是白的，是灰色的，是閃著金光的黃色的，也可能是藍色的，像天空，或者是黑色的，像石墨。因此白色的台布和被單會造反，因此它們會一個勁地變黃，彷彿想使自己擺脫這種不真實的化裝。通常的洗衣粉對此毫無辦法，如同人類的許多發明一樣，它們只是反射光線加倍製造錯覺。

七月的滿月

瑪爾塔看到我們把椅子搬到陽台上，一張接一張排成兩三排。我們端著裝滿玻璃杯或酒杯的托盤從門裡擠過去，瓷杯裡晃動的小茶匙發出清脆的響聲，挪動的凳子擦著陽台的地面也沙沙地響。我們中有些人已經就座，正用一種低沉、單調的音調在悄聲交談，那聲音就跟充斥著劇院觀眾席的聲音一個樣。談的是什麼，啥也聽不清。只能勉強聽得見其中的隻言片語。人們自以爲在發表見解，卻像撒下的蒲公英籽那樣擾動著空氣。隨後我們從瑟瑟作響的小包裡抽出白色的香菸。

有人越過另一些人的頭頂遞給其中的某個人一隻有耳的小杯或一隻碟子，有人回到門廊拿毛衣。R拿來兩瓶葡萄酒，放在花園裡的小桌子上。他脖子上掛著一個雙筒望遠鏡。一個婦女靠在木欄杆上，檢查照相機的焦距。一個蓄落腮鬍子的年輕人在看手錶，突然所有的人也都開始查看時間。門廊裡的電燈驀地熄滅了，房子像往常一樣一片漆黑。只有星星點點的香菸紅色火光有如顯出老態的螢火蟲那樣忽上忽下地移動，在黑暗中劃出人們的手漫遊到嘴巴的線路。

瑪爾塔扣上了毛衣的鈕釦，因為一陣陣寒冷的氣浪已從森林的方向襲來。夜已深沉，萬籟俱寂，蟋蟀尚未出現。

此時瑪爾塔突然聽見陽台上出現的一陣哄然。我們發出狂喜的嘆息，一個女人的聲音叫嚷道：

「有了！」

瑪爾塔調過頭來，看到的景象跟我們看到的一樣——地平線上方一條稀薄但很強烈的血紅色光帶，就在兩棵雲杉的正中央。照相機喀嚓一聲按動了快門，雙筒望遠鏡碰著襯衫的塑膠鈕釦發出輕微的聲響。紅色的光帶開始增長，變成了一個圓屋頂——地平線上迅速長出一個其大無比、光華燦爛的大蘑菇。它在人們的眼前不斷長大，變成了半圓，然後就已看得非常清楚：從世界的邊緣升起一輪明月。兩棵雲杉將它像嬰兒一樣捧在中間。照相機有分寸地一次又一次發出喀嚓的聲音，直到最後月亮把自己從地裡解脫出來，彈出了地平線的黑線，搖搖晃晃，冉冉升上高空。那時它很大，很大。

我們中有人開始一本正經地鼓掌，其他人的手也紛紛加入鼓掌的行列。月亮一旦離開兩棵雲杉之間的安全空間，它的顏色便逐漸發生變化——起先是黃色，然後是白色，再後略呈綠色。它高懸於樹梢之上，此時已能清晰地看到它顏面的線條。

但瑪爾塔看到的是陽台上的人。那裡觥籌交錯，推杯換盞，香檳酒開瓶時砰的一聲把她嚇了一陣哆嗦。過了片刻人們開始交談，起先是悄聲說話，後來聲音越來越高，直到一切都恢復了常態。

聽

由於家裡來了許多人，睡覺的地方不夠用，於是我就睡到果園裡那張紅色的鐵床上，往日我有時白天就坐在它上面讀書。我在鐵床上鋪了乾淨的白被褥。夜裡看上去它成了閃閃發光的灰色。

我從外面看到這幢房子：亮光從盥洗室的窗口傾瀉出來，向池塘投射一道長長的明亮的光束。後來抽水機轟隆隆地開動了，一分鐘後它靜了下來，房子變得漆黑並從我的眼中消失。現在天空看起來似乎變得亮些。

夜並非像人們所說的那樣是黑暗的。夜本身具有較爲柔和的光亮，這光亮從天空向山脈和谷地流散。土地也發光，它放射出一種涼絲絲而略帶灰色的微弱的磷光，如同赤裸的骨頭和粉塵腐屑發出的光。白天看不見這種微光，在明亮的月光輝耀的夜晚，在燈火輝煌的城市和農村也都看不見這種微光。只有在眞正的黑暗中大地之光才成爲可見的。

除此之外還有星星和月亮。因此夜是明亮的。

我仔細觀察從床上看到的每一片空間，每一棵樹木，每一叢青草，地平線上的每一個彎曲處。所有的一切彷彿都薄薄蓋上了一層灰，撒上了一層粉。夜晚的光抹去了物體鋒利的稜角，使對立物彼此變得很相近。兩者之間的界線也變得模糊起來了。多種物品看起來似乎只是某一種物品的多次性重複。這些彼此相同的圖像必定會在某種程度上禁錮了我的視力，催我昏昏人睡。我醒來後，從夢中掙脫出來的眼睛看到的只是一片黑暗——月亮已經下去了。但是我的聽覺卻被喚醒了，完全控制了我的身體，現在是聽覺拉著我跟它走。它沿著房屋的牆壁匍匐前進，諦聽著。漸漸從表面上的寂靜中隱隱約約傳來睡在房子裡的人們的呼吸聲，起先是輕微的摩擦聲、沙沙聲在我的耳中喧鬧，直到我覺得自己整個人都成了聽覺器官，卻被自己聽到的聲音裝滿了，成了一只肉碗，一只喝乾了的玻璃酒杯，成了給擠壓到耳壁上的溼潤、絲綢般柔和的耳咽管。我開始平生第一次什麼事都不幹，只是自始至終地聽。在房屋的四堵牆內熟睡的人們的呼吸成了一片嗡然的噪音、呼哨聲，這聲音落到人的身體上，讓那些死了似的殭屍般的結構有了生氣；他們的眼瞼不安地吧嗒著，他們的心脈怦怦地跳著，發出比空氣沉重的響聲。隨著睡夢的節奏，床鋪均勻地嘎吱嘎吱響。後來我聽見房屋牆壁裡的老鼠大都會好不熱鬧，牠們在那些窄小的十字路口、在那些親切相會的地方、在那些裝滿食物的貯藏室發出的喧鬧聲。我甚至聽見小蠹蟲啃噬松木桌腳的聲音，聽見廚房裡的電冰箱震耳欲聾地開始夜間的製冷運行，接著我又聽見飛蛾在寒冷的夜空逗樂，從廚房水管滴落下來的水滴滴滴答答的單調伴音終於將所有這一切聲調全攪亂了，弄成了一團。耳朵被震得發聾的我，翻身仰面躺著，眼望著天空。天空應該像往常一樣靜悄悄，但並非如此。我聽見掉落的流星的嘶嘶聲和令人血管裡血液凝結的彗星的呼嘯。

誰寫出了聖女傳，他是從哪兒知道這一切的

某個年輕的天主教神學院學生從帕斯哈利斯手裡拿走了所有的文件，吩咐他傍晚再來。他再來時，那人又一聲不吭就把他引到了一個房間，要他待在那裡等候神父會議的決定。這個房間昏暗、潮溼，從它的窗口他能看到一條河，以及沿河岸邊的一些貧寒、低矮的小房舍。在某些方面這個房間使他想起了修道院的修室——一張狹窄的床，床對面一張桌子和一把椅子，而代替綿羊皮小毛毯的是拜墊。他立即跪到了拜墊上試圖作禱告，但庫梅爾尼斯不願來到拜墊跟前。帕斯哈利斯心裡想的與其說是聖女，不如說是家具光滑的裝飾細節，最後他試著跪到石頭地板上。可他仍然無法集中思想全神貫注地祈禱。窗外傳來河裡潺潺的流水聲、街道上的嘈雜聲、車輪轉動的轆轆聲和人的喊叫聲。格拉茲不是個對祈禱有幫助的地方。他多年來第一次沒作禱告就去睡覺了。

第二天依然是那個神學院學生前來通知他，說主教正在閱讀他的文件，因此他的謁見定在明天進行。過了一天，來人對他說的是同樣的一番話。又過了一天，仍舊如此。於是帕斯哈利斯就在主教的府邸住了下來，也就有時間參觀這座城市。

他見到龐大數量的人。他覺得簡直難以置信，這麼多人怎能生活在一個地方。使他感到驚愕的是，所有的人並非彼此都相識。他們在街上冷漠地擦肩而過，相互都不看一眼。他在這座奇怪的城市從清晨走到傍晚，直到他那雙木屐的皮帶磨傷了他腳上的皮膚。他在市場上見到許多做買賣的人，他們的售貨攤擺滿了各種貨物。簡直難以記住這些東西都有些什麼用途。他見到孩子們無人照料地在街上玩耍，見到被噪音和酷熱弄得精疲力竭的動物，見到教堂裡彩繪鮮明的塑像，這些塑像的樣子使人產生一種誤以爲是眞人的錯覺。

然而最令他心醉神迷的是婦女。這兒，在城市裡她們顯得更加亮麗、具體和眞實，伸手即可能觸摸到。他在教堂祈禱的時候，憑衣裙的窸窣和鞋後跟柔和的敲地聲，就能判別出她們在場。於是他便偷偷觀察她們服裝和每一個細節，暗中打量她們一縷縷頭髮和辮子的編織式樣、她們肩膀的線條、她們在胸前畫十字時手的流暢動作。沒有人看到的時候，他就自個兒重複這些動作，彷彿是在練習複雜的魔術符咒。

在沿河的一條街上他發現了一幢房子，房前經常站立著一些年輕的姑娘，她們身上的連襯裙經常撩到膝蓋以上。她們襯衫領口的束帶彷彿無意地鬆開了，裸露出瘦得皮包骨的胸口。帕斯哈利斯一天要從那裡走過好幾遍。其實他甚至並不知道這是怎麼一回事。

在他陷入沉思默想的時候，他的雙腳會自動地把他帶到那裡，帶進了河岸上那些潮溼、發臭的小弄堂，那些永遠浸透了水的溼漉漉的街區。姑娘們不斷輪換，並非總是相同的那些人，但最終他學會了辨認她們所有的人。她們也認出了他，像對待一個老相識那樣衝他微笑。有一天，就在他從她們身邊快步走過的時候，她們中的一個悄聲對他說：「來吧，小兄弟，我給你看點什麼你從來沒有見過的東西！」這句悄悄話對於他不啻是猛然一擊。帕斯哈利斯瞬間停止了呼吸，熱血湧上了他的面頰。但他甚至沒有停住腳步。在這同一天，他在貨攤上見到一些木製的小十字架，上面帶有庫梅爾尼斯的雕像。「這是個憂傷的聖女，」攤販說，「她是一切事變的守護神。」帕斯哈利斯用從女修道院院長那兒得到的錢給自己買了一個這樣的小十字架。

終於他被召喚去見主教。

「這一切都是很有教育意義和很振奮精神的。你把這位不平凡的女子的生活故事描繪得很優美，但是在她的文字中有許多東西令我們感到不安。」身著黑白雙色修士服的人這樣說。然後他將文件在自己面前鋪開，目光沿著那些文字凝視了良久。主教轉過身去，背衝著他們眼望著窗外。

「例如，這樣一些話意味著什麼呢？『我看到了這一點。這是無窮無盡的也是強大無比的，但並非到處都是一樣。有些地方離他近一點，有些地方離他遠一點。在郊區的地方，它就凍結了，凝固了，像鐵水一般。』」

「這是在講上帝。」帕斯哈利斯說，但主教沒有作出任何反應。著黑白雙色修士服的修士卻說：

「我明白，這可能是詩化的隱喻。但你得承認，小伙子，這樣的隱喻有點冒失。女修道院院長理應更加謹慎、更加敏銳，更有辨別力。這不是精心之作，我的兒子……再看這兒，『無論我做什麼，都是出於對你的愛，而在愛你的同時，我也必須愛自己，因為在我的心中，所有充滿生機的力量、所有愛的力量——都是你。』這聽起來幾乎是異端邪說……『無論我做什麼』……我簡直就像聽到了某個叛教者說的話。或者，請閣下聽聽……」

寫滿了帕斯哈利斯工整手稿的紙張飄落到地板上。

「『我知道，你就在我心中。我在自己心中看到你——你在我內心以一切我能信賴的形式向我顯現，你顯現為節律、漲落和盛衰。我屬於太陽和月亮，因為我屬於你；我屬於種植物世界，因為我屬於你。當月亮每個月將我體內的血液攪動一次，我知道，我是你的，知道是你邀我坐上你的餐桌，好讓我嘗嘗人生的味道。每到秋天我的身體就豐滿起來，重量增加，我變得像隻大雁，像頭狍子，牠們的身體對世界天性的了解比任何一個最聰明的人都多得多。你賦予了我以巨大的力量，讓我能熬過黑夜。』」

「太陽和月亮！」主教驀然重複了一遍，這是他此次接見時說過的唯一的一句話。

不知怎麼地，帕斯哈利斯理解爲一切都完了，都丟盡了，徹底無望了。於是他從衣袋裡掏出自己最後理由的憑據——木製的小十字架，上面是個有副基督面孔的女子半裸的身子。「這十字架到處都能買到。」他說，「爲了得到她的祝福，善男信女們到阿爾本多爾夫朝覲。」

他把小十字架放在寫滿文字的紙張上。主教和修士都俯身去看。

「這算個什麼乏味的古怪東西！」修士做了個鬼臉。「人們不知自己都在幹些什麼。」

他帶著明顯的厭惡情緒用兩根手指夾著小十字架交還給了帕斯哈利斯。

「我們賞識你在寫這個女子生平時付出的艱苦勞動。我們也衷心信賴阿涅拉嬤嬤，但是儘管有良好的意願，我們不理解這個故事對於善男信女們究竟有何意義。你也看到，我們生活在動亂的時代。人們喪失了對上帝的敬畏，他們以爲，他們自己能向上帝提出條件，把信仰拉進自己濁世的、人偶然發生的不幸之中。我無須對你一一列舉我們這個大地上眾多的各種叛教者。我們的任務是捍衛信仰的純潔性。我們有許多得到承認的女聖徒，她們堅守純正的信仰，爲此她們不惜自我犧牲，勇於殉難。聖．阿嘉塔拒絕了異教徒西西里島國王的求婚……被割掉了乳房。聖．卡捷琳娜．阿列克桑德拉受到五馬分屍和斬首的酷刑。或者，阿波洛尼婭，她在宗教迫害時期曾是信仰的支柱。有人把她綁在柱子上，一顆接著一顆拔掉了她所有的牙齒。又或者是聖．菲娜，她癱瘓了，卻自己強化自身的痛苦，睡在石頭床上，直到最後給大老鼠吃掉了……」

主教霍地抬起頭，朝修士投去責備的一瞥。沉寂籠罩了接見室。

「所有這些實例都是來自生活。」修士又開始說了起來，但聲音要輕得多。他開始小心地從桌子上收起文件。「誰捍衛信仰並且誠實地爲信仰殉難，他的痛苦就有意義，他所受的折磨雖說令人震撼和觸目驚心，卻包含在正當、健全、贏得廣泛贊同的範圍之內。可這裡都有某種不健康的東西，我想說的是，十字架上這個赤裸的身軀有一種褻瀆神聖的大不敬的東西。十字架使人想起救世主耶穌基督。而這裡是赤裸的乳房，我們天主的面孔安放在赤裸的乳房上方……你受到這幅模擬像的誘惑。阿涅拉嬤嬤也受到了哄騙……這件事得經過詳細研究，然後才能作出最後的決定。你的工作還沒有完結。」

修士把傳記和小十字架遞給了帕斯哈利斯。

帕斯哈利斯讓自己沉沒在城市裡，到傍晚時分他幾乎走遍了所有的街道。他的雙腳還一直期盼著去羅馬的旅行，而且已經準備上路了，因此他必須不停地走，走，讓腳習慣於長途跋涉。在返回女子修道院之前，這天夜晚他還能去主教的府邸，那裡會給他提供住宿和晚餐。但他不想去。

「臭大便！」他平生第一次對自己說這樣的話。就在這時，他發現自己來到了一條河濱的街道。從河上飄來陣陣寒氣和水的氣味。帕斯哈利斯站在一家小酒店前面，人們進進出出，關門開門，那時一陣陣憋悶、窒息、發酸的人體熱氣向他撲面而來。

有人觸了觸帕斯哈利斯的衣袖，他環顧四周，見到一個姑娘正站在自己身旁。她是那些姑娘中的一個，她們的紅嘴唇與紅臉頰，白天在灰色的石頭牆壁的襯托下顯得分外鮮豔。她望著他的眼睛，她的紅嘴唇逐漸抻開形成一絲笑意。她扯了扯自己的胸衣，轉瞬之間兩個潔白的乳房朝著帕斯哈利斯的臉膛躍將出來。它們給他的印象是完美的，是應該有的那種樣子。姑娘拽著他走進鄰近的一幢房子。他們經過一個發臭的、低矮的門廊，爬上幾級木頭階梯進入一個類似房間的地方，那地方很暗，但他感覺得出很小。

「你有錢嗎？」她問他，同時點燃了蠟燭。

他抖了抖繫在修士服下面的小錢袋，硬幣叮噹作響。屋子實在太小了，一張用乾草填充的床墊擱在牆腳的地板上。帕斯哈利斯將自己裝文件的褡褳放在門邊，而姑娘則躺到了床墊上，把裙子拉到了頦下。他站立在她的上方，凝視著她伸開的兩條穿著滿是破洞的長襪的腿，看到兩腿之間的一片黑乎乎的暗影，卻不知該怎麼辦。

「喂，小兄弟，你還等什麼？」姑娘笑著說。

「我想趴到你身上去。」他從緊縮的嗓子眼裡擠出這麼一句話。

「真沒見到過這等人！什麼叫你想趴到我身上！」姑娘叫嚷著，佯裝驚詫。

帕斯哈利斯跪了下來，輕柔地趴倒到她身上。他就這麼趴了片刻，連大氣都不敢喘一下。

「喏，接下來怎麼辦？」姑娘問。

他拿起她的雙手，將其朝兩邊分得很開。他的手指觸到她的手心——又硬，又粗糙。他的臉觸到她的頭髮，嗅到了一股煎過的肥肉氣味。姑娘一動不動地躺在他下邊，他感覺到了她均勻的呼吸。

「這裡也許不太暖和，不過你最好是把衣服脫掉。」她忽然說道，語氣平靜。

他考慮了一下，然後爬了起來，動手脫衣服。她迅速脫掉了連衫裙。現在他們相互接觸到赤裸的皮膚。他專心傾聽她的呼吸。他能感覺出她用粗硬的毛逗得他腹部的皮膚發癢。

「你這個人有點不太對勁。」她套著他的耳朵悄聲說，同時有節奏地顛動她的臀部。他沒有回應，一動不動。她抓住了他的手，輕柔地將其引到自己的兩腿之間。他摸索著通向她身體深部的洞，但一切都與他經常想像的情況大不相同。

「對了，就是這樣。」姑娘說。

突然他的指尖受到了驚嚇，他趕緊把手縮回，試著爬起來，但她用雙腳又把他鉤住，把他鉤向了自己。

「你是這麼美，你有一頭秀髮，像個女人！」

那時他伸手去拿她扔在一旁的連衫裙，站了起來。她驚詫地望著他怎樣一本正經地把連衫裙穿到自己身上。她跪了起來，幫他束緊緊身胸衣的束帶。

「長襪。」他說。

她從腳上脫下襪子，遞給了他。長襪勉強達到他的膝蓋。他閉上了眼睛，雙手撫摸自己的胸部和臀部。他的身體動了動，連衫裙也隨之飄動起來。

「你像先前一樣躺下，伸開兩手，那時我就睜開眼睛。」他說。

她按照他的吩咐做了。他站立在她的上方，久久地望著她，然後提起裙子的皺褶，跪倒在她兩腿之間。他慢慢傾身到了她的身上。毫無錯差地蠕動著，彷彿實習過幾百遍似的，然後就緩慢而有條不紊地將她釘到了地上。

夢

我收到了一封信。它跟所有其他信件一起躺在我的書桌上。那些信件是我們不在家的時候送來的，堆成了一堆，需要一封一封地閱讀，讀時興味索然，不可挽回地喪失了從信箱裡取出由個別的人寫的單封書信並帶著一種虔敬的心情聚精會神地閱讀起來的樂趣。那封信躺在許多選舉宣傳單及大超市和外語學校的廣告中間，跟它混在一起的還有：銀行結單、電話費帳單，用蓋章代替寄信人姓名的函件、官方傳票和帶有簡短的問候、提示、訊息、通知的明信片。那封信確切地說也不是書信，似乎書信這種郵件已在不知不覺之中滅絕了。它更像一份廣告，像一分糟糕的照相複製品，上面的字跡模糊而失真——這樣的東西甚至讓人不忍卒睹。它夾在某些黨派的傳單之間。說它不算是書信還有一個理由，因爲它本身又是信封，像通常許多正式函件一樣——將一張紙折成四折帶個貼邊，用漿糊黏上，寫上地址，貼上郵票。

它開頭幾個字是這樣寫的：「你醒醒吧！」接下來的內容我沒有看，或者我已忘記它接下來寫的是什麼。可能是：「你醒醒吧！波蘭已處在懸崖的邊緣。你就按照我們開列的名單投票吧！」或者是：「你醒醒吧，切莫錯過良機，凡消費超過三百茲羅提者，我們將贈送一套不同品種水仙花鱗基的禮品。」或者是：「你醒醒吧，要善於學習外語。我們的教學法能保證你只花三個禮拜的時間在睡眠中掌握一門語言。」我只記得，我用裁紙刀裁開了信封，像拆開所有的書信一樣。而現在每一把刀子都讓我聯想到那個「你醒醒吧」，恐怕今後也會永遠如此。或者可以說，一見到刀，就會想到用它來切開折疊的紙張的扁平軀體，給一隻紙的動物開膛破肚，爲的是從中取出充滿意圖和預告的內臟。

酸奶油拌令人發愁的牛肝菌

從瓦烏布日赫來了幾個熟人，我拿蘑菇招待他們。在最後一刻他們詢問這是什麼品種的蘑菇，我告訴他們蘑菇的名稱後——他們沒有吃。似乎吃或者不吃某種東西能在死亡面前挽救我們大家的生命。其實無論吃這種還是那種東西，無論做這件事還是那件事，無論這樣想還是那樣想，人都會死。死似乎是一種比生更自然的事。有這麼一種椿菇，在一些現代飲食手冊中被認爲是有毒之前，曾是一種美味可口的蘑菇。多少代人都吃過它，因爲它到處都能生長。在我孩提時期，人們將它採下來盛在專門的籃筐裡，然後煮很長的時間，再把水倒掉。現在卻有人說，椿菇是在緩慢殺人，說它侵害人的腎臟，說它積聚在內臟的某個地方，損害人體器官。因此在吃椿菇的時候，人是同時處於既可活也可死的同一瞬間。按百分比計算，在某種程度上是可能活著的，在某種程度上又是可能死去的。很難說何時會由前者轉化爲後者。不知何故人們會如此重視這樣一個短促的時間。

用葡萄酒和酸奶油烹調令人發愁的牛肝菌的方法：

一公斤左右令人發愁的牛肝菌

四匙量的奶油

四分之一玻璃杯的乾白葡萄酒（最好是貼有向日葵標籤的那種捷克乾白葡萄酒）

一撮胡椒粉和一撮很辣的辣椒粉

食鹽

一玻璃杯酸奶油

半玻璃杯攪過的塔特拉山民的羊奶乾酪

蘑菇用奶油煎炒五分鐘。倒進葡萄酒再燜三分鐘。然後加胡椒粉、辣椒粉和食鹽，澆上酸奶油，撒上乾酪，攪拌均勻。放在烤麵包片上或是跟馬鈴薯一起端上桌。

熱浪

在炎熱的天氣裡瑪爾塔整個中午頂著太陽坐在房子前面，從自己的小長凳上觀察我們的房子。她身上總是穿著那同一件舊毛衣，毛衣覆蓋下的皮膚肯定會熱得大汗淋漓。

在隘口，邊防軍的摩托車躺在接骨木叢下。車旁站著邊防軍，他正舉著雙筒望遠鏡代替眼睛望著瑪爾塔，也望著我們。在寧靜的高處，在晴朗無雲的靜止的天空盤旋著一隻雄鷹，我們把牠稱爲「聖靈」，因爲牠以聖靈應有的活動方式活動，毫不費勁、無所不知地自由翱翔。牠望著邊防軍，邊防軍望著瑪爾塔，瑪爾塔望著我們。在整整一個烈日炎炎、熱浪滾滾的月份中，瑪爾塔看到的也是同樣的事物。

我們整天坐在木頭陽台上。太陽剛從蘋果林後面冒出來，我們就把衣服脫得幾乎赤身裸體，向天空展示白色的身軀。我們給皮膚塗上防晒霜，伸著兩條腿塔在特地搬來的小椅子上，臉朝太陽。靠近中午的時候，我們躲進門廊待上片刻。喝咖啡，然後又重新躺到斑駁的陽光裡。

感謝上帝，天空出現了雲彩，能給他們的皮膚哪怕是短暫的喘息機會。瑪爾塔多半會這樣想。

下午我們的皮膚已經發紅，因此像往常一樣去新魯達經過這裡的如此這般不知已是第幾次向我們建議用酸牛奶擦皮膚。

瑪爾塔見到我們的嘴巴在動，因爲我們雖然躺著卻一直說個不停。甚至彼此都不看一眼。太陽把我們晒得懶洋洋，使我們說出的話都走了調。既然在你的眼皮底下形成一個火球，你又能說些什麼呢？我們的嘴巴在動，有時風把我們的隻言片語送到了瑪爾塔的耳中。她知道我們在忍受折磨。她看到我們之中時不時有人站了起來，穿過門廊涼快一點的地方走到房子的另一邊，那裡還有一條帶狀的陰涼去處。我們孤零零地單獨站在那裡，而我們不習慣於沉默的嘴巴卻無所事事地張著；我們空閒下來的顎骨晃蕩著，有如棄置的鞦韆。我們後面的陽台是個候客室，是休息的地方，在那兒可以不用思考也可以不用說話。我們晒熱的皮膚冷卻下來之後，我們昏花的視力得以復原，時間也重新變得有節奏。就這樣逗留了片刻，我們又重新回到了陽光照到的地方。

詞語

整個傍晚我們一邊喝著帶有向日葵標籤的捷克葡萄酒，一邊討論有關名稱的問題。那個耗費了許多個夜晚把德國地名變成了波蘭地名的傢伙究竟是誰？有時他顯示出一種詩歌天賦的閃光，有時卻又顯示出可怕的構詞上的迷亂乏味。他從頭開始命名，創造了這個崎嶇不平的多山的世界。他將福格爾斯貝格變成了個什麼涅羅達，用愛國含意的名字波蘭山為哥德斯琴貝格重新命名，把含意憂鬱的弗盧希特變成了平庸的任齊納，又把馬格達爾—費爾森變成了意為上帝恩賜的布格達烏。至於為什麼把基爾希貝格變成了策雷克維查，埃克斯多夫變成了博日庫夫，這一點我們卻永遠也猜不透。

但畢竟是詞語和事物構成共生關係，這就像蘑菇和白樺樹。詞語一旦和事物共生在一起才具有成熟的意義，準備好隨時給說出來。詞語一旦在景物中生長，那時才可以拿它們耍弄，像玩弄一顆成熟的蘋果，聞它們，嘗它們的味道，舔它們的表皮，然後喀嚓一聲將其掰成兩半，細看它們羞怯、多汁的果肉。這樣的詞語永遠不會死，因為它生長在世界的一邊，善於啓動自身更多的含意，除非整個語言都死亡了。

在這一點上人也像詞語一樣。人離開一定的位置就不能生存。因此人就是詞語，只有在那時人才能成爲現實的人。

也許這正是瑪爾塔所想的，她曾講過一句令我震撼的話：「如果你找到自己的位置——你將永生。」

埃戈·蘇姆

埃戈·蘇姆吃過人肉。這件事發生在一九四三年早春時節，在沃爾庫塔和小火車站克拉斯諾耶之間的某個地方。他們五個人被留在鐵路道軌旁邊的一間簡陋的小木屋裡，因爲他們要給接下來的幾列火車卸貨，但是火車還沒有來。夜裡下了一整夜的雪，比現已積在那裡的雪更大，也更白。他們從雪下挖出嫩枝、殘剩的青草，他們就吃這種東西。他們從棚屋的木板上刮下老苔蘚，也吃掉了。幸好周圍是森林，他們有木柴可燒火烤熱他們的身體，因爲已經沒有任何東西可以從體內給他們些許溫暖了。

埃戈不記得伙伴們的名字，他得以忘記他們的姓名，但他沒法忘記那個凍死了的人的面孔，他吃了那個人的屍體。那個人很可能是夜裡凍死的，因爲早上他蜷縮著躺在火堆旁邊，一只長統皮靴有點燒焦，似乎是他在將死的時候把一隻腳伸進了火裡，想以此提醒自己「還活著」。但也可能是他死後那隻腳才落進火堆的。他已開始謝頂，蓄了一臉紅褐色的落腮鬍。埃戈記得，他蒼白的雙唇露出因患壞血病而糜爛的牙齦。

埃戈·蘇姆的父親是個鄉村教師，住在博雷斯瓦夫附近。他的姓名非常普通，叫文岑蒂・蘇姆，但在他情緒好的時候，突然心血來潮給兒子起了個埃戈的名字。他覺得，似乎埃戈・蘇姆這個名叫聽起來很值得自豪。不久他又後悔沒有給兒子起兩個名字，要是給兒子起雙名也許就會顯得更爲高貴和文明，也許就會成爲一種標記，說明他的家族，而跟他的家族一起的文岑蒂・蘇姆和他的孩子們，全都是屬於西方的。

埃戈・蘇姆在利沃夫上大學，攻讀歷史和古典文學。他被流放西伯利亞時年二十四歲。

那個凍死的人蜷縮成一團躺在地上，蓋著破舊的粗毛氈，從毛氈下邊伸出一隻烤焦的皮靴。他那帶帽耳的帽子從他頭上滑落，露出了他的禿頂。他的臉具有人的線條，但已不是人的面孔。伙伴們無言地將他抬到了小木屋外邊，放到了雪堆上。雪花像沙子從天空撒落下來——細小、鋒利、富有攻擊性。幾個鐘頭之後就覆蓋了所有的痕跡。但埃戈・蘇姆卻一直想著這個凍死了的人，眼前總是看到那隻略微烤焦了的皮靴。他試著回憶那人說過些什麼，做過些什麼，有過怎樣的嗓門，但他什麼都不記得了。他忘記了一切，徹底忘到了九霄雲外，彷彿那個穿著一隻略微烤焦的皮靴的人從來不曾在這裡跟他一起待過。他們喝著燒熱了的融化的雪水，彼此不說一句話。暴風雪肆虐，周圍一切都在怒吼，呼嘯，發出劈劈啪啪的響聲。雪從牆上的裂縫灌進了小屋，堆成了一個個規則的圓錐體，彷彿是一個個活人前來拜訪作客，彷彿是星際空間的居民選中到地球來度過這一夜。早晨所有的人都還活著，他們有個人走到屋外，但立刻又返回來。「已經把他蓋住了，什麼也看不見，現在我們再也找不到他了。」他絕望地說。

他們都從座位上跳將起來，出門走進雪中，去尋找那具屍體。那具屍體突然變得極其珍貴，變成個那樣受歡迎的值得弄到手的東西。埃戈就是這樣想的——他需要他，渴望他，並不介意對方頭腦裡在想些什麼，因爲死者在那裡也在想些什麼，比方說，在他的頭腦裡迴蕩著從維吉爾或塔西托那裡援引來的某些拉丁文句子，他無法確定究竟是從誰那裡援引來的拉丁文詩句：Cum ergo videas habere te omnia quamundus habet, dubitarenon debes quod etiam animalia, quae offeruntur in hostiis, habeas intra te.㉘他們用棍棒在巨大的白色雪堆上到處戳，什麼也沒有找到，於是又開始用手把雪扒開，在雪堆上挖出了幾個洞，直到最後埃戈見到了一隻略微烤焦了的皮靴，他歡喜若狂地大嚷大叫說：

「我找到了他！我找到他了！」

㉘拉丁語，意爲：一旦你看到你擁有世界所有的一切，你就不應懷疑你同時也擁有作爲額外祭品而奉獻給祭壇的生靈。

他們把屍體拖到了牆邊，用幾塊木板和樹枝把它蓋得嚴嚴實實。然後他們回到屋內，重新喝起了溫熱的雪水，因爲他們也凍得半死。再晚一點他們中有個人走了出去，拿來一些小塊凍肉，扔進了水中。此人不是埃戈・蘇姆，不是。這一點他確確實實記得很清楚。第一次幹這件事的是另一個人。那些肉塊在水裡解凍，又在沸水中煮了一段不長的時間。或者更確切地說，是在水鍋裡慢悠悠地漂浮過一陣子。那是些蒼白的薄薄的小塊兒，聞不出任何氣味，只有水蒸氣升騰在鍋的上方。他們中有一個人拒絕吃，但此人也不是埃戈。埃戈把肉含在嘴裡，硬邦邦的，半生半熟，他無法吞咽下去。他必須藉助意志力去吞咽這些硬塊。他暗自想：「你就把它想像成普通的肉，煲湯的肉。」直到這時他才狠一狠心將其吞了下去，卻又坐著發呆，一動不動，彷彿吞下了一枚定時炸彈。傍晚，那個沒有吃的人對他們說，他們可能會得過敏症，因爲他們的免疫系統不適應消化這種蛋白質。此人從前是一個生物學家或與之相類似的什麼人。

「閉嘴！」他們對他說。

火車仍舊沒有來。其實指望能有火車來本身就是一件荒唐可笑的事。鐵軌早已消失在雪下。同樣，小灌木叢和棚屋也正緩慢地消失。他們每天都必須遠征稀疏的白樺林弄一些木柴。他們用手掰斷白樺樹枝，拖到棚屋旁邊。夜裡他們常常聽見狼嚎，聲音悠遠而恐怖。埃戈・蘇姆的頭腦裡出現了一個想法，像火山樣溫暖著他：「這沒什麼了不起，用不著發愁。」這想法有如一堵堅實的牆，不斷擴大，增長，它驅趕別的想法，一再反覆較量，重複上千次，直到它完全占滿整個意識。「一切正常，一切都好。」當輪到他出去拿肉的時候他也是這樣想。他走到小木屋前，暗自重複這些話，一遍又一遍，抑揚頓挫地重複著，像念經似的。這些話把他的思想梳理成筆直的、與任何事物都不相連的一縷思緒。因此他再也看不到人，他看到的是一個扭曲的外形，有稜有角，撒上了一層雪。他用刀割下一塊塊的肉，一直割到骨頭。這是個艱難的工作，因爲他只有一把鈍刀，而肉卻是冰凍的，硬得像石頭。後來，他腦子裡閃過一個念頭，想到自己割的是大腿。想到他們已割完一條腿上的肉。生物學家是如此虛弱，當別人給他一點熱湯和幾塊肉的時候他已不再拒絕，雖說他們根本就不在乎他是否能活下去。現在他跟他們完全一樣了。

這樣持續了一個禮拜，或許是兩個禮拜。埃戈還在不停地拿肉，現在用刀已從骨頭上刮不出多少肉了，還得砍下一些小骨頭，用爲到後來骨頭也得充分利用。多虧雪和其他的一切，不久便難以辨認他們儲備的物資的來源是什麼。與其說是別的什麼，不如說是一堆骨頭，一種不規則的結了冰的形體。生物學家也只嘔吐過一次，那是在他們吃內臟的時候。

定是有個什麼神靈在保佑他們，埃戈·蘇姆這樣想，因爲就在狼群向他們進攻的那一天，他們在白樺林發現了人的蹤跡。他們跟蹤走了一段路，可以看出那個人就用雪橇拉木頭，而雪橇是用一匹馬牽引的。他們返回木屋時興奮不已。他們祈求上蒼不要下雪，不要掩蓋這些來自外部世界的蹤跡。這天夜裡，起先他們聽見遠處什麼地方有狼嚎聲，後來這聲音越來越近，最終聽見在棚屋的外面就有一種喧叫聲和相互扭打、混戰的聲音。狼群先是嗥叫著撕裂、吃掉了他們剩下的儲備物資，爲爭奪一點少得可憐的食物而相互搏鬥，而後又因搏鬥而激起狂暴的野性，牠們開始拚命擠壓小屋的門，啃嚙小屋的牆。屋內，他們盡量把火堆燒到最大程度，以致烤焦了頂棚。假若黑夜再持續一個鐘頭，小木屋就會保不住，他們就會成爲狼群嘴裡的食物。

太陽剛剛升起，狼群就已經離去，他們就朝白樺林的方向走，去尋找人、雪橇和馬匹的蹤跡。他們三個人走在一起，因爲一早就發現生物學家已經死了。埃戈·蘇姆心想，發生這樣的事倒也不錯，又是有什麼神靈在保佑他們，因爲他們實在沒有辦法把奄奄一息的生物學家帶走。而他們前面的路又很長，很遙遠，甚至不知有多麼遙遠，不知前方壓根有沒有目標。

他們走了一整天，穿過森林，然後沿著森林的邊緣走。到了傍晚（其實天在幾個鐘頭之前就已經黑了），他們看到遠方有燈光。在這兒還能聽見他們身後某處有狼群在嗥叫。

埃戈·蘇姆就這樣得救了，還有他的兩個伙伴也得救了——他們的姓名他甚至都沒有記住。他們走到一個勉強算得上是一個居留點的小村莊，那兒總共只有五棟房屋。那裡有人讓他們取暖，有人給他們食物，有人治好了他們凍傷的腳、手掌和手。埃戈在那兒加入了波蘭軍隊，走過從列寧諾到柏林的整個路程，最後又來到新魯達落腳，在一所老中學當了一名歷史教師。在那所中學的大廳裡，立著歌德的大理石半身雕塑像。

悲傷和比悲傷更糟的感覺

這類感覺總是在聖誕節過後就立刻出現，而且逐漸強化，到了二月份更進入了絕望狀態。每年埃戈．蘇姆休完假回到學校就像換了個人。他變得睡眼惺忪，精疲力竭，眼睛和腦袋都痛。骯髒的雪景令他如此厭惡，直至痛心疾首。埃戈瞇縫著眼睛，感覺到自己彷彿是被禁錮在一個無能、僵硬、笨拙的軀體之內，而這個軀體又被封閉在一個無能、僵硬、笨拙的世界上。孩子們上學讀書在他看來同樣沒有意義——他不遺餘力教導他們，跟他們天生的輕浮、無聊舉動作無謂的較量，因修改他們的課堂作業而視力減退，因他們尖聲喊叫而耳朵發聾，因無所不在的粉筆灰而頭髮變白，待他們日後長大成人，他們又投入下一場戰爭，再次互相屠殺，或者在和平時期酗酒成癖，繁殖一些跟他們一樣的後代。可他卻教他們維吉爾㉙，明知他們對學過的內容一竅不通。他往他們的腦子裡強

㉙維吉爾（Publius Vergilius Maro，前70－前19）：古羅馬詩人。

塞硬灌簡單的拉丁語詞句，可到了他們嘴裡就成了莫名其妙的外國語單詞。含意從那些詞句中撒落了，恍如從破袋子裡撒落的罌粟籽一樣，掉進了執拗地流經城市的臭氣熏天、五顏六色的河水中。在方圓一百公里的範圍內沒有人懂得維吉爾，沒有人思念他。他成了一個百無一用的人。周圍生活著與書本無緣的人們，他們經常面對成堆的書籍，其中包括柏拉圖、埃斯庫羅斯㉚和康德㉛的著作，而他們卻能奇蹟般地找到《採蘑菇者指南》或《馬鈴薯料理的百種作法》。

在這座喪失了智慧的城市街道上，能聽到的唯一有節奏的聲音是孩子們在他住宅的窗外咿咿呀呀地唱著的一支悅耳的小調：「前輩維吉爾教自己的孩子們讀書，他的孩子總共一百四十三，有男也有女。」

此後他很快就覺得拉丁語過於深沉莊重，缺乏奔放的想像力，還攙雜了許多宗教的聯想。除此之外它也完全不適合這個他感到陌生的小城市。跟拉丁語相宜的恐怕只有廣場上的市政廳和某些以裝飾性的尖頂冒充哥德式建築的高大樓房、那些彩色玻璃拼成的

㉚埃斯庫羅斯（Aischulos，約前 525-前 456）古希臘三大悲劇作家之一。被稱爲「悲劇之父」。

㉛康德（Immanuel Kant，1724-1804）德國哲學家，德國古典唯心主義哲學家的創始人。

圖案已被砸得七零八落的窗戶。與之相宜的還有街上那些具有野蠻人面孔的行人。這是個第四生態紀的世界，一個等候著恢復黃金時代的男孩誕生的世界。

因此他更喜歡希臘語。他懷念希臘語，因爲在中學裡他只能教拉丁語。

每當他修改課堂作業不順手的時候，每當他陷入絕望之時，他便拿起了柏拉圖，他總是希望將其翻譯得比維德維茨基的譯本更好一些。他甚至覺得那是他眞正的語言——那些美麗的、發音響亮的希臘詞語，使他想起和諧的幾何圖形。他將它們轉換成波蘭文，就不是那樣勻稱、美觀，由於一詞多義，由於詞形充滿了前綴，可能會出乎意料地改變整個意思。上帝如果存在的話，必定也說希臘語。

他喜歡想像柏拉圖那樣的生活。他看到他們四、五個男人斜靠在石頭床上怎樣進行對話。裸露的肩膀，皮膚——雖說可能已不年輕，但仍舊光滑、健康、黃金般耀眼，陽光在扣緊釦子的束腰外衣上反射出來，一隻握住酒杯的手輕微地向上舉著，斑白的頭髮短短地剪齊鬢角。這是他所想像的那位年紀較長的男人。兩個比較年輕的可能是黑頭髮、黑眼睛、豐滿的嘴唇。埃戈·蘇姆心想，他們中的一個當是法厄德魯斯。第四個男人抬起了身子，坐著說話，還用手在空中爲他的陳述敲出某種節奏。一個年輕小伙子在斟葡萄酒，幾個大盤子盛滿葡萄和橄欖，雖然埃戈·蘇姆並不十分有把握橄欖是什麼模樣。但根據字面判斷，它們應是光滑、有彈性的，而一旦牙齒咬破了它們的表皮，它們豐沛的果汁就會流到嘴角唇邊。太陽晒熱了石砌的小路，蒸發了每一滴偶然掉在上面的水珠。那兒不存在形容霧的詞，雪是潛藏在有關夜晚的神話故事中，但誰也不相信它。水只是作爲俄刻阿諾斯㉜或葡萄酒出現。天空是眾神的一條大彩虹。

埃戈・蘇姆窗外有個陰暗的院子，它三個方向都有房屋擋住光線，而第四個方向則被長滿了樹木的山坡遮擋。爲了見到天空，必須走到窗前，把臉貼到窗玻璃上，還要垂直往上看。天空經常是珍珠般的灰色。

他住在河濱的一棟低矮的舊公寓樓裡。他的住所有個廚房，有個貼了瓷磚的盥洗室、兩個房間和一個玻璃陽台。他不知這個陽台有何用處。冬天他便封死了陽台，還用破布塞住了門縫。夏天早上，在到學校上課之前，他在那裡做早操，同時聽廣播電台的清晨前目。陽台上放著一塊燙衣板，他的女管家用它來燙平他潔白的襯衫。那裡還有一架舊的德國縫紉機。他曾想在陽台上養點盆花，就像他在別人的陽台上看到的那樣。但他不知該養什麼花，怎樣養。一個老光棍和鮮花！埃戈・蘇姆希望總有一天他會結婚，那時這個住所將會正合適，眼下有點嫌大。埃烏吉尼婭太太每個禮拜來打掃一次。她給棕色

㉜俄刻阿諾斯是希臘神話中的大洋神。按照荷馬時代的觀念，是萬神的始祖。

的地板打蠟，擦得閃閃發光，末了還給教授先生烤一張餡餅——總是同樣大小的餅，變換的只是做餡的水果。冬天和秋天用的是蘋果，夏天用的是漿果或覆盆子，春天，五月份必須是從商場買來的一束大黃。埃戈·蘇姆總是把地板蠟的氣味跟新烤出來的點心的氣味聯繫在一起。他給自己沏上一杯茶，然後隨便把手往柏拉圖書架一伸，這個書架是他家裡最重要的東西，他從書架上拿起柏拉圖集子中的一本，讀了起來。

這是多麼奢侈的享受，這是何等愜意的生活——坐在陰涼的房子裡，喝著茶，嚼著點心，讀著書。他盡情享受閱讀的樂趣，反覆咀嚼書中的那些長句子，品嚐它們的含意。在不經意間突然發現它們更深一層的寓意，就爲之驚愕不已，就一時給僵住了，凝視著長方形的窗玻璃發呆。細瓷茶杯裡的茶水逐漸變涼了，茶面上升起一縷花邊狀的飄渺輕煙也消失在空氣裡，留下勉強能捕捉到的香味。白色書頁上的一串串黑色的字母給他的眼睛、他的思維、他整個的人提供了棲息之所，使世界變得開闊和安全。果子餡餅的碎屑撒落在台布上，牙齒碰著瓷器發出輕微的玎玲聲。他嘴裡分泌出大量的唾液，因爲智慧像發酵的點心一樣誘人，一樣開胃，像茶一樣提神。

他床邊放著第歐根尼·拉爾修㉝的《名哲言行錄》，他一向把它作爲夜間入睡前的讀物，有時就隨便將其拿在手中。當那些課堂作業或者廣播中單調的嘮叨使他感到厭倦疲憊的時候，他就胡亂將其翻開，讀著那些有關英雄、偉人、不凡的先哲們的故事。在這些人中有塔勒㉞——他是頭一個有膽量說出靈魂不死的人，費雪基德斯，畢達哥拉斯㉟的老師，蘇格拉底㊱和他那預言他的光榮死亡的精靈，伊比鳩魯㊲（「人如果不是理智的活著，就不能有愉快的生活」），恩培多克勒㊳（「使四種元素結合的東西是愛」），還有不同凡響的梅塔蓬頓人阿喀馬內斯——《事物的兩重性》的作者（「每種事物都有自己的兩重性」）等，但首先還是柏拉圖。

㉝第歐根尼・拉爾修（Diogenes Laertius，約 200–約 250）古希臘哲學學史料《名哲言行錄》的編纂者。

㉞塔勒（Tales z Miletu，約前 640–約前 546）古希臘哲學家、數學家和天文學家。

㉟畢達哥拉斯（Pithagorous，約前 580–約前 500）古希臘數學家，唯心主義哲學家。在西方第一次提出勾股定理。

㊱蘇格拉底（Sokrates，前 469–前 399）古希臘哲學家。他相信他一生爲某種精靈所護持和支配。

㊲伊比鳩魯（Epikouros，前 341–前 270）古希臘哲學家。在倫理觀上主張人生的目的在於避免痛苦，使心身安寧，怡然自得。

㊳恩培多克勒（Empedokles，前 490–約前 430）古希臘哲學家。認爲萬物皆由「四根」即四種元素（火、水、土、氣）所形成；所謂生滅不休是元素的結合和分離，並認爲「愛」使元素結合，「憎」使元素分離。

後來發生了一件不可思議的事。他對柏拉圖的對話集幾乎是爛熟於心，但似乎從未注意到其中的一個片斷。他在第八篇〈國家篇〉中，突然發現了一個句子，這使他大吃一驚。他讀到這句話時一下子便愣住了，並立刻便領悟到它的意義。這個句子是：「誰若是嘗過人的內臟，誰就一定會變成狼。」不錯，書中正是這樣寫的。埃戈・蘇姆站起身來，走到廚房，從廚房的窗口望著旁邊的一棟公寓樓房，心想，他已想出忘記那個奇怪的句子的辦法。於是他打開收音機，從那裡流溢出陌生、冷漠的音樂，他在抽屜裡東找西找，從年曆上撕去一頁，用一根撕開的火柴棍剔去牙縫裡的點心碎屑。但所做的這一切都是徒勞之舉。埃戈・蘇姆的頭腦裡出現了首批嚴寒的結晶體，現在已向四面八方擴大蔓延，凍住了一路所遇到的一切。廚房還是那個廚房，窗外的景物還是原來的樣子，茶的幽香還飄浮在空中，蒼蠅用牠們的喙喜愛地撥弄著水果餡餅的碎屑。然而他腦海中已是彌漫著一派永恆嚴冬的可怖、空虛的風景。到處是白色冰凍的大地，鋒利的邊緣，寒冷和腳下踩得嘎吱嘎吱響的積雪。

這個句子他每天要核對好幾遍，因爲他覺得這可能是他的幻覺。人的潛意識往往喜歡玩這些惡作劇。後來他又核對了別的版本，別的抄本，核對了波蘭文、俄文和德文譯本。到處都有這個句子，是柏拉圖寫下的。因而是確實無誤的。

某些想法是多麼奇怪，就像發酵的麵點烤熟之前那樣不斷增長、膨脹（所有這些烹飪聯想說明我跌得多麼低——埃戈・蘇姆心想）。一個句子和一幅圖像塡滿了埃戈・蘇姆的生活。他請了假，雖然正是高中畢業考試時期。他如今是坐在扶手椅上打發光陰。傍晚他開始焦慮、冒汗，而他的皮膚也開始變粗糙。他害怕看自己的雙手。一想起那件事就會使自己的牙齒打顫。終於在某個夜晚，在房屋的上方短時間出現一輪滿月，埃戈・蘇姆發出了一聲長嚎。他用手捂住自己的嘴巴，用手指甲掐臉頰。但這樣做毫無用處。他是朝內心嚎叫。奇怪的是，這一叫給他大大減輕了肉體上的痛苦，猶如他一口氣憋得太久太久，現在總算吐了出來。

只有當他拚命掙扎，不允許自己變成這隻狼的時候他才痛苦，只有當他處於從人到狼的過渡階段——他已不再是人，不再是有著可笑姓氏的歷史學家，但還不是一頭野獸的時候——他才憂心如焚。那是一種地獄般的痛苦。他渾身疼痛，每一塊細小的骨頭和每一片肌肉都痛，除此之外還有極度的恐怖，與之相比對死亡的恐怖不過是溫柔的撫摸而已。埃戈・蘇姆對這種狀態已無法忍受，這也是不足爲奇的。因此他突然放鬆了原本痙攣地堅持這種生活狀態的一切努力，在一刹那間放棄了鬥爭，讓自己一落千丈地跌到底層，他躺在那裡，沉重地喘息著。也不知事情是怎樣發生的，現在在他身上狼性占了上風。埃戈・蘇姆跑進公園，跑進山坡上的青草地，跑進業餘種植的配給園子，跑進墳場的小片土地，盡量遠離人、遠離他們房屋的臭氣。他的記憶變得如此模糊不清，以致翌日清晨他就說不出頭天夜晚自己到過什麼地方。

栗樹開花的時候，埃戈·蘇姆去了伏羅茨瓦夫，走遍了那裡的圖書館，在那裡他找到了一個有關變狼狂——患者幻想自己由人變成狼——的經典實例。他在這座一直受到戰爭不可思議地破壞的城市行走，會時不時望望自己的兩隻手，看它們是否已長出灰白色的剛毛。這甚至成了他的一種習慣。每當他陷入沉思，稍微不留神的時候，每當他讓自己的頭腦進入未來幻象的隧道，也就是跟想像的醫生、精神病學家、巫醫、甚至跟那個他吃掉的死人對話的時候，他總要下意識地把雙手伸到自己前方，這時他才回到現實中來，這雙手也才屬於他埃戈·蘇姆，屬於新魯達一所中學的教師。

他的整個暑假生活都是這麼過來的。時間很可能是一九五〇年，因爲那個夏天總是陰沉多雲而潮溼。青草長得很高，又肥又壯，灌木抽出茁壯的嫩枝，顯然潮溼的天氣於植物的生長有利。但是人對這樣的天氣卻不滿意，他們只好坐在陽台上玩紙牌，時不時喝口燒酒。

這時七月的滿月升上了天空，這是埃戈·蘇姆經歷人變成狼之後的第三個滿月。他爲此作了一番精心的準備。他在園藝商店買了一根繩子，換掉了門上的鎖，甚至爲自己——我的上帝，要是有誰知道這件事可就糟糕——弄到了一點嗎啡。一切就像在劇院演出的那樣——烏雲消散了，月亮顯露出來，像一枚炸彈那樣懸浮在空中。開頭它升到業餘植物的配給園子上方，起初還跟那些果樹糾纏在一起，然後就徑直升向天空，看得見它怎樣向上移動並占有了整個世界。被捆綁在椅子上的埃戈・蘇姆睡著了。

網路中的兩個小夢

1.我從後面看自己。我看見一層又鬆又軟的厚皮覆蓋著我的背部。皮膚上長著一些稀鬆、單根的黑色毛髮。皮膚摸上去溫熱、柔滑，略微有點粗糙。我驚詫不已，因爲我平生第一次看到自己的後背。然而這不自然的皮膚並沒有引起我任何厭惡之情，也沒有引起我任何的不快。簡而言之，我只是凝視著，驚訝著。使我感到更加出乎意料之外的是，我在那裡看到了肚臍眼。我不知道我背後也有肚臍眼，我從來沒有想過人的後背會有肚臍眼。這個肚臍眼彷彿是前面那個肚臍眼的翻轉：前面的肚臍眼向內縮，這個肚臍眼往外伸。

2.我站立在橋上，站在一座低矮的橋上，我把雙手泡在潔淨的水中。我看到自己的倒影。水裡有許多小金魚，我抓牠們。我抓得越多，金魚來得越多。

剪頭髮

我和瑪爾塔坐在陽台的木頭台階上。R用家釀的燒酒做辣根酊，我拿這種酊劑給瑪爾塔擦手。

瑪爾塔年事已高。她手上的皮膚薄而光滑，蓋滿了棕色的斑點。她的指甲蒼白，看起來似乎沒有生命，似乎她從來不曾幹過活。在這層皮膚下面，我能感覺出脆弱的小骨頭，它們在關節的周圍腫脹，這是一種體內的寒氣，風溼病，它使瑪爾塔感到疼痛。也許正因體內的寒氣使瑪爾塔總是覺得冷，甚至在酷熱難當的時候也是如此。整個夏天瑪爾塔老是穿著那件長袖毛衣，毛衣下面還有一件灰色的連衫裙。連衫裙的領子已經完全磨損了，挨脖子的地方磨成了碎條兒。辣根酊的氣味強烈、刺鼻，淹沒了花圃裡鮮花的芳香。我拿它擦瑪爾塔的皮膚，直到它滲入皮下，直到它進入瑪爾塔的雙手，用它的熱來融化侵襲瑪爾塔身體的寒冰。

沿著公路駛來一輛裝糞的大車。一名男子挨著大車走著，眼望著我們。剎那間辣根的氣味跟糞肥的氣味混在了一起。

後來我們喝茶，茶的氣味也攙和了周圍所有的氣味。瑪爾塔望了望我的頭髮，問道：

「你是怎麼弄的，把頭髮剪得這麼齊？你瞧瞧我的頭髮。」

她將手指插進完全灰白的頭髮裡。她的頭髮果眞長短不齊，顯然她是自己剪的。很可能是她自己用兩個小鏡子配合起來胡亂對付的，且左邊的鏡子總是跟右邊的鏡子弄錯，這樣對著它們剪頭髮自然就會參差錯落。我站起身，拿來一把飛利浦牌的小電動剪子，那是R在聖誕節松樹下得到的禮品。我向她展示該怎樣操作，我擺好刀刃，說明它能剪掉的長度。她那雙灰色的眼睛從那個電動剪子漫遊到我的頭上，突然瑪爾塔請求給她剪頭髮。

「好吧。」我說。我把電線拉進門廊，接上電源，擺好刀刃。瑪爾塔伸出兩根指頭用相隔的距離說明她的頭髮該留多長。很快第一簇頭髮就掉落了下來，它們又細又白，宛如鳥的絨毛。瑪爾塔將它們從毛衣上抖到木地板上。當我結束了我的修剪，她的腦袋覆蓋著一層銀色的柔滑的短髮。我倆用手在她的頭髮上順著摸了一遍，又反過來摸了一遍。瑪爾塔猝然爆發出一陣大笑。原來她是喜歡逗樂的。我把這個飛利浦電動剪子遞到她的手上，並且伸出了自己的腦袋。瑪爾塔先是沒有把握，小心翼翼地剪著，後來越來越大膽。我的黑頭髮落到了她的灰白頭髮旁邊。後來我想扔掉從陽台上打掃的頭髮，瑪爾塔把它們團成一個黑色一個灰白的小球，埋在了花圃裡。我們回到台階上，又有好幾次相互撫摸我們剪過的頭髮。

太陽逐漸從陽台上消失。木板台上的陰影範圍每個瞬間都有所不同。陰影不停地移動，終於達到了我們的後背，把我們的身體分成了兩半——一半陰暗，一半光亮。然後就難以覺察和毫無痛苦地吞沒了我們。

瑪爾塔創造了類型學

我和瑪爾塔一起去採摘甘菊是爲了將它們晒乾泡茶。儘管天氣炎熱，瑪爾塔像平常一樣穿著她那件用灰色毛線織出來的暖和毛衣。我們摘下黃白兩色閃閃發光的甘菊頭，把它們扔進籃子裡。瑪爾塔說，人就像他生長的土地，無論他願意還是不願意，無論他知道這一點還是不知道。

什麼地方土壤是鬆脆而且含沙量大，那裡出生的人個子就都不高，皮膚白皙而且乾燥。乍一看他們似乎很不起眼，似乎弱不禁風，缺乏毅力，然而他們就像沙一樣——執拗、頑強、善於像在沙土上生長的松樹那樣守護住自己的生命。這是些輕信而多疑的人，他們不相信在別人看來是穩定和可靠的東西。他們好動，無處不在，不懼怕長途跋涉四處旅行，因此他們經常僑居別的國家，在許多不同的地方都同樣感覺良好。他們同樣迅速習慣於新鮮事物，如同迅速忘記曾經遇到過的事物一樣。他們在遭受了不幸、負情和損失之後不會長久痛苦。他們能嗅到未來，他們知道將要發生怎樣的事。他們有個缺點，就是不履行諾言，因爲他們覺得一切都是那樣不持久，那樣多變，履行諾言的已經不是曾經作出承諾的同一個人。他們生出了許多矮小、白皙、跟他們一樣的孩子。那些孩子迅速長大，毫不傷心地離開雙親，然後就在節日寄來一張張問候的明信片。這些人從來無所牽掛，對他們而言重要的總是要將發生的事。凡是已經發生的事——就是已經死了的、已經消逝了的事。

那些出生在水源豐沛的地方，出生在濱湖地帶、大江大河沿岸肥沃土地上的人們，又有所不同。他們的身體嬌嫩、柔軟、敏感，膚色較黑，帶點橄欖油的色調，皮膚下面顯露出青灰色的血管，皮膚潮潤、冰涼。他們的手和腳都容易凍壞，年輕時他們的額頭長滿了青春痘，而頭髮經常是油光發亮的。這些人眷戀過往，因而總是小心翼翼而且不喜歡變化。非常容易得罪他們，一不留神說句無心話冒犯了他們，就會深深落入他們的記憶之中，永遠留在那裡，鬱積成一種不快的感情且它存在的時間會跟人的壽命一樣長。他們的眼睛天生愛流淚，甚至不是因爲傷心或是由於某種不痛快的事落淚，由於激動和歡樂他們照樣會涕泗漣漣。他們像動物一樣輕信，因此他們早早就墜入愛河，然後愛情就迅速變成生死不渝的依戀。他們的肉體相互習慣，他們的靈魂彼此相連像兩個水坑，他們心靈相通，無須說話就能相互理解。他們最不喜歡的是任何性質的旅行。他們說，到處都是一樣，沒有多少變化，最好是待在自己家裡；呼吸自己熟悉的空氣勝過漂泊在外，甚至勝過到那些最有趣的國家到處漫遊。一旦處於戰爭或動亂時期，他們會失去自己的家園，要不了多久就會死去。他們生出一些麻煩、難纏、愛哭的孩子，夜裡得起來把他們抱在手上哄他們睡覺。那些孩子不肯上學讀書，不是因爲他們愚蠢或者懶惰，而是因爲他們害怕噪聲和混亂。他們飼養的畜禽也物類其主——安靜而又溫馴。乳牛給他們大量產奶，綿羊都長著濃濃密密的絨毛，母雞生的蛋又大又重。他們建造房屋是爲了終生居住或者爲了幾代人居住。房屋的牆壁都很厚，而樣子也都很敦實。

也有些人出生在多石的土地上，那裡到處是砂岩或花崗岩。他們的皮膚粗糙、堅硬，肌肉和骨骼也是如此。他們的頭髮和牙齒都很堅韌，而手掌和腳底上的皮膚也都很硬實。從外觀看他們粗獷而健壯，因爲他們的身體猶如鎧甲。他們內部有許多空白的空間，因此他們看到和聽到的一切都在他們內部發生共鳴，猶如被罩在一口大鐘裡面一樣。他們從來不會忘卻任何東西，他們記得自己度過的幾乎所有的日日夜夜，記得自己吃過的每一道菜餚的味道，記得別人對他們說過的每一句話。他們沒有別人也能過日子，他們不需要別的人，雖然別人需要他們，因爲他們就像路標，或者就像田埂上的界石，能指出某些事物在何處開始，在何處結束，指出道路的走向。

我問瑪爾塔，她自己是屬於哪一種類型的人，這個自作聰明的老太婆回答說，她不知道。

「這種分類系統只是爲別人編造出來的。」過了片刻她補充道。

府邸

封戈埃特岑一家生活在府邸裡，雖說這座府邸不是他們建造的，甚至他們不甚了解整座建築物哪兒特別明顯需要進行必要的修繕。他們自有記憶以來就一直住在這座府邸，這意味著他們是在這裡出生的，可有時他們甚至覺得自己在出生之前就早已生活在這裡，因爲他們日思夜夢的只是這座府邸，它的那些房間和那些走廊，它的庭院和園林，彷彿他們的靈魂除此之外便不知世間還存在任何別的事物。他們要做的只是竭盡所能，讓府邸存在下去，讓田地和牧場能帶來擴建和美化府邸所需的收益。除此之外，他們總有錢存在這家或那家銀行，他們可以提取資金進行聰明的投資，再將收益重新存入銀行。他們出國只是爲了學到更多有關園藝、田地耕作和養羊的知識，或者爲了參觀威尼斯的壁畫、瑞士裝飾屋頂的方法或是凡爾賽宮的內部裝修、法國某些城堡未經粉飾的牆壁上的掛毯以及織綿、洛可可式家具，也是爲了將來能藉助輪船、火車或者甚至只是在想像中確確實實將這些東西搬到自己的府邸之中。

他們中有些人研究哲學或文學，但也只是爲了能在這天堂般的地方更充分、更強烈地體驗自己的生活，知道自己在做什麼和該怎麼做，意識到生活的目的或者缺乏目的，認識到生活的意義或者缺乏意義，看清自己能怎樣生活。若能做到這些，應是足夠了。

他們世世代代出生在府邸裡。他們漫不經心地靠奶媽的照料養育孩子，這些來自農村的少婦，對凡是幼小的東西總是樂意賦予難以抑制的強烈感情。他們不記得孩子們中曾經有誰夭折過。他們都很健康，體形勻稱，強壯。他們的指甲是粉紅色的，眼睛晶瑩、炯炯有神。他們唯一的缺陷就是他們的牙齒，但這弱點在他們的世界裡並不那麼重要，在那裡吃蘋果總是要削皮，吃麵包只吃麵包瓤，肉都煮得很鬆軟，或者乾脆把肉剁碎做成煎肉餅。即使他們自己的牙齒過早變黑，甚至掉落，他們也不用擔心，因爲府邸裡總有個兼作外科醫生的理髮師或者有個精通做假牙這門藝術的牙醫，可專門爲他們鑲牙，甚至能以各種合宜的手段將完整的全口假牙鑲到他們的光板牙床上。假牙理應安在封戈埃特岑家族的盾形紋章上。

他們在自己的花園、園林、玻璃遊廊、陽台和滿是鏡子的盥洗室之中長成。這是個無痛的過程，沒有大起大落，沒有興衰變化。他們從不造反對抗自己追求享樂、炊金饌玉的雙親，也不反對生活在府邸。偶爾他們受到某種說不清道不明的力量的引誘嚮往外部世界，那時他們便會乘收穫節或基督聖體節集市的機會去參加村莊的慶典。然而在那裡令他們享受到節日樂趣的只是短暫的片刻時間，而後便大失所望地回家喝午茶。他們逐漸長大，甚至沒生粉刺。

然後就到了談婚論嫁的年齡。最常見的情況是，聰明的母親們就地給他們物色對象，但有時也會爲此目的去拜訪住在波莫瑞或黑森的沾親帶故、門當戶對的家庭。這時他們的愛情就會平添一層異國的色彩。無論在哪裡締結良緣，最終他們都要把自己的妻子或丈夫帶回府邸。那時就須將府邸擴建一翼或是添蓋一層，或是將樓頂間改造成適合於居住的處所。這樣一來府邸也就跟他們一起成長，向園林的深部擴張，或者向天空伸展。

年輕人的夫妻之愛總是在室內成長，藉助某種形式的茶話會、玩紙牌、小型家庭舞會來發展。光線從窗口柔和地投射進來，它潤飾著他們的面龐勝過最高級的香粉。室外一派寂靜，徐徐而來的微弱清風不會妨礙他們輕言細語的交談，也不會吹亂他們精心梳理的鬈髮。他們通常是一見鍾情。

愛情在府邸具有特殊的力量，多數夫妻都是長壽而且幸福的，即使不是生活在狂熱的愛情裡，也是生活在相互尊重和友誼之中。他們的背叛行爲從來都不大具有戲劇性——捲入偷情活動的往往是某個侍女或園丁；他們有過的也就是當他們在別的府邸作客，舞會後在衣帽間的短暫纏綿。只有一次封戈埃特岑家的一位夫人突然離開丈夫出走並一去不返。她消失在外部黑暗世界的某個地方。他痛心疾首，但時間並不長。第二年他就跟一位漂亮的女鄰居結了婚，甚至生了一對雙胞胎。

然而封戈埃特岑家族的孩子並不多。或許是因爲他們不想使府邸人口密度過大。別的夫婦往往只生一個孩子，而生兩個孩子的，像這對雙胞胎這樣實屬罕見的現象。在某種程度上孩子們的吵鬧聲打破了府邸生活的寧靜，帶來了喧鬧，但是只要把他們穿戴得漂漂亮亮，允許他們用新鮮的草莓塗紅臉蛋，他們立刻就會成爲一幅他們家族興旺的生動微型畫，成爲春天的化身，成爲韶華青春或天眞無邪的隱喻。總之誰願把他們想像成什麼就是什麼。

安排在玻璃廳的晚餐一直持續到深夜。花園裡亮著電燈，爲的是更加突出童話般巨大的歐椴樹。不知是封戈埃特岑家族哪一代人在玻璃廳外加蓋了一個暖房，稱之爲「冬天的花園」，那裡栽滿了常春藤、蓬萊蕉和無花果樹。在花園最暖和的部分生長著仙人掌，其中的一棵每年開花一次，總是在同一個夜晚的同一時間裡鮮花怒放。在那一天家族總要舉行舞會，邀請住在遙遠角落的親戚還有來自別的府邸的鄰居，娛樂聚會一直持續到次日清晨。仙人掌的花的外觀實際上頗爲平淡無奇，看上去就像飛廉的花，它的花朵也不大，但府邸的人還是用繪畫而後是用拍照留下它的芳姿。使它永不凋謝。

他們的老年過得安祥而健康。他們中從來沒有人長年臥病在床，沒有人精神失常，沒有人患癱瘓、老年痴呆、高血壓以及諸如此類折磨府邸以外老年人的疾病。或許只是蒼蠅比較經常落到他們身上。不知何故蒼蠅似乎總是最了解該輪到誰先死。他們至多是漸漸變得衰弱，起先難以覺察，只是精神一年不如一年，然後是一天不如一天。儘管如此，他們仍有足夠的力氣，能畫出擴建府邸一翼的草圖，或是整理舊照片，或是寫回憶錄，重溫自己的往事或是回憶別人的往事，因爲他們自己值得花費筆墨的往事並不太多。當他們進入晚年，他們就搬到那些鋪了土耳其地毯的房間去，那些房間的窗戶徑直朝向花圃。他們能將身子探出窗外，絮絮叨叨煩擾園丁，一會兒說：「不是這樣修剪玫瑰。」一會兒又說：「杜鵑花長得太高了，大理花叢裡長草了！」一會兒又說：「茉莉花不夠香！」府邸的牙醫委婉地勸說他們經常從嘴裡取出假牙。因爲他們的牙床已變得越來越軟，完全就像搖籃時期包上了一層嬰兒特有的黏液膜的牙齦。這是死亡臨近的一種確切的徵兆。

封戈埃特岑家族的人死得既文雅又溫和。死亡來造訪他們，像縹渺的霧，像電流供應突然中止——他們的目光漸漸變得暗淡，他們的呼吸越來越慢，終於完全停息。站在他臨終臥榻一側的人們只須給死者合上眼瞼，就可走開分別去幹自己的事：留連於玻璃廳和冬天的花園溫熱的空氣中，待在底層陰涼的走廊裡，在有關園藝和藝術附帶插圖書頁的沙沙聲中，懶洋洋地躺在陽光充足的平台上——在那裡他們能聽到從村莊隨風飄來的人和動物神祕莫測的聲音。死者永遠離開了那裡，留下了照片、花圃、與他人的日記大同小異的日記、塞滿了完全腐朽的衣服和廢棄的床單、被套的衣櫃。但在不久之後，就有別的什麼人很快住進了他的房間。這樣一來他們似乎就永遠不死。除此之外，由於他們經常家族內部通婚，他們所有人的長相都彼此相像，因此就更感覺不到缺少了某個具體的人。總有別的什麼人把身子探出朝花圃的窗外，用相同的嗓門給園丁下指令，說：「不是這樣修剪玫瑰」，「杜鵑花長得太高，大理花叢裡長草了」，「茉莉花不夠香」。因此可以說，府邸裡從來不曾死過人。

生活是美好的，儘管別人在談論一些有關它的可怕的事。生活是美好的——這句話或許能成爲家族的格言，顯示到家族的紋章上。

生活是美好的。鮮亮的晨光射進敞開的窗口，出現在柔軟的地毯上。無數面大鏡子反照出一片片蔚藍色的天空，它是那樣晶瑩清澈，透明得足以洞察宇宙的黑暗。水的存在是爲了以溫暖的細流注滿立在黃銅支架上的瓷浴缸，給他們洗盡身上的汙垢。太陽出來只是爲了晒熱陽台，向暖房的地板投下嬉戲的反光。下雨是爲了澆花，也是爲了給在沙龍玩紙牌的人們送來片刻的喘息。黑夜降臨——顯而易見，歡愉中總該有間隙的時間。

封戈埃特岑家的玫瑰在整個西里西亞是最美的。府邸後邊有塊大台地，台地上邊就是玫瑰園。玫瑰叢成行成列地生長，形成一個個花壇。小路上鋪了細碎的砂礫，在腳下發出神祕的沙沙聲。每到夏天這種響聲總是伴隨著各種玫瑰內部產生的令人陶醉的馨香。不同品種的玫瑰被精心安排爲成團成簇地生長。胭脂紅、血紅的威廉玫瑰給整個花園圍上一道深色的滾邊。它們的花朵稠密，花瓣肥厚，閃閃發光，它們的香氣不太濃烈——否則就太過勁了。在這血紅色的一圈裡面是四個花壇，每個花壇上生長著不同品種的玫瑰，它們中有暖粉紅色的大花香水玫瑰，紫紅色的約翰神父玫瑰，鮮紅色和黃色的唇形玫瑰。在它們中間延伸著蜿蜒曲折的走道，兩邊栽種的是芳香的茶色金茅玫瑰。這些玫瑰香氣最濃，它們的香味令人想起外國水果，它們超越圍牆飄到村莊。在晴朗的日子裡，這種香氣和乳牛、剛刈過草的牧場氣味混合在一起，使人透不過氣來。它們的花瓣嬌嫩，末端尖細。在花壇的正中央有一圈白色的花，這是最罕見、最珍貴的白玫瑰。它沒有名稱，是封戈埃特岑家族某位夫人培育出來的。但誰也不記得究竟是哪一位夫人培育出了此等絕品。這種玫瑰白得眩眼，宛如白雪，在花瓣最深層處迷宮似的褶皺裡，帶點勉強能覺察到的微弱藍光。它們的姣麗具有某種勾魂懾魄的力量，令人爲之陶醉，只是它們的氣味出了點毛病。當它們的花朵綻開，當它們達到了自己美的顛峰的時候，它們就開始散發出像酸葡萄酒，像腐爛的蘋果一樣的氣味。或許正是由於這個緣故，沒有人敢於給它們命名。

進入府邸須經過兩行總是在七月初開花的椴樹林蔭夾道。一條鋪了沙岩石板的道路通向府邸寬闊的台階，還有一個不大的庭院，一幢僕役們居住的建築物擋住了去路。正面大門上有個封戈埃特岑家族的盾形紋章，上面最引人注目的是匹搖木馬，它被安置在開滿倫巴底㊴百合花的底子上。這倫巴底百合花是家族與歐洲聯繫的標記。進門是個巨大的門廳。樓下有個餐廳，從餐廳可以進入玻璃廳，樓下還有個藏書室和兩間客房，都有直接通向平台的出口。樓下還有個音樂室，室內有架鋼琴和一架撥弦古鋼琴，此外還有一間專門爲男士（有時也爲女士）準備的吸菸室。鋪著奶油色梯毯的樓梯通向樓上的兩個舞廳，它們的位置是一個接著一個，還有一個不規則的客廳（那是某個時候加蓋的）。在府邸的另一邊是家族老一代人居住的房間。第三層是年輕後代居住的房間，所有這些房間上面加了個龐大的頂樓，由於屋頂是傾斜的，頂樓樓層顯得很高，並帶有一些小窗戶朝向世界的四面八方。從這些小窗口可以看見群山和擠在谷地裡的房屋，這些房屋有如貴重的刀叉餐具緊挨著躺在盒子裡長毛絨的襯底上。雲杉林的樹梢拭拂著上方的一片恍若遊蕩的天空。所有這一切都屬於封戈埃特岑家族。

㊴倫巴底，指倫巴底先民，即古代西日爾曼人。公元六世紀中葉征服北義大利，建立倫巴底王國。七七四年被查理曼大帝征服。

沒有任何預兆顯示他們將不得不離開自己的府邸。這樣的一種想法甚至連存在的權利都沒有。想像他們有朝一日不得不離開自己的家園，就如想像貽貝會離開自己的外殼，蝸牛會捨棄自己的硬甲一樣荒誕和不可置信。然而封戈埃特岑家的一人卻預感到了這一點。他自己也不知道這究竟是怎麼回事，但在戰爭爆發之前他就在巴伐利亞買了一處不大的莊園。其周圍的景物驚人地與府邸相似——同樣有著由於茂密的雲杉而顯得發黑的平緩的群山，同樣有著石頭河床的淺淺的溪流，人似乎也是同樣的那些人，他們的教堂、路邊的小禮拜堂以及迂迴彎曲的小路，也全與府邸周遭的環境非常相像。誠然，巴伐利亞的莊院與府邸相比要小得多，但也正是由於這一點最適合於擴建。他買這座莊園花錢不多，因為它的前任所有者，是一個出奇的沉默寡言的人，已經跑到國外的什麼地方去了。實際上他們並未見過面，一切手續都是通過律師解決的。

他沒有將此事告訴任何人，意欲給家族一個出乎意料的驚喜。後來他就捲入秋天的狩獵、冬天的舞會、春天的郊遊，忙得不亦樂乎，竟把這個莊園忘到了腦後。當他們接到官方通知，說布爾什維克就在這個地區周圍，已是近在咫尺的時候，他們一家人都聚集到客廳，並且決定動用儲存時間最長的陳年葡萄酒。其中一個婦女彈鋼琴，另一個擺牌陣算命。這時那位封戈埃特岑從樓上拿來幾張照片，向家人展示了那座新買的莊院。

很長一段時間客廳籠罩著一派靜默。但是對所有可能的更新和重建的展望卻具有巨大的誘惑力。他們喜歡新房子結實的古色古香的外形。已經有人開始製訂改造的計劃。但是到了傍晚他們又都奇怪地沉默了，一個個垂頭喪氣，沒精打采，他們幽靈似的在大房子裡走來走去，用手指尖觸摸英國護牆板，把目光投向了壁紙上的圖案。

「就不能想點什麼辦法，讓我們能留在這裡？」婦女中最年長的一位問道。

翌日清晨，她吩咐園丁們挖出了所有的玫瑰。

憂煩焦躁貫串了他們的夢境。就是在巴伐利亞購買了一座莊園的同一個封戈埃特岑，由於受到一種古怪的焦慮的促使去了小城，發現城市已陷入一片十足的混亂。人們匆忙將自己的家當、行李裝上大車、載重汽車，沿著山峰之間唯一的一條道路執拗地向西湧去。尚見不到任何一個迫害者，但在氣氛上已到感覺出他的存在。他已開始以一種陌生的刺耳的噪音——彷彿是隆隆的響聲，又像是受到壓抑而不清晰的雷鳴充塞了河畔的街道。封戈埃特岑平生第一次感到頭痛。他走進一家藥店，想要買點頭痛藥。

「眞可怕。」他說。

「我們將留在這裡。」藥劑師回答說。還表示想把自己的小汽車借給他，那是一輛黑色的輕巧的德國「小奇蹟」小汽車，流線型的車體閃閃發亮，方向盤使用次數不多，上面還保留著製造廠包裝紙的痕跡。它那皮革蒙面的坐椅甚至還沒來得及適應車主的體形。

「哦，不，這是輛新汽車，我恐怕不能接受您如此慷慨借車的美意。」

「請別擔心，您回來時還給我就是了。」

封戈埃特岑開始在衣袋裡搜尋某種抵押品，某種足以說明他們彼此之間進行的是誠實交易的保證，但他身邊不曾帶有任何貴重的東西。他不無惋惜地朝封戈埃特岑家族的紋章戒指瞥了一眼。這是鑲嵌了一顆碩大紅寶石的白金戒指，上面刻有家族的紋章，開滿倫巴底百合花的底子上一匹搖晃著的搖木馬。他從手指上摘下紋章戒指，放在了藥房的櫃台上。

他返回府邸的時候，從高處的路上看到軍隊的車輛停在府邸的院子裡。他明白，士兵們只要看到小汽車定會從他手裡奪走。他們開始時會彬彬有禮、客客氣氣地請求，然後就會補充說，這是命令。於是他從路上拐向了牧場，而後沿著一條險峻的小路駛進一片山毛櫸樹林，那條路小得只能勉強塞進本來就小巧的「小奇蹟」的四個輪子，再大一點的小汽車，就開不過去了。他在稠密的矮小雲杉林前停下了汽車，明白再遠已無法通過。他年輕、光滑的額頭上冒出了汗珠。他的舌頭在嘴裡打轉，好不容易才說出了他知道的唯一一個髒字：「他媽的！」然後，封戈埃特岑鬆開了車子的剎車器，把小汽車推進了矮雲杉林。他不曾料到竟然會有這麼好的效果。「小奇蹟」消失了，融化在搖曳不定的雲杉枝椏中間。它的黑色同樹皮和森林的枯枝落葉層不可思議地混融在一起。閃光的清漆和玻璃映照出森林，這樣一來土地和天空的圖像交織而成的偽裝物就掩蓋了車體。封戈埃特岑高度發達的審美官能使他的熱血在血管裡奔流。「多麼美，」他想，「不管人們如何說它，世界畢竟是美好的。」

他穿過茂密的灌木叢一路下坡跑回家去，在通過灌木叢時，不時被刮壞了身上的英國花呢長褲。

封戈埃特岑一家人這時已經坐在了小汽車和載重汽車上面。他們懷裡緊緊抱著自己寵愛的貴重的鬧鐘、八音盒、珠寶首飾箱、如今已沒有人生產的船形調味汁瓷壺、相簿、大理花和銀蓮花的鱗莖、華托㊵油畫的複製品、緞子靠枕。還有一輛載重汽車裝的是最貴重的家具、鏡子和書籍。士兵從封戈埃特岑家的馬廄牽出良種馬匹套上挽具去拉他們撤離的大砲。遠遠望去所有的人看起來就像去進行一次超乎尋常的瘋狂遠征。在塵霧和排出的廢氣中車隊啓動了，一路下坡朝著瓦爾登堡的方向前進。

㊵華托（Antoine Watteau, 1684-1721）：法國畫家。他的畫風具有現實主義傾向，多數作品描繪貴族的閒逸生活。

我的府邸

我也是出生在府邸裡。它是由獵宮改造成的學校。在那個時代已不稱「宮殿」、「府邸」，只說「大廈」。這個詞在我的腦海裡產生的聯想不是建築物，而是布丁㊶，所以我把我的房子想像成某種能吃的東西。

我大概在什麼時候曾經吃掉了我的房子，因爲它就在我的體內——我體內有座多層的大廈。然而它的形狀既不是持久的，也不是可預見的。這意味著府邸是活的，是跟我一起變化著的。我們相互住在彼此的內部。它住在我的內部，我住在它的內部，雖說我有時感到我住在它裡面像個客人，而有時我也知道，我占有了它。在夜裡府邸變得更爲清晰，透過黑暗顯露出來，閃著略呈綠色的光。在陽光裡它過於耀眼，因此白天府邸把自己變得難以看清，但我仍然感覺到它就在我的內裡。

㊶在波蘭語中 budynek（大廈）和 budy（布丁）的發音近似。

它的地下室宛如許多迷宮。它們小小的窗戶朝向長滿荒草的內庭院。在那些用薄牆壁隔開的潮溼的地下房間裡，躺著成堆的發了芽的馬鈴薯，立著一桶桶酸黃瓜。所有的人都忘記了它們的存在，因此在它們上面蓋上了一層纖細的霉毛。我知道，那些地下室在向土地的深部延伸，我甚至覺得，我知道許多通向地下地窖的通道。找到它們既是令人興奮又是一件危險的事。有可能會迷失回程的路。

府邸時而有人居住，時而無人居住。偶爾這裡舉行某種學術會議，那時便有許多客人來到府邸參加討論會和出席豪華的晚宴，那時府邸的作用就像旅館。但它有時是空的，甚至被棄置不顧。裡面的家具消失不見了，鑲木地板被拆毀了，壁爐遭到破壞，所有的樓梯也都已破損腐爛，走起來搖搖晃晃，會突然在行走的人們腳下斷裂，露出意想不到的危險深淵。那時動物就會住進這荒廢的府邸。我曾見到過幾隻狍子在成堆的硬紙箱上睡覺，我曾看到幾條狗蜷縮在長沙發上，我曾聽見在空蕩蕩的走廊裡貓的肉爪子輕快柔軟的踩踏聲，我也曾聽見大理石台階上踏得嗒嗒響的沉重的腳步聲——但我始終猜不透這可能是一種什麼動物。

底層有個寬敞的門廳，它用裝飾華麗的金屬隔柵一分爲二。父親拿其中的一半放置了幾隻魚缸。魚兒在略呈綠色的水中悠閒而緩慢地遊動著，儀態萬千，望著牠們，時間的流逝似乎也減緩了許多。魚兒的嘴唇一張一合地翕動著，在說些什麼，可是我聽不見。

那些霓仙金魚，金魚世界的瑪麗蓮・夢露，身後拖曳著薄紗的衣裙，閃爍著魚群霓虹般的光彩。魚缸隱沒在周圍環繞的龍舌蘭之中，龍舌蘭肥厚的尖爪伸向周圍的空間。有人按捺不住一時興起，在綠色的葉片上塗畫出自己姓名的花體大寫的首字母或者「我愛愛娃」的表白。龍舌蘭養好了那些創傷，卻讓別人的傾訴永遠留在了自己的軀體上。從門廳進入藏書室，裡面藏有數百冊、也許是數千冊用灰色的紙張包了書皮、書脊上寫明編號的圖書。我讀過的第一本書也是這些圖書中的某一本。那是一冊塞滿了密密麻麻的文字的大部頭厚書，裡面有許多類似的旅遊線路，許多認識各種不同的生活、各種不同的世界的許諾。這本書誘惑過我的眼睛，將我的目光從天空、樹梢、池塘的水面和樹木之間躲躲閃閃的空間吸引到小小的長方形書頁上，這裡每時每刻都會有精彩的演出在我的眼前開場。

踏著鋪了梯毯的寬闊樓梯上樓。樓上是臥室，還有兩間大講堂。它們或許曾是舞廳？它們的鑲木地板對所有種類的舞步都還記憶猶新。在第二個大廳裡有道門通向平台和園林，那裡還有個帶鏡子的大壁爐。壁爐裡一年點一次火，就在萬聖節那一天。我能順著大理石圓柱往上攀爬，站到鏡子前面。鏡子是那麼大，能照見我整個人還能照見平台、園林和大廳。在我發現有關鏡子所展示的眞相之前，我就已知道所有這些地方，但它卻爲我提供一條可以進入府邸的其他部分，進入所有的人都已忘卻了的那個部分的途徑。

那裡有在岩石上鑿出的狹窄的過道、迴廊和高大的庭院。我在那裡找到了隨意胡亂放置的石頭雕像。我明白，它們定會被放在這裡，處於被放逐的狀態。它們的審美觀點似乎甚至最古怪的藝術愛好者也不能接受——這是些粗糙鑿成的半人半獸雕像。雨落在它們上面，沖蝕掉雕就的一些細枝末節。

在那又小又悶熱的最後一層上面，是個樓頂間。我記得上去的樓梯起先是寬的，帶有裝飾華麗的欄杆柱和滑溜的扶手，然後驀地向空中盤旋上升，梯級變得狹窄、朽敗。必須靠近牆壁行走，貼到牆壁光滑的表面，否則腳便會突然陷入洞中。

樓頂間很大。木頭地板上蓋滿了塵土。這裡所有的物件都蓋上一層厚厚的灰塵，最小的物品便成了無法辨認的一堆塵垢——吃剩下的蘋果萎縮成毛茸茸的勻稱的小皮包，丟棄的掃帚棍躺著的地方便在地板表面形成一道令人驚異的波紋。

在樓頂間容易迷路——它太大，難以學會記住它的布局。我知道，在某個角落擱著一塊舊床墊，那是個早已被忘卻的玩遊戲的地方，至於是什麼人做過那種違禁的遊戲，我也記不起來了。但是這裡最令人驚奇的東西是呈斜坡狀的屋頂上的窗戶——它們不大，安置得有點過高，必須踮起腳尖才能從窗口看到外部的世界。但從那兒看到的景物卻是不尋常和令人永誌難忘的。那時就會發現，府邸竟然是那麼龐大，那麼雄偉。從樓頂間的窗口看去，一切都顯得細小和不眞實——就像專門爲兒童玩具電動火車構築的虛假世界，就像用積木搭成的樓房，就像迪士尼動畫片中的場景。我從這兒能看到這個世界的許許多多東西——森林、田野、江河、鐵路線、許多大城市和港口、沙漠和荒原、還有高速公路。而且——雖說我並不知道這怎麼可能——從這裡還能看到地球的彎曲部分。這景色令人激動得喘不過氣來；過後還會思念它，想要再次鼓起勇氣從樓下上去，沿著搖搖晃晃的樓梯走上樓頂間，站在一道道花條紋狀的光帶裡再次踮起腳尖，去眺望窗外的景物。

我曾對瑪爾塔說過，我們每個人都有兩幢房子——一幢是具體的，被安置在時間和空間裡；另一幢是不具體的、沒有完工的、沒有地址、也沒有機會在建築設計圖中被永遠保留下來。我們是同時生活在兩幢房子裡。

屋頂

封戈埃特岑家族中有一位教授，名副其實的教授，他一生中都在讀書、研究、旅行，對庭園不感興趣。他叫喬納斯・古斯塔夫・沃爾夫岡・特希什威茲・封戈埃特岑。他在自己漫長的一生（1862-1945）中，寫過許多有關宗教史的書，其中最重要的有《達斯・赫利格》、《至聖的地方——西里西亞人的神祕教》（1914）以及《宗教的起源》（1918）。他生前有兩大愛好：宗教和屋頂。他想，在這兩個題目之間必定有點什麼共同的東西，它們必定以某種方式相互補充。在他還是個年輕小伙子的時候，就對宗教感到興趣。那時在農村教堂舉行的一次聖誕節彌撒上，他看到了一幅橢圓形的聖像畫，圍繞聖母馬利亞懸著一些帶有他們殉難標記的聖徒。對屋頂的愛好是後來產生的，就在又一次翻蓋府邸屋頂的時候，需要把全部舊有的覆蓋物換成新式的瓦。喬納斯・古斯塔夫・沃爾夫岡無論做什麼，總要做得精確、細致、認眞。因此他閱讀了所有關於屋頂、覆蓋物、陶瓦和木瓦的書籍。二十世紀初整個時代思潮充滿了革命氣息，就在革命精神高漲的時候，他決定將稱爲「柏林瓦」的傳統魚鱗狀陶瓦換成更爲通用、具有哥德式風格、接近西方建築藝術特點的淺磚紅色「修女瓦」。從此府邸由於屋頂獨特的蓋瓦而在西里西亞成了珍奇。遠近的鄰居、神父和建築師都來參觀。府邸看起來就像法國的勃艮第城堡，就像巴伐利亞的修道院。

喬納斯・古斯塔夫・沃爾夫岡無論去什麼地方，他的眼睛搜尋的總是屋頂。他從火車裡眺望一路經過的城市，他的目光總是彷彿不經意地沿著每座城市的上方逐一漫遊，但實際上看到的是每根煙囪和每個斜面。正是根據看到的屋頂種類喬納斯能確定自己置身於歐洲的哪個部分。

他曾在洛桑和日內瓦學習。他在那裡認識了佛洛依德、弗拉澤爾和涂爾幹。魯道爾夫・奧托，一位德國神學家，給了他強烈的印象。瑞士的屋頂是世界上最美的屋頂之一。那裡人們生產陶瓦用的是不同尋常的五彩繽紛的稀有泥土，那裡沒有顏色相同的屋頂。屋頂的外觀不斷變幻著色調，以泥土所能呈現的上千種顏色而令人驚詫。看上去就像用各色布片拼綴製成的百衲衣。他在瑞士住旅館總是要挑選最高層的房間，以便從窗口觀看那些銷魂奪魄的屋頂。那裡的瓦不是像在西里西亞那樣鋪成類似花邊的網狀花紋，而是鋪成魚鱗狀，因此那些房屋看起來就像從某個難以想像的海洋捕撈並拋到陸地上的肚子朝上翻過來的碩大的魚。

後來，喬納斯・古斯塔夫・沃爾夫岡在海德堡寫了一篇關於生命的博士論文，還寫了一部關於傳說中的西里西亞名爲庫梅爾尼斯的聖女的著作。他也曾在大學教過書，但他的專長是研究基督教改革運動時期在西里西亞活動的教派，尤其是有關卡斯帕爾·封什文克費爾德的信徒和刀具匠教派。他爲這些課題寫過一些文章。

海德堡的屋頂是典型的德國式——紅色和青灰色的。教堂的細高的尖頂具有無煙煤的顏色，對眼睛能起一種鎮靜作用。喬納斯課後常蹓蹓躂躂信步走到城堡，居高臨下地望著傍晚的城市，那時熙熙攘攘的大學生由於喝著廉價的蘋果酒，討論著學術理論而顯得異常活躍，喧鬧。

在宗教和屋頂之間存在著某種不穩定的膚淺聯繫。第一種聯想是平淡無奇的——認爲兩者都代表了最高的範疇。從這種聯想得不出任何結果。但是另一種聯想卻具有某種意義。喬納斯·古斯塔夫·沃爾夫岡有一天從海德堡城堡的陽台上望著城市的時候，就曾產生過這種聯想——無論是屋頂還是宗教都是終極的頂點，它在封閉一個空間的同時，也將這個空間跟其餘的空間分隔開來，跟天空、跟高度、跟世界咄咄逼人的無邊無際分隔開來。幸虧有了宗教，我們才能正常生活，不致給一切無窮無盡的困擾弄得心煩意亂，否則眞是無法忍受；而多虧了屋頂，我們才能安全地待在房子裡躲避風雨和宇宙輻射。這裡指的是某種類似閥門的東西，如同撐開一把雨傘，把自己藏在傘裡或是關閉一個小門，把你跟外部世界分隔開，躲進一個安全、熟悉和家具齊全的家庭空間。

刀具匠

他們以唱自己的讚美詩和製作刀具打發時光。他們製作的刀刃在整個西里西亞比任何人製作的刀刃都要鋒利得多。他們給刀刃安裝上經過仔細雕琢的白蠟樹木刀柄，每個人一拿起它都會愛不釋手。他們每年出售一次刀具，都是在初秋樹上的蘋果已經成熟的時候。久而久之便形成了某種展銷性質的定期集市，吸引全地區的人前去採購。有人一次便買了幾把甚至十幾把刀子，然後再將其出售營利。在進行這種集市買賣的時候，人們忘記了刀具匠們是異教徒，信仰的是不同的上帝。假若人們認起真來不肯讓步，會很容易提出這方面的證據，把這些刀具匠驅逐到天涯海角去。可那時誰能製作出這麼好的刀具呢？

每當他們的孩子出生的時候，他們不是欣歡慶賀，而是號啕痛哭。而當他們中有人死去的時候，他們就會將其脫得精光，然後放進一個地洞裡，並圍繞敞開的墓穴翩翩起舞。

他們定居的村落位於將兩個山脈分隔開來的丘陵地帶的末端。這是一座石頭建築物，圍繞它的是一些小小的土坯房。沒有窗戶，沒有煙囪，看上去就像一些狗窩。這些屋子裡裝滿了刀具。他們貯存刀子的方式就像熏製乾酪一樣——刀尖朝下懸掛在木頭的頂篷上。穿堂風搖曳著它們，它們相互碰撞，像鈴鐺似的發出鏗鏘的響聲，人們毫不畏懼地在這滿是刀尖的天空下走來走去。鋼尖觸摸著他們的腦袋，彷彿在虔敬地爲他們的死亡舉行聖油燈儀式。

他們對世界的起源具有非常奇特的信仰，他們相信物質是精神的「感情衝動」，認爲精神忘記了，停止了自己所完全投入的無邊的平靜、體驗到了某種精神不應體驗的東西——感情衝動，不可抗拒的激情。（後來神學家們絞盡腦汁，猜測這可能是一種什麼感情。是恐懼？還是對存在和無法逃避這種存在的絕望？但是關於這一點任何地方都沒有講清楚。）

刀具匠們相信，靈魂是插進肉體裡的一把刀。它迫使肉體去經受我們稱之爲生活的持續不斷的痛苦。靈魂激發肉體的活力，同時又殺死肉體。因爲生活中的每一天都使我們離開上帝遠去。假若人沒有靈魂，也就不會感受到痛苦；人也就會像陽光裡的植物，像放牧在陽光燦爛的牧場上的動物。可是因爲人有靈魂，而靈魂在自己存在之初就曾見過上帝的難以形容的光輝，一切在它看來就都似乎是黑暗的。作爲從整體上削下來的一小塊，卻記得這個整體。作爲爲死而創造出來的生命，卻必須活著。已經被殺死的，卻依然活著。這就意味著有靈魂。

清晨和傍晚他們反覆單調地吟唱自己憂傷的讚美詩——當他們用白蠟樹木雕刻刀柄的時候，當他們熔化鋼坯和鍛造刀身的時候，當他們秋天從樹上搖下野蘋果的時候，當他們照料自己爲數不多的孩子——那些不經意間來到世上的不幸生靈——的時候，他們都在憂傷地吟唱著。

他們有著稀奇古怪的習俗，他們的全部生活都是稀奇古怪的。他們交媾的時候，會小心預防精液排泄至女方子宮。他們讓精液泄到外面，奉獻給他們自己的上帝。他們想像在人的精液裡蘊藏著上帝的光輝，通過獻祭將其從物質中解放出來，以期使其回歸上帝。所以他們很少生孩子。

他們唯一的祈禱形式是大放悲聲，他們將此稱爲唱讚美詩，而唯一的禮儀則是奉獻他們的精液。否則他們便不會祈禱。他們認爲，上帝是超人的生靈，跟人沒有任何共同之處，甚至不明白人的祈禱。

森林轟然崩塌

瑪爾塔並不喜歡傾吐內心的祕密。但是有一天她卻對我說，她能記住不同的時期，記住許許多多的時期，甚至像瓦姆日別采的還願畫所表現的那些時期她也記得。她辨認時間不是根據當時活著的人的長相——因爲人的長相彼此可悲地相像，總是同樣的那一些人——而是根據空氣的顏色，根據綠色的色調上的細微差別和陽光照射在物體上的不同方式。瑪爾塔對這一點確信不疑：她認爲時間的特定階段能通過色彩來辨別；顏色是時間的唯一可識別的特點。也許這跟太陽有某種共通之處；也可能是太陽在搏動的過程中改變了波長，或者空氣過濾光線的方式不同，使地上的所有東西每年都有其獨一無二的色調。

因此，瑪爾塔學會了將她記憶中特定的時間細節同當時世界的色調聯繫起來的本事。我設想，可能是這樣的，比方說，某天她見過運送乾草或裝滿麵粉的麻袋、裝載建造房屋的黏土或是倉促裝運日用器具的大車沿著石頭道路滾滾而去，在她的大腦裡就會將這類大車的木頭輪子的外形同當時天空可能具有的奇特的淡紅褐色連繫在一起。或者她可能會把束胸的連衫裙式樣跟透明的、甚至略帶淡綠色的大氣以及嚴寒冬天的天藍色天空連繫起來。

瑪爾塔的記憶就是這樣運轉的。瑪爾塔就是這樣識別過去的。但是這種試圖在時間上尋找順序和規律性的方式，有時也會引她誤入歧途。瑪爾塔見過一些她不能理解的畫面，這些畫面似乎是唯一能在她心中喚起恐懼的東西——因為她已見過這麼多的世事，還有什麼能使她感到害怕的呢？

她曾見到谷地，谷地上方懸著低矮的橘紅色的天空。這個世界所有的線條都不清晰，連陰影也是模糊的，投射在這一切上面的是某種陌生的異化的光。谷地裡沒有任何房屋，沒有任何人的蹤跡，沒有生長一簇蕁麻，沒有一叢野生的茶莓子灌木，也沒有一條小溪——而原本曾是小溪流流過的地方卻早就消失在茂密、堅硬的棕紅色荒草之下。小溪流過的地方看上去就像一道傷疤。在這個地方既沒有白天，也沒有任何一個夜晚到來。橘紅色的天空在所有時間裡都閃爍著同樣的光——既不熱，也不冷，完全是靜止和冷漠的。山丘上依然長滿了森林，但當她仔細觀察它的時候，便看到森林是死的，在一個瞬間變成了木化石，凝固了，僵化了。雲杉上掛著毬果，樹枝仍然蓋滿了發白的針葉——因為沒有風可將它們吹得七零八落。瑪爾塔有個可怕的預感：一旦在這自然景觀裡出現任何一點運動，這森林就會轟然崩塌，化為齏粉。

帶鋸子的人

喧鬧聲總是表明他的來臨。刺耳的機械的狂嘯，就如看不見的球從谷地的斜坡上彈回並總是在陽台附近停住。我們惴惴不安地抬起頭，兩條母狗豎起了頸背上的毛，我們拴在樹幹上的山羊嚇得開始圍繞那棵樹奔跑。稍後，他本人才在我們的視野裡出現——一個高大、瘦削的男人從森林裡現出身來，他在自己頭頂上方揮舞著一枝電鋸，好像那是一枝威力強大的來福槍，而這個男人的樣子似乎根本就不是從白樺林裡走出來的，而是直接從戰場，從戰火紛飛的坦克中間，從炸毀的橋梁瓦礫堆下走出來的。從他的手勢上我們看到了勝利的喜悅——揮動著鐵片，有時甚至快捷地扣動鋸子的啓動器，引起鋸子發出嘈雜的噪音，將整個谷地震成了一些裂塊。「喂，喂！」他歡快地叫喊著，「我來了！」他順著斜坡往下走，徑直朝我們這兒走來，一邊揮舞著手中的鋸子，用它的鋸齒胡亂地砍削白樺樹苗、幼小的楓樹、山毛櫸和草尖兒。在他的動作中有某種自鳴得意、虛張聲勢的因素：鋸子揮得太高，擺動的幅度太大，就在他昂首闊步前行的時候，連青草都來不及退避，它們纏住了他的腳，使他跌了一跤。我們趕忙閉上了眼睛，生怕看到那外露的長長的鋸齒怎樣傷著了他自己。可他什麼事也沒有發生。他站起身，只爲自己的跌倒略感驚詫，但立刻就將其忘諸腦後，因爲他眼前是坐在陽台上的我們這些人，那麼多好奇的眼睛，那麼多準備鼓掌的空手。當他走過公路，踏上小徑，我們便看清他原來是個醉漢。鋸子圍繞著他擺動，劃出一個個不規則的預示凶象的圈子，彷彿是想逃離自己狂亂的主人，又似乎是受到了他的誘惑和慫恿。「你們有什麼需要鋸的嗎?」他大汗淋漓、面紅耳赤、步履蹣跚而冒冒失失地問。

有一次R犯了個錯誤，吩咐他鋸斷一棵倒下的櫻桃樹。鋸子震顫著，發出刺耳的尖叫聲，鋸子緊緊咬住了死樹，將它鋸成了幾段參差不齊的木頭。幹完了這件事，他仍不滿足，接著又把空氣切成了幾段。這男人的眼睛在我們的幾棵椴樹和蘋果樹的樹幹上轉悠，直到R不得不站到它們前面，用自己的血肉之軀遮擋住無力自衛的樹木。「這棵白蠟樹鋸嗎?」男人問，「它不遮擋你們的陽光嗎?」同時揮舞著自己的武器。R把他送過公路，送回山上，陪著他走了那麼長的一段路，直到那人嗅到了別的用鋸的機會。

帶鋸子的男人每隔一段時間就會回來，而我們則驚慌失措地從陽台上收起了玻璃杯，關門閉戶。我們窺視著他的絕望神情，他從我們房子旁邊走過，衝著天空喊叫：「喂，你們有什麼需要鋸的嗎?有要鋸的嗎?」

埃戈·蘇姆

他在陽光裡醒來。他躺在高大的植物中間的排水溝裡。離他兩公尺之處就是公路，他聽見了有節奏的馬蹄噠噠和大車嘎吱嘎吱的聲響。他身上除了一條長褲一無所有，而且褲子也已撕成了破布條。他胸口的皮膚塗滿了泥漿，大概還有鮮血。他周身觀察，觸摸了一遍，查看身上的皮膚是否完整。是完整的，但他寧願身上哪怕什麼地方的皮膚被抓傷或割破。由於血的源頭是在他的體內，那時他至少能弄淸身上的血是否是自己的。

但他沒有受傷。他站了起來，感到一陣眩暈。頭痛得古怪，彷彿腦袋不是自己的，彷彿腦袋裡的血流不暢，眞痛得他眼裡直冒金星。他最發愁的是現在怎麼回家，有什麼辦法能讓自己回到位於市中心的自己的街道，那兒在一天中的這個時段所有的人不是出門買麵包和牛奶，就是站在窗前看天氣，而男人們爲了不錯過這美好的七月天的哪怕是片刻的時間，常常在陽台上刮鬍子。人們甚至不會讓他在這種狀態下回家，他們會尋根問底，打聽教授先生發生了什麼事，他們將神色惶惑地望著他外觀上的創傷，會去請醫生。或者，他們也許已經知道這一切？說不定警察已經在附近一帶轉悠，因爲有人曾經發現了屍體……埃戈·蘇姆坐到地上，平靜地看了看自己的雙手。雙手完全正常。他一下子恢復了神志，振作了起來。他決心去警察局，就在當時當地來個竹筒倒豆子徹底坦白，把事情的來龍去脈說個清楚。於是他起身走了，想到終於能向某個人傾吐祕密，把自己交到一雙安全的關切的手上，他頓時勇氣大增。「我希望他們迅速對我作出判決。」他想，「謀殺是死罪，讓他們立刻審判我，最終把我絞死。阿門。就算爲現在所作的一切而作爲一個罪犯死去，又何必經受那麼多的痛苦？」不過，這已不是他的事，他不知道未來將會怎樣，甚至無法猜透。「反正自有某位上帝或是某些經常出席備有橄欖和葡萄的盛宴的天神爲此承擔責任。祝他們好運。」

他終於弄明白，現在自己是身處聖安娜山的某個地方，離城鎮約有六公里。不遠處延伸著一條古老的旅遊路線，去年他還帶著一群年輕學生到過這裡。下方流淌著一條小河，河上有道不同尋常的石頭拱橋。地圖上標出的名稱是會計員橋。不錯，他知道自己是在什麼地方。這裡由幾棟房子組成的村莊就是皮耶特諾。從那裡有條小道直接通向公路，通向城市。他加快了腳步，後來竟然奔跑了起來。

在皮耶特諾，剛過橋，在一塊小小的浸水草地上站著一群沉默不語的人。他們見到埃戈·蘇姆便向兩邊挪動了身子，埃戈·蘇姆在他們的腳與腳之間看到一頭死了的乳牛的龐大屍體。牠肚皮破裂地躺在一邊，內臟流淌在染滿鮮血的青草地上。埃戈·蘇姆本能地捂住了嘴巴，但他不能停步，他必須往那裡走。人們給他讓出了一塊地方。所有的人都有副陰沉難看的面孔、灰白色的頭髮和開裂的嘴唇。

「狗咬死了乳牛。」一個有副不勻稱面孔的老者說。

「博博爾的狗。」一個抱著嬰兒的婦女補充道。

「不是我的狗。我的狗是拴著的。」

此人大概就是博博爾，但一個瘦得像刨花、嘴裡刁著香菸的男子立刻就向他撲了過去：

「放屁！你是這會兒才把牠拴起來的。」

「博博爾從不看管自己的狗。他甚至不知道自己有幾條狗。」老者堅持說，同時朝埃戈．蘇姆瞥了一眼。

埃戈．蘇姆只覺得一陣頭暈，因爲他已知道發生了什麼事。他甚至想到了他夜裡曾有過的某些模糊的回憶，或都那可能只是他的想像。他差點就要呼喊、尖叫、狂嚎，但他緊緊扼住自己的喉龍，制止它發出任何聲音來。這個動作是如此奇特，以致人們全都好奇地望著他。這時博博爾從人群中衝了出去，他看起來像個侏儒——矮小、粗壯、鬍子拉碴。他毫不猶豫地來到用條短鍊子拴著的大黑狗跟前。狗發出一聲哀鳴，倒在了地上，牠多半是靠嗅覺察覺到死神的到來。博博爾舉起一塊粗大的劈柴，揮動著胳膊，對準狗的腦袋狠狠地砍砸了下去。狗發出的尖叫是如此刺耳，有些婦女嚇得瑟瑟發抖，而後牠軟軟地翻滾到一側，一動不動。鮮血從牠的腦袋下邊流淌了出來。

那時埃戈・蘇姆跪倒在溼淋淋的青草地上，挨著乳牛的屍體，在心灰意懶的人們和腳與腳之間——開始啜泣。人們驚愕地望著他，時而彼此交換一下令人哭笑不得的一瞥。他們那冷峻的眼睛閃閃發光。

「喂，先生還是控制一下自己的感情吧，請莫激動。先生是爲乳牛還是爲狗哭泣呢？先生不憐惜人嗎？」

埃戈・蘇姆抬眼望著老者的面頰，在那張臉上尋找同情。也許他甚至以爲這個男人會把他摟進懷中，並且用那件骯髒的長袍擦去他臉上的淚水。但是那農民的雙眼有如兩把刀子。

不久之後他沿著一條主要街道走了，但仍然身處郊區。他走過了這個時辰已經關閉的「利多」餐館，他那破碎雜亂的思想環繞著柏拉圖盤旋，他想到那位聰明而冷靜的哲學家，那位像希臘的神一樣的哲學家。不！不！這是個不恰當的比喻，因爲希臘的眾神既不聰明也不冷靜。不過，那時的世界是另一種樣子，不知是由於誰在發號施令，太陽閃爍著金色和桃紅色的光，山坡上生長的橄欖樹一派蔥綠，人們都有著白皙的肌膚和白色的長袍。他腦海中產生的這種幻象逐漸轉移到對死乳牛、被打死的狗和皮耶特諾那些人的面孔的想像上面，直到一個場面跟另一個場面重疊在一起。天曉得這是怎麼一回事，但確實如此。一個場面是另一個場面的一部分。內心深處出現的有關柏拉圖——他和他那隻將一枚橄欖舉到他金子般的嘴邊的手——的畫面，還有那同時出現的皮耶特諾的景象，成了奏響埃戈·蘇姆未來的序曲。

人們目送著他，但他並未眞正注意到他們——他們表現得很有分寸：皺著眉頭，用眼角的餘光凝視著他，多半是不想讓他感到窘迫。但他好幾次聽見有人說：「他喝醉了！教授先生喝醉了！」他咬緊了牙關，已經走到了聖約翰·內波穆克大街的十字路口，他突然想到，去警察局之前該洗個澡。於是他機械地拐向自家房子的方向。樓梯間的門在他身後富有同情心地關上了。埃戈·蘇姆將骯髒的拳頭按到眼睛上，因爲他感到自己再也無法忍住淚水使其不流出來。「柏拉圖遇到這種處境會怎麼做呢？這種情況可能會發生在柏拉圖身上嗎？倘若他遇到這種情況，他或許會自殺。」埃戈·蘇姆自問自答。他也想自殺，像古羅馬的風雅裁判官彼得羅留斯那樣切開自己的血管，從容地流血而死；他也想在宴會上做這件事，在朋友中間，在一個明亮的敞開的正廳裡，那裡有金子般的空氣、葡萄酒、橄欖等等。他死時會像蘇格拉底一樣開著玩笑。

嘀，埃戈·蘇姆多麼想死啊！他想像在自家的陽台中，他自己吊在繩子上搖擺。但是埃戈·蘇姆既沒有上吊自殺，也沒有去警察局。廚房的那張椅子，就是他曾如此仔細地把自己捆綁在它上面的那同一張椅子，憐憫地接納了他那因恐怖的夜晚弄得筋疲力盡的身體。他一動不動地在上面坐到了天明。

早上他只洗了臉，就把幾條長褲、幾件內衣和一件毛衣裝進了硬紙小提箱，鎖上了自己的住宅，然後就出城，又回到了皮耶特諾。在那裡他成功地說服了侏儒般的博博爾，使他確信，每個農民都需要個強壯的長工，即便只是爲了掩埋死去的牲畜。博博爾滿腹狐疑地望著他，但當他終於弄明白長工不想要工錢，只須有個睡覺的角落，有點什麼吃的東西就知足，農民同意了，他那對灰色的眼睛閃爍著狡猾的光，活像隻狐狸。

半生在黑暗中度過

確實如此，無論我們知道還是不知道，無論我們喜歡還是不喜歡，無論我們對其同意還是不同意。世上大多數人只是由於失眠才記得漫漫長夜。當一個人酣睡的時候，根本就不知道夜是什麼。

埃戈．蘇姆成了布羅尼斯瓦夫．蘇姆，成了布羅內克先生。他帶著輕快的心情歡迎這個正常的新名字。皮耶特諾的人們在這個名字後邊加了「先生」二字，這是因爲他尚有一雙嬌嫩的手，而且鬢角也已花白。只有博博爾在需要他幹活的時候才簡單明瞭地喊他布羅內克，吩咐他清除牛欄的糞便，給乳牛送水，翻晒乾草。在皮耶特諾由於這個地區難以置信的潮溼，乾草永遠也不能乾透。

布羅內克先生如今不得不黎明即起，擠牛奶。他毫不費力就學會了做這項工作——只要看到乳牛的乳房像裝滿了液體的鼓脹的肉袋子，便用手指自上而下地輕輕擠壓，直到白色的細流在奶桶壁上敲得咚咚響。然後他就喝這牛奶，它是溫熱的，有股牛糞的氣味。這就是他的早餐。接著他把乳牛趕到牧場，還有一匹馬——牠把腦袋上下擺動，像是點頭向他道早安，又像是對他的照料表示感謝。然後他便返回去清除馬廄和牛欄的糞便。多年沒有打掃過的牛欄、馬廄積累了那麼多的牛屎、馬糞，踩實了的牛屎馬糞慢慢變硬，硬得像石頭。布羅內克用鐵鏟去敲去鏟，猶如敲擊泥炭一般。隨後他將其裝進手推車運到屋子前面，堆成一堆。快到正午的時候，他走進屋內，削了馬鈴薯的皮，煮熟後澆上豬油，跟酸牛奶一起擺上桌。他和博博爾兩個人默默無言地吃著。走廊裡博博爾的狗望著他倆，有小狗、有大狗，有狗崽兒，也有老狗，牠們總是飢腸轆轆。永遠也弄不清楚牠們究竟有多少條。午飯後，博博爾躺下睡個小覺，布羅內克先生便坐在台階上，望著波浪一般起伏綿延的地平線、牧場和山中草地被踐踏得滿是皺紋的區域，然後又是擠奶，過濾，熬製奶酪，把牛奶裝罐，翻晒乾草，用手推車運糞。晚飯吃的是麵包加灌腸或劣質的軟香腸；飯後博博爾就去鄰居家喝酒。夜晚也就這樣開始了。

夜總是在小河周圍的什麼地方悄悄降臨，也就是從這個潮溼、陰冷的地方的天空開始黑下來。每天傍晚布羅內克先生都是這種天色變化的見證人。他坐在屋子正面的台階上，眺望四野。首先他聽見夜鳥有如時鐘清脆的嘀嗒聲一樣有規律的啁啾。待黑暗完全籠罩了大地，他便聽到了人的動靜，他們酒後的聲音——結結巴巴、遲鈍、無助、含混不清，散發著倉促釀造的私酒的臭氣——在黑暗中慢慢減弱、沉寂。像往常一樣，布羅內克先生竭力不去思考，或者至少是盡可能少思考——實在避免不了思考的時候，就想想明天該做什麼，是否該去睡覺了，那條黑色乳牛是否有點不正常，或者想想博博爾可能把乾草叉放在了什麼地方。最後他上樓去睡覺，在那裡他浸泡在黑暗、潮溼和糞便的氣味中，直到早上。

但也有另一種夜晚，它像水晶一樣純淨得透明，晶瑩得異常，那時布羅內克先生就不能入睡。在某種似夢非夢的狀態下，他熱切地渴望喝杯茶，他嘴裡湧出了唾液，感到嗓子眼發緊。他躺在床上輾轉反側不能成眠，越來越心煩意亂，他的腳發癢，好像是想要奔下樓梯，跑過院子，向前衝。「我再也不能忍受了！」他想，因爲這種渴望迅速擺脫困擾的心態猶如痛苦的排尿需求，猶如積聚得太滿的東西要求渲洩的機會一樣，意志起不到任何作用。他哭了好幾次，卻是以一種奇特的方式哭，只是淚飛如雨，而內心卻是平靜的——有如長滿了青草的牧場。

那時他走進了森林，在樹木之間轉悠，用腳踢樹幹，將手緊緊握成拳頭——他用力用得那麼大，竟使指甲掐進了掌上的皮膚。他還記得森林的邊緣和小禮拜堂，它守護著進入森林的入口，就如運動場旁邊的售票亭。它的灰泥已經剝落，石頭已經破裂，裡面隱約可見的是釘在十字架上的雙腳已經斷裂的塑像。他厭惡地繞過小禮拜堂，上山，朝著邊界的方向走去。此刻在他那昏昏沉沉的腦海裡出現的唯一想法是盼望聽見一聲槍響，而且這聲槍響是衝著他來的，是瞄準了他的身體的，他盼望這一槍帶著可怕的呼嘯射穿他的腦袋。在這之前什麼事情也不要發生。

但卻發生了跟往常同樣的事情——首先他感到渾身疼痛和對這種疼痛的極端憎惡，然後是噁心想嘔吐，而當他感到胃裡翻江倒海正要嘔吐的時候，他的思想之光熄滅了，他驚恐萬分地最後看到的東西是一雙長了尖爪子的手，還有一簇簇蓬亂的灰色的軟毛。然後他就已整個受到渴望的控制，但他並未受到這種渴望的奴役，反而使他感到自由。

有時他的雇主雅謝克・博博爾想要聊聊天。他從上衣口袋裡掏出一包皺巴巴的「體育」牌香菸，在說出第一句話之前就已抽掉了兩枝。他們坐在門口的石頭台階上，穿堂風吹著他們的後背，冰涼的石頭使他們的屁股冷得無法忍耐。雅謝克・博博爾知道的只是壞消息。他說，廣播裡講到一個婦女，她住在貝斯基德的大森林中。她能預言未來。曾經有三個旅行者到了那裡，無論是自願還是被迫，最終都得在她的茅舍宿夜。她給他們牛奶，而後對他們說：「我能給你們預言未來，不過你們得給我買雙皮鞋。」於是他們派了一個年紀最輕的旅行者下山，在村莊裡給她買了一雙網球鞋。老婦穿上了鞋，讓旅行看見三具棺材。第一具棺材裡裝的是糧食，第二具棺材裡裝的是糠秕，而第三具棺材裡卻裝滿了鮮血。「未來三年將是這樣的年份。」她說，「究竟是哪些年？」旅行者想弄清楚。但她不肯洩漏天機，只是說：「第一年是大豐收。接下來的一年從田地裡將只能收到糠秕，而第三年則會血流成河。」「誰的鮮血？」她沒有回答。所以現在博博爾大傷腦筋，琢磨今年是什麼年——豐收年、糠秕年還是流血年？但是在皮耶特諾，未來看起來總是陰暗、不詳的。青草總是生滿了鼻涕蟲，小河裡的水總是混濁不清，人總是浮腫——不是得了酒後不適症候群就是有病；母羊在神祕的情況下倒斃，貂吃光了整窩鶵雞，雷劈死了乳牛，全窩的狗崽兒會在暴風雨時被淹死。這裡下雨的時間總是最長，每樣金屬製成的東西都鏽得發出嘎嘎的響聲，牛糞上面則長滿了白色的黴菌，因爲它們永遠不會被分解，不能爲土地所吸收。

布羅內克總是那個將動物的屍體埋在小河邊的人。每當博博爾的那些永遠飢餓的狗從森林裡拖回一隻被咬得殘缺不全的狍子，博博爾總是不允許牠們將其吃掉。他那雙給酒精弄得淚汪汪的眼睛出乎意料地罩上一縷溫情，那時他就吩咐布羅布克把狍子埋掉。布羅內克幾乎就能成爲死去動物的合格掘墓人。可他在掩埋狍子的屍體的時候卻遇到了難題：需要挖很深的坑穴，因爲狍子有四隻又長又僵硬的腿，任何舊式墓穴都容納不下牠。爲了不讓狗將牠再次從地裡刨出來，必須用鐵鍬砍斷狍子細長的脛骨。布羅內克正是這樣做的，儘管狍子已是毫無疑問地死了，但砍斷牠的腿仍然是件殘酷可怕的事。

他想起第一次乘坐公共汽車到克沃茲科去捐血的事。捐血的念頭也是在某天夜裡突然出現在他的腦海之中的，當時他渾身疼痛得那麼厲害，以致他想發出狂嚎。這個念頭的出現有可能是受到當時正好在宣傳義務捐血的地方廣播電台對他的啓發，也可能是一張報導此事的報紙的圖片偶然落到了他的手中。他當時已把自己徹底變成了布羅內克，他對捐血這個想法並沒有深思。他只是覺得把他的鮮血獻給某個人是件美妙和公平正義的事，血不過是他體內的某種東西而已，這東西從未見過世界，從未感受過陽光，卻能使他活著。懷著有人會樂意接受它們的信念，從自身開啓那些內在的河流，讓那些令人厭惡的黏稠和溫熱的東西流出來，畢竟是件美好的事。相信那些樂意接受它們的人也會接受它們對己是模糊不清的蒼白的西伯利亞景色的全部記憶——那是一派由於恐怖而變得酸楚，由於無能爲力而惡化了風光。

一個有雙白嫩的手的女人按摩他手上的血管，接著把一根針刺進血管，用塑膠吸管抽出布羅內克的血，留待分發給別的人。事後布羅內克感覺到的唯有輕鬆。他得到一杯咖啡和一塊戈普沃牌巧克力，他立即就將其吃了下去，甚至沒有嘗到甜味。當他爬上高踏板的公共汽車時感到有點虛弱，汽車把他送回山麓的村莊。

從此他每月獻兩三次血，超過了可以捐血的量。但他經常可以撒謊，因爲義務捐血中心站的日常文書工作相當混亂，白嫩手指的女護士不斷變換，而且腦子裡想的也是別的事情。他甚至等不到正規捐血的時間就又跑去捐血——讓針刺入自己的血管，血液像小河淌水似地流出。他爲這種失血後的頭暈感到飄飄欲仙，這是他唯一可以享受的樂趣。他必須躺一會兒，休息片刻。他就在這時想像跟女人做愛。他學會了看懂護士的量血器刻度。一百毫升，兩百毫升的血，他的身體頑強地生產這種紅色的體液。有一天的夜晚，他一邊聽著喝醉的鄰居們吵鬧，一邊計算。他總共獻出了足有兩桶的鮮血，卻仍舊沒有死。

蘑菇

八月是從採蘑菇開始的，也就是說，像一向應有的那樣。豔陽高照，把土地都晒乾了，但我們的草地依舊積滿了水；草地上長著茂盛的青草，綠得令人目眩。

第一株蘑菇是我偶然發現的，它生長在去瑪爾塔家的小徑上。一株小小的紅色的哥薩克蘑菇看上去就像根粗大的火柴，而它頭頂上方的天空就像塗上了紅磷的火柴盒。這可能是火災的預警，火災可燒掉青草，把天空燒成橘紅色。

整個早上我什麼也沒想，只想蘑菇。夜裡我覺得似乎聽到了蘑菇在生長。森林裡劈啪作響，這是一種勉強聽得見的聲音，或者與其說是聽到的不如說是感覺到的聲音。故而我晚上經常睡不著覺。頭一年黑森林裡的蘑菇多得簡直把我嚇壞了。我帶了滿滿幾籃子蘑菇回家，把它們鋪在報紙上。我久久地望著這份收穫，眞是百看不厭，直到不得不拿起刀去切它們柔軟的、稚嫩的軀幹。我割下了它們的菌蓋，穿在黑刺李的刺上，讓它們晒乾。滿是針刺的樹枝連同戳在上面的菌蓋，整個秋天都緊靠在我家房子的牆上。房子的牆壁吸足了乾燥的鱗皮牛肝菌和哥薩克蘑菇的芳香。頭一年就是這樣的，當時什麼都多，蘋果、李子，甚至那棵老櫻桃樹也發瘋似地結果子，餵飽了周圍一帶所有的椋鳥。然後是所有的東西全部越來越少。今年我只發現了幾個蘋果。我給它們點了數，守護著它們，隨時準備放出兩隻母狗去趕走偷蘋果的賊。

儘管潮溼的草地上沒有傘菇——雖說這正是傘菇生長的時節——每逢八月來臨，森林邊緣地帶就會冒出許許多多白色的帽子。

傘菇是那種沒有青春的蘑菇。當它以頭戴白色羊皮尖頂帽的形象剛從地裡冒出來的時候，就已是老態龍鍾了。它有副上了年紀的身子，老婦人的身子，這常常使我想起了瑪爾塔。青筋突起的瘦腿在地面上支起嬌嫩的菌蓋，觸摸它的時候似乎總有點溫熱的感覺。在喀嚓一聲掐斷那條脆弱的瘦腿帶回家去之前，常會跪下去聞聞它的氣味。大家都知道怎樣烹調傘菇——需要把它浸泡在牛奶裡，而後滾上雞蛋和搗碎的麵包乾，再用油將其煎成像煎肉排那樣的金黃色，當下就得把它吃掉。以同樣的方法可以烹調松球形的毒蠅菌，它有股核桃的氣味。不過人們都不採集毒蠅菌。人們將蘑菇分為有毒的和可食用的，有關食用蘑菇的手冊詳細論述了將前者和後者區分開來的所有特徵。手冊上介紹了好蘑菇和壞蘑菇。任何一本有關蘑菇的書都不把蘑菇分為美麗的和醜陋的、香的和臭的、觸摸時是令人感到愉悅的和不可忍受的、噁心的，也不將它們區分為哪種是可誘人出錯的和哪種是可獲得開脫的、解救的。人們看到的是那種他們想看到的東西。這樣的分類一清二楚，但卻是人為的、不真實的。而實際上在蘑菇世界裡沒有任何絕對可靠的東西。

打自八月開始，幾乎每天都有些患酒後症候群的男人在拂曉時分磕磕絆絆地走遍小白樺林，而後給我送來好幾袋蘑菇放在台階上。他們想拿這些蘑菇換一瓶家釀的葡萄酒。「請進屋吧。」我最常說的就是這句話，但我往往大失所望——他們只採哥薩克蘑菇和白蘑。

然而我吃過所有品種的蘑菇。當我發現什麼我不認識的蘑菇時，我總要先掰下一小塊，放在舌頭上試一試。我用涎液將蘑菇弄溼，再用舌頭摩擦上顎，品嚐味道，咽下。我從來沒有給毒死過，也從來沒有發生過因蘑菇中毒而被弄得死去活來的事。有可能會由於別的東西中毒而死，但絕不是由於蘑菇。我就這樣學會了吃銅綠色的紅菇，這種蘑菇誰也不採集，它們在秋天把整座森林染成了棕黃色。我也學會了吃鹿花菌，這種蘑菇形狀相當奇特，簡直可以作為完美結構的範例為建築師效勞。還有毒蠅菌，神奇的毒蠅菌——我把它們的菌蓋用油煎炒，又撒上了香芹菜。它的味道是如此鮮美，怎麼可能有毒？我等待了一整夜，甚至等待了兩三個長夜，因為中毒的症狀有可能出現得很遲。拂曉時我凝視著窗戶玻璃上的反光，那是一片比牆壁更亮、中間帶個十字形的不協調的空白。小轎車的鑰匙就放在桌子上。蘑菇不肯把我毒死。R平靜地說，假若出現中毒症狀，肯定已經來不及搶救了。即使洗胃、打點滴輸液也全都是徒勞——如果中毒，早已進入了血液。

「爲什麼有的東西會想要置我於死地呢？」我問他，「難道我竟是個如此重要的人物，以致什麼東西會想到殺死我？」

我小的時候曾吃過嫩馬勃菌。它們看起來是那麼漂亮，在亂草叢中顯得那麼完美。我激動得吞下了它們，我始終記得它們那種香粉的氣味。我帶了一點馬勃菌回家，媽媽命我把它們扔掉。我沒有告訴她我肚子裡裝的比這還多。從此以後我學會了吃這種蘑菇，把它放在奶油裡稍微煎一下，撒上糖。

我把採到的第一批馬勃菌送給了瑪爾塔。我倆立刻就拿這種蘑菇做成了飯後甜點，把它們全都吃掉了。

用馬勃菌製作甜點

白色的嫩馬勃菌
用來煎它的奶油
細白糖

把馬勃菌切成硬幣厚度的小片。無須削去蘑菇的皮，只要去掉上面毛茸茸的贅瘤就足夠了。用平底鍋把奶油燒熱，把馬勃菌煎成金黃色。撒上細白糖，上茶時一起端出來。

是誰寫出了聖女傳，他是從哪兒知道這一切的

穿連衫裙就像穿修士服一樣。連衫裙不同於修士服的地方是更加貼腰，開始穿它時甚至有點不舒服，因爲太緊了，還有領口需用什麼東西掩蓋起來。卡特卡找來一條洗褪了色的羊毛圍巾，將它圍在帕斯哈利斯苗條的雙肩上。

他幾天沒有走出房門，卡特卡給他送食物，主要是麵包和牛奶。她說：「喝牛奶吧，這會幫你長乳房。」於是他就喝了。早上，確切地說，在快到正午的時候，他們起床，她給他做精巧的髮型，在他的頭頂上編了許多小辮子，將髮梢用手指捲成鬈髮。她用掙得的錢給他買了一條胭脂紅的絲帶。她對他講話使用的語言裡塞滿了捷克語詞彙，這使他並非總能全部聽懂。整個下午和傍晚她都不露面，而他從褡褳裡拿出聖女的著作，認眞地讀了起來，一字一字地讀著，尋找自己在此前的閱讀中可能遺漏了的東西。

庫梅爾尼斯寫了一些自相矛盾的東西，這使帕斯哈利斯感到特別洩氣。「上帝乃茫茫的造物，這造物是純粹的呼吸，純粹的消化，純粹的衰老和純粹的死亡。所有的一切都包含在上帝的身上，但這一切卻是不斷被增多、不斷被強化的，因而既是完美的，同時

又是有缺陷的。」在別的地方她又寫道：「上帝是完美的黑暗。」或者：「上帝是個不間斷生育的婦女。生命從她那裡不斷輸送出來。在這種無止境的生殖中沒有喘息的時間。這就是上帝的本質。」

「那麼上帝最終是誰？」當帕斯哈利斯把這些內容讀給卡特卡聽的時候，她昏昏欲睡地問道。

他不知如何回答她。

「你是否曾經考慮過，在你的身體內部完全是黑暗的？」有一次，當他們倆相互依偎著躺在床墊上的時候，他問她，「任何光線都不能穿過你的皮膚照到那裡。男人進入你體內的那個地方，也一定是黑暗的。你的心臟在黑暗裡工作，跟你所有的器官完全一樣。」

這不過是個普通問題，但他們倆都為此而感到極為可怕。

「黑暗超越我們的肉體。我們是從黑暗中形成的，我們跟黑暗一起來到世界上，一生中黑暗都伴隨著我們一起成長，一起死亡。當我們的肉體瓦解、化為烏有的時候，它就滲入地下的黑暗裡。」庫梅爾尼斯寫道。

卡特卡更緊地偎依著他。他說：

「我真想作個聰明、有學問的人。我真想知道一切，那時我倆就不用躺在這裡擔驚受怕了。遺憾的是，我們對活在我們前頭以及活在我們以後的人一無所知。也許一切都是周而復始地自我重複著。」

夏天結束了，暖和的赤褐色的秋天的序幕已悄然降臨。帕斯哈利斯開始忐忑不安起來，開始思念那不受街道牆壁所阻隔的空間。他理解到待在格拉茲已毫無意義，無論是爲聖女，還是爲自己，爲卡特卡，抑或是爲上帝，待在這兒已什麼事都做不成。他的旅行沒有教會他任何東西；他沒能更清晰地看清楚任何事物。他思念自己的女修道院，但他期望的是某個更大的女修道院，期望它像山一樣大，修道院的庭院能由山中的牧場所取代，那兒能容納下所有的東西。他期望阿涅拉嬤嬤能成爲他的母親，而他自己也能成爲另外一個什麼人，成爲某個酷似庫梅爾尼斯，或者就像卡特卡那樣的人，或者成爲某個連他自己也想像不出的人。他認識到，他必須重新塑造自己，這一次是從零塑造的，因爲迄今爲止他是生活在極大疑慮的基礎上的，他擔心自己不是以正當的方式創造出來的，或者甚至是以如此苟且的方式臨時創造出來的，以致他不得不毀掉自己，重新以嶄新的面目出現。

他不知道現在該做什麼，不知從何下手摧毀和重塑自己的工作。一天下午，卡特卡離開他的時候，他收拾自己的行李，離開了城市。

帕斯哈利斯遇到刀具匠人的時候，他們把他稱爲「兄弟—姊妹—火」。雨點鞭子似地抽打在他的身上，踩踏出的一條小路上流淌著紅色的水流。他想找個藏身之所躲雨。

他們無論對他的服裝，還是對他的鬈髮全都不感到驚訝。他們讓他睡在一個小房子裡，帕斯哈利斯在裡面感覺到就像在自己昔日窄小的修室裡一樣。然而他仍舊在思念。他幾乎是赤身裸體地躺在被褥上，而他的行李正在石頭房子裡的爐火旁邊烘烤著。他什麼也看不見，這兒是如此之黑暗，以致他覺得在城裡度過的所有那些白天都更為明亮，也更長，夜晚也更為暖和，就連下雨也跟這裡不同，碩大的雨點莊重地降落，它使燥熱的皮膚清涼，使人精神振作；就連牛奶也有更加微妙的幽香。城市從遠處看起來似乎更加引人入勝，通向羅馬的道路是那麼筆直而又方便。

他們讓他就這麼一天到晚無所事事地躺著，而他們自己卻在操勞：男人們都進了打鐵房，整整一天直到傍晚，都能聽到從那裡傳來的有節奏的鐵錘敲擊聲和水的嘶嘶聲——那是給燒得通紅的鐵淬火時所發出的聲響。所有的婦女全消失在同一棟小房子裡，也許在那兒給刀子裝手柄，或是在烤餡餅。他們的孩子在默默無言地玩耍著，他們神情鬱悶，臉上給鼻涕、泥土弄得髒兮兮，直到黃昏時他們才被人像趕家禽似地趕進屋裡。黎明時分，帕斯哈利斯聽到刀具匠們如泣如訴的歌唱，他們單調重複的唱法扭曲了歌詞。無論他們唱的是什麼全都充滿了哀怨與悲傷。這是個多麼悲慘的地方！他思忖道。他等待著，只要停止下雨，他就能翻過重山至任何別的地方去。

後來終於出現兩個晴朗的日子，但寒風刺骨像刀子一般。從山丘上可以看到半個世界。在南邊的遠方帕斯哈利斯能看到自己的女修道院。

「上帝沒有任何特徵，沒有任何形象。」那些憂鬱的男人中的一個對帕斯哈利斯說，當時他正幫助那男人將櫻桃樹幹劈成小塊。「他想顯現就顯現，想何時顯現就在何時顯現。甚至，有時我們覺得他應該顯現，但他卻根本沒有顯現——這也是他的一種顯聖的形式。」刀具匠沉默了良久，兩人審視著被伐倒的原木。過後他又補充說：

「上帝在我們內部，而我們在他的外部。他行事隨意，輕率，但他知道自己在做什麼。他就像麵包——每個人得到自己的一片，每個人都按自己的方式認識它，但任何一片麵包都不包含整個麵包。」

他們給他麵包送他上路。適逢剛下第一場雪，不過由於土地仍舊是暖和的，雪很快便融化了。他往下走進了谷地，渡過了那條自孩提時代起就很熟悉的小河，心裡思考的一直是那個思想信念堅韌得就像皮革似的老刀具匠對他所說的話：如果上帝希望我們找到安寧，如果他希望我們退出這個世界，將我們的靈魂提高到精神的、而非物質的層面上，如果他想讓我們回歸自己，且賦予我們以自然的欲望，賦予我們對他的天生的思念，如果他召喚我們，如果他在我們面前敞開了一扇通向永生的大門，而對這塵世的生活則允許惡驕橫恣肆，如果他對自己聖子的死聽之任之，並讓其從中尋找生活的意義，如果死亡是最完美的寧靜，那麼死亡實際上就是上帝創造的所有事物中最爲神聖的東西。如果是這樣，那麼人能奉獻給上帝的除了自己的死亡之外，就沒有任何更能讓上帝稱心的東西了。

每樣東西都是一種標記，但其中某些東西卻不能忽視。因此才存在某些嚴峻的事物。帕斯哈利斯心想。因此森林才充滿了有毒的蘑菇，因此草原火災才會把數以百萬計的昆蟲軀體變成焦糊的灰堆，因此水災才會將無數生命從谷地中沖走，因此才有戰爭，才有電閃雷鳴，才有大災大難和各種疾病，因此才有衰老，因此在刀具匠人的房子裡的頂蓬下才掛著數千把刀尖朝下的刀子，而他們自己也在襄助死亡。

上帝如此創造世界，爲的是讓這個世界指點我們：我們該做些什麼，該怎麼做。

尾聲

有關帕斯哈利斯故事的結尾存在兩種說法。其一是自殺說。它完全是偶然地出現在「Uber den selbstmorderischen Tod des Bruders im kloster der regulierten Chorherren Augustiner in Rosenthal」㊷之中的，它是這麼說的：

「在舉行晨禱的時候，大教堂的教長發現帕斯哈利斯兄弟缺席，而他平時從未在祈禱儀式上遲到過。在唱過頭兩首讚美詩之後，出事的預感促使教長去了他的修室，想去喚醒他，教長猜想帕斯哈利斯兄弟可能是睡過了頭。他打開修室的門，見到帕斯哈利斯的身體懸吊在一根用來掛衣服的橫桿子上。儘管迅速地割斷了繩子把他放了下來，並試圖進行搶救，但帕斯哈利斯兄弟始終沒有醒過來。搶救了一段時間，大家明白他已永遠離開了。」

㊷德語，意爲：關於羅森塔爾市教堂唱詩班奧古斯梯納爾的弟弟自殺身亡一事。

第二種說法相當含混不清，從中得不出任何嚴格意義上的結論。他似乎在歐洲漫遊，也可能到世界各地周遊列國，宣講自己的聖女的信經，攙和著介紹刀具匠人的憂傷。他在空間裡活動，多半像在時間裡活動一樣——每個新的地方都在他心中敞開了不同的潛在可能性。這個說法在那些受到帕斯哈利斯的生活經歷和作品感動的人們中間廣泛流傳，他們是從碰巧遇到的不經意的外國人嘴裡，在形形色色的傳言、引證、閒言碎語和別人的記憶之中得知有關他的一切的，確切地說，沒有人眞正知道這種說法是從哪裡聽來的。或者相反，有些人就像封戈埃特岑教授那樣，在追尋庫梅爾尼斯的足跡時，在大學的圖書館裡查閱《聖女傳》的時候發現了他。他們的閱讀有時會因休息抽菸、喝從暖瓶裡倒出的咖啡或啃咬手指頭上的倒刺而中斷。在這種說法裡，沒有任何有關《聖女傳》敍事者死亡的記載，再說，又怎能會有這種記載呢？這個人既然是在娓娓動聽地講述聖女的故事，那就必定是個活人，在某種程度上他是永生的。他超越了時間所能包容的範圍。

蘆薈

我曾懷疑蘆薈是否是長生不老的植物。它總是生機勃勃地立在窗台上，只需從它數十個腋芽裡輕輕掐下一枝，便可進行繁殖。久而久之，我便忘記了哪棵植物是它的母本，哪棵是它的子株。我曾將它們分別饋贈城裡來的熟人，送給瑪爾塔、阿格涅什卡和克雷霞。我用泥製的小花盆、裝過酸奶和奶油的盒子盛著腋芽，親手送給他們，因此可以說，多虧了我它才能挪動，到處漫遊。我不知道如何確定蘆薈的年齡：是計算那些分開再植的腋芽、枝椏的年頭，還是計算那種綠色、多肉的物質的整個生存時間。那些腋芽有自己的時間和空間，它們飛速生長，同時用自己滿是鋒切尖刺的邊緣刺破空間。可以將腋芽種在花盆裡，在花盆上貼個標籤，注明是「標本Y」或「標本2439」，如此就能觀察它的生長變化。它那綠色的物質填滿了葉子直至葉子的邊緣，有人將那多汁的芳香物質貼在燙傷的手指上，而它竟能將所有的灼熱、所有的疼痛都吸入到自己體內，那物質是長生不死的。種在形狀各異的花盆裡、立在世界上各種窗台上的不同蘆薈植株都有同樣的物質。多年前立在我父母家的窗台上的蘆薈植株，有著同樣肥厚的葉片，而此前似乎還曾出現在家具店的櫥窗裡。在那個時期家具店的櫥窗一般還不曾擺放過盆栽植物。更早以前它還曾出現在哪裡，有誰知道呢……顯然它經歷過長途旅行，因爲蘆薈在我們的氣候條件下是不能野生的。定是有過一艘船沿著非洲東海岸航行，擠過蘇伊士運河，滿載著咖啡豆、奇異的水果、裝在籠子裡的猴子和發出顫音的鸚鵡。下甲板上定是裝有許多盆栽的植物，那便是不受暈船影響的熟睡的蘆薈。新大陸滿腹狐疑的、猶豫不決的征服者，很快就會成爲各種其他種類的植物——桃金娘、天竺葵、芸香和帚石南的無意識的大敵，窗台上的新住戶則會受到呵護並貪婪地捕捉北方忽明忽暗的陽光。

我知道，無論是活的還是死的東西，都在其體內記錄下各種圖像。因此這蘆薈體內也會仍舊保留著它最先生長地的陽光、令人難以置信的亮得炫目的天空和無聲地沖蝕著沿海岸低矮的地平線上的碩大雨點。插枝的每個部分都以它內在的這種光輝自豪，並且複製了植物的保護神——太陽的圖像，立在我家的窗台上對太陽靜靜地頂禮膜拜。

傍晚，當我將一株這種既古老又稚嫩的插枝送給瑪爾塔的時候，不禁想起，像蘆薈這樣老是堅持著、老是保持原樣繼續存在下去，一定是件令人厭惡的事。對植物而言，能擁有的唯一的眞正情感也許只是厭煩。瑪爾塔同意我的想法，她把蘆薈放在窗台上時說道：

「假如死僅僅是件壞事，那麼人們大概就會立即停止死亡。」

篝火

翌日傍晚，鄰近的皮耶特諾的農民來跟我們做買賣。大家圍著一堆篝火談生意。他們懷裡藏著幾瓶像那一出現就會給世界帶來歡樂的魔術師的白兔子一樣的燒酒。他們把酒瓶放在臨時湊合著搭起來的桌子上，眼裡飽含著自得的神情。我和瑪爾塔切麵包並從玻璃罐裡取出醃製得不到時候的小黃瓜。R拿來玻璃杯。

打自去年以來就長髮齊肩的博博爾先生說道：

「給女士們準備了果汁雞尾酒，婦女不喝純燒酒。」

我們沒有異議。我擔心的是端上來的切成了四塊的番茄會爬著步行蟲，這兒到處是這種蟲子，每片樹葉下面都爬滿了。

客人一共是三個人——博博爾先生和他的鄰居熱茹拉先生，還有布羅內克先生——大家都管他叫「長工」。我們坐在篝火旁的樹墩子上，在一派靜默中，燒酒從酒瓶子狹窄的喉管裡源源不斷地湧出。男人們一仰脖子，一口就喝掉了半玻璃杯，而我們則一小口一小口地啜飲著帶酒精的果汁，瑪爾塔喜歡黑茶莓子果汁的味道。他們談起了帶鋸子的人，說是警察因他從森林裡偷伐木材而拘捕了他。我回想起早春和雪，還有手電筒閃爍不定的光照亮的黑暗，鋸子不祥的刮擦聲和雲杉倒下的轟隆聲。有人說，永遠別去糾纏盜木賊，你最好是裝作既沒有看見也沒有聽見他們。所有的樹木命中注定是要遭到砍伐的。任何人，誰不知道這一點，就可能腦袋上會挨斧頭。我們要用多少立方米的木材來安裝房間的地板？這裡談的還只是一個房間。

只有布羅內克先生一人沒有喝酒。在瞬間出現的寂靜裡，我們聽到了莊重的聲音：

「你們可知道我已獻了多少血？」

誰也不知道。

「那麼就請女士們說說看。」

「十公斤？」我以一種出乎意料的大膽高估回答道。

所有人的臉全都轉向了布羅內克先生。他淡淡一笑，動了動嘴唇，彷彿是在咂嘴。

「那究竟是多少，布羅內克？」博博爾催促他告訴我們。

「整整十八桶的血。」

熱茹拉先生說了句什麼有關豬血灌腸的話，並且點著了一枝香菸。「用如此數量的血能做出多少血腸!?」

但是，對所有的人都稱之爲「長工」的布羅內克先生而言，顯然這句話已經沒有任何意義，他膽怯地咳嗽了一聲，期盼別人的讚嘆。然而，只有瑪爾塔，富有同情心的瑪爾塔，用一根小棍子撥了撥火炭，說道：

「啊喲，這可是非常非常多的。這簡直是一個血海！」

博博爾給我們做好了下一份雞尾酒。直到這時我們才看到，他幾乎用了滿滿一玻璃杯燒酒，一點點水和少量的黑茶莓子果汁。我喝得站不起來了。

感謝上帝——波蘭人

最讓他們感到驚愕的是，一切都組織得如此糟糕。但又有什麼是他們能夠預期的呢？戰爭剛剛結束，他們便乘上了火車，進行長達兩個月之久的長途旅行，穿越了整個飽受戰爭蹂躪的國家。他們路過的一些瓦礫堆尚在冒煙。火車在長滿青草的鐵路小站往往一停就是一兩個禮拜，誰也不用問原因。乳牛就只好在鐵路道軌之間放牧。那時他們便燃起了篝火，而婦女們則煮上了馬鈴薯湯。他們中誰也不知道究竟要到什麼地方去。誠然火車上有位列車長，但他難得露面，每次出現總是帶著神祕的表情反覆說：「明天我們就開車。」但是到了明天，火車繼續停在那裡不動。他們不知是否該拉出匆忙打包的鍋，重新燒旺篝火，削馬鈴薯，煮馬鈴薯湯。有時他說，那邊有許多完整的村莊在等待著他們，空出來的石頭房子正等著他們去住，房子裡的一應家具他們做夢都想像不到。說他們到了那裡就會享有一切。「你一進門。所有的東西就全都是你的了。」於是那些奶孩子的年輕婦女便幻想裝滿絲綢連衫裙的衣櫃，幻想高跟皮鞋、帶鍍金拉鎖的手提包、鑲花邊的餐巾和雪白的桌布。他們帶著映入眼簾的種種人間財富的誘人圖景沉沉入睡。清晨她們醒來的時候，給露水弄得又冷又溼，因爲車廂沒有車頂，只有幾塊木板，她們的丈夫巧妙地將這些木板改裝成了頂篷。

有時火車出人意料之外地突然開走了，那些看得出神，又莫名其妙的人就趕忙去追趕，他們沿著鐵路奔跑，手裡提著要掉下來的長褲。情人們留在了乾草垛裡；心不在焉的老人們把臉轉向了陌生的地平線，迷失在擁擠的月台上不知所措；孩子們爲丟失愛犬哭哭啼啼，那些愛犬正徒勞地在附近的小樹下撒尿作記號。必須衝火車司機高聲叫喊，讓他停一停車。司機或者沒有聽到喊聲，或者忙於趕路，總之沒有停車。然後被落下的人就得去尋找開走的火車，請求士兵順便帶他們一段路去追趕火車，到那些臨時的遣送機關去打聽，在各個火車站的牆上留下訊息。最糟糕的是，那些火車沒有目的地，沒有任何預定的停靠站和終點。只有一點是肯定的，那就是朝西開。在鐵路樞紐站它們一會兒向左拐，一會兒向右拐，但總的來說，有一點基本不變，那就是跟著太陽走，始終在與太陽賽跑。

此處無人主管：沒有任何國家，政府剛剛是他們自己夢想中的事，但它卻是一天夜裡突然出現在小城鎮的月台上，在那裡命令他們下車。

政府——是個足登軍官長統皮靴的男子，所有的人都管他叫「長官」。他一根接著一根地抽菸，他的嘴唇彷彿給煙霧熏軟了。他吩咐他們等著，等了幾個鐘頭，直到聽見馬蹄噠噠、大車轟轟的聲響，幾乘四輪運貨馬車從黑暗裡隱隱出現：馬匹昏昏欲睡，神情沮喪。他們摸黑將行李裝上這些運貨車，沿著空無人跡的狹窄小街朝城市的下方走去。木頭車輪發出的噪聲宛如飛來的飛機的轟鳴，商店的招牌由於這種轟隆聲而瑟瑟發抖。黑暗中一塊玻璃鬆動了，落到了石頭上。大家都打了個哆嗦，而婦女們則抓緊了自己的胸口。那時老博博爾意識到，他總是害怕，不間斷地怕了好幾年。但這沒什麼了不起。一輛高斯牌軍用越野汽車護送這個車隊到了城郊，然後出了城，沿著一條鵝卵石鋪就的路向谷地駛去。天已破曉，因而他們能見到兩邊聳立著的高高的綠樹成蔭的山丘，山腳下立著一些房屋和糧倉，但所有這一切都不像農村的房子，而只像是農莊——用磚建造的大房子。老博博爾的眼睛既不習慣如此的空間環境，也不習慣這樣的房子，於是他在心中暗自祈禱，千萬別是這個地方。

他們拐了個彎緩緩上坡，通過了架在水流湍急、河床上鋪滿石頭的洶湧澎湃的小河上方的橋梁，爬上綿延起伏的高原。在他們的右邊升起了一輪紅日。只有從這裡方才看得見太陽，而從谷地裡是見不到它的。太陽照亮了遠方的群山和晨霧繚繞的發霉的天空。眼前的一切都在動，都在起伏著。他們之中的那些較爲虛弱者，像婦女和老人都感到噁心難受，覺得要嘔吐，尤其是到處都如此空寂，杳無人煙，如此陌生，以致有人甚至抽抽搭搭地啜泣起來。親切的回憶掠過他們的腦海，難忘自己離開的那片金色和綠色的平原，難忘那安全的、上帝的土地。甚至那些在車輪旁邊奔跑的狗也保持著很近的距離而不肯鑽進青草和灌木叢中，牠們惴惴不安地嗅來嗅去，夾起了尾巴。由於長途跋涉，牠們疲憊不堪，身上的毛根根豎立起來，骯髒而凌亂。

終於他們看到幾棟村舍小屋散布在下方的谷地上，彼此相隔很遠。軍用越野汽車停了下來，從軍裡走出嘴上刁著香菸的長官。他讀著名單上的姓名，同時用手指指點點：赫羅巴克，這裡；萬蓋盧克，這裡；博博爾——那裡。誰也沒有爭論，誰也沒有抗議；長官和他的香菸猶如神力——指到哪裡哪裡便有了秩序，無論這秩序是什麼樣的，肯定要比混亂無序好得多。

博博爾一家來到指定給他們的村舍前面。房子看上去相當堅實，糧倉是加蓋到房屋邊的，而不是像應有的那樣與房屋分開。小小的庭院鋪上了寬石板。丁香花正在盛開。他們坐在運貨馬車上，誰也沒有勇氣頭一個下車。博博爾往地上吐了口唾沫，目不轉睛地望著房子的窗口。然後他忐忑不安地尋找水井，但哪兒也見不到一口井，也許水井挖在房子後面。最後越野汽車開來了，停在了他們近旁。

「喏，已經到了。」刁著香菸的人說，「過來吧，這已是你們的啦。」

他雄糾糾地向門口走去，但剛剛走到門前他又顯得似乎有點躊躇。他朝門瞥了一眼，敲了敲，又使勁擂了一下。過了片刻門打開了，他走進屋內。他們等待著，直到他重新出現。他不耐煩地催促他們說：

「怎麼啦？進去吧。」

他們動手從運貨馬車上卸下鴨絨被和鍋瓢盆罐。博博爾頭一頭走進門廊。裡面昏暗，天花板是半圓的弓形結構，散發著一股熟悉的乳牛的氣味。他們在寂靜中拖著腳步走進一個大房間，站立在窗戶對面，剎那間他們什麼都看不見，因爲強烈的光線使他們睜不開眼睛。長官點燃了香菸，用德語說了些什麼。那時他們才見到兩個婦女，一個年紀較大，頭髮灰白，另一個比較年輕，手上抱著孩子，還有一個小孩偎依在老婦人的身邊。

「你們住這邊，她們住那邊。以後會有人來把她們弄走。」長官還說了這樣一番話，然後便繞過他們，消失不見了。他們聽見越野汽車發動時的轟隆聲。

他們就這麼站立著，直到不知從哪裡冒出一隻貓，牠坐在房間中央，開始舔自己的爪子。那老婦頭一個移動身子，她從床上捲起被褥，拿進了另一個房間，而年輕的婦女和孩子們也跟在她身後走了。這時博博爾太太乒乒乓乓將鍋瓢盆罐送進廚房擺放整齊。

上午剩下的時間他們一直在從運貨馬車上卸下自己的行李。其實東西並不多——一些衣服、幾幅聖畫、幾床鴨絨被和一些鑲了木框的照片。博博爾太太在稀奇古怪的爐灶下點著了火，因爲她想熬點湯，可是她找不到水。她拿著鍋圍著房子轉了一圈，找不到水井，於是便想，那些人是不是從溪流裡取水。最後她鼓起了勇氣，去看了看兩個德國婦女所在的房間。那年輕女子見到她便跳將起來。

「水。」博博爾太太說，指了指手裡的鍋。

年輕的女子向廚房走去，但那老婦人衝她咆哮。德國婦女停住了腳步，站立了片刻，彷彿有些猶豫不決。後來她很不情願地給博博爾太太指了指爐灶旁邊牆上的一根制動桿——博博爾已把自己的長褲子掛在了上面。她把鍋放在制動桿下邊，將制動桿上下移動，水流了出來。

「來做飯吧，爐子已經點著了。」博博爾太太對那婦女說。

那德國婦女拿來裝滿馬鈴薯的瓦罐，放在鐵板上。博博爾太太向她解釋說，他們的文件上清楚印著「臨時遣返」的字樣，這意味著，他們在這裡不會待很長時間，還說，所有的人都在議論下一場戰爭。而那個德國婦女卻突然痛哭失聲，那完全是一種無聲的啜泣，她將滿腹湧出的硬咽聲又吞了回去，博博爾太太甚至不知如何安慰她，於是咬著嘴唇，離開了廚房。

整個夏天他們就這樣生活在一起。男人們迅速安裝好了釀造私酒的設備，從此燒酒就像涓涓細流一般源源不斷地流進小酒桶和酒罐裡。當時天氣酷熱難耐，他們不知把自己怎麼辦，一到下午早早便開始灌黃湯。婦女們在共同的爐灶上一起做午飯，實際上是沉默不語，只是偶爾相互交換幾個單詞，既不樂意，也不自覺地彼此學習自己並不喜歡的語言，暗中窺探對方的習俗。在波蘭人眼中，德國人的吃法好不奇怪：他們早餐吃的是一種牛奶酒，中飯吃的是沒有削皮的馬鈴薯，外加一點奶酪，一點奶油，而到了禮拜天他們便殺兔子或鴿子，用來熬一鍋麵糝湯。第二道菜是麵疙瘩，以及照例必有的罐裝糖煮水果。男人們走進糧倉，去看德國人的那些機器，但他們不知道機器如何操作，有什麼用途。他們蹲在房屋外邊，議論著那些機器，喝乾一杯杯私釀的燒酒——這樣一直到傍晚。最後有人帶來了手風琴，婦女們便聚集到一起，開始跳舞。他們把頭一個夏天變成了沒完沒了的波蘭節日。他們中有些人從來就不曾清醒過。他們唯一能做的事便是盲目高興，慶幸自己劫後餘生，慶幸自己終於在某個地方——一個無論怎樣的地方——安下身來。最好是不去考慮未來，因爲未來是反覆無常的，靠不住的；最好是唱二重唱，翩翩起舞，跑進灌木叢，忘乎所以地盡情做愛，不去看留在這裡的那些德國人的面孔，因爲一切都是由於他們的過錯，是他們發動了這場戰爭；正是由於他們的過錯，一個世界結束了，如同示巴女王㊸的預言中所說的一模一樣。有時波蘭人情緒激動，步履蹣跚，搖搖擺擺地回到家裡，扯下他們家裡那些德國人的聖像畫，把它們拋到櫥櫃後邊，乃至

㊸典出《聖經・列王紀上》第十章，示巴女王覲見所羅門。

把櫃上的玻璃都震裂了。他們還是用原先那些釘子掛上了自己的、非常相像的、或許甚至是一模一樣的基督聖像畫和帶著一顆流血的心的聖母聖像畫。

秋天，他們由於天天過節而弄得精疲力竭，又由於政府徹底忘記了他們的存在而大失所望，他們串通一氣，釘了個十字架，將它樹立在道路的分岔口，並且在上面寫上：「感謝上帝——波蘭人。」

那個夏天波蘭人沒有工作——只要德國人還待在那裡，他們就無須工作。他們把德國人應得的東西給了德國人。畢竟他們這些波蘭人不是由於自己的過錯來到這裡的，也不是出於自己的奇思異想而把自己遼闊的田地撂在了東部並顛沛流離了兩個月之久到這裡謀生；他們根本就不曾希冀過這些陌生的石頭房子。德國婦女擠牛奶，清除牛糞，然後去地裡幹活，或者打掃衛生；她們戰戰兢兢，彎腰弓背，沉默不語。只有在禮拜天才讓她們歇息。她們穿上節日的服裝，甚至戴上潔白的手套，上教堂拯救他們有罪的德國人的靈魂。

秋天，政府來了人，這一次是找德國婦女的，叫她們收拾行李準備上路。年輕的德國女子情緒激動，開始打起了包裹，老年婦女坐在床上一言不發。翌日清晨她們站立在房子前面等待著。博博爾太太送她們一點豬油路上吃，一面暗自高興從此又多了一個房間。終於來了個什麼人，用德國話命令她們朝著小鎮的方向走去。年輕女子拉著一輛小板車，跟別的德國人的車隊會合，那些人就站立在小橋上，但老年婦女不肯走。她返回廚房，抓起一隻瓷碗，已經喝得稍帶醉意的博博爾試圖從她手裡奪下器皿。兩人相互拉扯、爭奪了片刻，直到那老婦女滿頭白髮根根豎立。突然間，她幾個月來第一次出人意料地大喊大叫起來。她跑到房子前面，吼叫著，將緊握的拳頭舉向了天空。

「她說什麼？她吼叫什麼？」博博爾一再追問，但政府官員不肯告訴他。

直到德國人消失在山丘後面，政府官員返回來，爲的是通知他們，說他們的村莊已經不叫艾因西德勒，而是有了個新的波蘭名稱，從現在起叫作皮耶特諾。同時博博爾也獲悉，那德國老婦人是在詛咒他的。

「她咒罵你，對你說了一大堆蠢話，她說：『但願你的土地顆粒無收，但願你孤獨一生，但願你一直疾病纏身，但願你的牲畜紛紛倒斃，但願你的果樹不結果子，但願你的牧場連遭火災，燒得寸草不留，田地給洪水淹沒。』她就是這麼吼叫的。」政府官員說著，一根接一根地抽著香菸。「不過，只有蠢貨才會把這些話放在心上。」

錫盤子

瑪爾塔有許多殘缺不全的東西：單只的瓷茶杯，帶有模糊邊飾的茶碟子——它的圖案上還能勉強猜想到是葉子的鍍金波形紋路，臨時湊合裝配上鐵絲把手的鍍錫鐵皮大杯子，帶有搪瓷剝落的鏽跡斑斑的鉚接的鍋。她有一把刻著德國納粹黨黨徽卐字飾的大餐叉和幾把餐刀，那些玩意由於磨過上千次而變得又薄又細，使人一見便會聯想到串肉籤。我疑心她是每年春天在菜園裡耕作的時候偶爾挖到了這些東西，把它們從地裡扒了出來，然後清洗乾淨，再用灰燼將其擦得晶亮，覺得滿意了才放到抽屜裡的，假如真的是這樣，那就意味著，瑪爾塔在廚房用具方面能夠做到自給自足。要知道土地也曾給我們提供過這類極其醜陋、千奇百怪的物品，只是我們沒有以足夠的尊重對待它們，而是把它們全然不當一回事。我們，像所有的人一樣，希望擁有的是嶄新的、閃閃發光的東西，帶有價格標籤的黏膠痕跡的東西，還要求附有一份保險單，能確保其經久耐用，永遠光澤可鑒、表面平滑完美無瑕，並要留有遠方工廠的金屬氣味的東西。

我不曾欣羨過瑪爾塔的餐具，也不曾覬覦過她那些沉重的枕頭——在那些枕頭裡，羽毛在夜間跟人體角力時總要從一個角落游蕩到另一個角落——更不曾希冀過她那些洗褪了色的小塊裝飾花毯，它們上面常用德語繡有令人寬慰的成語，諸如繡有「Wo Mutters Hände liebend walten, da bleibet das Glück im Haus erhalten」或「Eigner Herd ist Goldes wert」㊹之類。

只有一件東西喚起過我的鍾愛之情，那就是一只錫盤子。它沉重、粗糙、邊緣上裝飾著浮雕的幾何圖形，它由於長年手指的觸摸已經磨損，許多地方圖案淡出，與背景融爲一體。儘管如此，觸摸這些圖案還是給人帶來一種愉快的感覺，無須看，一摸就能感覺出圖案上的標識。那些裝飾圖案似乎是希臘風格的，或者採用了裝飾藝術㊺的手法。它那一再重複交替出現的圓形和正方形，中間用十字形連接起來，這些十字形像加法符號一樣，使圖形顯得更豐滿，不過那些彼此相加的各個組成部分倒還保持原來的模樣。有許多地方無光澤的金色塗層已經脫落，露出赤裸的灰色金屬。

㊹德語，意爲：「只要是母親慈愛的手掌管的地方就充滿著幸福」或「自家的爐灶勝黃金」。

㊺裝飾藝術（Art Deco）：源於法國，二十世紀建築、工藝品的裝飾藝術，其特點是採用簡單的、且經常是對稱而重複的幾何圖形和彩繪的強烈對比。

夏天瑪爾塔在盤子裡擺上水果，秋天用它盛核桃。盤子在她那鋪了漆布的桌子下中央俯視一切。在瑪爾塔的全部有缺陷的財富裡，唯有這種東西能吸引我的注意力。其餘的一切就都只能喚起同情。

保母

我曾有個德國保母。她名叫傑特魯達・尼采。她小巧玲瓏，活潑好動，活像隻嚙齒動物。她戴的眼鏡鏡片很厚，在不同的時間裡反射著從電燈泡到太陽的所有不同光源。波蘭語她只知道幾個詞，主要是用來跟我母親交談的，對我，她是怎樣想就怎麼說，也就是說德語。我至今清晰記得她的面孔，她那粗魯而又不乏溫情的動作，她的毛衣的觸碰，還有她身上的可可香味。但我不記得她說過的話。當時我尚未掌握任何語言，在語言上我還處於未開化的階段，我還不需要任何詞彙，無論是波蘭語還是德語，抑或是其他任何語言的詞彙，我都不需要。她有自己的語言，周圍所有的人都覺得這語言陌生，甚至懷有敵意（終究是戰爭結束後剛過二十年）。她用這種語言對我講話，唱歌，還用它來大聲斥責我。她曾把我放進木頭小推車裡，推著我經過池塘的堤壩去看望她自己唯一長期居住在本地的親戚卡姆普一家。到了那兒，在他們塞滿了小擺設、小玩意的房屋裡，我們一起參與了沒完沒了的交談。我自然是沉默無言。

在他們談話期間，她讓我坐在鋪了床罩的床上，用枕頭將我支撐得穩穩當當的，而傑特魯達就坐在桌邊，跟卡姆普太太一起叮叮噹噹地碰杯。後來她把我抱在手上，我那時定會映照在她的眼鏡玻璃裡。但我不記得這件事，因爲那時我還意識不到眼前就是我的影子，我還不關心鏡片照到的是不是我。

由於傑特魯達的原因，我一直希望自己能懂得德語，希望德語能隱藏在我的內心深處，上面蓋滿了我用波蘭語進行的所有交談的灰塵，蓋滿了我所讀過的成堆的書籍，隱藏在我所學過的一切初級讀本之下，即使不是掌握整個語言，至少也懂得許多最重要的詞彙，足夠我能應付一般需要的詞彙。我期待著這樣的時刻：這種語言能在我身上展現出來，無須藉助讀本，也無須藉助枯燥乏味的課業，驀地裡，無緣無故、莫名其妙地我就能聽懂德語，或者甚至還能說德語，雖然還有些困難——因爲無論是我的嘴唇還是我的舌頭還都不習慣於說外語。我敢肯定，假如有人——例如傑特魯達，俯身到我的上方，愛撫我，餵我食物，我定能聽懂她所說的德國話。假如有人抱著我站立在窗口，向我指著園林，對我提出那些成年人對孩子們提的不聰明的問題：「這是什麼？」「誰在那兒走路？」「媽媽在哪裡？」我也定能聽懂他所說的德語。假如有人親切地讓我用手觸摸他面部的獨一無二的輪廓，假如這個人成爲我入睡以前見到的最後一個形象、醒來後見到的第一個形象，那麼這個人所說的德語我肯定也能聽懂。

在卡姆普夫婦那裡我平生第一次看到並且記住了自己。那時我大概有一歲左右，因爲我已經會坐了。定是來了一位巡迴照相師，就是幾年後我上小學一年級時給我照相的同一個人。定是他天花亂墜地說得我的保母開心，因爲是她把我脫得一絲不掛，讓我坐在一塊白色毛皮上，這白色毛皮想必是卡姆普先生匆忙間扔給她的。定是我曾叫喊著表示抗議，因爲有人拿了個鍋蓋給我玩。正是這鍋蓋觸到了我肚子上的皮膚，支架上明亮的燈光和照相機的光圈瞄準了我，所有的人的注意力全都集中到我的身上，使我有生以來第一次出現在我自己的外邊，那時我還是個笨拙無能、站立不穩、無所適從的小人兒。用這個鏡頭的光圈觀察我自己，用另一種目光，不完全是我自己的目光，用一種冷漠的、遙遠的、無動於衷的目光觀察我自己。這種目光今後將會同樣冷靜地記錄下我的手的動作、我的眼瞼的顫動、我的房間裡的悶熱和我的思想——記錄下所有的、甚至不成熟、未定型的一切。這種目光、我從我外部觀察一切的那個觀察點將會越來越經常地出現，最終將開始改變我自己，我將變得缺乏自信，不知我是個什麼人，不知我的中心點——其他的一切都圍繞它運轉的中心點——在哪裡？同樣的事物在我每次看來都將是另一種樣子。首先我將迷失在所有這一切之中。我感到恐怖。我將絕望地尋找穩定。最終我將認識到，穩定誠然存在，但離我十分遙遠，而我就像一條溪流，就像新魯達那條不斷改變顏色的小河；而關於我自己，我唯一能說的是，我偶然發現自己是從空間和時間上的一個點流過，我除了是這個點和時間的特性的總和之外，什麼也不是。

從這裡得到的唯一教益是，從不同觀察點看到的世界是各種不同的世界。因此，我能從不同的觀察點看到多少種世界，我就能生活在多少種世界裡。

刀具匠們的讚美詩

遍及大地的是徒勞無益
不姙的子宮受到祝福
被奉爲聖潔的是所有的不育
神聖的頹喪渴望的是死亡
奇妙的是冬天顆粒無收
堅果無果肉的空外殼
燒焦的木柴仍舊保持著木頭的形狀
撒落到石頭上的種子
用鈍了的刀子
乾涸的溪流
嗜食其他動物後代的野獸
靠其他的鳥蛋養活的猛禽

和平總是肇始於戰爭
飢餓往往是過飽的開頭

神聖的老年，死亡的黎明
從肉體上攫取的時光
突然的死亡，意外的死亡
死亡——像草叢中踩出的小道
勞而無動
推而不動
拼而無變
行而不達
言而無聲

尋寶

隨著時間的推移，那些德國人住過的房子越來越樂於將裡面蘊藏的東西交給新的波蘭主人，其中有：大大小小的鍋，盤子，帶把的大杯子，被褥甚至衣服，有些還是十分講究幾乎是簇新的服裝。有時他們找到一些簡單的木頭玩具，立刻就交給了自己的孩子——在經歷了長年的戰亂之後，這是眞正的財寶。地下室塞滿了大大小小的玻璃罐，裝有果醬、水果蔬菜泥、蘋果酒，或是汁液稠濃得有如墨水，稍不小心就會染紅手指的蜜餞漿果，用醋泡漬的黃色甜瓜塊——他們不喜歡這種醋漬瓜的味道，還有加了英國香草藥的醋漬蘑菇。老博博爾越來越陰鬱了，他在地下室找到了一具嶄新的、剛完工的棺木。

德國人在餐具櫃裡留下了調味品，鹽罐，瓶底剩餘的食油，盛有蕎麵糝、糖和糧食做的代用咖啡的粗瓷容器，他們把窗帘留在了窗戶上，將熨斗留在了廚房爐灶的鐵板上，圖畫留在了牆壁上。抽屜裡棄置著舊帳單、租賃合同、買賣契約、洗禮時拍攝的照片和信件。在某些房間裡留有書籍，但它們已經失去了說服人的本能——它們周圍的世界已改成使用另一種語言。

房子的頂樓上立著各式的嬰兒車，躺著成堆的發黃的舊報紙和裝有點綴聖誕樹用的五顏六色的玻璃球的破裂的小提箱。在廚房裡、臥室裡始終保留著外人陌生的氣味。從衣櫃和五斗櫥內衣抽屜裡散發出的氣味尤其強烈。婦女們畏畏縮縮地打開它們，從裡面一件接著一件地拿出一些衣服，同時驚詫地看到，每件都是外國貨，都是式樣滑稽可笑、稀奇古怪的。終於她們壯起了膽子，試穿那些連衫裙和西服上衣。她們常常甚至連縫製這些衣服的料子的名稱都不知道。她們穿著這些外國衣服站立在鏡子跟前，本能地把手插進了衣服的口袋裡，意外地摸到了蹂皺了的小手帕、包糖果的包裝紙、已經廢除了的硬幣。婦女們往往有一種特殊的才能，她們能發現任何人都沒注意到的小雜物間、疏忽了的抽屜、用迷彩僞裝起來的裝過皮鞋的盒子——從中有時會突然撒落出兒童的乳牙或剪下的一縷縷頭髮。後來她們用手指撫摸盤子上的花紋圖案，對它們獨特的天藍色的對稱美嘖嘖稱奇。她們既不知掛在牆上的帶小曲柄的設備有何用途，也不知餐具櫃裡小小的搪瓷抽屜上書寫的文字是何意義。

有時會發生這樣的事，那就是某個人在整理地下室或翻耕菜園的時候，會發現某種特別的東西。可能是一只盛滿了瓷器的木箱，或是一玻璃罐的硬幣，或是用漆布包裹的成套的泛銀光的刀叉餐具。消息不脛而走，轉瞬間就傳遍了整個村莊，甚至整個地區。不久之後，每個人都浮想聯翩，期盼自己也能找到德國人留下的財寶。這股尋寶熱具有夢幻的性質，彷彿是在搜索某種有朝一日還有可能再度蓬勃生長、並再次搶走他們擁有的一切、重新把他們驅趕得顛沛流離、無家可歸的危險的外國植物的根苗似的。

一些人出乎意料地福星高照，禮品不期而至，雖然並非純粹出自偶然。不妨相信他們所講的故事，說是某一天他們在房子附近挖掘的時候，冷不防他們的鐵鍬尖猛然噹啷一聲碰到一個金屬箱子。但也可以是拿起鐵鍬和鶴嘴鋤走進曠野，在大樹下邊，在孤獨的聖壇附近挖掘，或在建築物的廢墟裡搬開石頭尋找，或是深入古井探尋。

因此頭一年在皮耶特諾沒有一個男人到自己的田地裡播種——所有的人都尋寶去了。只有婦女在菜園子裡爲栽種大白菜和小紅蘿蔔而勞心費神。

於是，每天清晨，天剛矇矇亮，男人們便出門探寶。看起來，他們就像是去田間勞動，因爲他們都帶著鐵鍬、鶴嘴鋤、肩膀上斜掛著一捲繩子。有時他們結成對子，或者組成一個小組下到井裡。那兒可能有各種各樣的東西。他們中有人在井壁上找到了金屬箱子，內裝上百把刀子，儘管都是刀身，因爲木頭刀柄已經腐朽，化成灰色的塵土了。他們開始探查地裡所有可能找到的孔洞。此後，那些最爲深謀遠慮的人便已教會自己的兒子們尋寶，因爲這是個不錯的、甚至是最好的職業。

多年後他們的孫子仍然在尋寶。他們在市場上從烏克蘭人手裡買到了金屬探測器，從齊腰高的青草地裡艱難地走過，彷彿是在用巨大的放大鏡探查這片土地。他們爲消磨午後的時間，常常蹲在商店的前面，手裡端著一瓶溫熱的啤酒，議論著，說的是又有一輛德國旅遊汽車停在路邊，有些德國人在教堂後邊的灌木叢中遊蕩。有人還看到了他們夜裡拿手電筒照亮，用神祕又興奮的竊竊低語，悄悄地相互召喚。清晨在這個地方就留下了一個剛剛挖掘出來的大洞。

老波普沃赫是最大的尋寶者。他尋找財寶就像別人尋找蘑菇，而做這兩件事都需要有個靈敏的鼻子。

波普沃赫家裡所有像樣的物品都是來自尋寶——一些黃銅鍋、壺、盤子、瓷器，其中包括一套小巧玲瓏的瓷杯，它們的工藝是如此精細，以致無人知道可用它們來喝什麼。所有堅實的東西全都來自尋寶；只有那些容易腐爛、損壞的東西仍然需要添購。

波普沃赫似乎習慣於漫不經心地在田野和幼樹林中閒逛，看起來似乎是在仰望天空，嗅嗅空氣的溼度，探究明日的天氣情況。但他會冷不防走到一塊躺在田埂上的石頭跟前，圍繞它走一圈，觸摸它，就像撫摸懷孕的綿羊，接著便匆匆跑回家去拿來鶴嘴鋤和鐵鍬，然後就在這樣的石頭下面找到一只裝有刀叉餐具的小提箱或是一個裝滿希特勒軍隊徽章的罐子。波普沃赫在自己的一生中還曾有兩三次找到了武器。他把武器拿回家，擦拭乾淨，吩咐妻子和女兒要嚴守祕密，要給嘴吧上道鎖，把武器藏到了頂樓上。他感到頭頂上方存放著武器會更安全一些。他也曾找到一只裝滿集郵簿的手提箱，有時他去瓦烏布日赫出售一點德國郵票。他常去一家古董店出售一些看似無用的舊物——例如一副金屬絲鑲邊的眼鏡。

然而當波普沃赫找到眞正的財寶的時候，他卻渾然不知那是什麼東西。因爲誰能想到一只裹了金屬包頭的大木箱裡裝的竟是一整套輕金屬餐具？其中絕大部分蓋上了一層銅綠，或者變得灰暗無光。所有的餐具都是二十四件，包括：各式各樣的盤子、有柄的大杯子、餐叉、餐刀、湯匙和小得可憐的茶匙，此外還有長柄有蓋的深平底鍋以及帶木把手的鍋。波普沃赫太太用這些鍋煮牛奶——它們確實很不錯，從來不會把牛奶燒糊。他們把所有這些餐具整齊地擺放在房間的餐具櫃裡，它們就這樣在無聲無息中默默度過了漫長的年代，直到軍事管制時期，來了一位過路的舊家具商人，碰巧注意到那只煮牛奶的深平底鍋。他在鍋底尋找某種標識，但他們不知，他是否找到了想找的東西。當波普沃赫將裝滿其餘餐具的餐具櫃指給他看的時候，商人沉默了片刻，然後自己主動開出龐大數額的價錢，於是他們也免去了討價還價的麻煩就出了手，只是他們的女兒捨不得跟那些銀光璀璨的器皿分手——它們每天晚間就像電視機發出的螢光一樣光輝閃爍，充滿了整個房間。但最終她還是用這筆錢在新魯達爲自己購買了一套單人住房，剩下的錢還足夠去羅馬作一次爲期三天的業務旅遊，因爲克雷霞・波普沃赫的平生宿願就是見到教宗，幻想能在死之前見他一面。只是她沒有說，是在誰死之前——是她還是教宗。

假如人的眼裡有X光射線，能像X光射線透射人體那樣透視大地，那麼，人又能在那裡看到什麼呢?·岩石的骨骼，土地內部器官的黏土梗節，花崗岩的肝臟，沙岩的心臟，地下河的腸子。埋藏在土地裡的財寶，便像是外來的異物，諸如是移植物或是炮彈的碎塊。

大理花——天竺牡丹

瑪爾塔坐在大理花——天竺牡丹中間。我看到了她的腦袋。我朝她招了招手，但她沒有注意到我。她的手在花的葉子中間撥弄，可能是在把花葉紮起來，或是在彈掉葉子上的蝸牛。她春天栽種大理花的根莖，關照它們幾乎就像在關照她的大黃一樣。八月天竺牡丹開花。我眞想去數一數它們均勻的花瓣。它們怎麼會有如此的對稱性和完美的條理性？瑪爾塔說，大理花受到孩子們喜愛總是遠遠超過成年人。這是爲什麼？誰也不知道。「成年人更喜歡玫瑰，」瑪爾塔說，「因爲玫瑰開出什麼樣的花朵總是不可預見的。」

我眞希望自己已經像瑪爾塔那樣老。老年人看來到處都相像，構成老年人生活內容的無非是漫長的清晨，伴隨著一動不動地懸在屋頂上方的黏糊糊的太陽艱難度過的懶洋洋的午後，拖拖拉拉的電視連續劇，被拉上了的窗帘。上街購物，依舊是午餐時桌旁談論的大事。步入老境意味著盤子洗得特別仔細，而收集到的餐桌上的麵包屑要裝進塑膠袋裡，爲的是一週兩次到公園去給腳旁的鴿子餵食。巴豆在夜裡掉了一片葉子，老年人就會去檢查它主莖上的傷口。老年人會去抖擻掉木槿那天鵝絨般的葉子上的蚜蟲，會去整理餐巾，會去讚嘆小菜園裡的甜菜在菜畦的盡頭竟長得如此之大，會袖著手聽廣播，而把節分鈕釦的計劃推遲到明天，會爲昨天送來的用電帳單煩惱，目光會注視著郵差從一家走到另一家的彎彎曲曲的路線。老年人會站立在廚房窗口仰望天空，感受太陽漫遊的每一個步子；爲了使自己確信冰箱裡不是空的，會漫不經心地打開冰箱；會小心翼翼地從年曆上撕下一頁頁紙片，並將它們整齊地放進抽屜裡。老年人常常會盡心地收藏各種門類的報紙，會往那些由於年代久遠而變成了褐色、穿起來或者太窄或者太大的衣服中間放置樟腦球。

後來我想，問題或者並不在於我希望老，不在於追求年齡，而在於追求一種生活狀態。這種狀態可能只發生在老年。這是一種無爲的狀態，也就是說不採取行動去爭取什麼，而如果已經開始幹了，那就慢慢幹，彷彿關心的不是活動的結果，而是活動本身，是活動的節奏和旋律。一邊緩慢進行，一邊觀察這個時代潮起潮落，再也不會冒險去趕潮流，也不會冒險去反潮流。這意味著忽視了時間，彷彿時間只是別的某種東西，某種眞正想望的東西的幼稚廣告。什麼也不做，只是數房間裡鬧鐘的敲擊聲，數鴿子的翅膀拍打窗台的響動和自己心臟跳動的次數，並且轉眼就把這一切全忘於腦後。沒有思念，沒有追求。至多只是期盼節日的來臨——歸根結柢正是由於期盼才有節日。咽下唾液，並且感覺那涎液如何順著食道流到了某個「深部」。用手指尖觸摸手心的皮膚，感覺它那如何變得像冰河一樣的光滑。用舌頭剔下牙縫裡的沙拉碎塊，恍如又吃了一頓午餐那樣再咀嚼它一次。耷拉、蜷伏在自己的膝蓋上，從頭至尾學究式地追憶某些事件的細節，直到頭腦由於無聊而打起了瞌睡。

瑪爾塔頭上灰白色的短髮在花朵中間閃著銀光。根根豎立的短髮紋絲不動。或許瑪爾塔以爲保持靜止狀態能戰勝近日的炎熱天氣，或許她正在數花瓣的數目，或許花的美豔使她驚得喘不過氣來。驀地，在短暫的瞬間我知道了她想的是什麼。這種思想也曾出現在我的腦海中，在我自己的思想中間擴展著，終於爆炸了，消失了。我大感意外，呆若木雞，舉到了眼睛上的手也一動不動了。

瑪爾塔想的是：「最美的是那些給蝸牛咬出了缺口的花瓣。最美的是那些不太完美的東西。」

重複，發現

當暴風雨來臨的時候，青草的主莖突然變得鋒利，垛裡的乾草變得粗糙，玫瑰和懸鉤子的刺將陣風扯成薄薄的細長條。田埂上紅色的石頭的邊緣變尖，而在池塘上方的匕首般的蘆葦打起了唿哨。世界變得漆黑一片，所有的亮光都匆忙退縮，然後突然盡最後的力量聚爲閃電，來了個中心開花猛擊著黑暗。那時耙的尖齒變成了凶惡、可怕的東西，掛在木板上的草叉子的尖錐子刺破了空氣。餐刀從桌子上掉落了下來。

我生活在我對其已略有所知的世界上。日復一日我能識別越來越多的畫面、手勢、動作的含意和後果以及空氣的顏色和氣味。所有這一切我已知曉，我彷彿已永遠失去了認識新鮮事物的才能，我彷彿已無須再學習。這種感覺顯然在不斷增強，起初只是些一閃即逝的預感，啊，不錯，一會兒預感到會發生這件事，一會兒又預感到會發生那件事。我知道這一點，雖說我並不明白這究竟是爲什麼。

世界因此而拉近了，就像貼到了我的皮膚上，我彷彿覺得，世界能感覺到我體內血液的脈動，並以較爲細小的樹枝在風中的搖曳來模仿這種脈動。世界就是我的皮膚，而我卻在竭盡所能地爲忘卻這一點而努力。

我們坐在陽台上，沐浴著最後和煦的陽光，不知是誰的一隻手觸到了桃子上，突然間一股浪潮湧過了陽台——在短暫的一瞬間，卻又是在各個不同的時刻所有的手就都出現在水果上，那只是在一剎那間的事，幾乎覺察不出來。然後又出現了這個鏡頭的後續部分——一片什麼葉子飄落到青草地上的一枚沒有成熟的李子上，但只是撫摩了它一下，又繼續飄走了。在懶洋洋、無意識進行的談話裡，幾次出現了「撫摩」這個詞，但誰也沒有注意到這一點，誰也沒有聽見，誰也不明白。

那時我就想，我這是在接近某一個極點了。時鐘已敲過了十二點，開始了一天的夜間部分。我想我已經開始死亡，而在此事發生之前，我將以同樣令人震驚的方式看到一切，也就是從下方，從事件的幾何學方面看，那時在深奧莫測的對稱性中可看到世界的開頭。然而就連這種知識對於我也將沒有任何意義，面對這種知識我將變得手足無措，不能以任何方式對它加以利用。我唯一能做的事只是驚詫，迄今我竟然沒有看到如此顯而易見的排列、秩序，而且這種安排並非——如我所認爲的那樣——蘊藏在思維、理想、數學公式、概率運算之中，而是蘊藏在事件本身。世界的軸心是無數的瞬間、動作、手勢的重複排列，反覆的重複出現。並沒有任何新鮮的事物產生。

毒蠅菌蛋糕

三個大的新鮮毒蠅菌菌蓋
五百克乾的毒蠅菌
兩個小圓麵包
一玻璃杯的牛奶
一小把葡萄乾
一個洋蔥頭
香芹菜葉
一個雞蛋
一個雞蛋黃
搗碎的麵包乾
用於調味的鹽和胡椒

將麵包浸在牛奶裡，將洋蔥頭放在奶油裡略炒一下，加入切碎並泡溼的乾蘑菇，打碎蛋黃，加入切碎的香芹菜葉，給餡加好調味品。把滾上雞蛋和搗碎的麵包乾的新鮮毒蠅菌菌蓋煎成金黃色。放一層煎好的新鮮毒蠅菌菌蓋放上一層餡，再放進小烤箱裡烤熟。

他和她

戰爭結束後，他們便作爲從東部地區遷徙的人員很快就來到了這裡。他們彼此相愛了——空蕩蕩的房子、空蕩蕩的街道，以及空蕩蕩的心靈，不管對於什麼樣的愛情都是很有幫助的。嚴格地說，當時尚不存在任何一樣東西，每樣事物都是剛剛開始進入正常的存在狀態。火車沒有固定的時刻表，想來便來，時而還有人在夜裡開槍，很難弄明白破碎的商店櫥窗上方的德文招牌的意思是什麼。

她那雙小巧修長、精心保養、就連戰爭也未能毀掉它們的手，在一家用醫神阿斯克勒庇俄斯的蛇裝飾起來的藥房裡找到了工作，侍弄一些小藥瓶。頭幾個月裡她的工作是貼掉德文的標籤，寫上波蘭文的名稱。人們稱她爲「碩士小姐」。在此期間，他穿著閃閃發光的長統軍官皮靴，忙於恢復礦山的生活。他們相識兩個月後結爲伉儷，並且分配到一幢房子，又從市場旁邊的一些棄置的公寓住家裡搬運家具——一個裝飾著小角塔的紅木餐具櫃、幾幅裝在沉重的畫框裡的巨幅靜物畫、一張塞滿了紙張和照片的書桌——她用這些紙張和照片點著了爐火——還搬來了幾張帶有因用舊而磨光了扶手的皮椅。他們爲擁有這幢房子而自得，夫妻倆夢寐以求的就是這樣的房子。它那狹窄的樓梯間靠正門上方鑲嵌的多色彩繪玻璃照亮，帶扶手的結實的樓梯，前廳裝滿了鏡子，這些鏡子由於過於巨大而未遭受洗劫，起居室帶有陽台和推拉門，一間有冷藏設施的寬大的廚房，牆上貼了瓷磚。瓷磚展示了農村風光——一架風車兀立在用細線條畫成的鈷藍色風景畫裡，散落在池塘上方的村莊、布滿了縱橫交錯的羊腸小道的山脈。同樣的題材每隔幾塊瓷磚便重複一次，給空間以一種有條不紊的秩序。每樣東西都必須有自己的專門位置，就連形態如蝎子的大理石鎮紙也是放在它該放的地方。否則人們就會覺得彆扭，或許就會對其不屑一顧。在這裡人們不習慣於以另一種方式生活。

從此以後吸引他們的已是那些賞心悅目的東西：漂亮的住宅、引人注目的最新款式的時裝——它們是如此講究，如此精緻，如此優雅，眞是與軍人的制服、戰時的破衣爛衫、斜掛在肩上的粗帆布背包形成了尖銳的對比。還有，每到午後他倆常走進花草叢生的園子，挖出那些他們叫不出名字的鮮花。他們將這些鮮花栽種在自己房屋四周，有如環繞著城堡。現在當他們傍晚時分玩惠斯特牌戲的時候，就能聞到馥郁的花香，而後，在重新分發紙牌的中間，他們就會上床，做愛。

他迅速得到晉升，從礦山到城裡最大的企業單位——布拉霍貝特紡織廠，她當上了藥房經理。他們常去斯維德尼查和弗羅茨瓦夫採購。他們經常出門散步，爲的是向城市展示他們自己，也爲了城市能向他們展示它本身。

他們穿著顏色鮮豔、款式流行、潔淨整齊的服裝，在街頭悠閒地漫步，這樣的行頭使他們容光煥發，似乎它給他們的面孔平添了一種天國的異彩，以致瞥見他們的人們都不由自主地要在胸前畫個十字，要在人行道上對這樣一對夫婦頂禮膜拜。這是一對完美地嵌入一幅照片中的自得其樂的妙人兒，這一幅照片就是——世界。

起初他們都不想要孩子，他們小心翼翼，採取預防措施，甚至感到他們因此而比別的那些夫婦要優越得多，那些夫婦做愛時往往忘乎所以，缺乏必要的控制，很快便落入了困境。他們覺得那些人的生活太平庸了，一結婚就生兒育女，眼看一切都在逐漸發生變化，日常生活轉成老套的程式。那些夫婦的廚房裡，瀰漫著牛奶和尿的氣味，盥洗室裡晾著尿布，起居室裡出現新的永久性的固定設備——燙衣板，連同它那令人難以忍受的難看的金屬鉤架。那些夫婦不得不去排隊買小牛肉，不得不去看醫生，爲嬰兒的乳齒是否已經長齊擔心著急。「像我們這樣該有多好。」他附著她的耳朵悄聲說，而她正偎依在他強壯的胸膛上，他胸口有幾處傷痕，她從未問過這些傷痕的來歷。她補充說：「我又怎能分割對你的愛呢?」「一旦我們不得不去愛別的什麼人，我倆就難免不被拆開；這樣的愛難免不會奪走我們的時間、注意力和感情。」因此，在他們的床邊才胡亂地扔著包裝保險套的金箔，而在盥洗室的小架子上立著沖洗器，這些都是他們控制生育的普通證據。他們因之而擁有充分的自由，成了眞正的自由人。他們有自己的小汽車，他們恐怕是全市首先擁有私家小汽車的人之一。他們開著小汽車去克沃茲科，甚至去伏羅茨瓦夫；他們開著小汽車上劇院，在他們需要給自己縫製一套西服或是一套女裙裝，抑或是件配有層層重疊有如起了泡沫的長裙的漂亮禮服的時候，他們便開著小汽車找裁縫量身訂做。每當另一對痛感自己日益衰老的夫婦向他們問及有關孩子的事，他倆總是異口同聲地回答：「在如此動蕩不安的時代，在這片仍然還是不完全屬於我們的國土上，何必要生孩子呢？在戰時發生那一切之後，在電影院向我們展示了那些集中營題材的電影之後，爲何還要生孩子？」

然而他們的軀體根本就不在乎這類問題，也不在乎戰爭，不管他們主觀意識如何，都會在他們體內不斷生產出形成孩子的要素。每個月都會在她的卵巢裡生成一些不完全的、不充分的生命；在他的下腹內部產生數百萬潛在的生命。有時偶然間這些要素會在她的子宮內結合在一起，但她既不想懷它們，也不想哺育它們，更不想照料它們，於是它們便神祕地枯死，最終血的瀑布便將它們沖刷掉了。由是她更加明確地堅信：世界服從於她的意志，她不想要的東西，那東西就不會出現；而一旦她想要——就會有。

因此儘管他們自己對此一無所知，但畢竟還是不斷創造了一些無形體的、不充分的、未完成的生命，一些如同蒲公英的種子一樣還沒植根於土地的生命。而由此可以推及，所有那些不能植根於體內的生命，那些沒有任何上帝立足的地方的生命，它們是空虛的。但它們會圍繞著它們落腳的地方打轉，在神奇花園的空中無所事事地遊蕩，會透過窗玻璃張望，有可能會隨意地躺到玻璃杯裡，而當他們在不知不覺中把玻璃杯舉到嘴邊，它們便會流進了他們體內，在那裡頑強地尋找地方，自行播種和生長。它們大量存在，無論他們走到哪裡，到處都有它們伴隨在一起，如同那顫動的不安定的光環。

在那些日子裡，時光有一種像水銀一樣的活動性，不穩定。每天總有一些陌生人來到這座城市，有人立刻就把他們分派往被棄置的住宅。無人居住的城市無法存在下去。這裡有工作等待著每一個只要願意工作的人：學校需要教師，商店需要售貨員，礦山祈盼礦工，市政廳祈盼官員。布拉霍貝特紡織廠也應運而生。這是個大型綜合企業，它擁有幾個倉庫、專用的鐵路支線、辦公樓、市場兩旁的住房、幾家生產機器零件的工廠和幾家亞麻織造廠。火車每天吐出大量因長途旅行而疲憊不堪的移民，他們塞滿了政府機關的接待室，然後手執文件去找自己的住所。很難判定他們來自何方，尤其是因爲他們說的是波蘭語的各種各樣的方言，或是帶著波茲南唱歌似的腔調，或是帶著山民的送氣音——她覺得這種語調是那麼粗俗、土氣，有的則是帶著東部布格河那邊輕快有節奏的聲調，這種聲調總是使他聯想起自己的童年。

在開頭的時候，有一天，兩個婦女被分派到他們的房子裡，他憤慨地給政府機關打電話表示不滿，那裡的人對他說只是「暫時」湊合著住一陣子。兩個婦女來自西方，是直接從集中營來的，途中在什麼地方跟家人失散了。這對夫婦得知兩個婦女在集中營待過，她們回到波蘭是爲了過正常的生活，於是便請她們吃晚餐，還備有葡萄酒，臉上擺出一副沉重的表情。她穿了一件黑色的連衫裙，竭力避免以任何張揚的方式或色彩過於鮮豔的服飾傷害她們的感情。

但是她們，這一對孿生姊妹，樣子看起來是很不錯的，只是她們剪得很短的頭髮，她們消瘦的身軀，還有那滿嘴像老年人一樣殘損不齊的牙齒可能會使人產生一種歷盡坎坷的聯想。姊妹倆穿的都是由戰俘集中營條紋布囚服改做成的女裙裝，貼身的窄裙子，長度剛過膝蓋，與之相配的是件帶寬皺褶鑲邊的女上衣，腰間繫根皮帶。長統皮靴擦得明光晶亮，簡直可以照見太陽。她們那重新長長的短髮塗了髮蠟梳成了分頭，那模樣活像雜技場上穿著針織緊身衣走鋼絲的女演員。兩個人一模一樣。

她們姊妹拎著硬紙板手提箱走進屋子的時候，她居高臨下地望著她們，驚嘆她們漂亮的風度。她們中的一個名叫莉莉，而另一個的名字與之類似。傍晚時這對夫婦坐著一動不動，心想，他們將不得不聽所有那些令人毛骨悚然的恐怖故事，但她們看起來根本就不像受過嚴重精神傷害，甚至不曾因受過折磨而垂頭喪氣。整個晚上她們從未停止過講笑話，而在她們黝黑的臉上還閃耀著唇膏的紅色。她帶著厭惡之情認定，兩姊妹表現輕佻，彷彿是剛從令人愉快的短途遊覽歸來。她從近處看到，她們在條紋布料子上用手工縫出了一些法國式的皺褶，由於她們身體瘦削，這些縐褶竟然顯現出某種雅緻的效果。

過了一段時間，當她允許姊妹倆使用她的金格牌縫紉機之後，不知是出於感激，還是渴望彼此接近，她們解開了襯衫的鈕子，向她出示她們的皮膚——她們遍體都是傷痕。

「試驗，」她們中的一個說，「他們在我們身上做試驗。」

「他們認爲，我們姊妹會有一個共同的靈魂。」另一個補充說，姊妹二人又全都笑了起來。

她感到窘迫，不知說什麼好。

姊妹倆在他們家裡住了一個月，人養胖了，幾乎可說是容光煥發。她們去政府部門，爲自己解決了工作問題。晚上這對夫婦聽到姊妹倆交談的隻言片語，就像是學生姊妹之間常有的那樣。她們的談話語速很快，簡潔得像電報的內容。她們中不知是誰常在夢裡叫喊，也許是兩個人都叫喊，因爲姊妹倆的聲音很難區分。最後她們倆還是去了華沙，想通過在牆上貼尋人啓事或是通過紅十字會尋找自己的親人。

於是他們重新擁有了自己的房子。他們添購了一架舊的德國鋼琴，是名牌貨，幾乎不需要重新調音。只是有一個琴鍵，一個D音鍵是無聲的，因此每支曲子都難免有點殘疾和缺陷，總是在這個空音上破裂，這往往使他有些心煩意亂。而她卻依然這麼斷斷續續地彈著，爲的是讓她那因往藥瓶上不斷貼標籤而弄得疲憊不堪的手指得到些休息。

生活是美好的。只是需要注意，說話不要太大聲，不要說得太多，對任何事最好是不要作注解，不要作評價，不要聽得太多，也不要看得太認眞。要做到這一點並不困難，他們彼此已足夠對方分心了，還有這幢房子，這架鋼琴和花園裡的花。

後來，有這麼一天，一切都變得古怪起來。沒有一點預警。就在某天早上，一切都變得不眞實，變得與現實不一樣，變得暗淡了。這種情況總共持續了二十幾個小時——一整天和兩個淺睡的夜晚。也許是氣壓降低，也許是太陽黑子爆發，對此只有天文學家和當權的人物知道。

從這個時候開始，夫婦倆經常忘記他們一整天都做了些什麼。他們覺得每天的日子跟下一天都彼此相像，宛如一對雙胞胎，宛如莉莉和她那一模一樣的妹妹。只有根據盥洗室裡不斷增長的髒衣服堆才看得出時間的流逝。工作要求奉獻，需要忘記其他所有的一切。現今他必須帶代表團去部裡，或是去上西里西亞爲解決某些機器的問題，去解決某些加工無煙煤的工藝，去參加某些沒完沒了的會議和政治訓練班。而她則開始學習藥物學，以便最終修正戰爭搞亂了的藥名，懂得時代賦予每樣藥品的新的波蘭文名稱。

而後來在她的卵巢裡發現了一個李子大小的疙瘩。他們對她說：「太太您必須作鈷照射，日後也許還要做手術。我們暫且走著瞧吧。」帶著這個腫塊，她感到情況是如此糟糕，如此不健全，使她想到了孩子。使她想到，不管怎麼說，自己還是想要個孩子。丈夫要出遠門的時候，她給丈夫整理行李，給丈夫燙襯衫，咬著嘴唇忍著內心的痛苦。丈夫卻毫無所覺。她獨自奔波到伏羅茨瓦夫去做檢查，然後精疲力竭地回到家。家裡永遠是那麼寒冷，彷彿在那些房間裡一直在下雪，雖然大家都在說，史達林死後出現了解凍。

一天，她坐在敞開的陽台上抽菸，晒太陽。那時她看到這個小伙子沿著街道行走。他的模樣看起來彷彿不是來自這個世界——長髮披肩，皮外衣幾乎長及膝蓋，背著軍用背包。小伙子定是感覺到她的目光停留在他自己身上，因爲他在花園的矮牆邊站住了。他們就這樣相互對視了片刻，他繼續向前走去。她深深地吸了口菸。幾分鐘後小伙子重又出現在牆邊，朝花園的小門走來。

「我可以給太太的園子翻土。」他說。

她忐忑不安地抬起了身子。

「什麼？」

「我可以給太太的園子翻土。」他重複了一遍，笑容可掬，看上去活像個姑娘。他大約有十八歲。

她表示同意。指給他鐵鍬放在什麼地方，看著他怎樣脫去了外衣，捲起了毛衣的袖子。他井井有條地挖著，翻過了土壤，紅色的沃土便在陽光下閃閃發亮。

她走進廚房，給自己泡了杯茶。在月曆上翻過了幾頁。她走到窗前——小伙子坐在花園的矮牆上，抽著菸。他見到她立在窗口，朝她招了招手。她退到廚房的暗處。

他結束了工作，她請他吃湯。她靠在餐具櫃上，望著他怎樣喝湯。他的面孔光滑，看來他還不需要修面。

「據說他們可能已開放了去捷克斯洛伐克的邊界。」他說，「我準備去奧地利，然後去羅馬。」

她驚詫地眨巴著眼睛。

「你是從哪裡來的？」

他粲然一笑，用一根手指推開了盤子。

「我能請求再添一點嗎？我從未喝過這麼可口的湯。」

她感到自己的臉紅了。她給他添了湯，坐到了桌旁。

「你爲什麼想要離開？」

「戰爭搞亂了我的個人經歷，」他說，「我沒有雙親。我從孤兒院逃了出來，想去一個自由的世界。我聽說，他們開放了邊界。這就是一切。」

「你叫什麼名字？」

她注意到，他躊躇了片刻，於是便確信他準會撒謊。

「阿格尼。」

「古怪的名子。」

「我也是個古怪的人。」

「我該付你多少錢？」

「太太能讓我在此住宿一夜嗎？」

她瞥了一眼自己著色的指甲，同意了。她給他打開了樓下的房間，就是那對孿生姊妹住過一個月的同一間房。

「晚安。」她說。

每當她獨自睡覺的時候，她總是不得不穿得很暖和。她在法蘭絨睡衣上面加了一件薄毛衣，而在腳上穿了一雙毛線短襪，但即便是這樣，她也必須在冰涼的床上躺個把鐘頭才能睡熱被窩。她將一個滾燙的熱水袋緊緊抱在腹部，那腫塊就扎根在肚子裡。她暗自思忖，不知那小伙子是否已經睡著了。她眞想悄悄下樓到他那裡去，把手伸進他上衣的口袋摸一摸。她會找到什麼呢？也許是一把手槍，也許是一疊美元，也許是個長毛絨玩具熊，也許是一些花籽，也許是一本祈禱書，也許是……赤裸、潤滑的皮膚……她的思緒開始朝著不同的方向漫遊，越來越變得模糊不清，又逐漸消失。那時她聽到某種沙沙的響聲，便在床上坐了起來。在敞開的房門朦朧的光線裡出現一個人影。

「是我，阿格尼。」她聽見那個人影說。

「你想幹什麼？快出去！」

人影從門口的亮處漂浮過來，站立在她的床邊。這女子在驚恐中擰開了床頭燈。小伙子穿著皮外衣，肩上掛著背包。

「我是來道別的。最好是在夜裡過邊界。」

「他們會朝你開槍的。」

他挨著她坐了下來，用手背撫摩著她的脖頸。

「你的丈夫在哪裡？」

「在華沙。」

「什麼時候回來？」

「禮拜一。」

他穿著皮鞋，穿著衣服，掛著背包，就這個樣鑽進了她的鴨絨被子裡。「不，不，不，」她說，「我不能，我不能。」

就在他占有了她的時候，她還在反覆對自己說：「這是夢，這一切都是我在做夢。」

清晨她從臥室的窗口看到了他。他在園子裡翻土。她感到一陣暈眩。她點了香菸，在浴盆裡給自己放好了水。她躺在水裡集中思考。後來她在廚房見到了他，他在煮咖啡。

「我去上班，而你得從這裡消失。」

他親吻了她的脖頸。

「這根本就不是你眞正的想法。你是想，讓我在這兒留到禮拜一。」

「是的。」她說著，偎依到他的懷裡。

他留下了。她下班回來後，兩人吃掉了剩餘的湯，一起去了孿生姊妹住過的房間。整個傍晚就都在那兒做愛。然後他們喝了一瓶葡萄酒，就沉沉睡了過去。清晨她問他：

「你是誰？活見鬼。你究竟是什麼人？你是從哪裡蹦出來的？你想要幹什麼？」

但他沒有回答。直到禮拜天晚上他才離開，而她是如此思念他，一夜無眠熬到天明。她覺得，自己似乎認識他已經多年，自孩提時代，或者，如果可能的話，在出生之前便已認識他了。假如他不曾許諾，說定會再回來，她就活不下去了——她就會躺在孿生姊妹住過的房裡，死去。

禮拜一一切都恢復了原樣。她的丈夫，就像電影裡常有的那樣，乘早班火車回來了。此刻他正坐在沙發上，雙腳伸在褪了色的地毯上。褲子下邊露出一塊被短襪的鬆緊帶勒出了印痕的赤裸皮膚。蛇形圖案的灰色短襪掩蓋著腳丫子的形狀。他捧著帶金屬托的玻璃杯喝茶，在作旅行後的休息。她坐在他身邊，突然她的嘴巴一癟，哭了起來。他驚詫地衝她瞥了一眼，然後把她摟進了解開了的西服上衣的襟口裡，那裡有股火車和徹夜不眠的氣味。她一邊啜泣，一邊告訴他，說還必須到伏羅茨瓦夫去做檢查，彷彿是在解釋她哭的原因。他撫摩著她的頭髮，覺得頭髮稀疏了許多。在手指下面，他感覺出她的頭蓋骨的輪廓。他甚至思忖起「頭蓋骨」這個詞來，不禁膽戰心驚。

驀地他渴望給她一點安慰，於是便小心翼翼地站起身，從箱子裡拉出一只灰色的紙袋子，袋子裡裝的是生日禮物。何必還要放它一個月的時間呢？

「瞧瞧，我親愛的，我給妳買了什麼。」他說，「這本是給妳準備的生日禮物，讓妳今天就過生日吧。」

他把紙袋抖得沙沙響，她從袋子裡掏出一雙奶油色的鞋子，而與之相配的還有一只用與皮鞋同樣光滑、同樣柔軟的皮革縫製的小手提包。看到這些東西，她的眼睛不再流淚了。她將一隻赤腳伸進鞋子。不大不小正合適。它那略帶弧形的高跟，更加突出了踝部的纖細、苗條。她在丈夫由於旅行而鬍子拉碴的面頰上親吻了一下。

「妳可以穿上它們上電影院。我倆一起去看個隨便什麼電影，只要妳能穿上這雙皮鞋就好。」

他們去睡覺的時候，她對他說月經來潮。夜裡她似乎覺得，她感覺到了腹中那個李子大小的腫塊。

沉默

近來我們一連多日彼此不曾說過一句話。R出門去又回來了。他是外出採購、辦事的。有時一兩天不在家。兩條母狗跟在他的小汽車後面奔跑，一直把他送到橋頭，然後才疲憊不堪地返回來，瞇縫著眼睛。沒精打采的升得不高的太陽已經只能使人目眩，卻不能給人帶來溫暖。

我們有什麼好說的呢？人們談論的只是一些不會眞正發生的事。

有時一整天彼此之間只說過這麼一句話：「該把狗喚回來了。」我們甚至不關心這句話是我們中哪一個說出來的。沒有說話的需要，一切似乎都已經顯而易見，所有的話似乎都早已一勞永逸地說完了。在沒有朋友來登門拜訪的時候，每一天看起來都是一模一樣的，何必再說三道四來製造混亂，破壞這種水晶般寧靜的狀態呢？

說話有害，它會煽起混亂，沖淡顯而易見的事物。說話會使我內心失去平靜。我不認爲我一生中說過什麼眞正重要的話。要說什麼最重要的事情總是缺乏詞彙。（我做過一份我所缺乏的詞彙清單。我最缺乏的是詞意上可以放在「我預感到」和「我看到」之間的動詞。）

近來，我們沉默到這種程度，以致有客人來拜訪我們的時候，我們也只能以簡短的客套話來打招呼，諸如：「您好」、「歡迎」之類，甚至這樣一些客套話我們也盡可能壓縮，我們說「好！」省去了「您」，因爲加上「您」就會顯得太多。我們問客人「喝茶？」而不說「喝茶還是喝咖啡？」讓客人沒有一點選擇的餘地。

然後我們坐到桌子不向陽的一邊，在陰暗處，臉朝森林。整個談話期間我們始終保持沉默。即便偶爾從嘴裡吐出隻言片語，但主要還是沉默。R的沉默是自然而天真無邪的，光溜得就像他的皮膚。我的沉默就要陰鬱得多，它來自腹部的深處，直把我往回拉，讓我跌落在它裡面並且無可挽回地消失在那裡。我們對客人無話可說，彼此之間也無話可說，對周圍的一切都無話可說。

我們做愛的時候也是沉默不語。沒有說過一句話，沒有一聲嘆息，什麼也沒有。

她和他

她要接受一系列放射線照射，不得不在醫院裡逗留幾天，於是他便獨自留在家裡。那時他想，他們要是有個女管家該多好！這個女管家最好是個老年婦女，那時她就會爲他們做兔肉香腸，會煮好滿鍋餃子，她說話還帶著溫和的利沃夫口音，像他母親一樣。她就會點著爐子，用抹布拭去鋼琴上的塵土。他對自己作出許諾，一定要解決女管家的問題。有了女管家他們就不必去吃回鍋的馬鈴薯和肉排。

禮拜三，他下班回家的時候，台階上坐著一個姑娘。她長髮披肩，一臉剛毅的表情。他立刻便注意到這姑娘甚至還長得很標致。她穿著一條工廠女工穿的那種工作褲，看起來有點怪模怪樣。他驚愕地站立在她面前。她抬起眼睛望著他。她的眼睛藍中帶綠、晶瑩發亮。

「您的太太要我來打掃房子和點爐火，明天請給我留下鑰匙。」

他讓她走在自己前面進入門廳。姑娘徑直去了廚房，隨後傳來煤斗的一陣響聲。顯然她對這座住宅早已了然於心。他對這種狀況一時還難以習慣，於是便坐在起居室的桌旁，點著了香菸。

「妳叫什麼名字！」他問，只不過是為了找點話說。

「阿格尼。」她回答。

「我猜想，定是阿格涅什卡的暱稱吧。」

她沒有否認，只是裂著嘴笑。她有一口少女的漂亮、整齊的牙齒。他聽見她怎樣在房子裡忙碌，屋子裡顯得暖和了許多，也舒適了許多。她走進盥洗室的時候，他給自己倒了一杯燒酒，一口喝了下去。然後他裝作整理辦公桌上的文件。她給他送來重新熱過的酸菜燉肉和一杯茶。

「明天，如果您願意，我可以早點來，給您燒點什麼菜。我知道怎樣做包心菜鑲肉。」她笑著說，他吃飯的時候，她挨著他坐到了桌旁。

「她是怎麼找到妳的？妳是從哪裡到這兒來的？」他問道，嘴裡塞滿了食物。

「啊，這純粹是巧合，很複雜。」

他注意到，她具有光滑的孩子般的膚色，臉上沒有一絲皺紋，沒有一顆雀斑。他腦海裡霎時閃現出她赤裸、苗條的軀體手腳撒開舒張地躺在床上的鮮明圖像，不禁嚇得打了個哆嗦。他說他累了，這就要上床睡覺。她對他提起了留鑰匙的事，然後便消失在廚房裡。他聽到她在清洗昨天留下來的未清洗的器皿的聲音，他感到心神不定起來。他拿起黑色的電話聽筒，轉動小曲柄，吩咐連接伏羅茨瓦夫的醫院，但是那裡無人回應。「我明天到公司再打電話，明天到公司再打……」他反覆對自己說。他聽見樓下的大門砰的一聲關上了，他站在樓梯上，突然感到所有的重負全都從他肩上落下了。他嘆了口氣，回到餐室。他打開收音機，給自己倒了一杯燒酒。收音機裡在播送著什麼廣播劇。

「我們不會成為朋友，」收音機裡一個男子的聲音說，「您自己對這一點是心裡明白的。但我們將成為世上最幸福還是最不幸的人——全在您的掌控之中。我只請求您一件事，請求您不要剝奪我的希望，請求您允許我像迄今這樣痛苦下去。如果這是不可能的，就請您命令我消失，而我，就一定會永遠消失。」

「我不想把您驅趕到任何別的地方去。」收音機裡傳出一個加強語氣的女聲。他覺得，這一定是尼娜·安德雷奇。

「只是請您什麼也不要改變。請您一切保持現狀。還有，就是您的丈夫……」

他關掉了收音機，睡覺去了。多年來他第一次做了個色情的夢。他夢見了那個姑娘。又是處在戰爭時期。他們為躲避德國人而在某些工廠裡東躲西藏。水從破裂的淋浴蓮蓬頭傾瀉到他們身上。他倆都赤身裸體，她偎依在他身上，她的頭髮有股水的氣味。他們似乎作過愛，但奇怪的是，他肉體上根本感覺不到這一點，只是知道那就是愛情。

早上他給醫院打電話，跟妻子交談，但是她的聲音聽起來無精打采，單調、生硬、刺耳。她叫丈夫禮拜五去接她回家。他迅速計算出，還有三天的時間。她還對他說過什麼有關手術的事，可他聽不太明白，也不肯去想這件事。他提早一點回家，洗了個澡，然後便穿上潔淨的襯衫等待著，不知在等待什麼。

接下來發生的一切，似乎都按他的計劃進行。她來了，穿著跟昨天同樣的褲子，手裡拿著一個大大的白菜頭。他笨拙而尷尬地跟著她來回走動，她點著爐子的時候，他正站在她身後，自覺荒唐可笑。他嘴裡在說著什麼，但卻更加專注地打量著她的頭髮和她那雙穿著橡皮底帆布鞋的光腳。他簡直離不開她。就像在那個夢裡一樣——他們在躲避一個敵對的世界。但誰是他想像的這個敵對世界的代表，他卻不知道。她叫他把刀子遞給她，他手裡拿著這把刀走到她跟前，冷不防地徑直貼到了她瘦削的身體上，而她沒事兒人似的，根本就沒有避讓、自我防護。她是溫柔的，嬌小的，反應遲鈍的，酷似碎布做成的玩偶。他把她的雙手搭在自己的肩上，吻遍了她整個的臉。他預料她會反抗，會說出一個「不」字，但是他僅僅聽到她的喘息聲，聞到她呼出的氣有股新鮮的黃瓜味，有某種綠色的、新鮮的東西的氣味。他一生思慕的就是這種氣味。他徑直把她放倒在沙發床上，扯下了她那可笑的褲子，就這樣極普通地跟她做愛，甚至還記得不讓她懷上孩子。

「這樣的事會發生在所有的人身上。」當她在花壇栽種萬壽菊苗的時候，她反覆對自己這麼說。人會變，會不斷發展，以致老環境再也適應不了他，就如孩子會長大，及至舊衣服穿不下一樣。時間流逝並且會改變一切。有大戰爭和小戰爭。那些大戰爭會改變世界，而那些小戰爭會改變人。事情就是這樣。「我不做任何壞事，」她想，「我就這麼等待著，等待著。我不傷害任何人，最多傷害的也只是我自己。」

誰也不虧欠誰什麼。他們的行爲相互抵銷，對於未來不再成爲威脅。什麼事也沒有發生。

然而世界看起來似乎是覺醒了，至少對她而言是如此。世界的中心如今已從家裡，甚至從園子裡轉移到外面的什麼地方，不是轉移到城裡的某個具體的地方，而是，簡單地說，轉移到外面別的什麼地方。因此當她栽種萬壽菊的時候，突然感到自己是被禁錮在家中的。她站起身，拍淨被泥土弄髒的手。她已不想等待這萬壽菊緩慢生長。對她來說鮮花突然成了過於遲緩、像無生命的物體一樣過於呆滯、遲鈍的東西。於是她走進屋子，坐在起居室的圓桌旁邊，開始瀏覽婦女雜誌《視野》，搜尋自己喜愛的時裝頁。她找到了，但已不能給她留下任何印象，見到一件漂亮的、曇花一現的、到下一個季度就會過時的時髦服裝，也並沒有使她動心。在過去，看到一件流行式樣的服裝，就會在她心中引起某種不安和突然產生的緊迫感——有時她會直接去市場上的綢布店，購買與她在雜誌上看到的最相似的衣料，然後就立即找女裁縫量身製作，甚至預先付了款，爲的是買個心安，使自己確信定會有這麼一件時裝，要不然她就會跟時代潮流脫節，從「現在」跌到「當時」，而「當時」那兒永遠受著蒙昧和時間流逝的支配。

她看到的只是一些圖樣和一些新連衫裙的黑白照片，這些連衫裙都是腰部適中，下襬寬闊的式樣。她看過之後無動於衷。她把雜誌推到一邊，起身走進盥洗室洗澡。她審視自己的軀體，不禁爲之感到憐惜。這脆弱、柔嫩的可憐軀體同時受到內在和外來的強大力量的摧殘，這兩股強大的力量有如暴風雪，有如沉重的烏雲一樣圍繞它翻轉、滾動。她唯一能做的事就只有等待。

她從一大早就開始焦急不安地等待，手捧著一杯咖啡，穿著晨衣，從一個窗口踱到另一個窗口，眺望著花園柱形欄杆之間的空隙。阿格尼有時就出現在那裡，有時就沒有出現。沒有規律。她曾嘗試向他提出一系列的問題，問他在做什麼，在哪裡睡覺，等等，但他只是笑而不答，那笑的模樣是如此狂放，富有掠奪性，使她著實感到心裡發慌。她斜靠在門上，瞇縫著眼睛。她根本就不在乎性愛，不在乎那些匆促的交媾，她曾千遍萬遍地想像，就在這種偷情的時刻，如同在喜劇中那樣，丈夫拎著公事包突然出現了，並兀立在門口。她感到，阿格尼能治她的病。他溫柔的愛撫有如用薄荷製成的冷敷劑，他的親吻有如飲用格羅格酒㊻，由於他，她的身體有起色，逐漸健壯起來，振作起來，沒讓自己衰垮下去。這一點很容易看出來。阿格尼笑說她長胖了，隨後便徑直走進廚房，吃光了她鍋裡的食物，然後便消失不見了，不折不扣地消失了。她甚至不知他住在哪裡！這或許是件好事，因爲她一旦得知他的住處，她或遲或早總會找到他那裡去。而他也有一種直覺，總是知道什麼時候就該回來，彷彿知道她的生活安排，知道她丈夫的工作日程，甚至覺察她的思想活動，因爲每當她獨自在家，並且在想他的時候，他就會出現。他先是一個箭步跨過花園的欄杆，然後快速地跑上台階，而她也早就在那裡等他了。「莫非你能知道我的心思？」她問。「不錯，」他回答，「我能教妳怎麼做到這一點。」她自然不相信他的話。「妳必須想像妳所愛的人的面孔，要使勁地想，急切而強烈地想，直到妳感到妳已把這副面孔牢牢地記在心上，彷彿那就是妳的面孔，那時妳所愛的人的所有思想就都會成爲妳的思想了。」「你也是這麼做的嗎？」他點了點頭，直視著她的眼睛。她感到他的目光深入到她的五臟六腑。「你不是你所說的那個人。」她說。

這是一種多麼怪異的狀態——就這麼生活在兩個世界裡，生活在時間的兩個部分

㊻一種用蘭姆酒、白蘭地或白酒加糖和熱水製成的烈酒。

裡，帶著自己卵巢裡難以治癒的物件等待著那將使自己承受創傷的手術！居住的不是自己的房子，周圍是一座自己從來不曾認識清楚的城市，一個在第三次世界大戰中將會被徹底從地面上毀滅的地方！而且是輪流跟兩個男人生活在一起！

牡丹花盛開，花瓣輕柔地飄落到地上。茉莉花仍在絕望地散發著馨香，但顯然這已是尾聲。在去醫院住院的前幾天她上了教堂，但她不敢進入這個幽暗、陰森的哥德式大堂，因爲她覺得不合適，於是便去了墓地，在確信沒有人會看到她的情況下，便跪倒在十字架前，半信半疑、缺乏信心地祈禱著。晚上她偎依著丈夫，但她覺得他的軀體彷彿是動物的皮革做成的，太過柔軟了，還浸透了香菸的煙味和機器潤滑油的氣味。他想做愛，但她說「不」，因爲她感到自己已開始死亡。

阿格尼對於她是穩定可靠而又堅實的。他肉體的果敢令她震驚。他的軀體確切地知道需要的是什麼，而且徑直就奔向目標，彷彿是穿過了她，但不會給她任何傷害。這是一種令人消魂的感覺，美妙的感覺。他的軀體了解她，現在她意識到，她總是希望這樣被人了解，她生來就是爲了讓某個像阿格尼這樣的人了解。他的觸摸令她心醉，她找不到足以表達這種感覺的字眼，對他不存在一個「不」字。她的丈夫對她能夠表現得溫情脈脈，能夠等待她，會注視著她的眼睛，從她的臉上吸吮樂趣。阿格尼關注的只是他自己，這樣一來他就是最眞實的了。對他而言，她成了一艘輪船，載著他駛過波濤洶湧的大海。她把自己獻給了他，而他就收下了，拿走了。他身材修長，肌肉發達，強壯有力，剽悍粗獷。他晒黑的皮膚在她的手指下嘶嘶地響。後來當她觸摸自己丈夫軀體的時候（她曾是那樣愛過這個人）卻對它的柔軟和細嫩驚詫不已。那軀體有如蓬鬆的羽絨小枕頭、柔軟的小牛皮手提包、過熟的桃子，有如她自己鬆軟下垂的腹部。她的丈夫就像是她自己；在相互觸摸中不會撞擊出火花，既不熱，也不冷。從這種相似性裡能產生的唯一的一個字眼就是「不」。

她陪他還穿過了醫院的園林，送到了大門口，走到那裡她停住了腳步，彷彿中了魔法似的，已無法跨過磚砌的門柱之間這條看不見的線。

「你最好不要到我這裡來，」她說，「就讓埃烏吉尼婭太太去做些家務事，而你公司的餐廳做的飯菜比我做的還要好吃些。」

驀地她感到疲乏。她幹嘛要爲他的家務和他的午餐操心？他隨即就爲她開脫，說：

「妳就別爲我擔憂好了！」

他已一千次想要向她打聽有關阿格尼的事，但她好像已經忘記了這個人。想起了那個姑娘，使他頓感不安。

「走吧！」

他親吻了她的面頰又吻了她的手。但她把目光從他身上調開了。

「事情總該講個公平合理。他們也應當摘下你的兩個小丸子才是。」她說。

他感到，她這句無心的話無異於給了他當頭一棒。他試著動了動嘴唇，但是話到口邊卻一個字也說不出來，於是便轉身離去。她目送著他那寬肩膀的高大軀體穩妥地包藏在那套講究的夏季西裝裡。他定是感受到了她的目光，因爲他尷尬地調整了一下禮帽，然後就消失在房屋拐角的後面了。

家裡沉寂，陰冷，昏暗。辦公室明亮，總是顯得太熱，總是擠滿了人。在辦公室，他精力充沛，說話又快又響亮，走路邁著有彈性的步伐，並且知道自己想要幹什麼。在家裡，時間放慢了速度，所有的一切也都隨之發生變化。在家裡他的肚子塌陷了，他的雙腳凍僵了，他的聲音也消逝了——沒有人跟他交談，沒有人聽他發號司令——那些舊家具可以爲他作證，它們知道這裡的全部的眞實情況。家和辦公室之間的邊界延伸到市場上的某個地方，那兒有一條沿著石板之間形成的界線，他每天有兩次要跨過這條界線。每天跨越界線成了某種痛苦的事，因此近來他常推遲這個時刻，走進餐館喝上一杯燒酒。他起先想走進「利多」酒店，那小酒店對他來說最順路，但他以爲，他要是坐到那永遠溼漉漉的合成纖維板桌面的旁邊，置身於郊區來的不三不四的男人中間，吸著劣質啤酒和廉價香菸的氣味，實在有點對不起自己，也是一件有失體面的事。於是他走進了「塔樓」餐館，那兒每天這個時辰還沒有顧客，漸入老境的女服務員認識他，無須點菜就給他擺上一杯燒酒和一盤澆了酸奶油的生鯡魚。他坐在那裡，透過鑲了玻璃的櫥窗望著睡意朦朧的小城鎮的街道。用不著裝傻充愣欺騙自己——他在過路人中間尋找阿格尼。那時他就考慮，她不跟他在一起的時候，都在做些什麼呢？她是否眞正存在，是否有自己的床，是否有裝她那些可笑的褲子的衣櫥，是否有放她的牙刷的盥洗間。他甚至還不知道她姓什麼！當然，他能調查出來，也能詢問出這一切，畢竟城市並不大，所有的人都彼此相識。

「妳是個什麼人？妳是從哪裡到這兒來的？妳有沒有雙親？」晚上當清瘦、光溜有如蜥蜴一般的她偎依在他懷中的時候，他問。

他知道，無論她回答什麼都免不了是一番支吾搪塞。她完全是個外人，彷彿她是用另一種泥土捏出來的，可正是這種新異的陌生性深深地吸引了他，讓他發狂。

「而你又是什麼人呢？」她以問作答，「你是從哪裡到這兒來的呢？你的雙親又是在哪裡呢？」

他對她比任何人都更樂於講述有關自己的事。從那些敍述中他也逐漸發現了自己。他曾出人意料地說，他總是這樣或那樣的奇怪的巧合、意外的遭遇、混亂的運動的犧牲品。後來當他坐在「塔樓」餐館獨自喝著一杯燒酒的時候，思考起了這件事。他們交媾之後精疲力竭地躺在床上的那些談話，似乎是愛的另一種變種，他甚至要說，是一種更高雅的變種。這種愛無須任何調情，無須玩弄花招，無須諂媚送秋波。只要打開自己的內心的某種閘門、堤防、障礙物，讓詞語源源流出就夠了。而那些詞語早就知道它們該做什麼，該組成怎樣的句子，編成怎樣的故事。他感激她就這麼躺著，聽他講。或許她根本就沒有聽？即使是這樣的話，他需要的便是她本人在場：她那淹沒在一堆枕頭裡的男孩般的身體平穩而熾熱的吸吸和新摘下的黃瓜的氣味。

有一天他用手量了量她的腰身，後來他到伏羅茨瓦夫探視妻子的時候，在百貨商店給她買了一條帶有寬闊腰帶的時髦的打了褶襉的裙子。看得出來，她很高興，因爲她把這條裙子看了許久，查看它那簡練剪裁的每個細節。彷彿她是平生第一次見到這樣的東西。當她試穿的時候，他把她的頭髮提到頭頂，並且把它做成一個馬尾巴髮型。後來他從餐館櫥窗後面看到的她，正是這副模樣。她沿著街道奔跑，灰色裙子圍著她兩條修長的腿旋動，彷彿有了生命。在他來得及付賬走出餐館之前，她已消失不見。但他知道，傍晚她會回來，像每天一樣。

他見到妻子是在她手術後的一天，她灰白的臉色著實使他心中爲之一震，他當時腦子裡掠過的一個念頭就是她快要死了。要是她此時，就在備受各種困擾的情況下，在沉默之中死去，那可就太不正常了。想到她會出這樣的事，會在這最危險的時刻——在這一張皮已經脫落，而新皮尚未長出來的時候——棄他而去，他著實嚇了一跳。他拉著她的手，呼喚著她的名字，直到她睜開了眼睛。她慘淡地一笑，這情景把他感動得直想哭。假如病房裡只有他們夫婦兩人單獨相處，他也許就會讓自己熱淚長流，但在旁邊，相隔一公尺的距離，還有幾張病床，每張床上都躺著一個衰弱疲軟的女人的軀體，一台已經損壞，不能正常工作的用來傳宗接代的機器，一條從夜的此岸漂向彼岸的擠滿了人的經不起風浪、險象環生的小船！因此他只是咬緊了嘴唇，剎那間淚水把他的幻象蒙上了一層霧，使之變得模糊不清了。

「你能應付得了嗎？」她問。

他點了點頭，讓她放心。

「我覺得他們似乎把我的一切都割掉了。」

他不由自主地朝被子上的一個部位掃了一眼，那個部位的下方就是她的肚子。不知何故他想在那兒會有一個凹陷的坑。他在她那又長又白的手指上親吻了一下，又在那裡坐了片刻，直到醫生來查房有人叫他出去。他說他後天再來看她。

正是這一天他給阿格尼買了那條裙子。

他無法阻止腦海中湧現出的關於未來的萬千思緒。他想像有一天妻子死了，他和阿格尼就會拋下這個已經凋落了的家，或者一起去上西里西亞，或者去華沙。他在那裡會毫不費力地找到工作，而阿格尼則可以去上大學，比方說學建築。他會給她買許多漂亮的衣服，禮拜天他們會沿著新世界大街閒逛，而所有年輕的男人也都會對他們行注目禮。

甚至哪怕她不死，最終他也會離開她。簡而言之就是跟她分手。

說也奇怪——他們之間雖然存在著一段距離，他們卻有著同樣的空幻之想。她也想死。她希望一死了之，這將是解決問題的最好辦法。一想起她將不得不回到那幢陰森森的大房子裡，大清早得起床去藥房上班，下班後還要順路採購，要種花，要叮叮噹噹地敲鋼琴，要沒完沒了地翻閱那些雜誌的頁面，就感到渾身疼痛。她思念的只有阿格尼。她是否有膽量告訴他那些人在她身上都幹了些什麼？她是否敢對他說，她體內已是空空如也，像個空殼子？那時他是否還有勇氣深入她體內的那個空洞？她腹部的傷口疼痛，縫線的地方不肯癒合，無疑是由於她滿腦子裝的都是死亡。他也可能死，他的公務小汽車可能撞到樹上，他在工廠裡也可能出事故。她不因有這種想法而感到內疚，她的良心總是站在她自己一邊。一天夜裡她夢見了穿著集中營條紋囚服的雙胞胎姊妹。她們向她出示腹部的累累傷痕，說道：「他們在我們身上做試驗，他們割掉了我們體內所有的東西，把心臟、肝臟、肺全都割掉了，但這一點也不妨礙我們活著。」由於這個夢，她開始恢復健康。

當她還在醫院裡住院的時候，他就在郊區租了一個潮呼呼的小房間，它有一個單獨的入口，入口處要經過一個被雞弄得髒兮兮的庭院。房間裡的牆壁是綠色的，它用油墨輪塗飾出一些參差不齊的白色花紋。房間裡有張鐵床，帶個汙跡斑斑的床墊，一張光禿禿的桌子和兩把椅子。牆上掛著站在船上布道的耶穌畫像。他跟阿格尼在那裡約會，但不能跟她做愛。他不知這是何故。令他感到絕望的是，他不知如何應付所有這一切，他陷入了如此罕見的處境，確實找不到出路。他偎依著姑娘細小的乳房，哭了起來。「我眞希望她死。」他猛然高聲說，並給自己突發的這一大嗓門嚇了一跳。阿格尼移開了他的腦袋，爲了看到他的面孔。他覺得她那對純淨、充滿活力的眼睛似乎變得有些凶殘貪婪起來。他似曾在什麼地方見過這種眼神。「你說什麼？再說一遍。」「我眞希望她死。」他順從地重複了一遍。

阿格尼的軀體是那樣不可思議地柔軟。這令他想起絲綢圍巾，他可以把自己裹在它裡面。他可以把自己裹在美豔得驚人的阿格涅什卡裡面，裹在阿格尼杏黃色的軀體裡。她像水一樣，只要她願意，她總能巧妙地躲過他，他恐怕無論如何也追不上她，捉不住她，守不住她。因此每當其稍一停頓，流到他的身上，那便是奇蹟。這時他便將其截住，縱情狂飲，直到嗆得透不過氣來。

他從未把她跟任何人做過比較，也不可能把她跟任何事物作比較，但有時他會從熟睡中突然驚醒——他覺得自己似乎是躺在妻子身邊。他驚慌失措地尋找她的名字，可他已想不起來，把它忘到九霄雲外去了。當他發現自己是跟阿格尼在一起時，在深感慰藉的同時，又不能不爲她的曇花一現驚嘆不已。他的妻子像個硬邦邦的器皿，陶土製成的雙耳罐。做愛時他不得不將她翻過來弄過去，把她把在適當的位置上，必須熟練地擺布她。她瘦得像帶刺的枯枝。她的軀體給他的是這樣一種肉體的樂趣，在這種無趣的底層的某個地方總是使他感到疼痛、費力和彆扭。那時他不了解這一點，以爲幹這事就必然如此——那時他還沒有認識阿格尼。

阿格尼是個令人驚奇的人物。

他想留住她，只要他能夠將她留住。他們睡覺的時候，他總是輕輕觸摸她。每當他們坐在桌旁，他一次又一次地用食指撫弄她的手，彷彿是告訴她：就待在這兒，別動，就留在這裡。他愛聽她在單間公寓小得可憐的廚房裡做事時的響動——他能聽見玻璃的叮噹聲，茶壺在廚房台面的磕碰聲和她的腳步聲。他喜歡自己身邊的什麼地方有這樣一些聲響，因爲它們有如一種支撐物，有如一堵支撐他的牆，有如世界的一道安全的邊界。但她在自己周圍弄出的這種無害的、日常的嘈雜聲太少了。她輕盈、小巧，她的赤腳總是無聲地在木地板上移動。他們做愛的時候，他總是對她說，妳叫喊呀！但是甚至他的精液也不是應有的那樣注滿她的子宮。他覺得它似乎只是從她的體內流過並滲進了被褥裡。

打自他的妻子從那所醫院回來之後，阿格尼就再也不曾出現過。他痛苦得發狂似的。他溜出家門，在小城裡毫無目的地逛蕩。但他不敢向別人打聽阿格尼的行蹤。他想到她那裡定是發生了什麼事，遇到了什麼麻煩，或許是出了車禍。他每天必看地方報紙，但那裡沒有任何有關阿格尼的訊息。他經常坐在「塔樓」餐館，靠近玻璃櫥窗，喝著一杯又一杯的燒酒，注視著窗外走過的所有年輕姑娘。有一次他甚至覺得看到了她。他奔出餐館，但他那時醉得厲害，以致無法採取任何有效的措施。在家的時候，他常躲在盥洗室裡痛哭流涕。那間租賃的住所他還保留了一年，在門上貼了給她的留言，但是紙片給太陽晒得發黃，上面的文字也褪了色，仍杳無她的音信。他覺得他再也挺不住了，他會從內裡死亡，覺得他的末日已經到了。他的整個世界，連同他的妻子——這個憂傷的、會動的物體都會死去，甚至時間也會死亡。

「我知道，我成了一個脾氣不好、怨天尤人的老妖婆，」他的妻子說，「而所以如此，是由於我不能生孩子。」但她知道，這不是眞正的原因。她不能跟他有孩子。她跟阿格尼有可能有孩子，假如他會回來的話。但阿格尼消失得無影無蹤。她帶著被掏空的肚子從醫院回來後，曾多次穿上皮大衣，撒謊說是去找女裁縫，然後就沿著空蕩蕩、滴水成冰的小城街道行走，朝人家的窗口張望，朝餐館、酒肆的內部觀瞧，目光凝視著每個男性形象。有時在極度的絕望之際她出城去了郊區，那裡已經沒有一盞路燈照亮，在黑暗和霪雨中流淌著一條臭氣薰天的小河。她把額頭靠在一個什麼柵欄或是一棵什麼樹上，嘴裡念叨著阿格尼、阿格尼、阿格尼的名字，彷彿她每天都必須把這個詞念叨多遍，一遍又一遍地重複著，彷彿不這麼做就不能呼吸似的。阿格尼，阿格尼，阿格尼，她念叨著，然後就開始等待，相信這種重複呼喚會有魔力，會征服空間，甚至也會征服時間，最終會把阿格尼給她引導到身旁。她想像這個名字會從她嘴裡飛出去，颼颼呼叫著奔向地平線的上方，飛馳到某處，降落到她所愛的人的頭上，跟他的頭髮纏繞在一起，把這個小伙子領到這裡來，領到她的面前。有時某些遲歸的路人從她身旁走過。他們必定會想，這個女人定是喝醉了酒，正在胡言亂語呢，說的只不過是醉後的瘋話罷了。偶爾會有人糾纏她，她就把臉藏進衣領裡——終於所有的人對她的表現都習以為常。由於一個毛頭小子——一個外來的流浪漢，一個長年不曾理髮的年輕男人的傾心，她使自己成為人們的一種笑柄。由於愛而使自己成為一種笑柄，成為別人說笑的對象。她之所以成了荒唐可笑的女人，是因為她被感情迷住了心竅，這種感情只有從她內心看才有意義，從這樣一座墳墓的底層看才有意義——每個人就是這樣一座墳墓。她之所以荒唐可笑，是因為外人對她的感情無法理解。她之所以荒唐可笑，是因為她喚起的是別人混合著同情的驚訝。但她安於自己的荒唐可笑，在報紙上刊登尋人啓事。她在街上糾纏路人，拉扯他們的衣袖，問道：「您可曾見過……」她常站立在中學門口、學生宿舍近旁的公共汽車站上傻等著，甚至乞求面色陰沉的警察核對他們掌握的有關所有的人的祕密資料，看其中有沒有阿格尼這麼一個人。停屍間也是她經常走訪的地方。她在公園裡常常把一對親吻的情人拉開，而且總是弄錯，不得不對他們陪禮道歉。她拿嬰兒用的橄欖油塗抹胸部和腹部，用自己的手溫柔地觸摸那些部位，還自我欺騙，設想那是阿格尼在撫摸她。她在廚房裡洗餐具、切麵包的時候，會突然痛哭流涕起來，聽到那些爲頭腦簡單的人編寫的流行歌曲中的陳詞濫調：「然後你就突然離去，徐來的清風送來的一片落葉飄落在我的腳上……」也會涕泗滂沱。

她一覺醒來，想到的便是如何自殺。她在悲傷的隧道裡想遍了所有的方法：從臥軌到用廚房烤箱的煤氣自殺樣樣都想到了。但她從未嘗試過。有一次，她洗了一束餐刀，正要將它們擦乾放進抽屜的時候，餐刀從她手裡掉落下來了。她蹲下身子，想觀察它們的刀尖，所有的刀尖都彼此交叉著躺在地面。既然每件東西，哪怕是最小的東西都是較大的東西的一部分，而較大的東西又是那些巨大的、強有力的過程的一種因素，那麼每件最小的東西，作爲整體的一部分，便必然具有某種意義。難道不是這樣嗎？那麼，那些躺在廚房裡方磚地面的交叉著的餐刀刀尖又意味著什麼呢？它們爲什麼要交叉？爲什麼沒有撒落得彼此相隔遠一點？為什麼沒有撒落成大致平行或者彼此保持勻稱一些的距離？

自此她每天將一束餐刀扔到地上，將其想像成一種占卜來預測未來。刀尖總是相互吸引，它們在自己不能為人所理解的刀的世界裡想要彼此相互擁抱或者彼此對峙、交鋒，似乎誰也管不著，非如此不可一般。

過了一段時間之後她的病假結束了，她重新回到藥房上班。只要她有點閒暇時間，她便注視著擺放毒藥的架子。幾年後她退休了，又回到瀏覽雜誌的習慣上，在女裁縫那裡訂做了幾套鋼青色的女裙裝，所有的服裝都彼此相像，有如制服。

一旦生活裡出現了相思，人的滿腦子裝的全是相思，世界會是一個什麼樣子？世界看起來就會變得不眞實、會在手指之間碎裂、瓦解；每一個動作都在審視自己本身；每一種感情都會有個開頭，但永遠沒有終結，最後甚至連思念的對象也會變得蒼白和不眞實。唯有相思本身是眞實的，它把人弄得暈頭轉向：讓人覺得在某個根本就不存在的地方擁有某種根本就不曾擁有的東西，接觸某個根本就不存在的人。這種生存狀態具有起伏不定和自相矛盾的特點。它是生活的精髓，而有時又是生活的對立面。它通過皮膚滲透進肌肉和骨頭，從此人便開始痛苦地生活。不是說他們身上的疼痛。痛苦地生活——

意味著痛是他們生活的基礎。因而也就無法逃避這種相思。要做到逃離相思，就必須逃離自己的肉體，甚至逃離自己。喝得酩酊大醉？沉睡幾個禮拜？忘乎所以地拚命工作直到發狂？不停頓地祈禱？

所有這一切他們夫婦都做過，但都是各人獨自做的。在外表上看，他倆都是正常的人，跟別人一樣地生活。可能所有的人都是這樣生活的。似水流年，改變著一切，除了相思。人們的頭髮脫落了，紙張變黃了，城鄉郊區建起了新的房屋，社會制度發生了變化，富人變成了窮人，窮人變成了富人，衰老、孤獨的女鄰居紛紛謝世，孩子們的小皮鞋穿起來也嫌小了。

如今他們已完全變成另一種與從前不同的人，他們本該改變自己的姓氏和名字才是——或可到政府機關裡走一趟，填個表，聲明「我們已不再是過去的我們，我們申請改變我們的個人資料」或作出諸如此類的表白，便成了與過去完全不同的人。可如果人們不斷地這樣改變著姓名，不斷地變成別的某些人，那麼人口登記又將怎麼辦呢？爲什麼成年人又要具有跟他孩提時同樣的名字？爲什麼一個被愛的女人一旦遭到背叛或拋棄還要沿用與此前相同的姓氏？爲什麼那些從戰爭中回來的男人仍要保留著原有的姓名？爲什麼一個挨過父親揍的小伙子，當他已經開始揍自己的孩子的時候仍要愚蠢地採用昔日的名字？

然而從外表看，似乎沒有發生過任何變化，無論是在他們之間，還是在他們之外都沒有發生什麼變化，彷彿世界在熟睡，只是時不時由於轉瞬即逝的噩夢而震顫一下。有一段時間他們還害怕清晨太早或夜裡太晚會響起電話的鈴聲和像天氣一樣多變的郵差會送來信件。他們多半在思想意識邊緣的某個地方在想，阿格尼還會突然跟他們聯繫，沒有任何預兆，有如晴天響起的霹靂。時間不敢觸犯像阿格尼這樣的神聖圖像。

後來這對夫婦就再也不曾彼此說過「我愛你」一類的話，因爲愛情已成了一種隱蔽的殘疾。他們彼此之間除了買點東西和聖誕前夜相互說幾句賀節的話之外，再也沒有說過什麼別的話。他倆都很晚才下班，午後他去打橋牌，她去上教堂，有時夜裡他倆還相互偎依在一起，不是出於柔情，而是由於寒冷，因爲房子老，很難燒熱。但是不知不覺之間在他們的談話裡出現了一個新的習慣語，尤其是每當遇到什麼麻煩的時候，他們總是說：「讓我們再一起堅持。」「讓我們再一起堅持。」他們這樣相互一再重複著，使其聽起來就像在念符咒。

「後來他們怎麼樣了?」在月蝕之前，R這麼問道

他們形成了這樣一種生活習慣：清晨一杯淡茶，茶後就按順序出門拿報紙，做空無內容的祈禱，午後趴在窗口向外觀望，獵捕打折商品，到市場購買哪怕便宜幾分錢的生菜，晚上上鬧鐘，一再折磨那個測計時間的無辜裝置，彷彿是要讓它喚醒他們去做什麼眞正重要的事情。他們是如此依附於生活，以致不能去死，雖說他們早就該做這件事。

許多年後她終於頭一個清醒過來，而且病倒了。起先是一隻手骨折，而且是右手，因此她既不能做飯，也不能洗衣，甚至不能將台布上的麵包屑收集到一起。他承擔起她所擔負的義務，就像他把妻子所承擔的義務奪了過來。她坐在沙發椅上，面朝窗口，手上打著綁帶，那模樣看起來就像在抱怨整個世界。她能走路——但她一步不走。她能說話——但她一聲不吭。她哼哼唧唧，但她的這種呻吟令他厭煩得發狂。當他坐在小圓桌旁擺牌陣的時候，抬頭看到沙發椅靠背上方她頭頂的灰白頭髮，聽到這種「唉！唉！」的聲調尖細的呻吟，大概會非常憎惡她。

她還在看自己喜愛的電視連續劇，而他早已在別的頻道找到了電視競賽。每天他都

會這樣提醒她：「二頻道有競賽。」

而她則惱怒地回答道：

「可這個頻道有我的瑪麗安娜。」

他沉默不語，走進了廚房，把茶壺或是平底鍋弄得乒乒乓乓響，因爲他想吃些甜點，但他只會做發麵煎餅。

有這麼一天，他重複了那句「二頻道有競賽」的話，她卻突然回答說：「那你就調過去吧。」

他帶著不相信的神情小心翼翼地轉換了頻道，可他最後並沒有去看那些參加競賽的家庭節目，只是偷眼觀察著她。她望著彩色螢幕，就像望著窗口——漠然，心不在焉。

後來她吩咐將她放到抽水馬桶上，他照著做了。他用一隻手扶住她，用另一隻手去將她的連褲長襪和褲衩脫到膝蓋處，還要扶住她的肩膀。他還不得不給她擦屁股！她從不看他一眼，也不說聲道謝的話，彷彿這是她應得的效勞。

他倆始終睡在兩張相同並接在一起的夫妻臥榻上，但如今他們在被子裡已不再相互尋找。甚至相反——盡量離對方遠一點，因爲他們的身體可以靠自己的體溫取暖，無須藉助別人的身體溫度。有時夜裡她呻吟著說她冷，但他想給她穿上毛衣的時候，她又不同意，表示抗議。她那隻打了石膏的手在舊床墊上蹭出了一個窟窿。既然她不肯挪動一下，他又如何去幫她。曾經在半睡半醒之中，他拿了一卷木質素棉紙，撕成了小塊，用這些白色的棉紙蓋住她的領口和肩膀。他也不明白，自己爲何要這樣做。早上他不得不從被子裡把它們——被不安穩、痛苦的夢揉得皺巴巴、吸滿了汗水、磨得破破爛爛的棉紙一點點撿出來。

然而，在他們生活的底層最重要的事還是兩人共同的日常相處。她腦袋裡開始越來越糊塗。她忘記了要說的話，忘記了名字，忘記了剛剛發生的事情。她的時間概念也是顛三倒四的。比方說，她會突然莫名其妙地問他：「我已經給你做了午飯了嗎？」他回答說，他如今已是自己做飯。「咳，是這樣！」她憂鬱地重複了一遍，「因爲冰箱裡有的是那種短腿的小動物。」他走進了廚房，懷著一種混雜著滿足感的恐懼的心情咯咯地笑著，笑她終於變成了這副模樣，笑她像個孩子。他打開冷凍室，裡面塞滿了沒有一絲血色的肉雞屍體。有時她會用那隻健康的手突然指著電視機，說：「啊，這個年輕人今天曾到戲棚裡去過。」「什麼戲棚？」他問。但是這個發現如今已經枯萎了，不再存在了，對於她，對於世界全部沒有任何意義。

去年他們夫妻倆雙雙去世，就如世上最普通的事一樣一個接著一個默不作聲地走了。已經沒有任何辦法可以挽救他們，留住他們了。

月蝕

九月末，由於清晨半透明的薄霧和傍晚拉長的影子，是個容易產生幻覺的季節。我們在五月播種的大麻已經成熟，但由於發生的事情太多，因此我們錯過了最好的收割時機。大麻的雄株將自己的花粉撒遍了一片小塊的土地，從而使它的雌株受孕。現在我們得用鑷子將種子從乾縮的花冠裡鉗出來。大麻的全部效能都留在這些種子裡。滿滿裝上一菸斗，能抽上很長的時間。直到那時才能悟出可以怎樣將思想分割開，將其分解爲許多枝節話，切成數量多得嚇人的不同含意。

有許多客人到我們家來看月蝕。就像夏天我們觀看滿月升起時那樣，草坪上擺滿了小轎車。孩子們跑來跑去，玻璃杯和酒杯叮噹作響，搬到陽台上的椅子挪動時發出了刺耳的聲音。最終電腦使孩子們安靜了下來，螢幕閃閃發亮，喋喋不休地向他們講述著一個無聲的故事。

此時月亮已升到瑪爾塔的房子上方，這意味著已經是秋天了。有那麼片刻時間烏雲將月亮遮住，而當它再次浮現出來時，已經不是原先的同一個月亮了——在它那銀盤似的面孔上看得出一個半圓形的陰影。起初是狹窄的圓弧，後來陰影越來越大。一切都發生得太快了，弧形的陰影勉強才來得及走過一輪。然後，月亮消失了，身後在天空留下一個被挖出來的褐色的窟窿，一個被燒出來的圓洞。周圍是一派令人難以置信的沉寂。沉寂持續的時間很短，幾秒鐘，十幾秒鐘，跟黑暗在月亮面孔上停留的時間一樣長。在這短暫的瞬間，星星閃耀著明亮的光；天上布滿了繁星。在我們看來，星星似乎從來沒有如此光輝燦爛過。它們排列成合理的圖案，組成了各種數目字、符號、幾何圖形，甚至路標。你能按照自己所想像的事物，解讀出它們的意義。你能在它們的圖案中看到許多人的思維已經習慣了的連環畫式的故事：普羅米修斯解救安德洛墨達㊼，蓓蕾尼卡的髮辮㊽在空中飄舞，阿波羅的七弦琴由於渴望人的手指的彈撥而一面發出鏗鏘的響聲，

㊼根據希臘神話，解救安德洛墨達的應是珀耳修斯。安德洛墨達是衣索比亞國王刻甫斯的女兒，國王將她奉獻給海怪，珀耳修斯飛過一座巨岩上空時發現岩石上鎖著安德洛墨達，她勢必要被海怪吃掉。珀耳修斯殺死了海怪，解救了安德洛墨達，並娶她爲妻。

㊽蓓蕾尼卡是公元前約二五八至約二二〇年埃及國王托勒密三世的妻子，傳說她將自己的長辮奉獻給了司愛情和美的女神阿佛洛狄忒。後來辮子神祕地失蹤，宮廷天文學家宣稱：風把辮子帶上了天，組成由七顆星排列出來的星座，稱爲蓓蕾尼卡的髮辮。

一面在太空中翺翔。你可以把這些星星看成一段用布萊葉盲字寫成的文章，可以看成沒有盡頭的一排排二進制密電碼，或者看成帶有含意不明確的圖像的電腦螢幕。只要我們有個大的游標，一個超級的游標，用它來點擊這些圖像中的一個，那時就可打開另一些完全意想不到的天國樂園，這些天國樂園令人神魂顛倒，深深吸引著我們，就像孩子們之於電腦遊戲。那時我們就能玩這類遊戲，就會越來越投入，遊戲就會奪走我們的睡眠。在這些遊戲的樂園裡，我們就會成爲另一種人，我們身上就會發生許多既是不可思議的，同時又是十分平常的故事。就像在遊戲中那樣，我們會死幾百次，而我們又總是儲蓄著許許多多新的生命，那是漫遊於黑暗和光明之間的、懸浮在時間和空間裡的一幅幅地圖。

後來月亮重新閃爍著顯現出來。最初是出現了發光的一小塊，天體指甲殼剪下的碎片。我們相互碰杯。弧線重新發亮了，我們鼓起掌來。

後來我穿過潮溼的青草地到瑪爾塔那裡去。她正蹲在爐灶前邊，往裡面放木柴生火。她的公雞在她身邊踏著碎步輕快地走著，沒有意識到死刑正在臨近。牠用自己那隻紫紅色的眼睛疑惑地望著我。牠在我眼裡就像個披著羽毛的古怪的沉默不語的人。

「妳還沒睡？」我問。

「一個人如果整個冬天都在睡覺，睡眠也就足夠了。」她說，或者就像瑪爾塔通常說話那樣，我覺得聽見她似乎是這麼說的。

她開始切麵包，切下了幾片，切下了大半個麵包。我覺得，自春天以來她發胖了。她給切下的麵包抹上奶油，還撒了點鹽。她遞給我一片麵包。我突然感到飢腸轆轆，覺得哪怕吃上一整夜也會嘗不出味道來。在抽過大麻之後，這可怕的飢餓只有睡眠才能充分緩解。

「妳怎麼有點怪怪的？」瑪爾塔突然說，站起身來。「睡覺去吧！」

「不。讓我看看妳的地窖。」

「跟妳的地窖一模一樣。」

「沒關係。我想看一看。」

我以爲她不會同意，會婉言謝絕，會變換話題。但她從架子上拿起我送給她的手電筒，打開了通向地窖的門。

跟我們家的地窖相似——凹凸不平的石頭台階，上面覆蓋了一層薄薄的閃著亮光的水珠，底部有塊又平又大的石頭作爲台階的盡頭。遠一點的地方有夯實的泥土地，它比石頭軟，也比石頭溫和些。頭頂上方掛一個低矮的半圓形的天棚，個子高一點的人走到它下面還得彎腰。牆壁是用紅色的岩石砌成的，一塊緊挨著一塊，嚴絲合縫。這是房屋的骨架子。瑪爾塔讓手電筒照亮了對面的牆，我看到那邊有個用麥稭塞住的小窗口。窗子下方立著一個臨時搭起來的窩鋪——因爲它甚至說不上是床。那是個敞口的大木頭箱子，長度相當於一個成年人的高度，放置在四塊石頭上，以這種方式與泥土地隔開。瑪爾塔在裡面鋪上了草褥子和一張定是從雅謝克・博博爾那兒弄來的老羊皮。放腳的一頭堆著一摞疊得整整齊齊的蓋布、床罩和羊毛毯。手電筒的光束移到了一個角落，照出了一堆馬鈴薯。

「那是度春用的馬鈴薯。」她說。

人們通常說的是「過冬用的馬鈴薯」，而瑪爾塔說的則是「度春」。

正是那天夜裡我夢見瑪爾塔的背上長出了一對膜狀的翅膀。她從肩上拉下襯衫，讓我看那兩隻翅膀。它們的個兒不大，還跟背上的皮膚連在一起，弄得皺巴巴的，像蝴蝶的翅膀；它們正輕微地顫動著。「原來是這樣！」我說，因爲我深信，這兩隻翅膀能說明一切。

後來我和瑪爾塔一起去新魯達上舊貨店的時候，我又回想起這個夢。瑪爾塔試穿一件跟她已有的那件一模一樣的毛衣——灰色，開襟，前邊扣鈕子，鈕眼抻得老大。她站立在鏡子前面，我伸手試著給她調整一下，觸到了她的肩膀。正是這一觸摸喚起了我的夢。整個夢境就隱藏在我輕輕的一觸裡，由於我這一觸，它也就擺動著飛走了。瑪爾塔癟起了她那已經凹陷的雙頰，在鏡子前面扭捏著，裝模作樣。她外表上有某些地方像個姑娘，像個花樣少女。我凝視著她背部輕度的彎曲。

我感到激動，彷彿我發現了一個大祕密，彷彿隨著手指觸到瑪爾塔灰色的毛衣，便有一道陌生的光穿透過我的全身。那是一道強烈而冷峻的光，有如一束雷射。激動的我把毛衣掛回原來的地方（「我幹嘛要買這樣的毛衣？我想，恐怕我已經擁有這個世界上所有的毛衣了。」她笑著說。）我幫她坐到車子前邊的座位上，幫她繫好了安全帶。

我們驅車在山腰上蜿蜒盤旋，經過一些陰溼的村莊和向陽的荒地，地裡長滿了那種高大、芳香的草本植物，它們被新魯達的本地人稱爲「宇宙蒔夢」。它們巨大的葉片迎風飄舞，酷似翅膀。

「它們是唯一飛到溫暖國度過冬的植物。」瑪爾塔說，同時大笑起來。

瑪爾塔的甦醒

我能猜到瑪爾塔是從哪裡來的。我也能猜到她爲何在冬天就從我們的眼前消失，而每逢早春時節，我們一到這裡，並且在由於潮溼而生鏽的鎖眼裡轉動鑰匙的時候，她便會自行出現。

說不定她在三月份便已甦醒過來了。她先是一動也不動地躺著，甚至不知道自己是否睜開了眼睛——到處是一團漆黑。她甚至不曾試圖動一動，因爲她知道她那時醒來的只是思想而非肉體。肉體仍然在沉睡；只須刹那間的疏忽，她就會重新滑入先前的蟄伏狀態，進入感覺的迂迴曲折的迷宮，那是一些色彩豐富的感官的感覺，跟躺在這裡的黑暗中感受到的一樣現實，或者更爲現實，甚至還要現實一百倍。但不知怎麼地，瑪爾塔知道她已經甦醒，知道自己是處在跟先前不同的地方。

首先她感覺到了地下室的氣味——潮溼而無害的氣味，蘑菇的氣味，發潮的乾草的氣味，這種氣味使她想起了夏天。

她的肉體花了很長的時間才慢慢從睡夢中醒來，直到她終於發現自己的眼睛睜開了

——因爲此時的黑暗已顯露出不同的色調和強度。現在她的目光順著黑暗的豐富色調滑動，時而向前，時而向後，時而向下，時而向上。直到後來，過了許久之後，她在發亮的斑點裡猜到外面白天的亮光。發亮的斑點在她眼中忽明忽暗，朦朦朧朧，模糊不清，那是透過堵塞地下室窗洞的乾草把的縫隙射進來的。光線消逝了，又再次出現，那時她的腦子便想，定是過了一天。

直到這時她才感覺到有些寒意——來自遠處的某個地方，來自肉體周邊的寒氣。她迎著寒氣上去——她動了動腳趾頭，至少她覺得是動了動過。過了片刻她的腳掌有了反應——腳也感覺到冷了。就這樣，她依次一部分一部分地喚醒了她整個肉體，使肉體的各個部分重新恢復了生機。就像對那些陣亡將士逐一點名，她的肉體的各個部分，就一部分一部分按順序地對她作出了回應：有！有！有！

她兩次試著站起身子，但肉體兩次都躲開了她，使她重又跌落到木板床上；她彷彿覺得自己是坐著的，雖然並沒有坐起來。她第三次試圖支撐肉體站起來，也眞地把身子支持了起來。從那時起，她才感到略微安心。她一步一步地走到門邊，花了很長的時間去對付那鐵製的門把手。她的手指像春天的馬鈴薯幼芽一樣孱弱。潮溼的石頭台階慢慢地把她引到了走廊上，她從那裡透過門上的縫隙看到了眞正的亮光。她不得不用手遮住了眼睛。

嚴寒曾侵蝕過房屋的牆壁，現在它像個生病的人一樣大汗淋漓。點綴著斑斑點點的老鼠糞的塵土覆蓋在地板上。她在廚房裡的一張椅子上坐了下來，那張椅子像周圍所有的東西一樣正在解凍，不斷向她的身體散發出陣陣寒氣。瑪爾塔從椅子上艱難地站立起來，從餐具櫃的抽屜裡拿出電熱器，她用水泵抽了一點水，旋開水龍頭——湧出了一股混濁的、帶土紅色的液體，有如攙了水的鮮血一般的液體。她用水洗了臉，又將一隻帶把的大杯子盛滿了水。過了片刻，她便有了一杯沸騰的水可以暖手。她一口一口地呷著這杯開水，感到自己已開始從體內慢慢解凍，感到她的身子在逐漸恢復生機。

這一天瑪爾塔出門走到房子前邊。大門由於去年結霜依舊是潮乎乎的，像所有的東西一樣散發著一種蘑菇和水的氣味。在她的小園子裡還躺著一片片骯髒的積雪。太陽從各個方面蠶食那些像開始變質、腐壞的煎蛋餅似的積雪。從積雪下面露出溼淋淋的腐爛的枯草，以及曾經是旱金蓮、翠菊和夜來香之類的植物。

她不安的仰望天空——天空布滿了低垂的快速飄過的雲彩，太陽透過雲彩照耀在森林上方。就像每年那樣，瑪爾塔感到驚愕的是，太陽竟能漫遊到森林上方，現在又投下了長長的陰影，給積雪以藏身之所。她返回到走廊上，穿上膠鞋，膠鞋也是又溼又冷的。她朝房子後面走去，穿過了小園子。冬天和漫漫長夜給小園子造成了巨大的破壞，如今已是滿目瘡痍。她俯身去看白菜頭，秋天時它們曾是那麼漂亮和挺拔，可現在卻變成了一堆堆黏糊、腐爛的東西！向日葵早已是什麼也沒有剩下了，而在夏天，像通常那樣，她總覺得沒有什麼力量可以抑制住它們強勁的主莖和它們那帶著一副太陽晒黑的面孔的獅子般的腦袋。靠著向日葵的柵欄也已吸滿了無處不在的水東倒西歪。後來她又看了看自己長滿老蘋果樹和李子樹的果園。最甜的那棵櫻桃樹上有一根大枝折斷了。她記憶中的那個生機蓬勃、長滿高高的青草、掩映在一派蔥綠之中的果園，如今也已不復存在。眼前的景色令她想起墳場。光禿禿的樹木看起來就像一個個的十字架，而一堆堆倒伏的枯草就如墳墓。一切看起來就是這般模樣。一切都吸滿了水、潮氣和爛蘑菇的臭味。瑪爾塔像憎恨冬天和黑暗一樣憎恨潮溼。水往往是不誠實的、多變的。瑪爾塔覺得，她能坦然面對水，但只是當水就是它自身，而沒有裝扮、混充別的東西的時候。當潔淨得透明的水在山溪中流動的時候，可以把它捧在手上，灑在臉上，甚至可以直接從地裡喝它。但水更經常是裝扮成成別的什麼東西，深深地滲入植物或其他的物體，變成無形的、看不見的東西。那時它落到臉上，落到毛衣上，就會把一切東西都蒙上一層霜，就會扼殺一切，毀掉一切。或者，它會懸浮在雲彩塵霧中，如同對那永恆罪孽的一種無盡的懲罰。

瑪爾塔走進了房子，因為寒冷重又回到了她的身上。她在台階上還站立了片刻，想看看谷地裡其餘的地方。

山巒看起來很單調——一片黛綠色和黑色，它們也有水的顏色。凡是由於某種原因而使地面比較陰冷的地方，都仍然覆蓋著積雪。在這兒所有的四個煙囪中只有如此這般家的煙囪在冒煙。弗羅斯特的房子前面停著一輛藍色的小轎車，有兩個人在木板陽台上談話。瑪爾塔打了個寒顫，回到了廚房，動手生起了爐子。

在頂樓上整理

已是秋風送爽的時節，我整天都在頂樓上整理衣物。我把夏天穿的東西都裝進箱子，在衣服中間放了一層層的樟腦丸，在皮鞋裡塞上報紙，裝進紙袋裡。我發現原來有許多連衫裙我根本就不曾穿過，也沒有機會穿。它們一直掛在衣櫃裡的掛衣桿上。儘管如此，它們經過六月、七月、八月這些月份仍在不斷變舊。我看到它們在怎樣損壞，在接縫的地方如何脫線、變軟、自行老化，在這些過程中都沒有我的介入。而這是某種美，某種成熟的退化，某種沒有任何人的幫忙而自行出現的美，這種美是時間最上相的面孔。棕黃色涼鞋的皮革變黑了，變軟了，變鬆了，鞋襻磨損了，搭釦生鏽了，心愛的女襯衫褪色或男襯衫的袖口磨破了。我看到紙張隨著時間的推移也發生了變化——變硬、發黃、彷彿是乾枯了，完全像人一樣衰老了，變得粗糙而無彈性。我看到原子筆的筆芯如何寫光，鉛筆如何越寫越短，直到後來有一天我終於驚詫地發現一個小小的鉛筆頭竟是一年前那枝漂亮的長鉛筆的殘餘。我看到玻璃如何失去光澤——諸如衣櫃上亮得炫目的鏡子在年復一年的歲月流逝中已變得模糊而不清晰。

人們由於某些原因只喜歡變化的一個方面。他們喜愛的是增長和發展，而不是萎縮和衰退。對於他們來說，成熟總是比腐爛可愛得多。他們喜歡的是越來越年輕的、液汁越來越多的、新鮮和未熟透的東西；喜歡的是尚未完全做成、多少還有些粗糙、靠潛在的強大的彈力從內裡驅動的東西；喜歡的是那種還能有新的發展，總是向前、永不後退的瞬間。他們喜歡的是年輕的女人、帶有新刷的白色塗料的新房子、散發著印刷油墨芳香的新書、以形狀別致而令人驚羡的新轎車——其實，對於內行人來說那只不過是一種既有的車型的變種而已。他們喜歡的是最新的機器，喜歡的是新磨光的金屬的閃光，喜歡的是剛買回家的包裝貨的物品，喜歡的是光滑的玻璃紙發出的瑟瑟聲響和未使用過的乾淨細繩的平和拉力。他們喜歡的是嶄新的鈔票——甚至不管是否能將其裝進他們自己的錢包；喜歡的是純淨的、天長日久表面也不會發黃的塑膠製品和琢磨得平滑發亮、沒有絲毫汙斑痕跡的桌面，喜歡的是有待經營、耕作的空地，沒有鬍鬚的光潔臉頰和「一切都可能發生」的表達方式（誰還會去使用「徒勞」這個武斷的詞？）。人們喜歡的是從豆莢裡剝出的青豌豆，是阿斯特拉罕的羊羔皮、蓓蕾中的花朵、天眞的狗崽、幼小的山羊羔、尙未忘卻樹的形狀的新切割出來的木板、不知穗子爲何物的鮮嫩青草。人們只喜歡那種新的、尙未有過的東西。只喜歡新的東西！新的東西！

新魯達

新魯達是座充滿了理髮匠、舊衣店、眼瞼塗滿煤灰的男人的城市，它是一座建造在谷地、斜坡和山頭上的城市。這座城市有許多漫不經心地搭在一條小河上的小橋。這條小河時而出現，時而消失，總有各種不同的越來越時髦的色彩；這是一座充滿了守護神聖約翰的雕像、摻假的香水、牛奶、咖啡酒吧，煞費苦心排列在貨架上的劣質商品的城市；這座城市的房屋牆壁上留有潮溼的痕跡，從窗口只能看到行人的腳和迷宮似的庭院；這座城市既是旅行的目的地，也是轉乘火車的地方；這座城市到處是流浪的狗、神祕的過道、死衚衕、大門上面滿是神祕的象徵符號的房屋。在這裡看到的是紅磚的建築物、橢圓形的環路、歪歪斜斜的十字路口、通向市中心、郊區的露天市場的迂迴的岔道，起點和終點均處於同一個水平面的台階、把道路順直的拐角、左邊的岔道向右而右邊的岔道向左的道路分岔口。這座城市夏天最短，積雪永遠不會完全融化。這座城市的黃昏會突然從山後降臨，像張其大無比的捕蝶網一樣降落到房屋上。這座城市的冰淇淋的水分總是太大，到處是出售牛骨頭的小店鋪，女職員大多濃妝豔抹俗不可耐，推著嬰兒車的母親經常喝得醉醺醺。這是一座多夢的城市，它夢見自己位於庇利牛斯山中，夢見太陽永遠不會在它上方西下，夢見所有離開的人總有一天都會回來，夢見那些德國人留下的密祕隧道可通向布拉格、伏羅茨瓦夫和德勒斯登。這是一座滿目瘡痍的城市，一座西里西亞的城市、普魯士的城市、捷克的城市、奧匈的城市和波蘭的城市，一座分不清市區和郊區的城市，一座人們相互想起的時候總是指名道姓而見面時總是以「先生」、「女士」彼此相稱的城市，一座禮拜六和禮拜天總是見不到一個人影的城市，一座放任時間自流、消息總是遲到、名稱總是被弄錯的城市。在這座城市裡沒有任何新的東西，而新鮮的事物只要一出現立即便會失去光澤、變得暗淡失色、被蒙上一層汙垢，立即便會枯萎了，並一動不動地滯留在生存的邊緣上。

締造者

新魯達的締造者是從事刀具製作的頓奇爾，故而大家都把他稱爲刀具匠。他製作用於宰殺、剪髮、製革、切大白菜、將皮革切成皮條、給準備砍伐的樹木刻下記號，甚至用於在木頭上雕刻人像或裝飾花紋的刀具。這是個良好的職業，大家都尊重刀具匠頓奇爾。但是在他居住的新開墾地共有兩個人從事同樣的職業。另一個刀具匠會做的刀具跟頓奇爾會做的一樣。由於頓奇爾比那人年輕，頓奇爾便買了一匹馬，把自己的全部家當全都裝上了一輛大車，其中包括他的工具、磨刀石、衣箱、不多的幾只鍋、一些皮革和幾床睡覺用的毛毯，還有他那位已經懷孕的、肚子挺到了下巴的妻子。

在群山的另一邊展現出一片肥沃的谷地，那兒有長滿雲杉的茂密的森林，雲杉是如此高大，以致戳破了一片平靜的天空。在這些森林中間，塞進了許多村莊。而在某些村莊裡肯定缺少工具匠，於是頓奇爾便趕著自己的大車徑直向南方走去。他們沿著林間小道流浪了好幾天，直到在一條溪流邊上作了短暫的停留，他的妻子在那兒生了一個孩子。頓奇爾用自己最鋒利的一把刀子割斷了孩子的臍帶，但是在天亮之前他的妻子便一言不發地死了，過後不久孩子也死了。頓奇爾在絕望之中猛踢樹幹，由於發狂和悲傷而大叫大嚷：「我這個蠢貨，幹嘛要離開我的新開墾地？幹嘛要往什麼陌生的世界裡擠？如今我能在哪裡埋葬老婆？難道能像野獸一樣將她埋在森林裡？」卸了套的馬耷拉著腦袋望著他。頓奇爾的叫嚷招來了在附近砍樹的伐木工人，他們幫助他埋葬了死者。

頓奇爾堅持留在墳墓旁邊。他用木頭給自己搭了個窩棚，等待著某一位天使的到來，告訴他今後該怎麼辦。在此期間每隔幾天能到他這裡來的只是一些伐木工人，他們對他的刀具讚嘆不已。有時他們給他帶點吃的東西來。他用刀跟他們交換了一把斧子，親自動手在自己小屋的周圍伐木，用馬將樹根從地裡拖出來。他將開墾出的小塊土地用木柵欄圈了起來。夜晚野狼成群結隊走過山崗，他聽見過狼嗥，但他並不害怕。冬天到來之前他回到自己過去的開墾地探望家人。他一五一十地對他們訴說了自己的經歷，還對他們說：「我需要一條狗，還想重新娶個老婆。」但是第一個冬天他仍然獨自生活了下來，雖然付出了巨大的代價。爲了不被凍餓而死，他把所有的時間都用來砍伐樹木，而後布下陷阱捕捉一些瘦得皮包骨頭的兔子和鹿。到了春天，他的親屬給他送來了他所想要的一切：女人名叫朵羅塔，小個子，瘦骨嶙峋，沉默寡言。頓奇爾初見她時不禁嚇了一跳，心想他恐怕永遠也不會喜歡上她。但隨著時間的推移，他倆竟成了彼此親近的人。在此期間那條狗日益長大，成了他絕妙的伙伴。牠動作敏捷，跑得快，體格健壯，善於獨自狩獵，頓奇爾每逢身邊帶著這條狗走進森林，總感到非常安全。

瞧吧，這一切是怎樣從一個男人身上開始的。頓奇爾夫婦每年生一個孩子，於是他們在伐木工人的幫助下建造了一幢新房子。夫妻倆把整個斜坡變成了肥沃的良田。他們在溪流沿岸播種了蕎麥和燕麥。伐木工人也紛紛在附近蓋起了自己的小屋，娶妻生子。頓奇爾年老的時候，溪邊的谷地已變成了一個小小的新開墾地，他們將其稱爲「新採伐地」。

在那些墾殖的年代裡，有一天，頓奇爾有過一次奇怪的經歷。在新採伐地中央，在溪流的另一邊，他見到一棵孤零零的樹木，那定是伐木者忘記將其砍伐留下來的。受到好奇心的驅使，他走得更近一些，仔細打量了那棵樹。那是棵雲杉樹，粗壯、高大、挺拔，是那種適用於建造房屋的大樹。他圍繞這棵樹走了一圈，注意到有件東西嵌入了它的樹皮：那玩意看起來像是鐵的，有如磨光的刀刃閃閃發亮。他先用手指去摸了它一下，然後又試著用指甲去摳，繼而又用樹枝去撬，最終用自己的一把刀去挖。但無論怎樣折騰都毫無結果。雲杉樹堅實的樹幹牢牢地緊夾著那件東西。看起來像是金屬跟樹木長到一起了，用任何辦法都不能把它們分開。頓奇爾心想，這必是一種標記，雖然沒有哪一位天使來到這兒並用其閃光的手指指明教堂應建在何處，但已經很清楚，教堂應該建在什麼地方。於是他便去找自己的鄰居，大家同心協力砍倒了那棵高大的雲杉樹。夜晚頓奇爾得以將那個神祕的物體從樹身上成功地取了出來。是一把刀，但不是頓奇爾製作的那種刀，是另一種。它的刀刃無比光滑，幾乎像鏡子一樣——它上面能夠反射出夜晚的天空。刀身上刻有一些線條細微的符號，但是頓奇爾無法弄清其中所含的意義。頓奇爾除了野狼、兔子的足蹤和雪花迷人的形狀，看不懂其他的圖形。然而重要的不是樹，甚至也不是這把刀，而是以這種方式自行顯示的地點。於是他們在地上做了個長方形的記號，大家一致同意在這裡建一座教堂。

過了好多年好多年之後，頓奇爾已經老到了這般地步，以致所有的事情在他腦子裡全都混成了一團。他使勁思考著這棵樹是否眞的長在那裡，會不會是他小的時候在別的某個地方見過這樣一棵身上扎進了一把刀子的樹。或者會不會是他夢中所見的，因爲他做的夢總是很清晰的，像刀刃一樣明光瓦亮。他吩咐日後將他和他發現的那把刀一起埋葬——與頓奇爾不同的是，刀身上的鋼一點也沒有老化。在頓奇爾去世之前，有個熱心的識文斷字的人給他讀出了這行細小的標記，那兒寫的是「Solingen」㊾。這個名稱已經沒有什麼人會提起它了。

㊾德語，漢譯索林根，德國古城，向來以製造刀具聞名於世。

又過了好幾百年，新魯達中學的一位敎師給市政會議遞交了一份報告，建議給城市的締造者立座紀念碑，但是由於這整個故事，如同城市的絕大部分歷史一樣是用德文而不是用波蘭文記載的，建議書被擱置一旁，一切的努力也就到此爲止了。

拯救機

刀具匠們只有一個宇宙學的圖像。這就是拯救機的圖像。他們將這幅圖像畫在自己房屋的牆壁上，雕刻在刀柄上，他們爲數不多的孩子把從成年人講述的故事裡聽到的有關的圖像用小棍子畫到了沙地上。他們以如泣如訴的讚美詩歌唱這拯救機，那些讚美詩是如此古怪和悲傷，以至於只有他們自己在聽到它時能承受得住。

宇宙的拯救機是一種旋轉運動；這種超乎尋常的強烈的旋轉運動既能推動遙遠的星辰、黃道帶以及整個宇宙沿著它們的軌道運行，又能激發起各種細小的運動，這些運動存在於人造的物品中，存在於磨輪、曲軸、鐘錶和大車的輪子裡，存在於磨碎罌粟籽和塑泥罐的過程中，還存在於類似構成世界的各種細微的粒子的顫動中。這種顫動乃是一種最小的旋轉運動。

我大概可以對此作如下的描述：在時間的開頭，處於旋轉運動中的太陽就像個龐大的眞空吸塵器——從物質吸收光，再把它傳遞到行星的軌道和黃道帶的巨大水圈上。它們的運動把光傳到更高、更遠的地方，傳到整個世界的邊緣——光就是從那兒發源的。

光生活在人和動物的靈魂裡，隱藏在那兒過冬，宛如封閉在一個盒子裡，而月亮則是一艘運輸船——運載死者的靈魂，將其從地上運送到太陽上。每個月的上半月它都在收集死者的靈魂，就變得越來越明亮，直到變成滿月。在下半月它就將所收集的靈魂交付給太陽，於是朔月便成了一艘卸下了裝載物的船，又成了一艘空船。卸空了裝載物的月亮就飄浮在地球和太陽之間，有如一艘泛著銀光的空油輪，正準備著執行自己的下一個任務。

太陽將長久地堅持自己的工作，就像刀具匠的讚美詩所歌唱的，直到太陽吸盡了所有的光粒子並將其交給了主人。然後太陽就將沉沒、熄滅、消逝，而月亮則緊跟著它，也將消失，不復存在，然後黃道帶的和諧就會被徹底破壞，整個巨大、複雜的宇宙機就將發出尖銳刺耳的一聲尖叫並停止運轉，最後就是轟隆一聲崩潰。到那時星系的存在也將不再是必要的了。宇宙的邊緣也就可視爲宇宙的中心。

我們走，我說，明天是萬聖節

瑪爾塔坐在桌旁，揉著她那雙發紅的眼睛。在她的廚房裡呈現出一派令人難以置信的整潔：所有的鍋碗瓢盆、瓶瓶罐罐都收藏起來，漆布擦洗得乾乾淨淨，打過蠟的木地板閃閃發亮。甚至窗戶也清洗過，夏天擋住陽光的蜘蛛網也已全部掃除。水磨石窗台上沒有留下一隻死飛蛾，那個模樣會使人想到墓石。我給她帶去一點剩餘的糕點，她狼吞虎嚥地一掃而光。後來她站起身來，拖著腳步嗒啦嗒啦地走進了房間。通過敞開的房門，我看到盡善盡美地鋪好的爲過冬作好了準備的床。

她從那裡拿出一頂假髮，深顏色、幾乎是黑色的、把頭髮精心地編成許多小辮子的假髮，那正是我所想要的那種髮型。我戴上了假髮，瑪爾塔裂著嘴笑了，嘴唇上還留有罌粟籽餅的碎末。

「好極了！」她說，同時讓我照一照鏡子。

我從鏡子裡顯現了出來，若是若非而又陌生，我的臉龐發暗。我認不出我自己了。我打算戴著這頂假髮代替帽子，我會在一覺醒來之後就把它戴上，這樣便可安然地穿過那些涼絲絲的房間走到盥洗室去。我甚至還可能會戴著它睡覺。我將戴著它工作和規劃夏天的裝修。我將戴著它走向世界。

我走到瑪爾塔面前，緊緊地擁抱了她。她的身量齊我的下巴，她體質虛弱，小巧，宛如那種細莖的蘑菇。她那頭短短的灰白頭髮有股發潮的氣味。

下午我去跟她告別，提醒她在萬聖節爲我們在弗羅斯特的孩子墓前點上長明燈。我走進她的房子，但裡面是空的。桌子上放著一根穿了線的針，以及那只碩大的錫盤子，那是瑪爾塔家裡最顯眼的東西。我坐在桌旁，等著她，也許等了她一個鐘頭，也許是兩個鐘頭。刷白的牆壁反射著我的呼吸。我的手指沿著盤子上複雜的金屬圖案移動。沒有嗡嗡叫著飛來飛去的蒼蠅，爐灶蓋板下沒有燒得劈劈啪啪的爐火。是那麼靜寂，以至於我能聽到我自己的呼吸。

我知道通向地下室的門，它就在我的背後。門是虛掩著的，但開著的掛鎖吊在鎖環上，準備著會有人去動它。我可以站起身來，去打開這道門，往下走。我可以挽著她躺在黑暗和潮氣裡，躺在成堆的越冬的馬鈴薯中間。我這樣想著，但是嚴格地說，在瑪爾塔的房子裡想任何事情都是困難的：這房子就像海綿，往往在思想形成之前就被它吸收了。它不提供任何東西作爲交換，不許諾，不誆騙，它裡面沒有未來，而過去則轉變成各種客體。瑪爾塔的房子就像瑪爾塔本人，像她一樣什麼也不了解——既不了解上帝，也不了解上帝創造的東西，甚至也不了解自己本身。關於世界，她什麼也不想了解。房子裡只有一個時刻，只有現在，但它卻是無邊無際的，延伸到四面八方的，它覆著一切，就是不適合人居住。

後來黃昏突然降臨，我甚至沒有注意到天是在什麼時候落黑的。如果不是這只錫盤子，我也許就這麼一直坐下去，用自己的呼吸使自己進入催眠狀態，也許永遠就醒不來。這只錫盤閃著強烈的寒光，它充滿了整個廚房，照亮了我的雙手，給各種物品投下陰影。這道光反射出所有的過去和未來的滿月，所有的明亮繁星閃耀的天空，所有的燭光和白熾燈泡的光和所有種類螢光燈冷色的光。

從天空預測

R曾對我說過，他小的時候就會辨析各種雲彩，至少他現在還記得這件事。

對他而言，天上的雲彩組成了各種明確的圖案——動物的外形、輪船、帆船、白色的羊群——在下方還總有一條顏色較深、跑得更快的牧羊犬在把牠們往一處趕；還有小汽車、救火車或是長相奇特的怪物——蛇、龍、長了翅膀而短腿上頂著個深不可測的大嘴的自由自在的骷髏。他上小學的時候便開始從雲中看到文字和符號。有時還在他眼前進行算術演算——一個被沖蝕過的2跟一個大肚皮的3相加，最後風吹來了一個蛇形的圖樣，那便是5。隨著時間的推移，逐漸出現一些更複雜的演算。上小學二年級的時候，他通過這種方式學會了乘法表。從自己房間那個朝向鐵路的窗口，他能看到一片天空。天上一側的雲彩總是淡紅色的，或者是橙色的，因爲煉焦廠騰起的火焰照映著它們。在這巨大的面板上他看到滿天的代數學。乘法表中他記得最清楚的是7乘8，因爲這是最難學會的最複雜的運算。7使他想起彎彎的半月形麵包，8是兩朵小的圓形雲彩連在一起。它們之後是乘積，一個彎鉤有點模糊的5字和一個特別清晰的6字，那也許是某架噴射機排出的廢氣盤繞而成的。他常常在窗口一坐就是幾個鐘頭，抬眼仰望著天空。上七年級的時候，他戀愛了，在雲彩中他看到一顆心和四葉酢漿草。後來他常看到別的一些符號——從西到東緩慢移到城市上方的布滿了半邊天的一個巨大的和平象徵和一個巨大的「道」的符號——這個「道」的符號是他在某次大學生郊遊時在博爾庫夫城堡上方看到的。如是直到他忙於別的更重要的事情而不是仰望天空的時期。

不久之前R承認，直到如今，在三十歲和四十歲之間，他才能看得最清楚。所以他前不久在市場從烏克蘭商人那裡買了個三腳架，在春天來臨的時候，他將立即就把照相機架在東邊的陽台上。鏡頭將瞄準天空，對準兩棵孿生的雲杉樹冠上方，就這樣它將一直站立到秋天。他每天將照一張照片，縱然天空籠罩著毫無差異的灰色雲朵的時候也會照拍不誤。R確信我們遲早總能拍到點什麼，到了秋天我們就能在感光底片上看到一組按順序拍攝的天空的連續鏡頭，那將是一套確實能說明點什麼的畫面。到那時就可以把所有的照片放在一起，像做拼圖遊戲一樣隨意拼接，也可把那些照片一張接著一張裝進電腦裡，或可藉助某個電腦軟體程式從所有的照片中拼湊出一個天空。到那時我們就會知道天空究竟是個什麼樣。

閱讀有感

故事即位置——鬍子少女及其他

張惠菁

二〇〇六年初，我在台北國際書展的晚會裡初遇朵卡萩。那時我剛讀完英文本《收集夢的剪貼簿》(House of Day, House of Night)，我問她，小說裡提到的庫梅爾尼斯(Kummernis)，眞有這樣的聖徒故事嗎？

她回答，是眞的，在歐洲眞有這樣的傳說，也存在相關的文獻記載。

聽到這個答案，我同時有兩種感覺：一是驚奇，那個充滿象徵與想像的故事，竟不是出於小說家的虛構；另一方面，又感到好像早猜到該是如此——那故事確實不該是小說家有意的創造，而是一則有其獨立生命，在人類的世界裡流轉經年，一再被轉述、甚至一再被改造的敍述。

在朵卡荻的小說中，庫梅爾尼斯故事發生在中世紀的歐洲。庫梅爾尼斯的母親早逝，父親參與十字軍東征，長年在外，而她又不是父親所希望的，可以繼承封建領土的兒子，這就注定了她與父親的關係很淡薄，成長過程受著親人的漠視。但當她長成美麗的少女，前來求婚的貴族男子絡繹不絕，這又注定了她不能選擇自己的命運，會被父親用作政治聯姻的工具。

但庫梅爾尼斯拒絕父親的婚姻安排，堅持自己是上帝的新娘，將終身過守貞的宗教生活。父親大怒，將她囚禁。終於上帝顯了神蹟，將庫梅爾尼斯的臉孔變成跟耶穌基督一模一樣的、留著長髮與鬍子的臉，只有身體仍是女性的身體。

這樣一來，應該沒有人會娶她了吧。但那暴怒的父親卻像隻負隅頑抗的野獸拒絕承認失敗，下令將女兒釘死在十字架上。

於是這個耶穌臉孔、女性身體的聖徒，亦男亦女地，實踐了和耶穌一樣的殉難死法。

庫梅爾尼斯的故事有許多不同的版本，在各地也被叫成不同的名字（例如St. Wilgefortis、St. Uncumber）。一般最普遍的說法是，神蹟使庫梅爾尼斯長了鬍子，但倒沒特別說是耶穌的臉。朵卡荻說《收集夢的剪貼簿》在波蘭出版時，因爲她寫明是耶穌臉孔出現在女人身體上，天主教保守人士曾經抗議，但朵卡荻舉出了文獻證明確曾流傳此種說法。後來，又有劇場工作者將小說中這段庫梅爾尼斯的故事特別抽出來，改編成舞台劇。

簡而言之，庫梅爾尼斯，是一個雌雄同體的聖徒故事，她的造像經常是一穿著女性衣袍的少女，臉上長了鬍子，被釘在十字架上。庫梅爾尼斯的崇拜在十五、十六世紀之間流傳甚廣，人們相信她會保護受家暴所苦的婦女、不想進入婚姻的女人，並讓人們在面對死亡時不被焦慮所擊倒。雖說庫梅爾尼斯崇拜始終不被天主教承認，但在中歐卻流傳甚廣——這是個由下而上的民間信仰。

有人說，庫梅爾尼斯崇拜的開端，不過是穿長袍、蓄長髮的耶穌基督造像被誤認爲女性罷了。從這個小小的誤讀，遂萌發了一個不被正統教會承認的民間信仰。

無論起點是什麼，是眞有其人也好，是一時的眼花錯認也罷，一個形象或故事，必然是命中了許多人心裡說不出的那些隱處，引發了認同，捲動了能量，才會廣泛流傳至今。

人在宗教中尋找著位置，故事即位置。庫梅爾尼斯的故事提供了家暴婦女、不想結婚的女性，甚至不同性別傾向、不能被隨手置放進男女二分法裡的人，這些原本在社會正統價值觀中無處容身的人們，一個附著的位置。

或許，從那些位置開始，人們也會開始改變社會，朝向下一個時代轉動。

我還住在台北南區的時候，合租一層公寓的室友元元，養了一隻名叫小兔的狗。有一回小兔發生誤食事件——說是誤食，其實貪食的成分比較大，牠吃了我放在桌上的一盒生巧克力。當晚就出現嘔吐症狀，第二天送獸醫診所急診。原來狗是不能吃巧克力的。

因爲這樣的緣故，那個星期天我們幾個朋友一起吃飯時，話題圍繞著狗的貪食意外。養了一隻狐狸狗的橘子說：「我們家阿魯前幾天吃了一整盤的涼拌洋蔥鮪魚。」看見我一臉「咦？鮪魚也不行嗎」的表情，他補充說明：「洋蔥，也是狗絕對不能吃的東西。」幸好阿魯的症狀，很神奇地，竟不怎麼嚴重。我看牠可能已經被同化成人類了。

「可是，難道狗不知道牠自己什麼可以吃，什麼不能吃嗎？」這是我的問題。一桌子養狗經驗豐富的行家們，耐心對我這外行人解釋，野生的狗也會吃錯東西，但牠們自己會去找特定的草類來解毒。家狗已經喪失這種能力了，別說沒地方挖草，就算有，說不定還挖錯，毒上加毒，死得更快。

我還以爲喪失自然與直覺的生活能力的，只有人類而已呢。原來狗在都市裡，跟人混久了，也會變得貪吃又遲鈍，眞是近墨者黑。不過，狗類原初具有的那種尋找草藥解毒的能力，令我覺得很神奇。換句話說，自然界運作的方式並不是：讓你懂得按照標準食譜吃東西，好活得白白胖胖；而是：不排除吃下各種可吃不可吃食物的可能，但同時給你治癒的能力。

莫非天地育養萬物，即是依循這樣的法則？

從這裡，又聯想到庫梅爾尼斯故事的出現與流傳。也許，在十五、十六世紀，曾經有人從眾多的聖徒傳說中，拾取了這個雌雄同體的聖徒故事，像是找到一天然的藥柄，醫治在世間遭遇的傷害，並獲得嶄新的力量。

在被醉酒的丈夫拳腳相加、在被逼迫進入婚姻，在中世紀的女性種種感到現世無處可棲的時刻，她們取出這個聖徒故事，故事的敍述力量打開一個看不見的位置，給予她們以安頓。

於是，故事就這樣流傳下來了。

初稿寫于二〇〇六年二月

國家圖書館出版品預行編目資料

收集夢的剪貼簿 / 奧爾嘉.朵卡萩
(Olga Tokarczuk)著 ; 易麗君, 袁漢鎔譯.
-- 初版. -- 臺北市 : 大塊文化, 2007.12
472面 ; 14x20公分. -- (to ; 52)
譯自 : Dom dzienny, dom nocny
ISBN 978-986-213-023-0 (平裝)

882.157 96021554

LOCUS

LOCUS